I0709116

此书献给我妻李静（李桂荣）

【长篇纪实小说】

兩京記

（下）

毛崇杰

华忆出版社
Remembering Publishing, LLC.

ISBN:　　978-1-68560-140-9　(Print)
　　　　　978-1-68560-141-6　(eBook)

Remembering Publishing, LLC
RememPub@gmail.com

两京记（下）

毛崇杰　著

出　　版：美国华忆出版社
版　　次：2024 年 5 月　第一版，第一次印刷
字　　数：234 千字

忍看朋辈成新鬼，怒向刀丛觅小诗。

吟罢低眉无写处，月光如水照缁衣。

——鲁迅《无题》

暝色入高楼，有人楼上愁
······
何处是归程，长亭更短亭。

——李白《菩萨蛮》

目　　录

引　言　　I

一　你们有妈妈了　　1

二　在列车上　　10

三　爱在人间　　24

四　这绿岛像一只船……　　37

五　愿结天涯伴，万古悲风　　50

六　山雨欲来……　　66

七　不要逼我们说谎　　82

八　我以我血荐轩辕　　95

九　历史不会忘记　　104

十　螳螂捕蝉，黄雀在后　　118

十一　壮士一去兮　　128

十二　自有养爷处　　153

十三　你在哪里？暴风雨中的呼唤　　167

十四　甘老三历险记　　182

十五　小世界里的那点事　　192

十六　单身汉们，快乐而孤独着（上）　205

十七　单身汉们，快乐而孤独着（下）　223

十八　这里有白桦　237

十九　安得广厦千万间　250

二十　人生一世，草木一秋　264

二十一　暝色入高楼　279

二十二　有人楼上愁　292

二十三　莫道桑榆晚　304

二十四　为霞尚满天　314

二十五　密涅瓦的猫头鹰　330

尾　声　让我们欢乐地歌唱　344

后　记　350

引　言

惦记着《两京记》(上)"下回分解"的朋友们,这里讲述的是 1980 年代直到眼下 2020 年代的故事。虽然没有战乱,5 个家庭 3 代人,在"万家墨面没蒿莱,敢有歌吟动地哀。心事浩茫连广宇,于无声处听惊雷"的日子里,历经了种种磨难,最后,主人公伍小磊在 2022 年的新冠疫情的天灾人祸中结束了他的一生。

70 年长夜过春太匆匆,翻开每一篇章来看,众生相与风俗画又如万花筒般变幻万千、异彩纷呈。历史是过去、现在与未来相贯,宏大与琐细相杂的叙事。对于没有终止的历史,主人公身后的未来的世界如何发展,还得听下回分解。

成书于 1749 前后吴敬梓的《儒林外史》、1947 年问世钱钟书的《围城》以及 1984 年英国作家戴维·洛奇的《小世界》,这 3 部文人(知识分子)小说,可以说在时间上分别代表了前现代(封建的中世纪)、现代(资本主义)与后现代(晚期资本主义)的《儒林外史》。从叙事的年代《两京记》已经"走出后现代",[1] 亦可谓"后现代之后之《儒林外史》"。虽然它在时间上是"后'后现代'"的产物,但它所讲述的中国故事,仍固化在前现代封建性的桎梏之中。我称之为"后封建",即经济上进入后工业文明(IT、AI),顽固的宗法势力与血统论在政治体制与意识形态上仍然占统治地位,与原始资本积累以及《共产党宣言》中所说"封建的社会主义"相互重叠混杂状态。[2]

常闻:"走自己的路,让别人说去吧!"

1　详见毛崇杰:《走出后现代——历史的必然要求》,河南大学出版社,2009 年。

2　详见毛崇杰:《后封建与后启蒙》《生存论的建构规律是什么——人的权利与历史理性》,《启蒙　美学　文化——论集》,美国华忆出版社 2020 年。

我们作为孤独个体来到这个世界，但路不是你一个人在走，走的人多了方成为路……《两京记》上册从起步到付梓，一路上不断与朋友们通过微信交谈。2023 年春《两京记》上册问世后，使我抱憾的是，境内的朋友们只能阅读电子文档。只有 14 万字左右，相当粗糙的上集初稿以电子文档发给厦门大学的一位教授同道。他回复道，当晚读到凌晨 1 时许，提出一些有益的观感。在他的鼓励下，多番修改定稿。问世后几个月来的回馈，有的朋友不仅在小小屏幕上能看得下去，而且还能够产生一定共鸣，年近九旬的同事夫妇俩阅读后竟感到"引人入胜"……向我索取下册的朋友不在个别。本以为这本书没有年轻人会读得下去，没有想到 2023 年在山东海滨度夏，一位暑假勤工俭学来我家干家政 18 岁的大专一年级女生，偶然发现了唯一的纸质样书，借去两天里读完了它。70 多岁高龄的山东大学隋老师收到电子文档后竟读到通宵，称该书"仿佛把我带入了 16 岁花季那粉红色的梦……"。我大学的同学凌小惠在境外和老公钱方俩都看了此书，特意来电话赞誉……上册问世后，本不想再往下写，信心不足。这些友人的勉励和预约使我感到肩负重任，"吾尚能饭"，打起精神接着写下去，能走到哪里就哪里吧……

往事太多的碎碎片片如打开闸门的奔水一泻千里，从 1980 年代到 2020 年代。秃笔一支却要绘制一幅浓墨重彩、轻描淡写相间，当代知识界全景式之情感与心灵的历史画卷。眼前的这部下集，有朋友读了初稿认为小说后半部已经是自传体了。没错，后半部主人公与作者几乎合而为一了，不过大结局中主人公伍小磊已经死了，而作者我却苟活着。是否命运之神要我再看看下回分解呢？是否要让我知道历史"向何处去"呢？恐怕天不能从人愿了……

怎样写是作者的事，读出些什么来是看官们的事。无心蹭 40 年前"伤痕文学"的余香，在穿梭而过的新潮中更找不到自己；游走在编年史中，无心钩沉、破解秘史。作为正史通常不包含思想史，纪实性的历史写作却不应将思想者的心路历程全然排除在外。肯定有不少朋友感到此书味同嚼蜡，上海一位理论同行认为纪实小说不必过于在意文学性。文学所理论室的同事高艳萍说，托马斯·曼的《魔山》中也有大量哲理性论说，似乎可以"不愁前路无知己"。我何尝不想按照马克思推崇的"莎士比亚化"追求"巨大的历史真实性与丰富的情节的生动性"之统一。书中几个寄托着美学理想人物的血脉和着时代的节拍搏动，然而是否成为席勒式"时代精神的单纯号角"了呢？理论的自我与诗的自我之较量，能分出胜负来吗？让读者去评说吧。老黑格尔有言，"密涅瓦的猫头鹰总是在黄昏起飞"。密涅瓦是罗马神话中的智慧女神，此话后人有种种不同的说辞，我的理解是它在黑夜到来之际对光明的憧憬和追求……前不久，作家严歌苓女士说："我们这辈人生活在物资非常匮乏的年代，我们最富有的是故事和经历"，说自己从文革到现在，经历了 3 个人生，"如果不写的话会憋死……一个民族没有记忆是非常悲哀的……历史学家用他们的角度，他们的叙述来书写历史，文学家用文学艺术来书写历史，记录历史"。

高尔泰先生写道："据说，北京的一些中青年知识分子，包括一些出狱的'民运人士'，正在四处串联要成立一个'忘却六.四委员会'，帮助党内改革派'放下六.四包袱''消除六.四情结'，以便通过 改革最终地实现和平演变……如果不能确定过去代价的意义，人们 又怎么能够确定未来生活的意义呢？"（北明《告别阳光——八九 六.四囚禁纪实》一书的"序言"）

是啊，35 周年了，从天安门到长安街上的血迹已经从淡漠化为乌有了……作恶者竭力总试图让人"忘记"；历史却时常告诫人们"记住"； 时间以忘却医治创伤的痛楚，回忆则为免于再度伤害。有道是"君子不念旧恶"，问题是："他们放下屠刀弃恶从善了吗？"

"忘记"是斯德哥尔摩综合症的基本特点，患者忘却了银行绑架案，忘记了自己是肉票，忘记了自己做人的权利——尊严、自由、安全，而对绑匪感恩戴德……忘却是作恶者的通行证；记忆是伤痛者的墓志铭。台湾没有忘记"二二六"惨案；韩国没有忘记 1980 年光州学生民主运动，他们终于完成了民主化变革，而我们却在忘记中大步倒退。

严女士继续道："一个民族没有记忆是非常悲哀的……历史学家用他们的角度，他们的叙述来书写历史，文学家用文学艺术来书写历史，记录历史"。她认为，最后还是文学艺术更可靠，"因为文学要以人，人学来书写历史"。人类的历史，也离不开写人。历史写人与文学的区别何在呢？柏阳先生说得简单直白："不为帝王唱赞歌，只为苍生说人话"。帝王、苍生，在司马迁已经泾渭分明，"本纪""世家""列传"等等。在晦暗中，我"在"故我书。"去-消除记忆委员会"的人们，活着，就要说，要写，永远不要忘记！此生从本科地质学，中年跨入人文社会科学，垂老之年竟又写起小说来，命运驱使老朽如此折腾。如严女士所说"不写会憋死"，老朽我无意入"流"，只愿按老巴尔扎克所说做一个"历史的书记员"。

"我们从何而来，我们是谁，向何处去"，这是人类历史终结前永远的提问。密涅瓦的猫头鹰，扇动起你的翅膀，向着未来，去找光吧！

鸣谢：本书写作过程中一直得到诗人作家文伯逐字逐句悉心审校与斧正，厦门大学的教授同行对粗糙的初稿提出了中肯、全面的修改意见，还有社科院同事及其夫人读后的鼓励，最后经美国华忆出版社付出努力得以问世，于此一并致谢！

几位朋友在封四为本书所作短评，令我汗颜："有那么好吗？"我并没有这种自信，感到受之有愧，言出肺腑，却之失恭。还有一位评家参照作者先前的学术著作及当代小说的几个范本对《两京记》（上）做了独到的通讯评点，均予谢忱！

　　距离南京市区十多公里的荒郊野外有一处坟地，其所在的村子归市属的梅山地区管辖，这里是一个中型铁矿工业基地。在隆冬凛冽的寒风中，两位年轻的女性与一对未成年的姐弟正在一座新坟前哀悼刚刚入土不久的死者。4人中，两位是来自南京市内的兰家姐妹兰莺与兰燕，她们穿着素服，胸前佩着小白花，她们身前是本村的一对姐弟跪在父亲坟前。姐姐孙秀用白孝带缠头，弟弟孙苗头戴麻冠，两人身着粗麻布孝衣，腰间缠着白孝带，脚上穿着孝鞋。兰家姐妹低头站在他们身后祈祷……

　　狂啸的北风伴着姐弟微弱的呜咽，坟地里一丛丛枯草随风摇曳。周遭是大片收割完毕翻耕过等待积肥的庄稼地……

v

你们有妈妈了

　　逝者孙大田不是当地土生土长的世代农民。他的父亲原是南京大学历史系专注于研究第二次世界大战史的教授。他从大量史料中发现，抗日战争期间在正面战场作战付出巨大牺牲的是国民政府的军队，领导者是被骂成"卖国贼"的蒋介石。他在系里向同事谈起这个发现，1957 年反右运动期间被检举揭发，多次批斗后被定成反革命极右分子，最后戴上帽子，开除公职发配到农村劳动改造。"文革"中他被再次揪出，斗得死去活来，最后民兵队长跳上台大喝一声"我叫你反党！"当胸一脚，他被踢成重伤，两年后去世。

　　孙大田从小学会干农活，成年后与一位插队知青结婚生下女儿孙秀，两年多后又添了儿子孙苗。为了增加收入，女人在家种地，孙大田到外面打工。在隧道工程队干过钻工，也先后在采石场与石材加工厂干过，不幸染上尘肺病退下来，之后又硬撑着到当地梅山铁矿上干了些日子，病情愈发严重，近年实在撑不下去被辞退了。他整个肺大半被粉尘占了，又咳又喘，上不来气。送到南京工人医院重症病房，鼻孔上插着呼吸机住了些日子。因为他没有城市户口，在矿上作为临时工没有合同，享受不了劳保，公司已经停发他工资，付不起住院费，不得不回到家中，病情一天天恶化。他现年将近 40 岁已经下不了地。他女人要干地里活，还要照顾他和两个孩子，实在受不了，每天晚间到镇上喝点小酒解闷，与矿上一名离异的单身技术员好上了，夜里经常很晚未归。一天老孙气不过闩上房门不让她进屋。她干脆到那男的家里住了……他俩终于办了离婚手续，她肚里已经怀上别个的孩子，家里的两个孩子带不走，只能归老孙，她每天来看看帮着干点家务，不时给点钱，不久她又有了身孕，渐渐与这边疏远了。妈妈离开后，秀秀没有读完小学一年级就辍学，在家照顾着爸爸和弟弟。老孙承包的 1 分多地，只能让隔壁老张头种，收成下来分给他家一些口粮，村里乡亲们常送他家一些瓜果蔬菜什么的，爷儿仨勉强维持生计。他家院子里也种了一些菜，每天指望着秀秀料理，还养了几只鸡。有时秀秀到镇上卖了节余下来的瓜果蔬菜鸡蛋，还顺带捡些废品，换来钱给爹买点激素类止喘药，没有特效，也就是减轻些痛苦。从家到镇上来回 20 多里，可怜的孩子经常傍晚从镇上拖着疲惫的身子回到家中便为全家做饭。父亲这个病招点寒更凶，上趟厕所也要秀秀搀扶着，喘着大气，趔趔趄趄差不多要花上一刻来钟。冬天女儿便出去拾柴火，捡别人家烧剩的煤渣取暖。每天晚间还要洗上一大盆衣服，一直忙到 11 点多方能上坑休息，3 口人就这样一天天撑下去。

话说，兰家老二兰燕从医学院毕业后分配到工人医院，于了五六年升任呼吸科主任。根据这几年的临床经验，她所接诊的病例除一般常见呼吸道疾病气管炎、肺结核之类外，有一种严重的肺部感染的职业尘肺病。孙大田是她多年接诊的老病号，一天兰燕同她姐兰莺讲起这方面的情况。兰莺从未听说过："尘肺病是怎么回事啊？"

兰燕说："这是一个古老的疾病，在北宋年代就有'石末伤肺'的记载。劳动者在工作环境中长期吸入粉尘导致肺组织纤维化。患者从早期胸闷、胸痛、咳嗽、哮喘、呼吸困难，最后肺心衰竭而死亡。"

"太可怕了，这个病是怎么得的？"

"现代采矿、采石，石棉矿开采，交通隧道普遍采用电钻施工，工人接触粉尘的机会越来越多，这种病的发病率也随之上升。尘肺病又以煤尘肺、硅肺最为严重。"

"哦，你这些年看过这种病的患者多吗？"

"多倒不算多，改革开放以来，随着经济的腾飞，工业的迅速发展，这种病的发病率呈上升趋势。特别是由于我国劳动保护法贯彻不力，各大小企业普遍盲目追求利润，为缩减生产成本，这些尘肺病高危的生产单位绝大部分没有足够的重视，没有预防措施，更谈不上改良生产设备与工艺，这种职业病的发病率与死亡率也随之剧增。"

兰莺："哎呀，那么患上这种病有什么办法治吗？"

兰燕："至今还没有什么特效的办法控制病情的发展，只能缓解病人的痛苦。"

"嗯，那不也算是绝症了？太可怕，现代科技医学也都越来越发达，这些生产部门真就没有对付这种病的办法吗？"

兰燕："通常说来，采取湿式作业防尘最为有效，但作业环境进水与排水的问题根本解决不了。对不能湿式作业的场所应抽风除尘，以及使用高功率排风机通风设备，尽可能防止粉尘的飞扬，这些措施一般工地都很难做到。有些地方连起码的个人防护，如防尘安全帽、送风头盔、送风口罩等都不配备，即使有，一些工人自我保护意识差，管理也不严格。"

兰莺："那你们医疗部门对这个问题是什么态度呢？只是消极缓解患者痛苦不能挽救生命吗？"

"这个病分早中晚三期，我们要求定期对从事特定工种的工人进行身体体检，包括就业前和定期的健康检查，对早期感染者及时发现，采取治疗与休养尚有康复的希望，但是很少部门能做到。"

兰莺紧锁着眉头默然不语。

兰燕："特别是这种病的患者都是家庭的主要经济负担者，失去劳动能力后一家人的生活就陷入困境。"

兰莺："我想，只能通过慈善事业，针对患者的个人和家庭进行救助了。"

"我也是这样想的。"

她俩商量着首先应该着手，撰写这方面的科普与有关反映工人的疾苦的宣传报道文章，呼吁社会的重视与关注。于是，一段时间以来，她俩着手用心写了一些文章，然而送到报社大多都被压下，个别上报的也经压缩，三言两语登在极不显眼的角落，几乎没有多大影响……兰莺想到在北京报社工作的小磊，给他写了信，说了有关的情况，他当然大力支持，让她们尽快把稿子寄过去。于是，她俩再努力对稿子反复加以修改整饬，写成一篇有分量的大文章寄了过去。文章以孙大田一家的遭遇说起，批评政府与有关部门重利轻义，置工人生死于不顾，大声疾呼社会对这个严重问题重视起来，写得深切感人。小磊对文章提高到人道主义加以修改发挥，指出整个社会"一切向钱看"，对弱势群体冷漠，加以尖锐的鞭挞，文风犀利、辛辣，拟了一个笔名发稿，不过他估计会有阻力。果然，送到总编室后，总编陈亦阳把他找到办公室说："这样的文章你也能发？"

"怎么不能发？写得太好了，这样的文章现在太少了。"

陈："发出去我们会犯政治错误。"

"我不明白，这文章政治上有什么错误？"

陈："现在我们改革开放的新时期，邓小平同志说'发展是硬道理'。我们新闻工作就要大力鼓吹这个硬道理，正面报道社会主义建设各条战线的好人好事。这样的文章不是在唱反调吗？"

小磊反驳他道："任何社会的发展进步都必须以人的生存为基础。一是求生存，二才是求发展。现在许多地方为了利润不顾工人的死活，感染上尘肺病工人的健康与生命都得不到保障，还谈什么发展。"

陈："工人的劳动条件当然要改善，不过，效率还是优先嘛。尘肺病患者毕竟是极少数嘛，我们要着眼于大局，不能总盯着少量社会阴暗面。”

“尘肺病患者虽然是少数，但也是人，是我们的同胞，是我们的阶级兄弟。他们为了创造社会财富，不怕脏，不怕苦，社会就要爱惜他们的身体和安全。有人凭着良心和社会责任感，把这个问题提出来引起广泛重视，有什么不可以？”

小磊与总编闹得不可开交。编辑部很多有正义感的记者与编辑，纷纷议论开来，较多支持小磊，认为：“四人帮垮台了还继续报喜不报忧，不让人说真话……”

陈亦阳见局面压制不住，请来新闻总署书记雷祖华，当初那位“从清洁工到见习编辑”的大人物，驾临报社作报告。他上台说道：“前进报社的各位新老同事们，大家好。

很高兴今天又有机会回到‘娘家’与大家见面，在这里我想讲一个问题。我们新闻工作必须重视的问题，就是如何贯彻改革开放总设计师邓小平同志提出的四项基本原则，坚持‘社会主义道路、无产阶级专政、党的领导、马列主义毛泽东思想’。报刊作为党的喉舌必须以此为指导思想。这个问题不解决好，我们的新闻工作就有可能走到邪路上去。现在有些人热衷于报道农村的‘包产到户’‘乡镇企业’，说得如何如何的好。坚持社会主义还是要以国营经济为主体嘛，我们新闻工作怎样体现这一点呢？

我们的改革开放还是‘摸着石头过河’嘛。在这个过程中会遇到这样那样的困难，产生这样那样的缺点和错误。毛主席在《延安文艺座谈会上的讲话》谈到‘暴露呢？还是歌颂呢？’，指出‘问题是在对什么人。我们所写的东西，应该是使他们团结，使他们进步，使他们同心同德，向前奋斗，去掉落后的东西，发扬革命的东西，而绝不是相反’……”

这个报告针对性很明显。回到编辑室里讨论时，小磊反驳他，说：“新闻宣传工作与文艺创作的共同点在于邓小平为适应改革开放的新格局，提出‘文艺为社会主义，为人民服务’。切实做到这两‘为’

也就是在这个领域体现了四项基本原则。不过，有一个问题过去很多被注意，那就是新闻与宣传及文艺创作的区别。文艺对现实的反映是带有作者的感情和想象的，宣传是从自身的价值出发去争夺舆论阵地，新闻报道是以客观性和真实性为立足点，必须以事实说话，要求更直接地触及社会生活，面对民间的疾苦。民众迫切要求知道事实真相，并且只有真实地揭露出腐败的东西，批判它们对社会的危害。为什么孟子说'生于忧患，死于安乐'呢？尘肺病的灾难、底层工人的艰难是客观存在的事实，只有把它揭露出来，才能全社会的关注，加以改变。这才是新闻工作'为人民服务，为社会主义服务'的方向。"

室里较多同事认为，说得好。这个发言立即有耳目汇报上去了。最后还是胳膊拧不过大腿，最后硬是压住不准发兰莺姐俩的文章。不仅如此，暗地还给小磊小鞋穿，过了一段时间把他调到了资料室。这个资料室只有三个人管理，也就是供大家看看报刊的阅览室的作用，把小磊调到那里表面上是从原来的编辑部的副主任上升为主任，实际上是脱离采编工作到那里干坐冷板凳。他把以上情况写信详细告诉了兰莺她们，兰燕气愤道："岂有此理，这样反映民生疾苦、关心弱者、呼吁社会求助的文章也不让登。说什么'兼顾公平'，这不就是'不顾公平'嘛！真是无耻至极！"。

兰燕作为孙大田的主治大夫，为他接诊之后几乎用尽了一切办法，病情未见好转，进入后期。这种病严重起来必须使用呼吸机，最后肺部衰竭在痛苦中窒息死亡。兰燕了解了他家的悲惨状况，把这情况告诉了姐姐。兰莺同她常去他家看望，带去些食物，自费为他买了呼吸机，还是无济于事。最后眼睁睁看着他断了气。村干部与乡亲、邻里们帮着料理了后事。下葬前，兰家姐俩都去了孙家住在那里，屋里脏乱得不成样子，打扫了半天。天黑她俩得在那里睡上一夜，用柴草烧热了炕，炕席已破得不像样子，被子几乎辨不出原来的颜色，上炕时兰燕说："这被子看上去脏，不过尘肺病不是传染病，不至于有细菌病毒，我们穿着衣服睡吧。"

兰莺："没关系，不就睡一两个晚上嘛。"

"有些高级宾馆寝具看上去一尘不染，客人用过并不每次都充分消毒，你根本不知道里面藏着什么。据说曾经有一家子在宾馆住了几天，竟然全染上了性病。"

第二天他们收拾屋子兰莺突然在墙踦角发现一瓶浓缩的敌敌畏农药，她注视着秀秀，问她："这是你放在那里的？"。秀秀回避了她的目光，说这是用来杀菜地里虫子的，兰莺盯着她："杀虫子的？怎么不放在外面工具棚子里，放在屋里干什么？"她低下了头，没有吱声，悄声啜泣着，突然"哇"的一声猛地扑向她怀里放声大哭起来。兰莺姐俩也泪下如雨，与两个孩子哭成了一团⋯⋯

苗苗黑黑的手背皴得龟裂竟不见原来皮肤的本色，姐姐的手上还长满了冻疮，肿得像紫茄子。她们含着泪把姐弟俩的手在温水里泡了很久，用肥皂洗净，抹上润肤霜敷上疮膏药，用纱布包扎起来⋯⋯

村里没有条件送火葬场，第二天就逝者被装进一具薄皮棺材里就地安葬完毕。村主任和书记与帮着挖坑下葬的邻里以及矿上几位工友陆续离去。一双儿女跪在父亲坟前泣不成声，兰家姐妹也在旁啜泣着⋯⋯良久，大人把跪着不肯离开的孩子们扶起来抚摸着他们的头。他俩抱住兰家姐妹，哭喊着："妈妈不要我们，现在我们又没有爸爸了！"令人撕心裂肺⋯⋯

兰莺把他们搂在怀里说道："苦命的孩子，往后我就是你们的妈妈了，她是你们的姨，家里还有奶奶⋯⋯"

两个孩子嚎啕大哭，喊道："妈妈，妈妈⋯⋯"

她们回到村里，兰莺到村委会注销了土地承包合同和两个孩子的户口，办理了领养手续。兰燕烧上一锅热水给两个孩子洗了个澡，锁上孙家破屋的大门，没有什么值得拿的东西，带着孩子们到市里分别买了一身衣服。带他俩到清源巷家中见过兰妈妈。孩子们齐喊："奶奶"，兰妈妈一把他俩搂进怀里，摩挲着他们的双手不禁老泪纵横，："可怜的孩子，怎么冻成这样，真作孽哟！"

莺："好孩子，往后这就是你们永远的家，家里有三个人疼你们。"

接着她们商量决定，小秀立即报名上学，苗苗在家跟奶奶。

话说，前几年兰莺曾到南京栖霞区广德寺带发修行三个月，在那里接受她在大桥上邂逅的大师训诫，每日吃斋念佛，诵经。师父临别训示两个字"行善"。之后她在家作为居士平时经常帮助穷人，像孙大田家这样大苦难的还从未遇见过。

有天，兰莺对妹妹说："听说现在有些自愿捐助的健康器官可以移植到病体上，不知道尘肺病人的肺能不能换？"

兰燕："器官移植在国外实行多年了，眼角膜、肾脏移植较为成功，肺移植成功率在 60——80%。中国这方面刚刚起步成功率更低。这种手术费用极高，而且找到血型匹配能提供移植的器官也不容易，即使在国外一般穷人也做不起，国内想都不要想。农民工一辈子工资积攒下来也不够手术费，即使换成了也没有 100%把握能保住性命……"

兰莺："唉，可真是！这种职业病属于工伤吧？患者失去劳动能力应该得到抚恤金保障他们自己与家人的生活。"

"社会劳动保障国家虽早有明文，但得不到贯彻，没有哪家执行，如同一纸空文。不仅政府官员连医疗卫生部门都在向钱看，谁管穷人的死活。特别是农民临时工，不但报酬极低，没有任何福利，得了这种绝症，只能等死。一个人得病一家人都活不下去，像孙家这种情况不是个别。"

兰莺："政府不管我们管！"

"姐，瞧你说的，你管得了个别，管得了整个社会？"

"是啊，个人财力再大也有限，要靠有仁爱之心的各方人士大力开展慈善事业。"

"嗯，现在欧美一方面靠政府有关部门社会福利救助，一方面靠民间慈善事业。中国这方面落后不是一星半点，可以说还没有起步，姐姐你带个头吧。"

兰莺："是的，这正是我要干的事。"于是她下定决心筹建慈善基金救助这些苦难中的人们。此刻她悟出师父说她"尘缘未尽"是什么意思了，终于找到了自己的使命。

话说，1983 年方乃青等的案子审判结果，除当时在卧室中不轨的 4 人被判一年徒刑外均无罪释放。他出狱后与原来公司的小秘书在一起过，也没有登记结婚，之后又分开了。他去兰家，从兰妈妈了解到她当时正在广德寺修行。后来得知，兰莺离开寺庙后，立即去找她。见面后不胜唏嘘，对她说："我俩三四年未见就如同隔世了。"。

兰莺："嗯，这就是世事沧桑。"

"没想到，你终于走上了丽莎之路。我们当年的调侃竟一语成谶。每想到你在寺庙里相伴古佛，独对青灯，含辛茹苦，心里就不是滋味。"

兰莺："顺天由命没有什么不好，每天聆听晨钟暮鼓不觉得有什么苦，特别喜欢唱经的调子，现在觉得《大悲咒》比什么歌都中听。"

"你已经超凡脱俗，可我还在尘污中跌打滚爬。"

兰莺："你说过，各有各的活法。"

"可你永远在我心里，怎么也忘不了我们一起插队的那些日子。一起插秧、割稻子、唱歌、讲故事、演戏，还有泸沽湖、丽江……张洁的小说不是说《爱是不能忘记的》么。"

兰莺："哎哟，你还是那么浪漫。我可从来不去想这些过眼云烟的事。不过我也并没有忘了你，我们永远是好朋友，友情也是缘分。师父说我尘缘未了，一辈子在寺庙念经可能会有孤寂感，如果能投身慈善事业也就终生无悔了。把爱给了我的儿子女儿，情感也就有所寄托了。哎，你什么时候去看看他们。让他们认你做义父吧。"

"那当然好啰！我爱孩子。"

二

在
列
车
上

　　1960 年代全球经济进入人类第四代工业文明，也就是电子时代之后工业文明。在普遍经济腾飞中，日本、新加坡、香港、台湾尤其突出，成了享誉全球的"亚洲四小龙"。大陆 80 年代改革开放后，倚仗人口优势与土地资源，以低成本劳力及巨大市场，给予境外资本以特别优惠，积极向外招商引资。境外来华投资企业如雨后春笋。1987 年，大陆与台湾两岸也初步开放了探亲途径，进而行施三通，港台商贾相继进入大陆各地投资。乃青他父亲方俊前几年就与他台湾的伯父联系上了。当年方俊投奔延安，伯父是位工程师，去了台湾，1960 年代抓住台湾经济起飞机遇开发房地产成为巨富，去世后留下遗产由乃青的堂兄方鼎青继承。他在当地投资经营多种生意，做得很大，在香港也有资本，这位堂兄算得上是个大企业家了。乃青帮他张罗，准备在南京投资开办企业。他有心等他堂兄来大陆时，请他支持筹建慈善基金的事。

　　兰莺心里有些嘀咕，一个到大陆投资做生意的商人哪管得了这种事。乃青说他堂兄是基督徒，并且伯父临终时嘱咐他要热心慈善事业。她说："那真是太好了！"他打算找机会让她与他堂兄见个面，一块儿商谈此事……

　　话说，兰莺当年修行后与伍小磊一直没有书信来往，小磊从守松、汉朋、婉婷那儿约略得知她的情况，她离婚，修行的事他也都知道了，直到刊登尘肺病报道遭到挫折，心里始终存着块垒。兰莺来信告诉他筹办慈善基金的想法，正合他意，准备对之尽心尽力。兰莺与乃青商议，他堂兄来大陆时找机会约小磊过来在一块儿面谈。

　　不出半年，方鼎青到达南京，乃青介绍他与兰莺见了面。这位堂兄约 50 来岁，身材魁梧挺拔，皮肤白净，戴一副无框眼镜，仪表堂堂很有儒雅风度。他见了兰莺说："听乃青说，兰小姐有心创建慈善基金会，方某义不容辞，愿略尽绵薄之力。"

　　兰莺："方先生，大陆民间慈善事业还没有起步，听乃青说您在这方面已经有丰富的经验，今后请多指导。"

　　"哪里敢当，当与有志于大陆此的各方人士通力合作。"兰莺把这边尘肺病的情况大致介绍了一下，鼎青深表同情，他们谈得非常融洽。之后兰莺立即发信给小磊约他尽快来宁。

　　话说，前进报社原总编陈亦阳前年离休，调来一位总编许原，上任后不久与小磊进行了一次长谈。小磊感到他为人豁达开明，两人有较多共识，认为"讲真话"是新闻工作的灵魂。谈到兰莺姐妹文章被砍之事，许总编看过文章，认为拒载无理，可以立即刊登。小磊表示南京方面正在酝酿筹建慈善基金之事，拟前去参与协助，待定局后将文章补充修改再发，许总编表示赞许。伍小磊又从资料室调回到编辑部当主任。一天，人事处把他找去，他一进去眼睛一亮，见一位年轻女士端坐在办公室里。处长向他介绍："这位是刚来报到的林瑗同志，为你们室增添一位新生力量。"

　　"太好了，欢迎，欢迎！前阵子听说你要来，我们正盼着哩。"

　　她略欠身微笑着与他握了手。她是中国人民大学新闻应届硕士毕业生，靓丽、端庄中透着知识女性的灵秀。她说："今后请伍主任多关照"。

　　"你刚毕业就过来了？"

"我们 6 月份就论文答辩完了，到《人民日报》实习了 3 个月。"

"哦"小磊对人事处主任说："近些年，这样高学历的人才在我们报社还是第一位哩。"

小磊主管的编辑室负责第一版的内容，刊载本报社论与评论员文章，及转载主流媒体的重要文章，并关注政治经济文化这方面的重大社会问题，实行记者与编辑采编合一与适当分工的灵活工作方式。工作人员的职责是对来稿的初审与筛选与编辑加工，也主动外出采访与组稿约稿。稿件经过初审再由室主任二审后送交总编终审通过便可发排，付印。小磊把林瑗从人事处带到办公室，新老同事相互做了介绍。她的办公桌椅及办公用品事先已经安排停当。她有《人民日报》实习的经验，各方面的工作上班后很快就拿得起来。小磊交给她几篇稿子让她先看，同时根据社会舆情的动向，撰写自己关注的重点，与小磊商量作出一个时期采访的计划，主要以市场秩序与管理方面的问题为重点展开。她每周安排一定的时间看稿子与外勤，有时老同事带她出去采访。一段时间后，便有独立工作能力，发排了几篇新闻报道稿子。同时走访了几家有关部门，掌握并积累了一些第一手材料。就严厉打击流氓犯罪运动以来，本市经济工作中官商勾结、钱权交易，某些官员充当黑恶势力保护伞的案例，她整理写了一篇文章揭露批判这种腐败现象对于市场秩序、社会治安以及公正与道德方面的危害。初稿完成后递交小磊审看，他感到文章材料翔实，分析通透，批判有力，非常赞赏，提出一点意见修改后定稿，经总编批准以本报评论员名义发表。刚走上工作岗位的林瑗充满朝气与活力，在第一年就发表了这样一篇重头文章，受到好评，总编与小磊对她赏识有加，很快在社内上上下下人气旺盛。

自从她来到，小磊每天在自行车上向报社骑去，不知不觉地感到有一种莫可名状的爽快心情。有时在车上不自觉地哼起从前喜欢的老歌"我交了好运气，我交了好运气，我为爱情唱歌曲，像那酒杯斟满了美酒，爱情充满我心里……"

当然，喜欢林瑗是肯定的，但不会想入非非，人家已经结婚，而且年龄悬殊，她带来的愉悦也是掩盖不住的……这种异样心情无法描绘，是渴望又不是渴望，是不安又不是不安，是躁动又不是躁动，她的影子总在他面前晃来晃去……

他想起了拜伦在一首诗中写道："我的年岁已两倍于你，这使我在你面前，能够平静地把你端详，不致心跳怦然……"

每天进了办公室见到她后总感到，是喜悦又不仅是喜悦，是悸动又不仅是悸动。工间操铃一响就叫她出来打羽毛球，中午常一块儿到食堂就餐。有时她外出采访，一天不在办公室内，他感到怅然若失。他竭力警示自己，别让人觉察出异样来，在与她谈工作中保持自然，做出若无其事的样子。

一段时间之后，兰莺来信告知方乃青堂兄到达南京，准备召集多人洽谈筹办慈善基金会的事。小磊与总编研究决定安排他与林瑗一同前去南京采访。在车上小磊进一步了解到她的情况，毕业后不久她就与大学一位同学结了婚。她爱人分配到中宣部新闻局。她说那种地方不自由，但待遇高，他们立即就分到了房子。

她说："我宁愿要自由……"

她来到报社不久就听人说起小磊在"文革"中的不幸遭遇，在车上的交谈中她进一步了解小磊的经历，她不胜嗟吁说："那时我小学刚毕业什么都不懂，后来听到一些"文革"中迫害的案件，简直不敢相信。面对面，听人以亲身经历讲这样的事，还是第一次。"

他们在软卧中谈话感到不便，也打扰别人，于是挪到走廊。小磊也很少对人讲这些伤心往事，在讲述中动了感情，引起她极大共鸣，泪水在眼眶里打转……

接下去，谈到报社的情况，小磊也向她道出自己这些年在心中的憋屈。他说："'四人帮'虽然打倒了，'文革'也彻底否定了，然而'百足之虫，死而不僵'，长期统治这片土地的极左，从上到下几乎仍然是根深蒂固。"他同她谈起景山公园发生的情景，现在不知怎样有机会同她一起去看看。

林瑗说："在学校就隐隐约约感觉到这种不正常气氛。不同观点有时争得面红耳赤，不过没有人亲身经历过'文革'，都是在家从父母那里听到一星半点，争不到点子上，瞎吵吵。到了单位老同事多，感到与学校大不一样。"

"那就是，机关人际关系不像学校单纯。过几年你就会适应。"

林瑗："嗯，听说你原来在资料室，那才几个人。我感到编辑室人际关系可能更为复杂一些。"

"嗯，我从编辑部，到信访办，又到资料室，'被驱不异犬与鸡'，换了新总编这才又回到了采编室。"

林瑗："为什么这样？"

"当年'文革'的后遗症，那时我不是造反派嘛，现在掌权的都是当年'老保'，在他们中我是个异类。"

林瑗："这些事我也听说过一些，详细情况不太了解。"

小磊："新总编调来之前，刚离休的总编汪社长兼党委书记是这里的太上皇，周围一大帮马屁精。改革开放以来，对'文革'中批斗过他的造反派，打击报复，穿小鞋，批的批，斗的斗，大半被调离了，这里成了他们的一统天下。剩下几个屁也不敢放一个。当上官的原造反派，我是独一无二的，作为一个摆设来标榜他们的宽宏大量。不过，我可不买他们的账。"

"这样！"

"我审批的稿子送到他那里十有八九都被枪毙，好不容易发出去也被陈亦阳砍得不像样子。你那篇文章，要不是换了新总编也不一定发得出去。他们不知怎样拨弄我这个眼中钉，我几次要走，他们又不放。有次我已经联系好往人民文学出版社调，还是不通过……"

林瑗："我爸在他机关也很像你这种情况。他在'文革'中也算是个造反派，后来也一直不顺。他平时根本不同我谈这些事。只是偶尔从我妈那里知道一点。"

小磊："改革开放，周扬说是'第三次思想解放'，一度略微放松了言论管控，新闻界对言论自由的诉求也日益强烈。1978 年，云南西双版纳农场兵团的知青要求返城闹出那么大的事，你听说了吧？"

"听说过一点。"

小磊："你们是新闻系，还能听到一些风声……那年别地方的知青绝大多数都陆续返城了，剩下云南景洪地区还有几万名知青在极其恶劣艰难的条件下挣扎，没人管。他们实在受不了，上访、告状、游行、抗议、写血书，几个月越闹越凶……最后，12 月 28 日几百人卧轨绝食三天三夜，那一带铁路交通被阻断。我们到那里采访的记者，写了一篇报道，硬是压着不让发。这么大的事，没有一家报纸敢发声，几亿老百姓都蒙在鼓里，全国上下没有几个人知道。"

林瑗："新闻界真是一手遮天呀！开明的当权者会稍好一点吧？"

"是的，当时华国锋当政，知青们最终还是取得了胜利，要是毛泽东没死肯定被镇压下去了。"

林瑗："这次新社长总算又把你调回来了。"

小磊："不过在大环境上'舆论一律'的积习还是太深，一时半会很难变过来。英国诗人约翰·弥尔顿 1644 年在国会发表'论出版自由'的演说。你们新闻系的应该很熟悉的吧？"

"知道，谈不上熟悉。《新闻学概论》只是简单提到几句，没有列为必读书目。我自己找来看了。"

小磊："其中的核心思想还记得吧？"

林瑗："嗯，作者反对出版管制法，认为书籍就像一个宝瓶，把人的智慧中最纯净的菁华保存起来。杀人只是杀死一个理性的动物，而禁止好书则是扼杀了整个理性本身。即使是为了禁止坏书，制定出版管制法也是错误的。好与坏本是一体，消除其中之一，便会把另一个也一起消除。"

小磊："哎呀，你真棒！最精彩的句子都背下来了。马克思特别推崇弥尔顿。马克思竭力维护新闻出版自由也是受他的影响，1842 年发表了《评普鲁士的书报检查令》说'真理像光一样，从来不知道谦逊……"

林瑗："真理是普遍的，它不属于我一个人，而为大家所有；真理占有我，而不是我占有真理。"

小磊不禁轻轻地鼓起掌来。

她继续只管背诵："你们不能要求玫瑰花散发出和紫罗兰一样的芳香，但你们为什么却要求世界上最丰富的东西——精神只能有一种存在形式呢？"

小磊："你能全背下来？"

"没有，只背下几处最精彩的地方。"

他说："青年马克思关于新闻出版自由的思想受弥尔顿的影响很明显，但更切合普鲁士当时的专制状况，也更有锋芒。"

林瑗："马克思认为'没有新闻出版自由，其他一切自由都会成为泡影'……"

"现在不仅把马克思的论述扔到一边，倒退到普鲁士王朝的后面去了。"

"是啊，我们在学校就说，尽管普鲁士有这样的书报检查令，马克思的这篇尖锐的文章还有地方发表，搁现在，门儿也没有。"

小磊："是啊，从周厉王的'防民之口，甚于防川'，秦始皇'焚书坑儒''罢黜百家，独尊儒术'到明清的文字狱，全捡起来了，有过之无不及。"他继续道："嗯，这次新来的总编许原曾是原来胡耀邦下面的人，与他们不一样。"

"胡耀邦最近对新闻工作的指示'允许报道负面的消息，可与正面的报道适当搭配起来'。"

"总算上来个胡耀邦这样开明的总书记，你来得正是时候，可以好好干一番。"

她会心地笑了笑……

车厢熄灯了，小磊看了看表："10点多了，进去休息吧。"

林："伍主任您先进去吧，我一点没有睡意。我想再坐一会……"

"别叫我主任，叫老伍……"

"叫伍老师吧。"他看她谈锋正健便说："其实，我一点也不困，倒是有些饿，上车前匆匆吃了一点。我们去餐车看看有什么吃的吧。"

他俩去了餐车，那里人不多，小磊要了一包康师傅快餐面，一杯啤酒，一碟凉菜拼盘；林瑗点了一杯奶，一块甜点。

林瑗："平时您下班在家自己做饭吗？"

"不一定，有时到岳父家去吃晚饭，要不就自己做自己吃，一个人饱了就全家饱了。你们两人谁做饭？"

林瑗："当然是我啰。"

"嗯，你老公在中宣部，在家也像我们这样敢说吗？"

"哪里，他在学校就谨小慎微，到那里更什么都不敢说，还嫌我话太多。"

小磊："嗯，你们俩一个在报业，一个在宣传部。这两者关系密切，职能不一样。"

"他恰恰在新闻局，管我们这摊。新闻与宣传，一直是扯不清的关系。"

"新闻首先要占有客观的事实和真相，然后选择正确的政治立场和观念。新闻要服从政治宣传，结果还是先有立场、观念，对事实只是削足适履地报道一下。"

瑗："嗯，报喜不报忧就是从这里来的。"

小磊："这个当然改不了，不过在家总跟在单位有所区别吧。"

瑗："我看不出有什么区别，在家两个总是闷声不语。你问他什么，他应付两句，从来不主动跟你谈点东西。两个人在一起，没有话可说比一个人待着更难受。"

她在杯子里下意识地搅动着勺子……

小磊："看来，他性格比较内向。"

"有性格的问题，也不完全是，我发现，我们在很多政治问题上并不一致。他对我写的那几篇文章很不感冒。"

"发生争论了？"

林瑗："大家都在说的'权力寻租'这个话，他说不准确，劝我慎用。你怎么看？"

"'权力寻租'不是学术用语，从政治学来看，权力怎么能'出租'呢？从文学修辞来看，权力的私有化，社会公器蜕变成为某些个人与集团牟取私利的东西，就好像能够出租赚钱的东西一样，也就是现在人们所说的官商勾结权钱交易。商人利用官僚们的权力得到营业许可证、土地、贷款，赚大钱发大财，给他们一些回扣作为租金。"

"是啊，报刊文章用'权力寻租'这个文学比喻来揭露批判贪污腐败，非常形象、易懂。"

小磊："是，不过政府的权力作为公权，就是老百姓认可的权力。受人们监督、控制就有了合法性。就像关在笼子里的野兽，许多眼睛盯着，它没法作恶。权力一旦私有化，老百姓就像被关进笼子里的牲口，任他们宰割。"

"听他们说，我们社离休的那位陈亦阳社长原来就很腐败？"

小磊："这个人，政治上极左，经济上极贪，组织上任人唯亲，拉帮结派，妒贤嫉能，生活上极其糜烂，可以说五毒俱全。"

"听说他'文革'前就是第一把手。这样的人怎么长期盘踞在这里，'文革'也没有把他搞掉？"

小磊："'文革'前还有所收敛，'文革'中一度被打倒，改革开放后，官复原职，变本加厉。"

"据说他利用职权捞了不少钱。我搞不懂，作为总编不直接掌管营销，他怎样捞钱？"

"哼，他捞钱的办法多了，怎么能让你知道哩？有合法半合法的途径，比如高奖金、营业利润提成等等，还有非法的途径，那就是找他发表文章的作者给他塞钱。"

林瑗："真的，那怎么能知道？"

　　小磊："有次他不在，清洁工打扫他的办公室，擦办公桌时，不小心把刚送来的一摞稿件打翻了，里面滑落出来一张张 100 元钞票。这名清洁工吓坏了，赶忙把钱照样塞进去……出来对谁也不敢说。"

　　"那你怎么知道的？"

　　"有次，有几篇稿子等着要发，我没看完，必须加班，人都走了，我到院子里歇会再回办公室干，正好那清洁工在打扫卫生，同我聊会天。他同我关系一向不错，并且长期相处，知道我的为人，聊天中谈到了这事……"

　　"哦！"

　　"不过发一篇小文章就那么点稿费，出点小名气，贿赂能有多少呢？"

　　"这你就不知道了，塞钱的都是一些企业吹嘘自个儿业绩的报道。"

　　"哦。"

　　小磊："现在他们越来越精明了，明目张胆地贿赂不敢搞了。塞钱都是偷偷摸摸地进行。逢年过节送点小礼算不上行贿，于是把钞票夹在礼包里面，不会落下任何证据。"

　　"那真是谁也不能知道？"

　　小磊："现在这种方式搞个千儿八百已经过时了，登广告最赚钱，所以现在广告占版面越来越多。有偿新闻是变相广告，赚来钱利润提成，财源滚滚，还合法。大部分落入他腰包里了。"

　　"听说，汪也很能搞女人？"

　　小磊："你初来乍到，怎么知道发生在这座神秘深宅大院污七八糟的事。"

　　他就这事同她说开去了："'庙小神灵大，池浅王八多'，据说文革中毛泽东用这个话说北大，现在用在我们这里更合适……"

　　"有这么严重？"

　　这家报社所在是过去清朝的一座王爷府。不同现在的大楼，一幢幢相隔的平房围着几个大花圃，编辑室、校对科、出版发行科，各自独立分布。小磊说："陈亦阳在自己的总编办公室套间里安了一张大床，经常在社里过夜，跟家里说加班。大院有自己的供暖系统，有锅炉房。冬天烧锅炉的老安跟我在'文革'中是一派的，什么话都对我说，他多次见到，大清老早天还没亮，有女的鬼鬼祟祟地从他办公室里出来……"

"真的？"

"嗯，天黑他看不清，不知道是外面的还是报社里的。他里外通吃，有的职工为了提拔重用，晋升职称，被他利诱，委身于他。他也从外面召妓。"

"真烂！嗯，是，有次他找我谈话，色迷迷地盯着我，叫我好好干，说有什么要求就找他解决，还说今后要如何重用我……哎，这个坏蛋，盘踞那么多年，怎么就没人检举他？"

小磊："有次他套间里的厕所便桶堵塞了。管道工小王去维修时，发现原来是被扔进去的避孕套堵的。后来清洁工每次倒纸篓时注意翻看里面的垃圾，也多次发现这东西……这些事都是他走后才传开，要是告到上面，证据不够充足呀。权力被他垄断了，要害部门都是他的亲信，上面又有保护伞，派系盘根错节，不能奈他何。这些狗官们上上下下都这样，老百姓说他们'白酒三五杯不倒，钞票三五万敢要，女人三五个嫌少'。"

她笑着补充道："'家中红旗不倒，外面彩旗飘飘''工资基本不动，老婆基本不用'。"

"像陈亦阳这种小腐败分子比起党政军上层的那些大家伙来算不了回事。"

林瑗："哎，整个官场烂成这样，我发的几篇揭露腐败的文章只不过是凤毛麟角，我们家那位还强调要多报道正面的东西。"

"整版整版歌功颂德东西，他们也不嫌多。"

"在家还打这种官腔，真受不了。有次我们顶起来，我骂他走狗，把他气坏了。"

小磊："这你就不对了，搁谁也受不了。"

"也不是真骂，半开玩笑。"

"那也不行，夫妻之间因为太亲近了，有时就不注意礼貌和尊重，会影响感情。"

"……"

小磊："你们家那位毕竟年轻，也没有多大权力，身在那个衙门里面没办法，对他你要有所谅解。人是会变的嘛，特别是政治观点和立场时常会转移。"

"哼，他亏好没有权力，到掌了大权，不知怎么样。人是会变的，有的变好，有的变坏，有了权力多半变坏。'权力导致腐败，绝对权力导致绝对腐败'，这个话是英国阿克顿勋爵说的吧。"

"嗯"小磊想不到，她见地那么锋利，接着说："有些事情想想真有趣，'文革'开始我们报社第一张'革命大字报'是以'党的喉舌'批判当时陈亦阳说过'真实是新闻工作的生命'。当时造反派也都有些极左嘛。改革开放初，比较重视新闻自由了，刚开始揭露了一些官场腐败的黑幕，当局就受不了啦，1983 年邓小平提出'清理精神污染'，陈亦阳紧紧跟上，又重弹'党的喉舌'老调，我们却和他顶。他们右的时候我们左，现在他左了，我们又成了他的对立面……所以看人也好，论事也好都不能看死了。刘少奇当年就说过'党的方针政策是左一下，右一下'。毛泽东是利用左与右互斗，他保持'一贯正确'。"

林瑷："我看，万变不离其宗。一党专制之下权力的腐败是变不了的。"

小磊："是啊，生活在谎言之中，听不到真实的声音。当年延安整风就是这样，丁玲、王实味写了一点批判腐败当时现状的文章登在当时《解放日报》上，就被打下去。王实味还因此丢掉了小命。57 年整风又整敢讲真话的知识分子，丁玲与当时《解放日报》的主编陈企霞又被打成'丁陈反党集团'。现在情况有点不一样了，真相毕竟一点点浮出水面了，老百姓渐渐看清他们的嘴脸了，不过还是被闷在铁屋子里不能呐喊，有些话只能在下面悄悄说。"

"我们在学校时，就说'历史是胜利者写的叙事'。什么时候，历史方能露出全部真实面貌呀……"

小磊："一党专制的官僚体制下不可能做到。毛泽东当年反对蒋介石的专制独裁，他有了最高权力后搞得更凶。"

林瑗："唉，真是没有办法……要是你一旦有了更大的权力也会与他们一样吗？"

小磊心想，她爽直得真可爱，心想这个问题还真不太好回答："这个不太好说，也许可能也许不会，人性中都有恶的一面，掌握大权者对自己的恶往往不加限制……"他想了想又说道："不过不同的人，善与恶的搭配不都是一样的。所以历代皇帝有暴君也有仁君……"

"仁君也改变不了封建专制制度。"

"那倒是。"

接着他们谈了谈到南京后的安排，难免要说起兰莺。小磊把那些从来没有对人说过的往事，不知不觉一点一点都抖搂出来了。最后谈起自己听说她皈依佛门，每每想到"南朝四百八十寺，多少楼台烟雨中"，她在凄风苦雨之中敲着木鱼……总不免黯然泣下。

她像听故事一样，听得津津有味，时不时发出一声叹息……他们谈到深夜，餐车上已经没有一个人了。结束后，她长长地叹了一口气，两人回到了车厢，怕打搅别人，蹑手蹑脚钻进各自的铺上……

次日早晨列车快到站，林瑗说她晚间说话太多太兴奋，搞得她一夜没睡着。小磊说，他带了安眠药睡前吃一片很快就睡着了。每次出差必带："今晚你吃上一片，好好睡一觉。"

其实，他说了假话，吃了一片安眠药还是一夜没睡着，心思纷乱，心情激动……他责怪自己："怎么这样，这般年纪还把持不住。这些年单身一人，不同的女性不是没有见识过，怎么在她面前竟像个初出茅庐，乳臭未干的少年郎……"

他们虽然睡在同一车厢，近在咫尺，但他感到她更贴近他内心深处。他渴求的不是肌肤的接触而是心灵的碰撞。欣赏她容颜、身姿的美，如看一幅画，听一曲歌，吟一首诗……赵梅、林瑷和兰莺这3位美好的女性有共同之处，也有各自的特质。兰莺超凡脱俗不食人间烟火，像在云端；赵梅哩，更世俗、灵巧、多面、显豁，人欲横流；林瑷知识功底更厚实，目光更敏锐、思想也更深刻。

他们到达南京在预订的宾馆下榻后，小伍让林瑷睡会，自己去了清源巷与兰莺见面。走进兰家，兰妈妈与兰莺都在屋里，还多了两个孩子。兰莺又对小磊详述了孙家的苦难，说起这两个孩子，她一个人在自己另外的住处心里还总是惦念着他俩，也常过来挤在一起。小磊见这种情况说："又增加两口，这小屋太挤。"

莺："还好，现在燕子分到了房子，不在这里住了。"

"楼上我们家现在空着没人住，你们进去住呗。"

兰妈妈："那怎么好意思。"

莺："要不租给我们吧？"

小磊："瞧你说的，我又不缺这个钱。"

莺："多谢你，我们再考虑考虑吧。"

相约参与商讨筹备慈善基金的几位主干到齐了，他们还约请了有志于此的清源巷罗守松与其他两位发小。小磊拉着他们的手："今天我们几个发小能在这里相聚太好了，能有机会在一起干这事意义太重大了。"

守松现在当上了房建公司的总工程师，其他都在他手下，负责工地与仓库管理。他俩见小磊问过在北京的伍伯伯、伍妈妈好。小磊问："汉明现在怎么样？"

守松："他病情比较稳定，现在正式接爸爸的班，活干得还行。"

"嗯，这就好。"

乃青在鼎青下榻的建国饭店按人头预订了几间客房，大家聚在一起方便商讨大计。那日，大家进入小客厅，相互介绍，一番寒暄，入座，服务员倒上茶水之后，方乃青开言说道：

"各位朋友上午好，南京今天的天气特别好，春光明媚，我先说几句。我的心情特别高兴。孔夫子说：'有朋自远方来，不亦乐乎'。在这里有来自北京的两位，一位是多年未见的老朋友伍小磊先生，一位是过去不认识也是我们这里最年轻的新朋友林瑷女士，还有从海峡对岸台湾远道而来的堂兄方鼎清先生。在南京几位老友也多年未见，我数了一下共有 11 位，相聚一堂很不容易。老朋友在一起当然要叙叙旧，但我们有更重要的使命在身。大家都怀着一颗悲悯之心而来，有意投身公益慈善事业，筹划创办一个慈善基金会。这可能在我国内地是首举。这项事业的意义不用我多说。我国改革开放以来，经济快速发展，市场繁荣、中小企业的兴起用雨后春笋来形容毫不为过，人民生活也得到很大提高。'少数人先富'是有目共睹的，然而社会转型，打破过去计划经济下的大锅饭之后，'共同富裕'不是一蹴而就的，因此贫富差距加大也是不可避免的。而社会福利、劳动保险、公益救助还远远跟不上经济的增长，民间慈善事业可以说几乎等于零。在这种情况下，社会下层的贫困家庭有很多困难亟待求援。歌里唱的什么'东北人个个都是活雷锋'，我们这里没有一个东北人，然而，我们要在这方面带个头，把民间公益慈善事业搞起来。'翠花上酸菜'，嘿嘿，这里没有翠花，也没有酸菜，没有东北人，也没有活雷锋。我们有兰莺兰燕姐妹二位倡导者。兰莺已皈依佛门，带发修行，作为本市广德寺的慧贞居士，多年来热心扶贫济困。兰燕是著名呼吸科医学专家。这个事情是她俩发起的。现在请她们给大家讲一个亲眼所见真实的悲惨故事。"

接着兰莺兰燕分别讲述了我国当下的有关尘肺病的严重情况以及孙大田一家的遭遇。兰莺说道："诸位想一想，这样的情景，一个 8 岁的孩子不能上学读书，因为家中有一个重病不能起床的父亲和 5 岁的弟弟，两个孩子又被母亲遗弃。老大要担负起全家的生活……"

听了她的讲述，在座个个无不动容。兰燕接着介绍了大陆当下尘肺病发病率上升与患者缺乏救助的情况。她俩讲完后，接下来请方鼎青介绍现今国际有关慈善事业的现状，他说："今天方某有幸与有志于慈善事业的各位同仁聚在一起。孔夫子说：'仁者爱人'，孟子说'恻隐之心仁之端也'。'幼吾幼以及人之幼，老吾老以及人之老'是我们中华民族五千年来最宝贵的传统。这些道理我想诸位都明白，不用我方某多说。关于国际上通行慈善事业由红十字会与民间自发组织的基金会等机构实施，还有私人与团体发起的多种多样公益慈善募捐形式，如种种文物、古董、首饰等贵重物品的义卖，明星、艺术家的义演，以及种种大型集会方式的募捐等等。这些在欧美已经形成传统，据说在这里尚处空白。慈善基金会属于非政府、非营利的社会公益组织，主要由民间慈善家与志愿者团体从事人道主义救援和贫民救济活动。基金会大致的两种情况，一种面向整个社会募捐并支援需要救助者；另外一种在一定弱势群体范围活动，两者相辅相成。台湾慈善事业的情况与国际大致相同，有中华民国慈善总会与下属红十字会等，50 年代台湾经济落后与社会穷困的情况，用大陆流行的话来说，确实是'水深火热'。60 年代台湾经济起飞，社会福利与公益慈善事业也突飞猛进，可以说是渐渐步入'小康'了。穷人当然还是有的，不过据我所见，没有人吃不饱饭、看不起病、上不起学的。对于大陆这方面的情况不很了解，像兰小姐刚才介绍的情况，至少在台湾我是从来没有听到过。这使我感到非常吃惊，也非常难过。当然比起大陆，台湾不过是弹丸之地，一些事情较为容易。今天能与各位热心慈善的朋友相聚一堂共商大计，在下感到无比欣慰和荣幸。"

小磊接着根据有关慈善事业的历史资料介绍道：

"1949 年中共建政后，中华民国红十字会会长蒋梦麟带领一部分人去了台湾，各地组织纷纷解体。中央政府曾决定将原有'中华民国红十字会'改名为'新中国红十字会'。1966 年，'文化大革命'期间，人道主义被批判为资产阶级欺骗、愚弄被剥削、被压迫阶级的意识形态。资本主义社会的慈善事业目的是麻痹、瓦解人民的斗志，维护巩固他们的反动统治……中共建政后刚刚起步的中国红十字会被作为'封资修'的货色而受到查禁。中华民族古老的仁爱传统被毁坏殆尽，1960 年代大饥荒时期，农民粮食被抢光，还不准外出乞讨，只能在家中活活饿死……1978 年，改革开放之初中国红十字会恢复，并于 1982 年 5 月成立'中国宋庆龄基金会'。不过由于根深蒂固的官本位体制，这些半官办机构也染上的浓重的官僚主义气息，而且无法避免贪污渎职现象，可以说基本上没有起到社会救助的作用，……近年来我国工商登记注册的企业超过 1000 万家，但有过捐赠记录的仅占 1%。我国人均慈善捐助不足 1 元。中华慈善总会接受的捐赠中，80% 来自海外，来自国内的只占 20%。中国慈善组织所管理的资金只占国内生产总值的 0.1%，而美国这一数字是 9%。特别是对于尘肺病这种职业病慈善救助几乎为零。"

兰燕插话道："是的，我同他们打过交道，这些机构有的工作人员官不大，官腔十足，坐办公室，光拿钱不办事，找他们办点事像求爹爹告奶奶似的……"

小磊接着说："所以我们在公益慈善事业这方面几乎是一片空白，乏善可陈，在这方面没有什么可说的……"

乃青道："我不是吹嘘，今天我们在这里商议此事可谓开创性的，如果做出些成绩，对于后世可以说功莫大矣！让我们再次感谢发起人二位兰女士。"大家鼓掌。

兰莺："怎样开展民间公益慈善活动，这方面我们实在是没有什么经验，摸索着干吧。我想，开始起步规模不可能做大，从尘肺病单项救助做起，一步步可以向癌症、麻风病患者、瘫痪病人等人群展开。将来有条件在边远贫困地区开展工作。"

小磊接着请林瑗女士介绍预先准备的关于特蕾莎修女的感人事迹。她说道："8 年前，1979 年，诺贝尔和平奖得主是一名天主教修女特蕾莎。她生于塞尔维亚，1948 年来到印度，在最贫困的加尔各答等城市，致力慈善事业，成立了'仁爱传教修女会'，竭力救助最穷苦的人们。她把自己的一生都奉献给了穷人、病人、孤儿、孤独者、无家可归者和垂死临终者。她创建的基金会已有 4 亿多美元的善款，世界上许多企业都乐意向他们捐款。她的手下有 7 千多名正式成员，还有数不清的追随者和义务工作者分布在 100 多个国家。而她自己所住的地方，唯一的电器是一部电话；她穿的衣服，一共只有 3 套，而且自己洗换……特别感人的是她长期置身于可怕的麻风病隔离区进行工作。她认识众多的总统、国王、传媒巨头和企业巨子，并受到他们的仰慕和爱戴……她认为穷人比金钱更需要的是关爱。除了贫穷和饥饿，世界上最大的问题是孤独和冷漠，她留给世人许多著名的格言，如'爱自己，爱他人，爱生命里一切需要爱的事物，不要任何理由。哪怕生命微小到只是一根细小的灯芯，燃烧了，就能照亮自己，也能照亮他人。甚至，你还可以尝试去照亮一个世界'。"

"她从12岁起，直到1997年87岁去世，从来不为自己，而只为受苦受难的人活着，被称为'贫民窟的圣人''赤着脚走进天堂……'她去世时，印度政府为她举行了只有总统和总理才有资格享有的国葬，来自20多个国家的400多位政府要人参加了她的葬礼，其中包括3位女王与3位总统。"

方鼎青："关于特蕾莎，可以补充一点，印度国以印度教、佛教、伊斯兰教为主。特蕾莎修女作为天主教徒，走出修道院，深入到这些难民中间，是违反教规定的。起初她的诉求遭到了教会的严词拒绝，不过她没有退缩，反复向总教主陈述自己的想法，不断地提出申请，矢志不渝。终于，1948年，特蕾莎得到教会特许，成为可以外出向民众施救的自由修女，终生在那里从事慈善事业。这使我联想到在座的走出寺院作为居士救助穷人兰莺小姐。据了解在我们之中，兰莺小姐信佛教。我哩，是天主教徒，在座有的朋友可能并不信教，但这并不妨碍我们为了一个共同的目的相互精诚合作。所谓'博爱'我的理解就是不分民族、国籍、性别或宗教信仰，伸出援手把关爱给予需要它的人们。特蕾莎修女为我们树立了榜样，我们就是要像她那样把温暖和爱带给需要的人们。"

小磊："是的，信仰，对真与善的信仰与博爱精神可以超越寺庙、天主教堂、清真寺的高墙，向着广阔的天地展开。"

一直没吭声的罗守松发话了："俗话说'头上三尺有神灵'。我不属于任何教派，这个神灵不限于寺庙、教堂或清真寺里供奉的。我主张泛神与自然神，弘扬博爱精神，爱在人间，大爱无疆。"

　　小磊："这方面我对守松有些认同。3 大宗教的创始者，释迦牟尼、耶稣、穆罕默德在历史上都实有其人。他们被奉为尊神在于，他们生平的思想、教诲与业绩对后世的深远影响与永恒的传承。'永恒'是什么，茫茫宇宙，其中有不可知的东西，也就是神性的东西。"

　　守松："不可知的东西，是知识与科学暂时达不到的东西，说不透的东西。"

　　小磊："嗯，正如孔夫子'不语乱力怪神'。不语不等于否定，而是避免引人于歧途。他说'祭如在，祭神如神在'，你相信神，神对你就存在。"

　　方鼎青说道："诸位的高论很有启发。圣经认为圣父、圣子、圣灵三位一体。圣父指造物主，圣子指耶稣；圣灵（Holy spirit）是无处不存在，表现为拯救人类的爱心。佛教也讲究'大慈大悲'，真理与善良相通，化为每个人的内心中的上帝与神明。真与善也就是人们自我救赎并且救世的内心的上帝。在这一点上 3 大正教应该是共通的。兰莺小姐，你精通佛教，你说呢？"

　　兰莺道："在东方的佛教中，有大乘、小乘与禅宗之分。大乘主张救世，小乘提倡自救，其实这两者是相通的，救人即救己。佛教所言'身为菩提树，心如明镜台'，'菩提树'为大觉大悟的智慧之树，明镜台为通亮透明的心灵，禅宗认为'菩提本无树，明镜亦非台，本来无一物，何处惹尘埃'。菩提树与明镜台本 900一是我们心中之善。"

　　小磊："嗯，我以为这一禅意通向泛神论，《圣经》所说的'三位一体'也就是万物一体。道家认为'一生三，三生万物'，神灵与全息宇宙相通。《圣经》中多处谈到圣灵，表明这是至高的善，也就是人类共同价值的最高境界。虽然这些科学不能证明，但是可以信仰和追求的。《红楼梦》中'宝玉悟禅机'一章所讲的禅机就在于，佛学'空无'不是物理学真空，也是不能证明的，因为它通向永远开放的未知世界。"

兰燕："哎呀，这也太玄了，《红楼梦》也看过，真搞不懂这种禅机的真正意思。"

小磊："这真的是不好懂，这部分我反复看了十多篇。说的是，大观园请来个戏班子唱戏，史湘云觉得有个戏子长得有些像黛玉……于是黛玉就生气了，她把气撒在宝玉身上，宝玉觉得很委屈引用禅宗说'你证我证，心证意证，是无有证，斯可云证，无可云证，是立足境'，原文说的'证'是证明对佛陀信仰的虔诚，宝玉却用来说明自己对黛玉的真心是不必用什么语言来证明的。黛玉在这个段子后面，加上两句'无立足境，才是干净'，意思是你对我的真心终究是一场空……这是他俩文字游戏式的斗嘴，刻画了黛玉的小性子和她的聪明。"

这时乃青耐不住了："哎呀诸位都是高人，就我是凡夫俗子。要说《红楼梦》那是离经叛道的书，把妙玉写得那么恶心。不过小磊说的，'不可证明'，点出了妙玉的要害所在，'云空未必空'。道家的虚无与佛家的色空是核心的东西。"

兰莺说道："佛家的'色'涵盖极广，既为五色、涵盖万物之形，也包含男女情色，终归于'四大皆空'……"

大家越谈越深，其他几个是一头雾水，冷在一旁插不上话……

林瑷说道："各位前辈说得太好了。虽然我还不完全懂，已感到受益匪浅。"

鼎青带有总结的意思说道："是啊，其实三大正教都在不断变化，欧洲是明火执仗地宗教改革，使基督教更加世俗化了，所谓'新教伦理'对资本主义的发展起到了重要的推助作用。佛教嘛，有大乘小乘，刚才大家说得很好。伊斯兰也分成了两大派系，什叶派与逊尼派穆斯林。所谓'三教九流'恐怕应该这样来理解。各位讨论筹备慈善事业已经深入到宗教的教义与信仰问题。这可以启发智慧，开宗明义，把工作做得更好，希望以后多有这样的机会。下面我们商量一下实际的具体问题吧。"

　　方鼎青一口应允出资 50 万元人民币作为启动费用，其他人凑足了 10 万元作为原始基金，在银行立个账户。经讨论慈善基金会命名为"爱在人间"。公益慈善事业作为对社会弱势者的救助，是社会公德意识和公共理性的体现，起着缓解社会矛盾冲突、维持安定局面的重要作用。对于个体富人来说，由于占据市场竞争优势从社会取得较多的资源和财富，通过公益慈善事业自愿捐助救济穷人，"取之社会，回报社会"。这对一个理性的个体也是一种心理补偿和精神提升。因此许多热衷公益慈善事业者都能从中得到一种幸福体验。

　　对于这个名称大家都觉得很好，推举方鼎青任基金理事会主席。乃青说他与企业界有较多联系，筹集资金他一定会竭尽全力，不过他事太多，可作为名誉主席。最后通过方乃青作为常务理事，兰莺作为副理事兼会计与出纳，大家一致鼓掌通过。

　　方鼎青说道："是啊，公益的慈善基金会业务比企业单纯，主要是筹集资金与发放善款。这方面要有个章程，照章行事。日常业务要有个大致分工。"

　　兰莺说："我是当会计的，我们对于基金要严格按照账务制度管理。每笔善款收入以及捐助支出无论大小都要入账，并需要理事会批准，手续完备。不定期召开理事会，账目公开。每位成员都有权过问收支状况，进行财务监督。个人因基金会需要外出，车旅住宿费用实报实销，按国家财务规定进行出差补贴，在一起聚餐费用自理，力戒沾染上官僚部门公款吃喝的不良风气。"

　　小磊对林瑗说道："这件事与上交被扣压的文章修订合并尽快报道出去。"

　　方鼎清："在一起用餐 AA 制最好，这次开会费用由公费报销。今天我们首次聚在一起，今晚我做个小东宴请诸位庆祝一下，请大家赏光。"

　　他们接着商讨了具体分工的问题。永青说："我们这是民间的慈善组织，也需要向政府部门，民政局注册，取得合法地位，这事我包办。"他已经预先领取了成员注册登记表，发给各人自己填写。第一项工作是调查统计当下各地尘肺病患者的分布与数量等情况，摸清需要救助的对象，制定计划。立即展开对全国各有关企业，矿区、地下隧道、采石与石材加工等地的工人进行一次全面的体检普查，摸清不同患者的病情，登记入册。这项工作由兰燕与林瑗负责，由报社协助组织调查。莺决定住到清源巷小磊那里，把自己的房子腾出来作为临时常设办公室，在宁的成员轮流值班。

诸事项安排定当，晚间 7 点来钟在餐厅的一个包间里，一张大圆桌加了一把椅子。方鼎青身着灰色便装西服，系了一条浅蓝色领带，显得儒雅而洒脱。大家到齐后，开始陆续上菜。餐厅配制的是精致的粤式菜肴，实行分餐制。每上一道菜服务员把菜分成每人一小份。酒水有白酒、红酒、洋酒，啤酒，还有餐厅特制鸡尾酒与各色饮料。服务员按照各人的喜好斟倒饮料。鼎青向大家敬酒，庆祝"爱在人间"慈善基金会顺利诞生。大家举起杯来，鼎青带出一架小型录放机说道："诸位晚上好，今晚为大家准备一盒磁带，音乐佐餐希望各位能喜欢。"说着按下开关，响起了《夜来香》歌声。

他问道："各位知道这位歌星的名字吧？"

林瑗说："这声音很独特，好像在学校有次一位同学从家里带来随身听在宿舍放过。记不起当时说过的歌星的名字了。"

鼎青："邓丽君嘛，在台湾红得不得了哇，红了 10 来年。近些年红到日本歌坛了。大陆知道的人还不多。"

兰燕说道："这歌声，甜美、清新中有一种独特不同于一般的味道……"

鼎青："嗯，这一盘磁带是她个人的专辑。来来，大家一面听歌，一面吃菜。"

鼎青向大家介绍播放的歌名，有《采红菱》《甜蜜蜜》《路边的野花不要采》《粉红色的回忆》《我和你》《何日君再来》……

大家兴致很高，相互祝酒。放到《我和你》时，鼎青介绍"这首歌是日本的《北国之春》改的，邓丽君小姐能用普通话、粤语、日语、英语 4 种语言演唱，味道有点不一样。这盘带子是普通话的。"

播放《何日君再来》时鼎青介绍道："这首老歌估计大家都熟悉，也唱了差不多半个世纪了，生命力还是很强的嘛。"

歌声起时，他津津有味地继续介绍："这首歌坎坷经历的故事，各位不一定了解。它当初遭到日本当局、国民党与共产党三方面查禁。上海沦陷时国人以这首歌寄托怀念国军光复的情感，被日方觉察后加以查禁，宣称的原因是那种缠绵的靡靡之音会消磨战斗意志。后来日军眼看要吃败仗，他们弄出一个坏点子，把'何日君再来'改成了'贺日军再来'。"大家乐开了……他接着说："蒋委员长发现里面的奥秘后很生气，亲自下令全国禁唱这首歌，并销毁所有唱片。"

乃青插话道："那么，共产党禁唱就是怀疑有人梦想蒋介石反攻大陆啦……"

小磊："更重要的原因是这首歌太缠绵悱恻消磨革命斗志。"

林瑷笑道："跟日军想到一块儿去了。"

乃青："崇尚暴力者都反感这种软绵绵的调子。"

鼎青："现在它在台湾又火得不得了。"

小磊："这样一首小歌竟折射出一个多世纪时代命脉的搏动，真是有意思。"

鼎青："是啊，现在大陆由邓小平先生开启的民主改革先带了个好头，我这次才能来探亲，大家才能收听这首脍炙人口的好歌。"

兰燕："不过，前些年邓丽君也有人反对，小磊哥哥也不喜欢。"

小磊："我承认这方面我有些保守，听惯了也开始有点喜欢了。有些歌，什么'把我的爱情还给我'像小孩吵架一样，缺少些诗意。"

兰莺："不过小磊哥同那些左派不一样，他是在'天上宫阙'里不知'今夕是何年'。"

小磊心里想："知我者莺也！"嘴上说："现在有点知道'今夕是何年'了，也喜欢旧上海老歌了。"

鼎青："文化应该多元，开放。像这支歌屡禁不止、常唱不衰一样，愿中华民族'好花常开，好景常在'。希望进一步实现两岸直接通邮、通航。来，大家再干一杯。"

大家点头称是，有人要求再放一遍此曲，于是他把带子倒回去，又放一遍，有的跟着小声哼哼……

好花不常开，好景不常在。愁堆解笑眉，泪洒相思带。
今宵离别后，何日君再来？喝完了这杯，请进点儿小菜。
人生能得几回醉？不欢更何待！
……

用餐将结束，鼎青说："我们订了两天房间，很顺利用了一天就解决了慈善基金的筹备问题，明天还有一天，有的朋友关心台湾的现状，要我介绍一下。承蒙各位厚爱，明天上午我来讲讲，欢迎有兴趣的朋友来，下午个别交流。今晚用餐结束后，放松放松，大家到舞厅跳会儿舞。不喜欢跳舞，可到厅里用茶，自便吧。'今宵离别后，何日君再来？'"

兰莺不想跳舞，小磊说："这地方看来很高雅，听听音乐也不犯戒吧？"乃青也说："带发修行还可以结婚生孩子，怎么就不能跳舞了？"她辩解道："不是佛法不允许，是我自己不喜欢。"兰燕："你跟大家一起在一旁听听音乐也好，一个人在房里待着多没意思。"她磨不过大家的面子，也就跟着一块儿去了。舞厅装饰得很别致，有轻音乐小乐队伴奏，还有歌星伴唱。乃青请兰莺跳第一支曲子，她推脱，他打哈哈：

"既来之，则舞之。你一面跳，心里可以默念阿弥陀佛嘛。"她白了他一眼，跟他下了舞池。小磊称赞她跳得好，接着也请她跳。此刻，一位歌星步上乐池，唱起旧上海的名曲《花样的年华》，是方鼎青别有用心点的。

花样的年华，月样的精神

冰雪样的聪明，美丽的生活

多情的眷属，圆满的家庭。

蓦地里，这孤岛，

笼罩着惨雾愁云，惨雾愁云

啊，可爱的祖国，

几时我能够投进你的怀抱，

能见那雾消云散，

重见你放出光明。

花样的年华，月样的精神

多情的眷属，圆满的家庭

……

小磊搂着莺的腰肢，她手搭在他肩上，随着徐缓的节拍，移动着脚步……

小磊对她说："这支歌小时候在上海家里听过，岳母家有唱片，比较喜欢。倒是很切合当下的实际状况。"她答道："插队时在农村也喜欢唱。"

此时此刻，他心里念叨："对我，'花样的年华'一去不复返，而她依然是'月样的精神，冰雪样的聪明'，只是'美丽的生活，多情的眷属，圆满的家庭'对我俩都永远地消失了，惨雾愁云还在周遭笼罩着……"

歌声重复着第二段：

花样的年华，月样的精神

……

在歌声中，小磊突然仿佛从童年到青春时代的她又跃然浮现在他眼前。他心激烈地跳动起来，恨不能此刻化为永恒，与她相伴终生，或携着她冲上云霄。他温柔地握住她的一只手，两眼深情地注视着她，搜索着她的眼神。此时此刻她近在咫尺，却如隔天涯，勾起他一生中全部的伤痛，一颗心撞击着仿佛要跳出胸腔。他竭力地遏制住自己的情绪……她却回避着他的眼光，低垂着眼睑，随着他的舞步挪动，表面没有显出什么异样，不由自主心里也是感到心旌暗暗不自主地摇动……跳完此曲随即回到房里盘腿打坐，闭目合掌默默念起：

佛告须菩提："诸菩萨摩诃萨，应如是降伏其心：所有一切众生之类一若卵生、若胎生、若湿生、若化生；若有色、若无色……"

小磊见兰莺离去，走进洗手间用水龙头冲了把脸，出了几口大气，回到现场。此情此景，知情的老友都心知肚明，只是鼎青一人蒙在鼓里。乃青心里也不是滋味，强打起精神相继请兰燕、林瑷各舞了一曲……舞会到 10 点钟结束，各自回到自己的房间。

小磊回到房里，倒在床上怎么也不能入睡，左思右想，脑海里浮动的全是她……似乎还握着她的手，注视着她的脸，感到她的气息……翻来覆去之中突然听到轻轻一声敲门，他打开灯骨碌从床上起身走向门边，看见门缝下一张纸条，上面写着一行偈：

浮生纵有千种怨　晨钟堪消般万种忧

顿时，他前思后想，折腾了一整夜，直到东方泛白，耳际仿佛突然响起那年秋天到京郊潭柘寺听到的钟声，他开始调整自己的心态，终于平静了下来了……

四　这绿岛像一只船……

次日，鼎青早餐后到了小会议厅。一个人还没到，他打开录音机放着歌曲：

这绿岛像一只船在月夜里摇呀摇
情郎哟你也在我的心海里飘呀飘
让我的歌声随那微风
吹开了你的窗帘
让我的衷情随那流水
不断地向你倾诉
……

不一会大伙陆续到齐，兰燕问放的是什么歌，林瑷："好像叫《绿岛小夜曲》吧？"

鼎青点头称是："这是台湾50年代的歌曲，现在还盛行。"

林瑷："大陆对它不太感冒，有人说'绿岛'是象征台湾的，涉嫌有'台独'倾向。"

小磊摇头"神经有病吧？"

"不过官方好像还没有明令禁唱。"

鼎青说道："此曲的真正故事你们都不知道吧。绿岛是台湾旁边关押政治犯的一个小岛。有人说这首歌是中共地下党员创作的，引起当局一阵子神经过敏……"

大家皆称有意思……

"这些烂事不去扯了吧。"

汉朋与婉婷公司有事先走了。鼎青开场念道：

小时候，乡愁是一枚小小的邮票，

我在这头，母亲在那头。

长大后，乡愁是一张窄窄的船票，

我在这头，新娘在那头。

后来啊，乡愁是一方矮矮的坟墓，

我在外头，母亲在里头。

而现在，乡愁是一湾浅浅的海峡，

我在这头，大陆在那头。

念罢他问道："这首小诗的作者是谁？"

林瑗："余光中。"

鼎青："嗯，看来，他吟出了两岸同胞的共同心声……"

他介绍自己的父亲与乃青的父亲是同胞兄弟，老家在湖南，先后离家外出求学。乃青的父亲投奔了共产党。他父亲之后到美国留学，1949 年随公司去了台湾……

"50 年代的台湾，非常的苦。我父亲虽然是名机械工程师，家里也很穷，妈妈还要帮人洗衣干活挣钱。"

林瑗问道："台湾怎么这么快就富起来了？"

鼎青："嗯，蒋介石败走台湾后，痛定思痛，总结国民党失败原因主要在，一是腐败失去民心；第二是农民跟共产党走是因为有望分得土地。所以他从 1949 年开始大力惩治贪污腐败，进行廉政建设，同时实行土地改革。"

"反腐效果怎么样？"小磊问道。

"现在政府官员们不敢明目张胆地腐败了，贿赂采取隐蔽的方式。比如我要求你办事，请你到我家打麻将，故意输钱给你，这不犯法，如此等等。对于振兴经济，更重要的是开展土地改革运动。"

兰燕："哦，蒋介石国民党也搞起土地改革来了？"

鼎青："是的，长期消息闭塞，我想大陆很多朋友不知道吧。"

小磊："听说过一点，不知道详细情况。"

"孙中山的'耕者有其田'肯定大家都知道，这可以说是两岸土地改革的共同点。台湾的土改不能用共产党的土改来套。用主持土改的陈诚的话来说，这是一场'不流一滴血的革命'。1953 年，蒋介石下令颁布《耕者有其田条例》，将台湾土地分为 26 个等级，规定地主拥有土地面积限额，凡超过限额的土地一律转售给无地和少地农民。另外，以 6 年为一个土地使用期限，把所有土地的产值，扣除种子、肥料等成本费 25%，地主和佃农平分余下收成的 75%，佃农获全年收成的 37.5%，即著名的'三七五减租'。"

守松："那，地主与佃农完全扯平了。"

"是的，灾害之年，佃农还可申请减租，如果是大灾之年，地租则完全免除。这样，农产品分配上基本上做到了公正，既不损害地主的利益，也让农民得到实惠。"

林瑗："哦，'不流一滴血'，大陆土改很残酷的，听父亲说过，我爷爷就是在土改时开斗争会被当场打死的。"

鼎青："还有，国民党所没收原来被日本殖民者占领的土地，不归任何人私有。作为公产国家允许农民用贷款的方式买进，不付利息，10 年内偿清，便可获得土地的所有权。"

小磊："农民太得益了。"

守松问道："那不是让原有的地主还是吃亏了？"

鼎青："不吃亏，地主的土地虽然被征收了，但政府却是以购买的形式，同时支付给了地主债券及股票等，地主后来将这些钱投资到了工业上，昔日的地主变成了企业家，一举两得。与此同时，之前被冻结在土地上的资金，被转移到了工商业。以进口替代工业、加工出口工业、中间原料工业、技术密集工业的发展实现工业起飞，在外汇储备数量上名列世界前茅。"

小磊："嗯，这就起到了以农养工的两利作用。"

兰燕也赞道："太高明了。为什么台湾经济一下子起飞，这一说全明白了。"

小磊："这是以农业生产来带动工业化进程。"

鼎青："是的，土改虽然为时不长，却使得农民的收入增加了 81%，不仅农业产量大幅度上升，并且大量的农业资金投放入工业，促使台湾从农业社会转型为工业社会。所以蒋公与陈诚得意地说'在土地革命史上，我们创立了一个新纪元'"。

小磊："英国最早的工业化是以'圈地运动'迫使农民丧失土地离乡背井开始的。我国大陆当下的改革是以乡镇民营企业的发展实现城镇化，实际上是以国有名义对农民的土地的再侵占。台湾不去剥夺农民的土地改革实现了工业化确实是创举。"

鼎青："不过台湾没有完成政治民主化的改革，蒋公在世时这件事不能完成，也不可能不流一滴血，政治改革比经济起飞复杂艰难得多。刚才提到《绿岛小夜曲》的故事就可看出政治对思想文化的控制。"

守松："同我们这里一样呃。"

乃青插道："听说哪年发生过'二二八'流血惨案……"

"那是 1947 年 2 月，我们还没有到那里时发生的。因台北市警察查缉香烟走私案与当地商贩发生冲突，加上贪官污吏所累积的民怨，引起当地民众对政府的反抗。台北市民上街请愿、示威、罢工、罢市遭到镇压，激起更大规模的斗争，国民政府从大陆派遣军队镇压，开枪屠杀，造成大规模流血惨案……"

兰燕问道："你们去了以后与当地原住民肯定关系紧张吧？"

"那当然，当地民众被镇压下去了，但是深深地埋下了仇恨的种子。因为'二二八'也有共产党地下组织参与，'台独'就是从那里兴起的。蒋介石用血腥手段，实行白色恐怖，逮捕、杀害大批地下党员与异见人士。作家柏杨因为一幅漫画的事件被判 8 年监禁。"

小磊："柏杨这桩案子听到的说法不一，到底是怎么回事？"

鼎青："罪名是'侮辱元首'涉嫌'通匪'，详细情况比较复杂，过去快 20 年，我也记不清了。"

林瑷："这事在学校我倒是查过资料。事发正是在大陆文革时间，1968 年，柏杨为美国著名的系列漫画'大力水手'作汉译，语涉'父子二人争当总统'，被认为是影射蒋介石而判刑，有说是 12 年，有说是 9 年，是提前释放了，条件是不许再揭露当局的黑暗。"

守松："哎呀，那不是同大陆的文字狱差不多了吗？"

小磊笑道："说起这个，我想起报社文革时打派战，揭露烧锅炉的工人老安，原来是农民，说过国共内战时家乡流行一首顺口溜'口内的房子，口外的地，老汉的女婿是傅作义，蒋介石跟毛泽东是把兄弟'……"

燕："啥意思呀？"

小磊："没啥意思，内战时当地农民吹牛，什么张家口内外自己有房子有地……胡说八道。"

大伙被逗乐了，乃青问道："那这名锅炉工犯死罪了吧？"

小磊："因为他是贫农出身的一名锅炉工，没有别的什么问题，斗一斗，认了罪，也就算了。想起这首瞎编的顺口溜说'蒋介石跟毛泽东是把兄弟'，倒意味着在一党专制独裁上国民党与共产党都是一路货。不打岔了，请方先生接着讲吧。"

鼎青："老蒋这样倒行逆施也引起美国不满，1978 年大陆与美国签署了联合公报准备正式建交了嘛。"

守松问道："蒋府经济上的改革非常开明，非常成功，怎么没有影响到政治上的民主化呢？"

鼎青："是的，许多人以为经济繁荣改写带来政治开明，实际上有时恰恰相反。第二次世界大战前，德国纳粹党取得多数席位，1930

年代希特勒上台也是因为经济飞速发展，改变原先工业落后的状况，赶上并接近英美等先进国家，人民生活得到大幅度提高，但是它并没有走向民主，恰恰走向了法西斯主义，成为世界大战的祸首。"

小磊："嗯，战前日本大致也是如此。看来一党专制体制下，以经济发达带动军事工业，强化了称霸世界的野心，非但不会导致政治民主化反而走向军国主义和法西斯。"

林瑷："听说台湾后来又爆发镇压知识界民主运动的'美丽岛事件'"

鼎青："是的，蒋介石在政治上还是一意孤行。经济上的成就的同时继续强化专制独裁实施党禁，限制人民言论、集会、结社自由。当然这与当时大陆的紧张局势不无关联。知识界对此强烈不满，特别是受西方影响的自由知识分子，纷纷争取人权保障、司法独立的抗争。《美丽岛》是一家代表'党外人士'发声的杂志，倾向民主自由，反对国民党当局。1979 年高雄以庆祝联合国发表《世界人权宣言》一周年纪念会，举行争取民主示威的游行，抗议国民党政府的暴政，有两万人参加。最后演变成警民对峙。台湾当局发布戒严令，出动镇暴部队、装甲车与催泪瓦斯弹对付集会人群，共造成近 200 人受伤。152 人被捕，有的被判处死刑……"。

小磊："后面想必有共产党在起作用。"

"那时候共产党全被杀光了。不过反蒋的势力当然属于左派，知识界主要是在理论上受西方自由主义人道主义的影响，从古典的启蒙思想到当代的存在主义。法国作家萨特对大学师生们影响很大。"

林瑷："啊，萨特呀，现在我们这里也正热着哩。"

小磊："他属左派，主要是从人道主义立场批判资本主义，倾向共产党。1951 年他还来中国参加大陆国庆节，上了天安门。知识界对他的兴趣在于自由主义，在这一点上与斯大林主义是对立的。"

林瑷："他的主要著作《存在与虚无》去年刚译成中文出版，60 来万字，太深奥，一般都啃不动。"

乃青："我看过他的小说《恶心》，把人的生存状态比作吃完饭洗碗时在水池里抠出一块肥肉那种感觉。"

林："嗯，还有一篇小说《墙》，说人与人之间的冷漠、孤独，像隔着一堵墙不可能沟通。"

小磊："存在主义的核心思想是自由，萨特说'人是不能规定的''存在先于本质'。"

林瑷："这就深了，这两句话背起来很容易，我们在学校讨论时谁都说不透。"

小磊："这是对'人是什么'的哲学追问。古代希腊有一座石碑上面刻着'认识你自己'。法国印象派画家高更有一幅名画的标题就是'我们是谁，我们从何处来，向何处去'。"

鼎青："在《圣经》开篇创世纪中所载，人类最早的祖先是上帝在七天里创造出来的，上帝用泥土创造了男人，再用男人的一条肋骨造了夏娃。亚当夏娃开始就居住在上帝所创造的美丽的花园，那就是伊甸园，在那里过着幸福美好的生活。后来亚当与夏娃受魔鬼撒旦变成的蛇的引诱，偷吃了上帝明令禁吃的果子，被逐出了伊甸园。这就是人类生来的'原始罪过'，所以人在世就是要赎罪，修炼，以期死后进入天堂，也就是乐园失而复得。"

小磊："青年马克思把这个过程纳入黑格尔的辩证法，阐述人从人的本质异化，通过克服异化，到复归的历史进程。"

鼎青："这就更深一层了。兰莺小姐可不可以介绍一下，佛教关于这个问题的教义。"

兰莺："在佛经中认为人是从'光音天'而来。至于什么是'光音天'这个问题很复杂，我也没有参透，这里不细讲。它与我们昨天谈到的'色'有关。我们也知道，色与空的关系。从中国古代哲学所说的'天道'来讲比较好理解，那就是老子所说'人法地，地法天，天法道，道法自然'。这个自然不限于狭义的自然界，意思是'来自本然'。"

鼎青：“容我补充一点，老子的‘一生二，二生三，三生万物’，这个‘一’从何而来，是从‘无’来……”

守松补充道：“嗯，太极来自无极。‘泰初有无，无有无名，是为天地母’。”

乃青：“从上古神话来看，这就是混沌，盘古氏开天辟地，而后女娲用泥土造了人类。”

守松：“嗯，这也就是老子所说‘有物混成，先天地生。寂兮寥兮，独立而不改，周行而不殆，可以为天地母’……”

小磊：“这就回到了存在主义，萨特所谓‘人是不可规定的’，有如庄子所说‘泛若不系之舟’那种自由状态。这个没有本质规定的存在与‘无’相通，来自德国存在主义哲学家海德格的‘存在根于不存在’。他们都把‘烦’作为人生的存在状态。”

兰莺：“嗯，这与佛家所说‘尘沙烦恼’相通。”

鼎青一直饶有兴味地听着，叹道：“哎呀，诸位都是学问家呀，从宗教、哲学、到神话。儒、道、释，古今中外，全贯通了。”

小磊：“哈哈，离题千里，还是回到台湾吧，请鼎青兄继续谈谈蒋经国的民主改革。”

鼎青继续道：“1975 年老蒋逝世后，1978 年，蒋经国就任中华民国第六任‘总统’时，台岛虽然经济上突飞猛进，在政治上还停留在一党独裁状态。内部民主浪潮日益高涨，许多国家与台湾断交，在世界上也越来越孤立。1984 年，《蒋经国传》作者江南在美国遇刺案弄得小蒋焦头烂额……1986 年 3 月，小蒋在党代会上，提出政治革新的主张，一致通过决定开放党禁报禁，允许自由成立政党、自由出版报纸。两岸的民主改革为统一创造了机会，去年大陆宣布开放部分人士赴大陆探亲与经商，我闻讯就立即办手续过来了。”

守松：“这可真是‘顺天应人’之举。”

林瑗：“蒋经国先生说，他是台湾的最后一个专制者，他要‘以专制来结束专制’。”

小磊：“嗯，他说'没有一个执政党会执政到底'嘛。”

鼎青：“还有一件事，不知诸位有没有听说过，1970 年小蒋访美遭遇三名台湾留学生刺杀未遂……事后他表示，'这些人如果有什么不同意见，可以向我陈述，我一定会亲自接见'。他请求美国政府释放他们。这件事对他震动很大。他知道刺客不是出于与他的私仇要杀他，而是反对专制主义，最后对捕获的首犯也免除了死刑。”

兰燕：“真是了不起！”

兰莺：“深明大义，他将永垂青史！”

乃青：“共产党为什么出不了这样的人呢？”

小磊：“冒点泡就会被按到水里淹死……”

林瑗：“我相信将来总有一天会出的。”

小磊：“是的，历史还在走！”

乃青：“嗯，鼎青兄是台大中文系毕业的，听说也投资电影事业，是不是可以介绍一下那里文化艺术的近况？”

永青：“这个话题讲起来要更多时间，今天来不及了，只能简单介绍个大概。我与台湾与香港电影圈的大腕都很熟，像李翰祥、夏梦、林青霞、胡茵梦、林凤娇以及秦汉等。同这些头牌，我多少都打过一些交道。这次来大陆之前到香港还特意去看了夏梦。”

兰燕：“啊，夏梦，我们可不陌生，文革前好几部她的片子在大陆映过。现在她 50 出头了吧？”

“嗯，她虽然很少上银幕了，可是还不显老，依然风姿动人。”

林瑗：“港台影业以票房决定成败，社会意义差一些吧？”

鼎青：“电影界当然还是以娱乐、票房为主要目标，也不能放弃描写社会人生的现状，关怀民生的疾苦。”

林瑗：方先生简单介绍一点台湾文学的情况吧？

“台湾文学大致可分为三个档次，作为'阳春白雪'的文学与政治关系很密切，许多著名作家都是左派，主张文学揭露批判社会的黑暗。像龙应台、陈映真、白先勇、柏杨、李敖这些知名大作家。我除了喜欢读他们的作品外，还听过他们的课程和演讲。台湾的主流作家是反现状的，用柏杨的话来说'不为帝王唱赞歌，只为苍生说人话'，他们有的作品对现实的揭露是很尖锐的。阿谀奉承的作品没人要看，马屁精作家是很臭的，没人看得起的。"

乃青："哈哈，我们这里恰恰是'只为帝王唱赞歌，不为苍生说人话'。"

鼎青："文坛上文学批评总是'见智见仁'嘛，有的作品难免引起一番争议，柏杨的杂文集《丑陋的中国人》受到过诟病，台湾的民族情怀还是很深的。鞭挞时弊可以，他将民族传统文化说成为'酱缸文化'有人受不了。"

乃青；"不过前两年李敖来这里时说过'毛主席满门忠烈，你们满屋黄金，有什么资格和脸面对毛主席评头论足？文章比不上他，诗词比不上他，书法比不上他，潇洒比不上他，胸襟比不上他、思想比不上他、哲学比不上他、军事比不上他、奉献比不上他，为民造福比不上他，你们凭啥诋毁他？'"

鼎青："不过他所说几个'比不上他'倒是合乎事实。"

小磊："看跟谁比，跟他的战友比前面几个比不上或许可以说'合乎事实'，最后一个'为民造福'恐怕恰恰相反，应该是'坑害人民'谁也'比不上他'。"

乃青："奇怪的是，李敖在台湾作为一个叛逆者，到了大陆怎么捧起臭脚来了呢？嗯，不谈他了，谈谈别的吧"。

小磊："我接触台湾文学不多，偶尔看过一点陈映真、白先勇的短篇小说，感到新文学的写实主义文学传统在那里还是没有丢。我们这里在斯大林的'社会主义现实主义'与毛泽东的'革命现实主义与革命浪漫主义两结合'口号之下，文学的批判精神几乎荡然无存了。"

鼎青："当然台岛这些反体制主流作家的受众主要是知识界。就作为消费文化而言，市场上畅销流行的还是大量娱乐类作品，像武侠、言情小说之类，金庸、梁羽生的小说在台湾也很畅销，很多被搬上了银幕，这就不去说了。不知道当红小说家琼瑶的作品大陆有没有介绍过来？她的小说虽然差不多都是男女之间的情爱故事，不过在畅销书中属于更高一个档次。文笔优美不说，吸引人的地方主要在于感情比较真挚、细腻，在小知识分子中拥有相当数量的读者，欠缺的是对社会问题的深层挖掘和追问不够。在知识精英中受到一些诟病，把她与40年代的'鸳鸯蝴蝶派'相提并论……一会儿要开中饭了，我看我们到此为止吧，下次有机会再聊。总的来说，这两天与诸位相聚非常愉快，受益匪浅。"

上午座谈结束意味着这次整个慈善基金会的筹备工作圆满完成，下一步是脚踏实地去做。大伙对鼎青对这项工作出的力表示非常感谢。他说："我不是来帮助诸位做这件事情的，这就是我的事情，要说感谢，我要感谢诸位。总之今后要靠大家齐心合力把这项事业做好。"

午饭后，大家道个别，各自休息了会儿相继离开宾馆。鼎青与乃青约好到弟弟永青那里去。

林瑗与小磊准备第二天去黄山。午休后林瑗给小磊一篇会议纪要初稿《关注工人们的肺：记"爱在人间"民间公益慈善基金会的筹办》。

小磊接过稿子惊喜道："这么快？"

"上次兰莺姐妹的现成的文章加上这次会议记录，晚间开夜车搞出来的，太长有些乱，你改改，砍掉一些。"

林瑗下午约了兰燕出去逛逛。小磊说："那好吧，下午我就看你的稿子。你不是想去黄山么。你们下午顺便到长途汽车站买明天一早的票。一路上我们把稿子定下来，我同总编说好了回去就发。"他还想找兰莺谈谈，午休起床后敲开了她的房门，进屋对她说道：

"昨晚在舞厅里，我有些失态了。我想到'月样的精神，冰雪样的聪明'，唱的不就是你吗？'美丽的生活、多情的眷属，圆满的家庭'，这些你本来应该有的东西，怎么忽然一下子就消失了呢？"

"我现在很好，我有一儿一女两个孩子，家庭是圆满的。"

"噢，那不一样。"

"我不觉得有什么欠缺，我心已献给了佛祖。而你还孤身一人呀。"

"你终于超脱凡尘了，我还在惨雾愁云中，不知何日重见光明。"

"嗯，你的忧国忧民情怀不改，我为你和国家命运祈福！"

"个人的命运是一回事，社会的黑暗又是一回事。林瑗把这次活动的情况报道与上次你们被砍的那篇稿子合并了，你看看，提提意见。"

"太好了。"她接过稿子很快看了一遍，称赞一番。接着他们又谈到昨天会上议论的话题。兰莺说道："你谈到存在主义哲学认为人的存在状态是'烦'，当时我没有插嘴。这与佛家讲的三大烦恼有异曲同工之处。"

"哦，佛经上怎么讲的？"

"佛把我们众生的一切烦恼分成三大类。第一个是'无明烦恼'；第二个是'尘沙烦恼'；第三个是'见思烦恼'。"

"那这三大烦恼有什么区别呢？"

莺："见思烦恼是对所见所思的物事的迷惑引起的烦恼。"

小磊："那就是与人处于某种困境中的感觉和思想有关。"

"'见'错了，'思'错了，自以为是，自以为非，其实全是错的。烦恼起于无解的大惑之中。"

"'见思烦恼'是可见，可思的，比如说，我们自己能觉察得到的'惨雾愁云'，所以，还比较容易控制。而'无明的烦恼'则是看不见摸不着的，不知道它是从哪儿来的烦恼，怎样引起的烦恼，感觉和思想无法控制的烦恼。这样理解对不对？"

莺："嗯，这都比较容易理解，什么是'尘沙烦恼'呢？"

"我的理解，'尘沙烦恼'也就是弥漫在整个人生中的烦恼。处处时时都在，如迷惘在无尽的沙漠之中，不着边际的烦恼。看来只有遁入空门才能从根本上摆脱这三种烦恼。"

莺："正是，佛祖释迦牟尼当年在菩提树下修行得道，烦恼断尽，便证菩提。只要把这三种烦恼断得干干净净，人人皆可成佛。"

"那么存在的空无之境也就是摆脱这三种烦恼进入的清净境界。看来你已经达到这种境界了，我还在无尽烦恼之没法中解脱。"

"家里孩子教育的事，将来慈善基金会的事还是会有烦恼的嘛，所以师父说我尘缘未尽。"

他坐了一会儿便告别回屋了。他走后，她关上门掩面痛哭起来……强自镇定后拿起一本经文打坐默念……

次日凌晨 6 时许，小磊与林瑗搭上了南京开往黄山的长途汽车。出城后太阳刚刚升起，到郊外时已经阳光一片，看不尽车窗外的好一派江南田野风光……一畦畦刚插完秧的水稻金光闪闪，比手指略高的秧苗欢快地摇摆着，成熟的油菜地里一片金黄……一个来小时后，中途在贵池停靠半小时让乘客下车吃早点。他俩一人要了碗猪肝面，林瑗拨给小磊一些……估计中午到达黄山。小磊告诉她稿子看完了，感到很好。在颠簸摇晃中，不久林瑗打起盹来，越睡越熟，不自觉地倒在了小磊的肩膀上打起小呼来，想必是前两天晚间写稿子欠觉。怕弄醒她，他大气都不敢出……她睡了个把小时醒了。小磊把水壶递给她："睡得真香呀，喝点水再睡会儿。"

她迷糊着惺忪的睡眼，微笑着摇了摇头，接过水壶喝了两口，翻看着在车站上买的黄山旅游图，喃喃说："啊，黄山！总算要见到你了，太开心了！毕业那会儿班上许多同学结伴过来，倒霉，我病了没能跟他们一起来，懊恼死了。"

小磊："我这是第二次重游，离上次来一晃都快 20 年了。"

五

愿结天涯伴，万古悲风

"那是——"

"1969 年，正是文革中，从北京到河南五七干校去绕道南京，专程到仰慕已久的黄山一游。那时南京还没有直达黄山的长途车，到芜湖转的车。"

瑗："徐迟的《黄山记》读过吧。"

"当然，前几天又翻出来读了读。"

"我带在身上。"

"是吗，那一路上就一边复习，一边实习吧。"

差不多中午车就停在了山脚下。他们在山下饭店草草吃了午饭，装满水，就往山上爬。没多久就到达第一处景点人字瀑前，林瑗直奔到水边，观看着瀑布一面打湿了手巾擦脸。小磊说：小心！上次秋天来，水没这么大。他们找地方坐下休息观景，小磊从背包里掏出一张纸片来递给林瑗。她看了看："沁园春（咏黄山），是你写的？"

小磊点了点头："上次来写的。"

她："啊，真棒！"

她念道：

色重秋浓，层峦游蛇，苍松走龙。

诧丫枝情切，迎来送往；

霓裳妩媚，装点天穹。

日闪云移，烟茫暮色，一曲长叹撼数峰。

思折桂，有云梯百步，直探蟾宫。

华年多少如梦，叹世上贤达皆尽空。

问壑深诺许，峰重几叠，帝都哪里，前路何终？

松骨争坚，嵯岈竞勇，何奈人间不相逢。

皆寂寞，愿结天涯伴，万古悲风。

林瑗坐在石头上读了好几遍，细品慢咽："嗯，那年，你是秋天去的？"

"是的，这里水声太大。"他们到庙堂里坐下。

林瑗："你上次是秋天来的？"

"是的，黄山没有枫树，青松更加苍翠。那时山上没有游客，后来途中遇见两个男士，结伴而行走了一段，他们没带相机，我给他们几张照，后来寄给了他们。"

她又看了看诗笺："一般游人到山上大概都是傍晚，可观看晚霞落日。'一曲长叹撼数峰'，把我也震撼了！……天色渐渐晚了，登上莲花峰看月色。'蟾宫折桂？'，好，好，用典好！有意境，还有思想。嗯，百步云梯是 100 个台阶吗？"

"是在玉屏峰峭壁上开凿的台阶，实际上可不止这么多，据说 200 多级。'百步'不过是形容多。明天我们就要攀登。"

"意境绝妙。下阕纯抒情了。"

她若有所思地吟哦着："'松骨争坚，嵯岈竞勇，何奈人间不相逢'。"沉吟片刻，突然拍起手来赞道："好！好！绝了！"

"有那么好吧？"

"我感到把你和兰莺的故事写进去了。"

"怎么讲？"

"你与她，自幼青梅竹马，她对你一往情深，你俩天生一对。然而，命运弄人，却使她遁入空门，独对青灯。你在凡尘中跌滚爬。"

"哎呀，我写的时候可没这个意思。那时，兰莺还不到 16 岁。李蕾去世没有多久，这山上没有别人，这段文字直抒胸臆，主要是经历文革后留下的迷惘、落寞，独来独往行于空山，思绪涌动。当时正奔赴五七干校，整个单位'一锅端'。在那里会待多久？个人的前途、国家的命运，未来将会怎样？四顾茫然……"

"昨天，我和兰燕到鸡鸣寺、台城一带溜达一下午，尽在谈你俩的故事，凄婉欲绝。想起你俩现在的状况，咫尺天涯，恍如隔世。何奈人间不相逢！"

小磊："如此解读，唯有知者！"

"两个孤寂的灵魂，内心都充满着爱，为什么不能结合在一起呢？你为什么不能主动些呢？"

"怎么说呢，在不同时期随着世事的变迁、心智的成熟人的情感会有变化的。在这几年的通信中，我曾多次暗示过，她明白了我的意思，说'哀莫大于心死'……"

林瑗继续道："看来，也真是，你这 20 年来独来独往，天马行空，孤独惯了。"

"寂寞与孤独不同，寂寞是一种躲避，孤独之中还有所追求。"

林瑗没有在意他暗含的意思："与苍松竞勇，与磐石比坚，结果也每每败下阵来。人生总是'万古悲风'哪！"

他晃着脑袋："哎呀，你的点评比这首词本身精彩多了！"

她笑了："我对古诗词的知识浮皮潦草。宋词种种词牌都有固定的格律吧。"

"是，词是写来唱的，不仅对长短句的字数是固定的，对平仄四声的要求也很严。不过这方面争议也不少，很多是因为地方口音差异引起的。我们休息得差不多了吧，到下个景点再谈吧。"

他俩走向继续前行了一段，终于来到百步云梯之下，这是登莲花峰的必经之道。走完百步云梯他俩气喘吁吁地上了山顶，来到天都、莲花、玉屏三座山峰之间的文殊院，著名的迎客松就在玉屏楼的青狮石旁，还有云中若隐若现的蓬莱三岛。林瑗伸手向迎客松摆了个优美的姿势让小磊拍了张照。小磊向她指点'松鼠跳天都'景观，得名于莲花峰顶两块巨石松鼠似的跳向天都峰。他们找了个优美的地方在石头上坐下，继续谈刚才的话题。

林瑗："刚才我一路上在想。毛泽东的《沁园春·咏雪》的格律你研究过吗？据说，胡乔木说是他写的，你信吗？"

小磊："那是胡说八道，诗如其人，毛泽东的这首词别人是写不出来的。格律上没有问题，它最早是在 1945 年他到重庆谈判时发表在当地的报上，如果有瑕疵，重庆那帮文人墨客哪能放过。不过胡适对毛泽东 1957 年写的《蝶恋花——答李淑一》的批评你听说过吧？"

林瑷："有所风闻，不太清楚。"

"这首词，你能背下来吗？"

"'我失骄杨君失柳，杨柳轻飏直上重霄九。问讯吴刚何所有，吴刚捧出桂花酒。寂寞嫦娥舒广袖，万里长空且为忠魂舞。忽报人间曾伏虎，泪飞顿作倾盆雨。'胡适说什么了？"

小磊："胡适说它'没有一句是通的'。据说，他还去请教过语言大师赵元任。"

"这太过分了，就诗论诗，我觉得它写得挺好的。究竟是什么问题。"

小磊："我核对过这首词韵脚应为'平声'，且应该一韵到底。毛泽东的这道上阕韵为'柳、九、有、酒'与下阕的'舞、虎、雨'都是仄声，且不同韵，据赵元任说，即使湖南口音也不押韵。这就犯大忌了。""不能变通吗？"

小磊："可能胡适的批评，毛泽东知道了，他后来对这首词加了一个'作者自注'中说：'上下两韵，不可改，只得仍之。'。最后两句改了味道就不一样了。"

"对此，你怎么看？"

"孔子说'质胜文则野，文胜质则史。文质彬彬，然后君子'。在这里，'质'即内容，'文'即形式。'质胜文则野'意思是内容很好，形式不好，显得粗糙。文胜质则史，指形式压倒内容就空洞。孟子说'《诗》者不以文害辞，不以辞害志'，也就是通常说的'以文害意'。形式压倒内容。"

"嗯，内容与形式怎样高度统一是个大问题。"

她还在看着手中的诗笺，说道："'自古圣贤皆寂寞，唯有饮者留其名'！在天涯相伴，独缺美酒一壶！"

"这次就等你给上酒，我们上去晚餐时喝他个一醉方休！"

"在上面要住两夜呀？"

小磊："嗯，我上次第一夜住在莲花峰顶，文殊院里，那时没有电，晚上点蜡烛，第二夜住西海。"

小磊又拿出笔记本翻开页面，他说："这是我上次所写的两首七律"。林瑷接过来诵读：

咏黄山（七律二首）

其一

林怪石奇峰亦险，摧筋磨足欲登天。

玉屏环抱逍遥阁，白缎缠抱并蒂莲。

雕得青松迎送客，琢成百兽舞翩跹。

颤然丧胆鲤鱼脊，俯瞰人间似醉仙。

其二

而立之年方得见，劫余尚念梦中人。

临渊始觉身趋险，入谷方知己有神。

步栈才忧人渐老，凌云更郁世稀真。

半山寺内曾相识，亲唤妻儿拾野榛。

第二首末句林瑷不明白什么意思。小磊讲起那年来时，寺中有一僧人，给他沏了杯黄山毛峰茶，并向他介绍了四季山里的种种情况，饶有兴味。交谈不一会从里面出来一妇人，原来此僧人已还俗，那是他妻子。他俩还生了一男孩也正从后山采摘过来……说着，找主持问起此事，得知那僧人早已出山了。

林瑷说道："和尚能够还俗娶妻，听说居士也能结婚，兰莺姐为什么不能同你在一起？"

小磊摇了摇头说道："我知道你可能会这样说。'过了这个村就没那个店了'，我们的事要能成早成了，今生无缘作夫妻，兄妹之情不会变。'这个村那个店'永远铭记于心，可再也不可能还原那片风景了。"

林瑷又反复看了几遍诗，问道："七律也要讲究平仄四声的吧？"

"那可不，说起此事。我还有个故事。"

"好哇，说来听听。"

他又把小笔记本掏了出来给她看：69 年，登黄山前先到的南京，离开十年了，心情很激动。写了首诗当时称之为七律（《返金陵感怀》）：

> 别来金陵乍经旬，钟山依旧翠如屏。
>
> 穷巷登我少时楼，旧街来寻故人情。
>
> 幽径难觅青春梦，芳汀不见倩丽影。
>
> 恶取明镜数华发，惊看邻女已娉婷。

这是在回北京的火车上写的，没有讲究格律，后来在一次会议上一位高手看了。他很认真，指出不合平仄不能叫'七律'。他觉得立意甚好，过后按七律格式改写了，题为《后竹马一生恋青梅》

> 金陵一别几旬龄，风雨钟山翠满屏。
>
> 梦里依依追竹马，心中恋恋觅青萍。
>
> 小楼昨夜同卿醉，国事今朝共我冥。
>
> 晓镜衰容情落寞，欣闻邻女已娉婷。

"是不是很好？"

她仔细读了读，笑道："嗯，是很好。"

小磊："不过，我觉得末句第一个字用'惊'改为'欣'，'惊喜'之意没了。后来，我对黄山两首使劲按照格律做了修改，大致不会差很远了吧。闻一多说格律诗就像戴上钉铐跳舞，功力不够跳不动，跳动了真下笔如神。那不是说'吟成一个字捻断几根须'嘛。"

"有机会，还是请那位高手看看吧，没有问题的话，连那首《沁园春》一块儿在我们报上登出来吧。"

"现在刊登这种诗不合时宜。"

他们准备晚间就在玉屏楼宾馆住下，单人客房已满，他们只能在集体宿舍订一个铺位。此时天色已昏暗，他们在宾馆温泉泡了会儿浴。在餐厅吃了晚饭后他们各自早早回到集体宿舍就寝，约定明早看云海日出，之后登天都。

天都峰为黄山峰险之最，得名于古人称之"天上都会，群仙所居"。素称"飞鸟难落脚，猿猴愁攀登"，也有人称"不登天都峰，到了黄山一场空"。据说当年徐霞客来过黄山，因没有登上天都峰留下遗憾。通常以为天都险在鲫鱼背，一条不到 1 米宽，10 余米长的石脊，因其外形酷似鲫鱼脊背而得名。它的两旁虽是万丈深渊，后来加了铁索围栏相护，人行其上有惊无险。

小磊指点着说："其实，天都最险在一段 60 多度接近 90 度的峭壁上，没有台阶，仅有古人在上面凿出踏脚的小坑，只能伸进半只脚，两旁没有护栏，必须手脚并用，极其惊险。徐迟的《黄山记》描绘'手可托足'。那时只有我一个人，托什么足哇。不过，有同伴也必须一个个分开上，以免万一失足把下面人砸了。很多人来到山脚下望而生畏，不敢攀登，只能原路返回。我鼓足勇气终于登了上去，现在想想真有些后怕。出来前查资料，了解到 1984 年才开出这条新道。否则我恐怕不敢再爬，更不敢让你上。"

他们终于站在了鲫鱼脊上，观望八方。面对脚下群峰林瑗不禁叫喊起来："啊！兰莺姐，你在哪里？你来呀！"

小磊说了声："傻丫头！"

她道"'一曲长叹'，看见群峰摇晃了没有？"

她又放声背诵：

华年多少如梦，叹世上达穷虚尽空。

何奈人间不相通？

皆寂寞，愿结天涯伴，万古悲风。

此情此景，小磊回忆当年道："寂寞呀！那年，好像整个黄山只有我一人站在这里，真想纵身一跳，一了百了。"

她也深有感触地说："社会这样黑暗，人间多少愁苦，但凡忧国忧民、愤世嫉俗、悲天悯人者，到了这里恐怕都会有终生与苍松危崖相伴的念头。"

沿途他们不断遇到后背搭着木支架手上擎着一根杆棒向山上各宾馆运送物资的挑夫。

中途遇见一位挑担民工，喘着气，擦着汗在坡上歇脚。出于职业习惯，林瑗上前与他攀谈起来。他们每天驮着货物冒着危险，攀约几十里山路。小磊问货物有多少斤？他背起了试试，踉踉跄跄走了两步，停下说："100 多斤。"

民工："嗯，差不多 200 斤吧。"

"我要背上山，走不了几步就得掉下山崖粉身碎骨。"

"我们一年到头干，练出来的。"

得知民工们运一趟的报酬是 6 元人民币，她失声叫了起来："这太不公平了！给这么少钱，你们也干？"

民工："不干，谁给钱？种地挣不来钱。"

小磊："是啊，工农业的剪刀差，农产品价格这样低，还要刨去种子、化肥、农药成本……唉，农村穷，农民苦哇！"

林瑗："农业属于自然经济，使他们扛起扛棒上山是市场化？"

小磊："一瓶啤酒在山下为 2 角，在山上则卖 1 元，一般商品山上与山下的差价大约为 3 — 5 倍，50 瓶啤酒赚约 40 元钱，仅以 3 — 4 瓶所赚的钱支付了这种超常的苦力。在中国农村土地流失、劳动力过剩的情况下，'体力'被最低廉地出售着，吸引外资也靠这个。"

林瑗："一方面是仙界般的自然美景；一方面是道不尽的人间甘

苦。我们在学校爱唱的却是'妹妹你坐船头，哥哥在岸上走，恩恩爱爱纤绳荡悠悠……'不到这里，哪里知道这种民情。"

小磊："是啊，似乎旅游的人们对此已经司空见惯，谁为吟唱'拖船一何苦……掩泪悲千古'，何人再悲歌'踏破世间的不平路'？"。

小磊沉吟了一刻，想起什么来，又说道："你听说过 1977 年万里在安徽视察的故事吧？"

"不知道，那时我还在中学。"

"那年冬天，省委书记万里到大别山区金寨县视察。到了一户农家，家中的女主人和两个大姑娘盘坐在土灶前，以草遮身。万书记伸手和农妇握手，农妇没有起身，又去和两位姑娘握手，同样没起来……随从人员告诉他，原来是母女 3 人都没穿裤子，她们穷啊，只能缩在草窝中避寒。那里很多家庭，一家人共用一床被子。接着他们又到一家，万书记想看看老百姓吃的什么，揭开锅盖，他惊呆了，灶膛里缩着两个孩子，没衣服穿，只得钻在灶膛里用灶膛余温取暖。顿时他心里倍感难受，喟叹：'新中国成立快 30 年了，怎么老百姓还这么穷？'这才下决心试点搞起包产到户的改革，取得成效后向全国推广，不是说'要吃米找万里，想吃饭找紫阳'嘛。"

林瑗："那，离现在 10 来年了，这里的农民还这样困苦呀。"

"这里属于皖南，可能比万里当年视察的皖北山区稍强哩。占着景区优势，否则这点钱也挣不上。"

"毕业那年在《人民日报》实习期间参与过中国当下的贫富差距问题的调查。"

"哦，国际上用以衡量一个国家或地区居民收入差是基尼系数吧。"

"嗯，基尼系数最小值到最大值设为 0 到 1 之间。当它社会贫富指数小于 0.2 时人们的收入接近平均，不利于经济的繁荣发展；大于 0.5 时贫富悬殊，不利于社会安定，在 0.3-0.4 之间比较合理。刚改革开放，1978 年，我国统计报道的数字是 0.185，当下公布的数字都没有超过 0.4。有关方面由此得出的结论是中国的贫富差距还没有达到'两极分化'。"

小磊说："那不是因为邓小平说过：'社会主义的目的就是要人民共同富裕，不是两极分化；如果我们的政策导致两极分化，我们就失败了'。调查统计公示的结果不得违背他这个话。"

林瑷："当我对那些人提出当下中国现实生活中大量贫富悬殊的社会现象时，他们就哑口无言了。当时 60-70% 被调查者都拒绝回答问卷。一周发出上千份调查问卷仅收回几十份。我根据有些统计材料显示，农民间的贫富差距由 1978 年 2.9 倍扩大到 1984 年的 4.6 倍（城镇居民相应时间段的差距为 1-3 倍）。在全社会范围计算，以城镇 20% 的高收入与农村中 20% 的低收入相比较贫富差距则为 9 倍。这个统计还是比较保守的，那也不能发布。"

小磊点头："问题的要害在于'两极分化'揭示出'分配不公'与特殊利益阶层的存在。"

"哼，有些经济学家鼓吹中国没有两极分化，甚至说中国当下的贫富差距还不够大。有些报刊文章认为，中国现阶段的个人平均收入差距尚未超过合理区间……这些都是粉饰太平的谎言。"

小磊："这些专家明明是在睁眼说瞎话呢？前一段时间我也关注过这个问题，中国吉尼指数实际的数字肯定超过公开披露的 0.46。当前各地的统计报表中仍然可以看到 1958 年的'遗风'，据公开披露，山西贫困地区的一个县，竟对该管辖地区的农民人均收入指令'派报'，1985 年人均纯收入不足 200 元却被'派报'为 500 元。统计上虚假的五花八门，有些统计上来数字是由少数大户的收入增长数字拉动的。而中国国家垄断的大型企业中的灰色收入不在正式收入统计之列，许多调查揭示这些无法统计的实际收入远远超过统计的收入。有些御用学者太无耻，他们中有些人担任一些企业的独立董事。权贵们扔下的剩饭残羹堵住了他们的嘴；也有极少数有良心的学者认为：'先富起来的人中肯定有一些是通过不公正甚至非法手段聚敛钱财的'。这就是权力寻租，权钱交易嘛！"

林瑗："对于围绕着中国是否两极分化，以及少数先富、暴富者们敛财的手段是否公正合法问题上，真实情况与某些社会学、经济学家们结论是截然相反的。"

小磊："马克思说，在中世纪'科学也沦为神学的恭顺婢女'。现代社会这个'神'就是权力与金钱。"

"在这些问题上，我和我老公差不多要天天吵架。"

小磊："中宣部新闻局是我们的顶头上司，在意识形态上他代表体制，新闻业要维护体制。本着社会良知就要批判体制，想不到这种情况在你们家庭里面也反映出来了。他进了那个庙就得撞那个钟，否则就待不下去。你对他要有所谅解。在家可尽量避免谈政治。"

林瑗："不可能，如果我在做生意可以不问政治，作为记者怎么可能回避现实政治呢？体制内上层也有敢讲真话的。《人民日报》社长胡绩伟就说过，《人民日报》除了日期是真的外，其他都是假的。"

"那倒是，正如知识界也有人卖身投靠成了权力的附庸。"

林瑗："我说他成了附庸，他气坏了。"

"在个别争论中不要出语伤人，可以求同存异嘛。"

"哪还有什么'同'可求？"

小磊："唉！人生处处是难题呀，人间不平真乃万古悲风！"

他们在山顶休息了半个多小时，就往下走，林瑗恋恋不舍地说："我真想一辈子躺在这石头上面，就听这松涛风声，看这浮云漫卷，永远不下山。"

次日逢周一，有些游客退了房回去上班。他们一早顺利地在白云宾馆预订了当天的两个单间，晚间可以不必挤在集体宿舍里了。晚间用餐时进入餐厅只见壁上张挂着几幅刘海粟的《黄山》油画，气势雄浑，上有题诗与款识："涛落飞香雪，峰横卧白云。山深谁得似，石色荡波纹。壬戌之秋泼彩画，刘海粟九上黄山年方八七。"他最后一次 10 上黄山 92 岁高龄。他俩在油画前慨叹，世上如此能有几人？

入住之后，他俩准备第三天游北海景区。晚间吃完饭，出宾馆，漫步周遭，赏月色，看夜景。山风送爽，夜雾缭绕，月色朦胧，群峰若隐若现，似梦似幻。他们来到一处观景石栏边坐下。小磊说："当年谢冰心在系列散文'寄小读者'中写道'说几句爱海孩子气的话'，拿王昌龄的'海上生明月，天涯共此时'与孟郊的"明月石上生"相比，表明自己爱海胜过山……"

林瑗道："仁者乐山，智者乐水"小磊接着说道："'知者动，仁者静。知者乐，仁者寿'。聪明的人好动；善良的人好静。有智慧者活得开心；有道德的人活得长。"

林瑗："那意思是，像水一样活动使人长智慧，这好理解，为什么如山一般安静就能使人善良呢？"

"这两句要从整体上理解，比如孙子说'静若处子，动如脱兔'。我认为不限于军队，人生这两种状态是共在的。"

"嗯"说着，林瑗从小背包里取出一小瓶二锅头，一小袋花生米……

小磊问道："这是从蟾宫吴刚那里偷来的吧？太好了！"

她笑道："不是在车上说'一醉方休'吗？"她还拿出两个纸杯，斟酒其中。

小磊赞道："想得真周到呀。"小磊举杯喝了一口兴致勃发吟道："五花马、千金裘，呼儿将出换美酒，与尔同销万古愁！"

喝了几口，他又说："对酒当歌，人生几何！小林，唱点什么？"

她轻声唱道："那南风吹来清凉，那夜莺正在歌唱……"

一小瓶酒二两半喝完了，林瑗只喝了一小口。林瑗问："喝醉了吗？"

"这点酒就醉？也太小瞧我了，没喝够。'但愿长醉不愿醒'。"

"那我再到餐厅看看，要没关门就再给你买一瓶吧。"

"算了吧。"

“那你就也唱一曲吧，‘对酒当歌’嘛。室里都说你唱得好，我来这么久还没听你正经唱过。”

叹曰：“唱什么呢？”他愣了一会儿，忽然心血来潮，小声唱了起来：

空庭飞着流莺，高台走着狸狌，
人儿伴着孤灯，梆儿敲着三更……

林瑗插嘴：“‘人儿伴着孤灯’，又想起兰莺姐了？”

“这是老电影《夜半歌声》的主题歌。冼星海作的曲，田汉的词。”

“哦，接着唱吧”

风凄凄，雨淋淋，花乱落，叶飘零
在这漫漫的黑夜里，谁同我等待着天明
我形儿是鬼似的狰狞，心儿是铁似的坚贞
我只要一息尚存，誓和那封建的魔王抗争
……

唱到这里，他突然中断了，问道：“你知道《夜半歌声》的故事吧？”

“小时候听妈妈说过，忘了。”

“那是我的上一代的故事，上海 40 年代风靡一时的影片。”

“是恐怖片吧？”

“有些恐怖，但不是现在的恐怖片样式。应该说是写实的艺术片。”

“没有鬼怪吗？”

“没有，讲的是一个男演员宋丹萍与一位富家女恋爱受到女方家庭阻挠，被泼硝酸毁容的悲剧故事。宋每天躲在剧院的楼里，半夜唱这支歌。吓得周围人们都关上窗户……”

“哦，这不就是秦瘦鸥的小说《秋海棠》的情节吗？”

"有些类似，不完全一样，确实有点恐怖。"

"刚才，唱到那儿了，接着往下唱呀。"

想想，哦：

我只要一息尚存，誓和那封建的魔王抗争

啊，姑娘，只有你的眼能看破我的生平

只有你的心能理解我的衷情

你是天上的月，我是那月边的寒星

你是山上的树，我是那树上的枯藤

你是池中的水，我是那水上的浮萍

不，姑娘呀，我愿做坟墓里的人

埋掉世上的浮名，我愿意

学那刑余的史臣，尽写出人间的不平

啊，姑娘，天昏昏，地冥冥

用什么来表达我的愤怒

只有那江涛的奔腾；

用什么来慰你的寂寞

只有那夜半歌声。

她使劲鼓掌，说词美曲也美，求他从头到尾再唱一遍。他重唱完了，她又唱了《何日君再来》……

小磊："'何日君再来？'来 10 遍都不够。下次不知何时能来？"

"下次约兰莺姐一块儿来。"

"那就是梦游了。"

他俩又绕宾馆走了几圈，直到夜深月落，尽兴后方回到各自房间休息。次日清晨天还没亮，他俩就起身赶到北海景区，那里有猴子观海、始信峰、梦笔生花等景点。小磊介绍所谓"猴子观海"是在狮子峰顶有一奇石长相像猴子，俯瞰一片云海，天空晴朗无云就叫"猴子望太平"即山下的太平县。

　　林瑷："置身这些若隐若现的峰峦之间，我愿化作她们中的小小的一位，算是小妹妹吧，或成为她们身边一片飘忽而过的云，永远与她们为伴……"

　　"这也是你诗意的想象。"

　　他俩前后在山上逗留了 4 天，第四天早餐时，林瑷突然感到一阵恶心，想吐。小磊以为她吃了什么不洁的食物，她从洗手间回来后说："我可能怀上了。"

　　小磊问道："日子算出来了？"

　　"嗯，40 多天没来例假了。"

　　"哪，太好了。不久就要当妈妈了。下山我们走慢一点，中途多休息。返京后立即去医院检查。"

六　山雨欲来

……

　　小磊与林瑗两个返京后即向许总编汇报了慈善基金会筹办的情况。以《我们的肺里有些什么》为题，文章经审批通过后立即以第一版半版面刊出，社会各界反响强烈，大大推动了这方面的工作。南京方面干得也很有起色，进一步完善健全基金会的组织机构同时初步展开了尘肺病的普查工作。《前进报》对慈善基金会的工作进展不定期作跟踪报道，社会各界源源不断为基金会捐献善款。一年多来募集的资金已超过200万元。

　　许总编对此表示很满意，他们进一步交谈了报社今后的工作，取得共识认为新闻界应该站在思想启蒙的第一线，与长期思想禁锢之愚民政策造成的蒙昧主义作不妥协的斗争。

　　许原对小磊说："我知道，过去你一直受压，发挥不了作用，多次想走，好在没调成。现在你重回编辑部，加上有林瑗得力配合。今后我们要共同努力打破阴霾，开创新的局面"。隔日召开了社务会议加以贯彻解放思想开放言论精神，促进报业兴旺。根据林瑗的学历和能力以及两年多来的工作业绩，宣布林瑗晋升为编辑部副主任。在会上，许总编着重对今后工作的整顿与部署，说道："除了全方位新闻报道的及时性，还有传达信息的准确性。新闻工作的生命是：真实，真实，第三还是真实。在长期极左路线的影响下，新闻战线作假弄虚的风气太严重了，积重难返哪。改革开放以来，现在不仅没有得到根本改善，在'一切向钱看'氛围下，有些地方'无法无天'，竟然搞起了'有偿新闻'，花钱可以买版面，大吹大擂，把新闻报道几乎作为他们搞不实广告的阵地。……我们既要与长期极左思潮影响下报喜不报忧'假大空'的积习作斗争；另一方面又要反对'一切向钱看'的拜金主义。坚持报道真实、披露真相，坚决维护真理，任重道远啊。"

在总编的鼓励下，小磊与林瑷配合默契，打破陈亦阳把持下死气沉沉的局面。小磊倡议报纸在第三版开辟一个文化园地"日常生活中的哲学大家谈"专栏，每周一期以民间俗话、谚语、文学成语、歇后语、名家格言为引子，密切联系社会生活中的实践展开广泛讨论，深入浅出阐发哲学文化道理。

首先以歇后语"和尚打伞，无法无天"为题展开讨论。文章以"大跃进"与"文革"为例，指出，以往实践已经以惨痛教训表明，那种以一己"自我"的意志妄图改变自然与社会事物发展客观规律之"无法无天"，必然对社会酿成巨大灾难。紧接着该专栏设置了关于歇后语"黑猫白猫能抓耗子的才是好猫"（"猫论"）的讨论，结合当下的实际批判了以价值代替真理的倾向。小磊文章写成后让林瑷与室里其他几位同仁看了，他们都说很好，林瑷私下笑着说他："你可真行，东一榔头，西一棒子，'无法无天'批毛；'猫论'批邓。"

不久国务院下设发展改革委员会召开北京科研部门与高校的学者专家关于"知识经济"的座谈会。许总编、伍小磊与林瑷等参加了会议。会议气氛热烈，有的发言很精辟、深刻。与会的大部分学者达成一致的共识，认为在科学－技术－生产力三者向市场的转化不是一个短期效应。

北京大学一位研究自然辩证法的教师说道："10 年来科学发展事

业上实用主义片面强调应用研究轻视基础理论研究，以至应用研究本身也急于市场化，以近'商'，近'钱'者为优。地质学'热'宝石，热'旅游开发'；医学'热'美容……我国制造业靠'人口红利'廉价劳动力成本与劳动力密集型产品所形成的'中国制造'占领国际市场。高科技产品，如手机90%以上零部件依赖进口。某些重要尖端技术产品，精密轴承、特种钢材等，远远落后于世界。"

会后，小磊与林瑷根据这次座谈会的精神进行了综合报道，指出："我国改革开放以来，由于对新经济特点的认识不足，以眼前、短暂、局部利益牺牲长远、全局、整体利益，以'有用性'作为真理的标准。急于把理论驱赶到应用上去，以直接的经济利益驱使科学研究人员走向市场。过度热衷开发、创收，从官商不分、军商不分到学商不分。哄炒'知识商品化'，鼓动'学人下海'，甚至在官方媒体上报道'教授炼摊'，醉心于'立竿见影'式的效益……不能对面'真'，人们不信真理，不讲真话，不揭真相，不露真情，不把真理当回事，到处都在讲'价值'正是当下官场与市场腐败在思想上的根源。"

这篇综合报道刊登后引起的震动自不必说，话说林瑷出差回到家中，告诉爱人自己怀孕了，他并没有高兴反而表示他们不是计划再晚几年有孩子么，是不是避孕措施出了娄子？她见他这样，没好气说："那是不是要我做掉？"他没有吱声……过了一阵，看到他们报纸关于知识经济座谈会的综合报道后，他感到问题很严重，对她说：

"你们简直在与中央唱反调嘛，越走越远。这样下去要把读者往哪里引呢？"

"'往哪里引？'你说'往哪里引'？不往真实引难道还要往虚假引吗？"

"这样你们会犯错误。"

"犯什么错误呀？"

"方向性错误，迎合了当下知识界的资产阶级自由化。"

林瑷："帽子不小，邓小平不是说过'不争论姓社，姓资'嘛！"

"他强调要坚持'四项基本原则'……"

林瑷："我们偏离了马克思主义吗？马克思提倡的新闻自由不就是为了坚持真理吗？科学工作者实事求是说出真话是'资产阶级自由化'吗？"

"行了，我们别在这里争论了，话就说到这里，往下看吧。"

与此同时，报社对他们也有分歧，采编部主任潘家雄带头跳了起来。此人思想僵化，思想极左，趋炎附势，惯于逢迎，曾是陈亦阳大红人，一向对小磊着意排挤，对新上任总编也格格不入。小磊调进室里当主任后，他凭资格也升为副编审。一个时期来，他越来越感到小磊等搞的专栏有方向问题。科技座谈会他也在场，在会上对那些批判性发言感到如坐针毡，特别是对小磊等搞的会议综合报道忍无可忍，竟到出版署找书记雷祖华告状，说他们在搞资产阶级自由化。雷对他说："这些情况，我早有觉察，伍小磊们的那些文章我都看了。听说伍小磊上次在室里攻击过我的讲话。我们同资产阶级自由化当然不能妥协，不过，新闻出版署性质是行政管理机构，意识形态的事主要归中宣部新闻局过问，找机会我会同他们沟通。"

潘："嗯，那个林瑷的丈夫张金柱就是中宣部新闻局的。"

雷："我知道，有次宣传工作会议上我见过他。"

"她在室里说起过，他们两口子观点不一致，在家经常论争。"

雷："这场斗争十分尖锐复杂呀！你回去，先按兵不动，让他们暴露，暴露得越充分，越有利于反击。他们翻不了天！"

潘连连点头称是……

山雨欲来风满楼，整个中国风起云涌，大学里面更不平静，莘莘学子忧国忧民，血气方刚，民主诉求热切，对吏治腐败深恶痛绝，大规模学潮一触即发……

伍小磊的一双儿女，两个人小时候在音乐才能都出类拔萃，上了中学后都被作业压垮了，每天能练上一个小时琴就不错了。他俩都没有走上音乐专业之路，岳母提起来就心酸，小磊也为之遗憾。不过，作为特长生高考可加分，利于高考竞争。那年，儿子伍小阳已经是北京大学计算机专业四年级学生。女儿伍小薇高中毕业填写高考志愿征求爸爸的意见，小磊发现第一志愿为北京广播学院新闻专业，建议去掉。女儿问："为什么，你不是在新闻界吗？"

"为了不让你撒谎。我进了这里是没办法，几次要调走，他们不放。"后来小薇被北京师范学院外语系法语专业录取了。

每个周末下午儿子女儿与小磊照例到家与爷爷奶奶相聚，次日同去外公外婆家，几乎已成惯例。阳阳有一位热恋中的女同学名叫李芯，比阳阳低一级，家在外地农村。他们是在学校合唱团混熟的。认识她之前，他曾暗暗迷恋上一位在北京动物园服装批发市场开设摊位的老板娘吕茗。巧的是这位老板娘与林瑗在中国人民大学新闻系是本科同班同学，毕业后对学校分配的工作不满意，断然下海做生意。出入混迹于货栈柜台，说干就干的泼辣之中尚未脱学生妹的清纯稚气，略圆的鸭蛋脸型透露着诱人的甜蜜。商场开张营业时，伍小阳与几位同学随意逛逛，偶尔见到她一眼后，路过动物园时总到她店里转上一圈，装作买服装故意磨磨蹭蹭，东挑西拣，有时买上件廉价假名牌 T 恤什么的，有时什么也没买……她不在那里时便感到若有所失。这就是青春期吧，其中多少幻影、迷梦、羞怯与躁动。直连这位迷人的老板娘姓甚名谁都不知道，哪会知道她竟是爸爸的同事林瑗的大学同学。稍后在学校合唱团认识李芯之后，渐渐淡忘了那位老板娘。晚间北大未名湖周边总能见到他与李芯的身影。在夜色中他俩手牵着手或在草坪上相偎相倚，情意绵绵。伍家老二小薇哩，还没有遇上可心的男友，常跟女同学在一起玩。

那年冬天，下半学年的一个周末，小磊父女 3 人照例在外公那里团聚。小薇与阳阳谈起近些日子北京各大学酝酿民主风潮的情况，说起中国科学技术大学在合肥的安徽分校有一位知名教授，提出中国必须摆脱一党专制体制走民主的道路。小阳问爸爸是不是天体物理学家方励之，小磊说：是的，他有些公开的文章已经很露骨，不少人批他。据说上面要整他。知识界这种倾向很普遍。老右派中许多人都蠢蠢欲动……岳父："唉，知识界渴望国家走上民主道路，倾向西方文明，从世纪初到共产党建政，争了大半个世纪了，现在老戏又重演了。"

小磊："邓小平的'四项基本原则'中有一条说要坚持马克思主义，马克思明确指出，人类历史发展不可能绕道而行，资本主义科学技术生产力是共产主义的必由之路。"

薇薇："多党竞争的民主制度就是比一党专制先进。"

小阳："学校里同学们普遍要求民主选举，反对特权阶层权力世袭，正准备上街游行……"

岳母："枪打出头鸟，你俩可要小心。"

岳父："青年人血气方刚，我们是从那个时代走过来的嘛，一波前浪赶后浪。我们还要多管，管也管不住。"

小薇："谢谢外公，理解万岁！历史洪流谁也拦不住。"

岳母："家里为你们担心，你们也要理解，好自为之，避免盲目冲动。"

小阳："外公放心，绝大多数同学都很理性，决不会再搞文革红卫兵那一套。"

岳父："那就好。"

1986 年 12 月中下旬至 1987 年初，上海、江苏、浙江、黑龙江、北京等省市高校的数万名学生，出于对言论、结社、新闻自由和公开选举"争民主"的诉求上街游行。有的地方出现了扰乱交通秩序和违反社会治安规定的情况。被认为是极少数别有用心的人从中煽动资产阶级自由化思潮，反对共产党的领导、反对社会主义道路。

1987 年 1 月 14 日，上海市委发出《关于开除王若望党籍的通报》，说他自称是'资产阶级自由化的老祖宗'为民请命，提倡"无为而治"，反对党的领导……还有 1957 年被打成右派的作家刘宾雁也因为在各种场合公开反对四项基本原则，鼓吹资产阶级自由化，被开除党籍⋯⋯

1987年1月28日，中共中央发出《关于当前反对资产阶级自由化若干问题的通知》，指出："搞资产阶级自由化否定社会主义制度、主张资本主义制度，核心是否定共产党的领导。反对资产阶级自由化思潮的斗争贯穿于改革、开放的整个过程中，因此它是长期的⋯⋯"

与此同时，总书记胡耀邦在党内上层受到批判，认为他对资产阶级自由化要负主要责任，终于迫使他辞去党中央总书记职务。

小磊与岳议论此事，岳父紧蹙眉头说道："看来，党内斗争十分尖锐呀！邓小平只改革经济，不改革政治，这条路线已定，党内的开明派必然受到挤压。他这个人一直是很顽固的，胡耀邦为右派分子平反，他坚持留几个尾巴以标志反右运动没有完全搞错。因为他自己当时就是个打手嘛。"

小磊："他是个机会主义者，就知道'白猫黑猫'，没有什么真正的思想，哪边势力硬往哪边倒。现在上层那帮老家伙都是'左棍'。"

"那当然，他们的既得利益决定的嘛。"

小磊："邓小平这家伙反对全盘否定毛泽东完全是从维护他们的特权出发的。不过，现在底层毛派也反对他，我曾听一名工人说'毛泽东的最大错误是没有把他杀了⋯⋯'。这种情绪是对现实贫富两极分化与官场腐败极度不满而引起的怀旧。所以当下情况很复杂，极左极右都在掀起巨浪。"

近日来前进报社也很热闹，潘家雄们又活跃起来，工间休息时三个五个在院子里叽叽喳喳，一个个遮掩不住地喜形于色，显然他们期待已久的整人时机又要来了。潘家雄按照《人民日报》的调子在本报发表了一篇文章《什么是资产阶级自由化》："资产阶级自由化是资本主义的一种意识形态，主张实行资本主义国家的民主制度反对社会主义制度。马克思主义认为，资本主义国家的民主自由实际上是受制于资产阶级的阶级利益，与无产阶级彻底革命的精神水火不容。邓小平同志提出的'四项基本原则'首先是要'坚持中国共产党领导和坚持社会主义制度'。我们报业作为党的喉舌必须站在反对资产阶级自由化的最前线"云云。

小磊还是继续为"重读孔子"专栏撰文写稿，针对毛泽东与四人帮的对孔子的扭曲，撰文指出："克己复礼为仁"孔子的"仁学"与"礼学"的整合。"仁学"就是"人学"，"仁者爱人"是"博爱"不是"泛爱"。他同时强调"举直错枉"，一个政权只有主持正义方能取得民心。人道主义，什么是"人"之"道"，最终是"大道之行，天下为公是为大同"。

对于小磊的系列文章潘家雄们早就如芒在背，终于按捺不住了……反对资产阶级自由化防止重复过去阶级斗争扩大化，上面要求限于在党内以组织生活方式进行，潘乘机向小磊发难，在会上他发言："新时期以来，一直有人利用改革开放鼓吹'全盘西化'，宣扬西方资产阶级民主自由那一套，竭力抹黑社会主义。我党从前两年的'清理精神污染'到当下的'反对资产阶级自由化'是对这股歪风进行了全面反击。这里必须指出，这场严肃的政治斗争必然地在我们报社有所反映，伍小磊同志从攻击邓小平同志'猫论'，直至现在又把儒家的思想传统纳入西方资产阶级人道主义加以鼓吹。你的立场究竟是站在哪一边？"

他的这一炮引起了极"左"的保守派们的拍案叫绝，喽啰们紧紧跟上，向小磊开炮……

小磊不动声色镇定自若地说道："'贫穷不是社会主义'这个话诸位都知道是邓小平同志说的，潘家雄同志也不会不知道吧。文革中我们都以为，西方资本主义国家劳动人民都生活在水深火热之中。1978年11月，时任国务院副总理的王震带团访问英国期间，他听说：英国70%的普通老百姓都拥有私人住宅和家用轿车，每年还可以出国旅游。他感到非常惊讶，于是提出要求访问一位失业工人家庭。在中国驻英国大使的陪同下，王震到一名失业工人的家里参观。这位工人住着一栋 100 多平方米的二层楼房，房后还有约 50 平方米的小花园。由于失业，这位工人可以不纳税，享受免费医疗，子女还可以免费接受义务教育。他不禁暗自感叹：原来处于'水深火热'之中的英国失业工人，生活水平竟然比自己这个中国的副总理还高！当时英国普通老百姓的收入比中国普通老百姓的收入高出 42 倍！王震回国后说：'我看英国搞得不错，物质极大丰富，三大差别基本消灭，社会公正，社会福利也受重视，如果加上共产党执政，英国就是我们理想中的共产主义社会。'请问潘家雄同志，王震的这番话是不是资产阶级自由化？"

他这番话问得潘家雄哑口无言。林瑷暗暗叫好……

小磊接着说："1979 年邓小平访美，在飞机上同随行的李慎之说'凡是和美国搞好关系的国家，都富起来了'。美国是头号资本主义国家，请问潘家雄同志，邓小平这个话是不是资产阶级自由化？"

潘家雄说："鲁迅说过'拿来主义'嘛，邓小平同志也说过，资本主义有好的东西，比如科技生产力。我们要拿来。坏的东西不能盲目追随。"

"好，那么请问'自由、平等、博爱'是不是资产阶级提出的口号。"

"当然是。"

小磊："那么它是好还是坏？"

潘冷笑道："马克思揭露过这些口号包括人道主义，都是资产阶级为了麻痹人民提出来的欺骗性口号。"

这天的会议上争论很激烈，最后结束时主持会议的党委书记许原说道："对什么是'资产阶级自由化'还一笔糊涂账？现在问题的焦点在，自由、平等、博爱与资产阶级自由化究竟是什么关系？马克思对这个口号确实既有肯定也有批判，为什么会这样？对经典著作不能从字句上片面理解，要从马克思的思想发展，从他的思想体系，结合当时的历史状况全面深入地理解。大家回去认真学习经典著作再思考。"党委开会决定组织生活从每月一次增加到每周一次。

在第二次组织生活会上，小磊从提包里取出一张纸，递给林瑷："小林。请你念念这个。"

她接过来念道："世界上最古老的帝国，八年来在英国资产者印花布的影响下，已经处于社会变革的前夕，而这次变革，必将给这个国家带来极其重要的结果。如果我们欧洲的反动分子不久的将来会逃奔亚洲，最后到达万里长城，到达这个最反动最保守的堡垒的大门，那么他们说不定就会看到这样的字样：中华共和国——自由、平等、博爱。"

小磊："请问潘家雄同志是否知道这段话的出处？"

他答不上来……

小磊："那好，我们再请小林接着念这段话下面所注的出处。"

她念道："《马克思恩格斯全集》第 7 卷，马克思著《国际述评》，人民出版社出版于 1959 年。"

小磊："请把这张复印件给大家传看一下。这是马克思 1851 年闻得太平天国起义的消息所写的《国际述评》发表在报上。太平天国最初是在欧洲基督教影响下兴起的农民革命。马克思所说'英国资产者印花布的影响下'意思是指英国工业革命影响到中国这个'最反动最保守的堡垒'。他认为这个起义将导致封建专制的满清朝廷的解体。这段话的要点在于，马克思把自由、平等、博爱作为所有社会变革的终极目标。那么，请问潘家雄同志，马克思是不是也在搞资产阶级自由化？"

潘反驳道："自由、平等、博爱，最先是 17-18 世纪欧洲启蒙主义者提出来的，马克思多次对之分析批判过，这不容否认。"

小磊继续道："自由、平等、博爱是资产阶级在启蒙运动中系统明确提出的思想，但它们在古代就是人类的美好理想。不错，马克思恩格斯确实揭露过资产阶级曾经利用它进行欺骗，任何正确的口号都可以用来欺骗。在法国大革命中，罗兰夫人说过：'自由，自由，多少恶事借汝名行之！'任何正义的口号都要在历史的实践中加以检验.然而，马克思从来没有放弃过这个信念，这是可以通过人类历代的斗争实践最终在全世界实现的目标。"说着他又取出张复印纸来："请小林再念念这个"。

她打开纸张读起来："管理上的民主，社会中的博爱，权利的平等，普及的教育，将揭开社会的下一个更高的阶段，经验、理智和科学正在不断向这个阶段努力。这将是古代氏族的自由、平等和博爱的复活，但却是在更高级形式上的复活"。

小磊解释道："这是出自恩格斯《家庭、私有制和国家的起源》一书中的一段话。马克思在最后的岁月对人类学研究的成果发生兴趣，通过大量阅读进行了一些摘录与批注，马克思去世后，被恩格斯整理为'人类学笔记'并据之写出了这本书。复印的这段话就是出自其中，表明人类历史的出口就是古代氏族的自由、平等和博爱在更高级形式上的复活。再请问潘家雄同志，这是不是'资产阶级自由化'？"

潘顿时被问得哑口无言，无以应对。林瑗带头，有人跟着鼓起掌来……

最后许原书记总结，说："我们这几次的组织生活过得很好。好在，体现了'真理越辩越明'这个道理。只有把问题摆到桌面上来展开讨论才有可能加以解决。改革开放以来，中央汲取文革的沉痛教训，放弃历次运动整人的错误做法，不能再搞大轰大嗡那一套。中央强调'反对资产阶级自由化'要严格限于党内，就是为了防止重犯过去那样阶级斗争扩大化的错误。因此我们在讨论中要充分允许不同看法充分发表。摆事实，讲道理，以理服人，不以势压人，不要上纲上线，扣大帽子。讲道理，从根本上就是讲马克思主义，这是四项基本原则首先要坚持的嘛。反对资产阶级自由化不是要回到改开放革前，那就是不能搞文革那一套，大家可以去翻翻《共产党宣言》，最后那一部分批判'封建的社会主义'，就是指法国大革命时期有些贵族用封建王朝的东西来反对资产阶级，文革实际上就是封建家长制宗法制血统的复辟嘛。所以邓小平同志强调改革开放的主要任务就是反封建主义嘛……"

下班后，在一块儿骑车回家的路上林瑗说："今儿许书记最后的话讲得真好。"小磊说："嗯，人家在延安时代就是理论家了……"

周日，林瑗把社里这个党员会的情况向她爱人讲了一番，并把复印的马克思与恩格斯的论述也给他看了。他沉思一会儿，说道："自由、平等和博爱是启蒙运动时资产阶级的革命口号，当然古代社会也有过这种理想。马克思当然可以用，但是马克思在同德国的'真正社会主义'的斗争中有更大量揭露批判资产阶级人道主义的欺骗性的论述。自由、平等和博爱是空洞口号，现实的斗争是很复杂残酷的，当这种抽象的东西脱离了阶级斗争的现实，就成为乌托邦式的空想，被敌人利用来欺骗人民群众。"

林瑗："那你的意思是，马克思恩格斯也陷进了这种欺骗之中，并且在自欺欺人吧？"

"不是的，如果不讲阶级斗争、无产阶级专政，只是空喊这些抽象的口号就是欺骗，像现在那些鼓吹资产阶级自由化的家伙。"

林瑗："那当前学生反对官僚特权的腐败，诉求民主是实际斗争还是抽象的口号，或者是欺骗呢？这个斗争是与马克思所主张的人类共同理想联系在一起的。倒是那些成天高喊'坚持四项基本原则'背地里利用权力大搞'官倒'的家伙才是反马克思主义的骗子。"

"好了，不说了，反正我认为，你们宣扬这种东西很危险的！"

林瑗："什么？你这样说是什么意思？"

张："什么意思，你自己琢磨吧……当下的这场反对资产阶级自由化运动不单纯是理论上的分歧，是有像王若望、方励之这样一些人反对共产党的领导，反对社会主义。一些青年人也被他们煽动，上街闹事，要推翻共产党，你作为一个党员想想自己的言行是不是与党保持一致？"

　　林瑗见他对马克思主义经典作家的论述也置若罔闻，便不同他争下去了，出去找大学一位最好的同班同学吕茗散心。毕业那年，学校发展一批党员，林瑗敷衍着填了申请，没想到竟批准了。吕茗没有申请，结果本科毕业后学校分配她到一家企业小报.还在外地。去还是不去，她正在犹豫之间，她的男友被美国麻省理工学院录取了，但只提供他半额奖学金，必须自己挣一半学费和生活费。他家是农民，连买飞机票都困难。为了支持他出去，吕茗到她家的一位做服装生意邻居的店里打工，替他买了机票，还按照当时出国允许的额度用 300 多人民币兑换了 100 美元给他带上。最后她断然拒绝了学校分配的工作，自己在北京动物园服装批发市场租了一个摊位。生意做得风生水起，几年下来赚了一些钱，买了房子和车子，还给"爱在人间"慈善基金会捐了一大笔善款。林瑗本科毕业后考上了本校新闻系硕士生，命运使她俩走上了不同的人生道路，然而她们的友谊没有中断。林瑗离她住处不远，常到她那儿去小聚，有时也到她店里看看她进的走俏货，一同张金柱生气就去找她。她俩爱到附近的动物园与展览馆公园散步，吃顿饭，有时在一起看电影，时而在展览馆剧院看演出。林瑗从南京回来后挺忙一直没有去找她。这天从家出来就奔她店里，进去后见她正忙着，便叫了声"老板娘！"。吕茗见她来可高兴，说："这阵子你没过来，忙啥呢？新到一批货，有的不错，给你留了两套，你试试。"

　　"没心思，刚跟他吵了。"

　　"咳，又生气了？"

　　"跟这种人在一起过真没意思，教条，极左！"

　　"嗯，他在那种地方没办法。"

　　"在学校，他比我们高两级，了解不够，没想到他会这样？整个成了一个官方意识形态的传声筒了。"

　　"嗯，在那种衙门当差真没劲。不谈他了，一会儿我们去莫斯科餐厅撮一顿，你等会儿。"

她把生意向店员交代了一下，换上衣服，同她走出了商场，直奔街对面展览馆公园。这个展览馆与公园建于1950年代与苏联蜜月期，在苏联专家指导下按照俄罗斯风格设计的，当时叫中苏友好展览馆，内有莫斯科餐厅可以吃到俄式大餐。离晚餐时间还早，她俩在河边一张长椅上坐下。吕茗从包里取出一个烟盒，点燃一支女士烟。林瑗也向她要一支。

吕茗给她点上，问道："你什么时候学会这个了？"

"没上瘾，心里闷得慌抽着玩。"

吕茗："嗯，还是我一个人没得气生。"

林瑗问："他在那里怎么样，近来有消息吗？"

吕茗吸了口烟缓缓吐出："他很忙，又要上课，还要打工赚钱，很少来信。"

"在外面想必是不容易，不知啥时候完成学业、"

吕茗："读完博士，他也不会回来了。"

"是吗？你问他了，他同你说了？"

吕茗："这事不用问，只见出去的没见几个回来的。他叫我不必等他……"

"没良心的，你为他付出那么多。"

吕茗："多啥，不过几百元人民币……"

"不过，感情是无价的。"

吕茗："嗯，爱是不求回报的……"

她又点上一支烟……深深地吸了一口，一丝丝慢慢冒出：

"咳，爱情、人生不就是这么回事嘛"

林瑗："我觉得，一个人的孤独比两个人在一起的孤独好受。"

吕茗："说实在的，有时候也曾想有一个人在身边同你吵吵架也好。"

"你呀，别死心眼啦，忘了他吧。有没有遇上什么人，能看好的？"

"没有，整天忙进货出货，算账，数钞票，钻进钱眼里了，哪有时间顾上这个，也没那心思……"她望着从烟嘴冒往外出的烟，忽然想起来说道："有天来了一个年轻的顾客，盯着我像看啥似的。后来总来，装着看货光看不买。昨天还来了，我问他喜欢什么样式的，他说只是来看看……"

林瑗："那不就是来观赏你这个美丽的老板娘呗？"

"可能吧。"

"那就交呗。"

吕茗："开什么国际玩笑。那孩子最少比我小五六岁，乳臭未干。"

她一张娃娃脸，甜甜蜜蜜，爱笑，有亲和力，聪明能干却没有女强人那种傲慢劲头。

"那有什么，人家被你那老板娘的魅力吸引了呗。姐弟恋不有的是。你呀，越长越性感，现在比在学校那会儿动人多了。我要是男的也会被你倾倒。他是干什么的？"

"没问，像是大学生。有时两个人来，更多节假日是一来一大帮。大款们眼里尽是名牌。大学生只求新潮、时尚，不断变化的牛籽系列。我给他们大幅度优惠。薄利多销，我这里没少赚他们的钱。不谈他了，什么也不了解。你们俩到底怎么了？在一起就吵呀？你有什么打算？"

林瑗：谁家夫妻不吵架。同他，不是一般的吵吵架。真要大吵大闹一阵过去也倒没事了，他那种居高临下教训人的官腔真让人受不了。好像你不是同一个活人在一起，整天身边搁着一台冰冷的发声机器，你受得了吗？"

"受不了……"

有时真不想跟他过了，可是又怀上了。"

"是吗？唉。"

瑗："两个月了，在山上就有反应了，我想做掉。"

　　"别，也是一个小生命嘛。唉，谁家都有一本难念的经……法国芭蕾舞团今晚正在这里剧场演出《希尔维娅》，票已经买了，我们早点吃过饭去看。"

　　"真的，太好了！"

　　说着她俩走向走进了莫斯科餐厅……

民主运动时高时低在持续着，整个社会好像一个弹药库，有个火星就会爆炸。1989 年逢中共建政 40 周年，3 月 14 日，由叶剑英的养女记者戴晴牵头，以中国社会科学院学者为主首都 43 名知识界人士签名上书"第七届全国人民代表大会第二次会议"，吁请释放魏京生等人，大赦一批在押人员，发出了这动荡一年的最初的民主人权呼声。

过些日子，小磊又在报上连续发表了"重读孔子"《"仁政"其二——"选于民"》。文章写道：孔子力主的'仁政'的核心——舜有天下，选于众，'举直错枉'本质上是一种民主政治。通过选举保证把正直贤良的人才选拔到各级领导位置，以确保'权力在民'之合法性。文章结尾引述了马克思《国际述评》上的那段话，指出：自由、平等、博爱是千百年来人类历史共同追求的目标。这就是中国古代儒学关于'天下为公，世道大同'的理想。孔子认为对此，'民可，使由之'意思是民众认同就得到自由，"不可使知之'，对无知者进行启蒙。坚定不移地贯彻启迪民智的教育，抵制愚昧（上智下愚不移）……"

小磊岳父看了小磊的文章，周日让阳阳、薇薇也好好看看，对他俩说："斗争也是艺术。有些事要讲究策略。你爸爸同他们斗，引用孔子、马克思讲自由、民主，人权，让他们抓不着把柄。"

阳阳："嗯，他们口口声声吹嘘的'马克思主义'是骗人的，社会主义也是假的，全民所有制实际上是官僚权贵利益集团基本所有制。'四项基本原则'只剩两项，最后归结为'一党专政'。"

小磊提醒他："这些话也不要在公开场合讲。口号不要过激，千万不要喊'打倒XXX'的口号，越是群情激愤时越要冷静，学会控制自己的情绪，多从正面讲理，别给官方镇压提供把柄。"

这一时期党内上层斗争的矛头指向主政的胡耀邦。1977年胡耀邦发动华国锋"两个凡是（凡是毛主席作出的决策，我们都坚决维护，凡是毛主席的指示，我们都始终不渝地遵循）"的批判，并坚持为1976年的"四五"运动平反。从1981年担任中央主席与总书记6年间，主持起草了《关于建国以来党的若干历史问题和历史经验的决议》，否定毛泽东发动领导的大跃进与文革等运动的错误。他在任期间坚持批判毛泽东以及大规模地进行拨乱反正，平反冤假错案。这对极左势力是一种巨大的冲击，引起顽固派的极大不满，他们指责胡耀邦翻案太多，是"搞一风吹"。对此，胡耀邦据理反击："当初抓的时候，为什么不嫌太多？"

而国人对此有口皆碑，认为，他以这种强大的道德勇气和历史担当，力排非议，进行的政治改革是"一桩推动国家开始走向公民社会的壮举，这是人性回归善良的开端，这是开启人人可以自由呼吸、扬眉吐气的日子。"

小磊对父母说，他在五七干校时，胡耀邦也在河南离他们不远的息县团中央五七干校。他们干校有人曾在往返的火车上认出了他，看上去像"就像一个憨厚、朴实的老农民"。他在美国西雅图学习的女儿毛妹（胡恒）得知他病危时，回国的机票也是向别人借钱买的……这样清廉的高官在共产党内实在太少了。从1984年"清理精神污染"

直到 1987 年反对资产阶级自由化运动几年间，他被党内一些顽固的左派邓力群以及既得利益元老派等作为精神污染的源头加以声讨。1987 年 1 月不得不辞去总书记职务，因此积郁成疾，于 1989 年 4 月 8 日在出席中央政治局会议时，突发大面积心肌梗死，经抢救无效，于 4 月 15 日逝世。对于他的离世民众议论纷纷，愤愤不平，认为他是被顽固派气死的。大学生们在校园贴大字报悲悼"心焦力瘁为大局撒手先去倒下了""一面民族的旗帜倒下了"，上街游行称誉他为"民族之魂""民主之光""自由之心"……

4 月 17 日，上海《世界科学技术导报》与北京《新观察》杂志联合召开纪念胡耀邦座谈会。《前进报》派记者林瑗等与会，会上自由派知识分子激烈批评当局政策。主编钦本立决定在 20 日报上以多版面如实完整地呈现座谈会发言。市委书记江泽民派曾庆红对稿件进行审查，要求删除文字激烈部分，遭到拒绝，原封不动全文发表会议发言。与此同时，北京大学学生向胡耀邦敬献花圈，到新华门要求与上层对话时官方派出武警，双方对峙，发生肢体冲突，有学生被打伤。21 日几千名学生在天安门广场静坐请愿，学生运动明确提出反对腐败实行政治民主改革的口号，要求与政府对话。3 名学生代表跪在大会堂台阶上递交诉求民主的请愿信，整整跪了 45 分钟，官方硬是没有接受。于是运动迅速扩大，蔓延，全国 23 个大中城市大学生罢课，提出否定"清理精神污染"与"反对资产阶级自由化"。全国各地凡有大专院校的地方都发生学运，并且以北京为中心扩展为全民运动。

4 月 22 日举行胡耀邦追悼会，凌晨 3 点钟，天安门广场和东西长安街全部戒严禁止进入。北大等 20 多万大学生们在 22 日零点之前就进入了广场。同时，北京的知识精英开始介入学运，40 几名知识分子联名上书中共中央、国务院和人大常委会，要求迅速与学生对话，肯定学生的爱国运动。上午 10 时，胡耀邦的追悼会开始了，全国下半旗志哀。人民大会堂内赵紫阳总书记致悼词；广场上，同学们都胸戴白花，肃然站立，在一片哭声中，一位学生代表高高站在人群中拿着扩音器喇叭说道：

"胡耀邦同志永远地离开了我们。我们为什么如此地怀念他？让我们看看，他从 1978 年至 1982 年底，就他就任总书记的短短 4 年间，在全国共平反了 300 多万名干部的冤假错案：对土改以后的'四类分子（地主、富农、反革命分子、坏分子）'以及 1957 年的 45 万名右派分子，一律摘掉了头上的帽子；对文革中以'反革命罪'判处死刑的 10402 人，以及因其他重案被处死的人组织复查，发现冤杀错杀情况相当严重者，予以纠正、改判和平反……

这意味着全国数千万公民以及他们的上亿亲属不再是被打入另册的'贱民'。这对全体中国人民也意味着一次人身的解放，人们不再为政治运动到来之前担惊受怕，人们再不会为压在头上这样那样使他们感到屈辱的帽子，抬不起头来，不能做一个堂堂正正的人而羞耻了。如此大规模的拨乱反正和平反冤假错案，与社会各界实现历史性的和解，把江山社稷的社会基础几乎重新打造了一遍。这种声势，这种气氛，像春天解冻一样，把 1949 年以来积累起来的冰雪化为春水。中国人民解放了！

'有的人死了，他还活着；有的人活着却永远地死了'. 胡耀邦同志没有死……他永远，永远活在我们的心里，活在全中国人民的心里！"

一副十几米长的挽幛道出了大学生们的心声："让我们再送耀邦一程，让我们再看耀邦一眼"……中央上层对学生的要求置之不理，大批军警组成十几米宽，几千米长的人墙把学生和人民大会堂隔开。追悼会结束后，《人民日报》立即发表评论员文章威胁恫吓学生："破坏安定团结者要受到法律制裁，误认政府的容忍为示弱的人要自食其果……"官方蛮横无理的傲慢态度进一步激起学生的气愤，群情激昂之下一致通过决定成立北京高等学校自治联合会组织罢课斗争。

社会各界与民众与学生运动汇成一股巨大的抗争浪潮，指向中共"老人政治""世袭特权""太子经商"等劣迹弊政。声势浩大的游行队伍中前排学生们手挽手，后面一排排打出标语："耀邦，我们来送您了！""耀国兴邦、英名永垂""我们要民主、要廉政"……还有一幅巨大高耸的标语牌，上面写着宪法第三十五条：中华人民共和国公民有言论、出版、集会、结社、游行、示威的自由。与警察对峙的学生们高呼喊着口号："人民警察爱人民""爱国无罪"……

岳父母与小磊密切关注局势的发展，议论说，这是 1976 年"四五"运动的重演，那时没有上街，这次声势大多了。那次是借悼念周总理逝世把导火线引向毛泽东和四人帮；这次是以悼念胡耀邦把斗争的矛头指向邓小平为首的腐朽的老人政治。

4 月 24 日　中共北京市委、市人民政府向中共中央提出对当前事态明确表明态度等建议。晚上，李鹏召开中共中央政治局常委会议讨论当前事态，认为，"一场有计划、有组织的政治动乱已经摆在面前"。会议决定成立中央制止动乱小组将这场民主运动的性质正式定为动乱。

25 日，邓小平发表谈话，指出这不是一般的学潮，而是一场"否定共产党的领导、否定社会主义制度的政治动乱。"

4 月 26 日《人民日报》发表社论《必须旗帜鲜明地反对动乱》的社论指出："在悼念胡耀邦同志追悼大会后，极少数别有用心的人继续利用青年学生悼念胡耀邦同志的心情，打着民主的旗号破坏民主法制，其目的是要搞散人心，搞乱全国，破坏安定团结的政治局面。这是一场有计划的阴谋，是一次动乱，其实质是要从根本上否定中国共产党的领导，否定社会主义制度。这是摆在全党和全国人民面前的一场严重的政治斗争。全党和全国人民必须团结起来，旗帜鲜明地反对动乱。"

同日江泽民为首的上海市委决定撤销钦本立的社长职务。对《世界科学技术导报》下封杀令，不许发行。但已有部分报纸得以问世，引起巨大反响。此举引起众多媒体人愤怒，新华社、《人民日报》《光明日报》《北京日报》《前进报》等部门的记者、编辑支持钦本立，提出合理解决《世界科学技术导报》问题。上海交通大学、复旦大学等高校也掀起了游行示威抗议的浪潮。

《人民日报》的这篇社论警示官方可以动用军警对学生进行暴力镇压。社论一经发表，立即激起学生更大反抗。北京近 10 万学生上街游行抗议，长达 14 小时，高呼反贪，申明学生运动不是动乱，是爱国主义行动。围观的百万市民表示着"大学生万岁！""你们辛苦了！"的标语牌向学生致敬……报界 300 名新闻工作者上街游行，支持学运，打出"不要逼我们说谎"的大标语，诉求新闻自由。再度引起上千名记者重申新闻自由，要求与官方对话。小磊参加了报社部分民主派游行，结束后回到家中，思绪起伏，通宵写出《新时期我国知识分子的历史使命》一文。次日一早约林瑷一同到岳父家中，3 人合作，修改定稿，送到报社由总编审阅后头版发出。

文章指出："知识分子不直接从事物质生产，他们的俸禄来自生产者与纳税人。历史赋予他们的使命是在对真理的追求中推动历史发展。资本主义从原始资本积累的'强盗资本主义'阶段发展到竞争与垄断的资本主义，在现阶段进入民主福利的资本主义，其生命力的秘密何在呢？最近美国学刊上有一篇进步学者撰写的文章指出，在美国如果一个教授，出版了一部'强有力的反体制的批判性'著作，多半就会得到一笔高额酬劳；'批判愈是有力，酬劳也就愈高……'。这是宪政民主制度保障的思想与言论自由，揭示了资本主义社会能够不断调整生产关系与政府管理，以适应生产力不断发展的根本原因。知识分子自身存在价值的实现，在根本上不是'吃肉'而是'骂娘'。知识分子的独立人格在于拒绝成为权力与金钱的附庸，唯此他们方能坚持自由思想与批判精神，作为社会的良知担当自身的使命。然而在专制独裁的官本位体制下，宪法保证的人权成为一纸空文，民主被践踏，思想被禁锢……他们把觉醒的学生的爱国民主运动颠倒黑白地诬蔑为动乱，以便暴力镇压。然而学生与知识分子们没有被他们张牙舞爪吓倒，他们为了自己的神圣使命奋起反抗，唤起全国亿万人民的觉醒。让我们在呐喊，拼搏中，张开双臂准备为一个民主自由的中华民族的新生而欢呼吧！"

文章紧密切合当下民主运动起着显而易见的促进作用。此间，各大学校园里学生们纷纷用大字报揭露批判在"四项基本原则"掩盖下，"老人政治"与"特权世袭"之作为腐败的根源。北京师范学院贴出一张重磅大字报，引来大批民众陆续前往观看。大字报用列表方式揭露经商敛财的"太子党"的名单，评论写道：

"1985 年 5 月 23 日《中共中央、国务院关于禁止领导干部子女、配偶经商》的决定出台。由于这个政令未能实行，并且相关问题引起的腐败情况愈演愈烈，1989 年 7 月 27 日，中共中央政治局召开会议，重申制止高干子女经商的政令。为什么历次的相关政令几乎颁布当时就成为一纸空文，原来主持者邓小平本人就没有执行。邓的两个儿子都在经商，长子邓朴方以残疾人协会名义到处敛财，同时开办康华公司进口电视等紧缺货物，通过倒卖牟取暴利。次子邓质方任上海四方公司总经理。捞取巨额财富。王震主要分管国防工业，他在改革开放之初率先抡起了'三板斧'：第一板斧就是瞄准军工体制，他的儿子王军以保利集团贩卖军火。陈云的儿子陈元涉足金融财经领域大把捞钱。上行下效，党政军从上到下整个官僚体系糜烂败坏。军队也开公司经商牟利，卖官鬻爵，边防海军也在走私，肆无忌惮向海关巡逻艇开火……"

小磊抄录了一些大字报，继续撰写发表了一系列文章，指出："所谓'官倒'是民众对邓小平执政以来社会转型期腐败特征的实质性概括，揭露了所谓'社会主义市场经济'的虚假性，其本质就是以权力对市场与资源垄断的官僚权贵资本主义，并且是向封建宗法血统制度的大倒退……”

莘莘学子振臂怒吼："国难当头，国已不国，人亦非人，士当何为？民当何从？"高呼"打倒官倒！"口号，走上街头……

北京大学牵头正式成立"高校学生自治联合会（高自联）"，核心成员由王丹、吾尔开希、柴玲等组成，负责协调，联络首都各大高校，对学运进行统一指挥，伍小阳被选入其中。

4月28日央视直播国务院发言人袁木与教委官员何东昌出面与学生对话；30日北京市当局市长陈希同与市委书记李锡铭与学生对话，均无结果。5月1日高自联发表《告全国同胞书》《告香港同胞书》《告全国同学书》《致领导书》……呼吁人民团结起来争取自由民主的胜利。"五四运动"前夕，5月2日高自联向中共递交诉求民主改革的《请愿书》，要求24小时答复，否则5月4日举行大型示威。次日被中央拒绝，国务院发言人袁木在中外记者会上抹黑学运，指责《请愿书》对政府"近乎威胁，难以接受"，暗示学生背后有黑手操纵……

5月4日学生在纪念碑前发表《新五四宣言》，宣称学生民运的性质是爱国行动不是"动乱"，并宣告复课。

5月7日在亚洲银行开发年会上，总书记赵紫阳讲话指出，政府官员贪污腐败问题是由于法治监督不够，缺乏透明度造成的。他表示反腐败可以依法从他经商的儿子着手，并提出应在民主与法治的轨道上解决学生的合理要求。他希望与民主党派、工人、学生进行对话解决共同关心的问题……此讲话没有一字指责学生为动乱，其基调显然与《人民日报》4.26社论相异，暴露在对待学运问题上党内高层的分歧。接下去5月10日，万名学生骑单车游行，声援新闻自由，全国各地大学纷纷响应。

北京大学学生合唱团不仅在国内各大院校享有盛名，也曾在国际大学生合唱比赛中得过奖。在这些年来北大校园里学生们群情激昂，充满忧国忧民的政治热情氛围中，每周合唱团练习的曲目多为悲壮激昂振奋人心的旋律，如谁都会唱的《国际歌》《马赛曲》《义勇军进行曲》等，还有新学会的《毕业歌》《热血》《青年进行曲》《希伯莱奴隶合唱》《神圣的战争》《斯拉夫告别曲》等中外名曲。阳阳除担任钢琴伴奏还兼指挥。高自联做出罢课决定的那天，合唱团以"最后一次活动"的名义把人召集齐了，阳阳上台说道："同学们，我们不会忘记在高中的文学课本中学过法国作家都德的短篇小说《最后的一课》。今天我们合唱团活动恐怕是本学期的最后一次了，这也就是我们'最后的一课'。我看今天人到得特别齐，我想大家都非常想用歌声来抒发这些日子激奋的心情……"

他先领大家照例唱了《国际歌》等，然后找几个把上次活动学会的旧上海的进步歌曲《你是个坏东西》以表演唱形式上台演示。一位同学扮演"倒爷"受批斗，其他几位同学指着他唱道：

你，你，你，你这个坏东西！只管你发财肥自己

你这个坏东西，你这个坏东西，坏东西 坏东西

囤积居奇、抬高物价、扰乱金融、破坏抗战 都是你

你的罪名和汉奸一样的！

别人在抗战里 出钱又出力，只有你 整天地在钱上打主意

想一想你自己，死要钱做什么

到头来 你一个钱也带不进棺材里

你这个坏东西 真是该枪毙！

你这个坏东西，嘿 真是该枪毙！

你 你 你 你这个坏东西！

接着阳阳说道："不用说，大家都清楚在当下的中国谁是这个'坏东西'。今年夏天，有几位同学就要毕业了，下面我们再唱一遍上次学过的《毕业歌》吧。当年我们的先辈唱着这首歌，放下书本，离开课桌，踏上了硝烟弥漫的战场。让我们今天继承并发扬父兄们的光荣传承，为民主自由奋争。"

他到钢琴上弹了前奏，接着大家以洪亮声音饱满激情地唱起：

同学们，大家起来，

担负起天下的兴亡！

听吧，满耳是大众的嗟伤！

看吧，一年年国土的沦丧！

我们是要选择战还是降？

我们要做主人去拼死在疆场，

我们不愿做奴隶而青云直上！

我们今天是桃李芬芳，

明天是社会的栋梁；

我们今天弦歌在一堂，

明天要掀起民族自救的巨浪！

巨浪，巨浪，不断地增长！

同学们！同学们！

快拿出力量，

担负起天下的兴亡！

许多学子唱着唱着，止不住热泪盈眶，哽不成声⋯⋯

"接下去"阳阳说道："为配合当前的斗争，今天我们还要学习两首新歌。一首是我国伟大的作曲家冼星海作曲，著名文学家田汉作词的《热血》。这是 1937 年上海上映的电影《夜半歌声》中的插曲之一。我先弹唱一遍"

他坐到钢琴前弹唱着：

谁愿意做奴隶，谁愿意做马牛

人道的烽火燃遍了整个欧洲

我们为着，博爱平等自由

愿付任何的代价，甚至我们的头颅

我们的热血，台伯河似的奔流

> 任敌人的毒焰胜过
>
> 科利色姆当年的猛兽
>
> 但胜利总是我们的
>
> 我们毫无怨尤
>
> 瞧吧，黑暗快要收了
>
> 光明已经射到古罗马的城头
>
> 瞧吧，黑暗快要收了
>
> 光明已经射到古罗马的城头
>
> 古罗马的城头

大家掌声响毕，阳阳讲解道："这首插曲是电影《夜半歌声》中的'戏中戏'，表现上海一个剧团用意大利民主革命的历史故事与中国民主革命呼应，这不就是我们当下学潮的意义吗？下面请大家打开歌片，我带着唱两遍，回去自己复习巩固。"

大家跟着唱了两遍，学得差不多了。接着阳阳教唱第二首歌《光荣牺牲》，这是 19 世纪的一位俄罗斯作曲家为了献给一位反抗沙皇专制统治牺牲的革命者而创作的，也是一部影片的插曲，短小精悍而有力，曲调悲壮感人。他又到钢琴上弹唱了一篇，接着大家跟着唱了两遍……

> 感受不自由莫大的痛苦
>
> 你牺牲了光荣的生命
>
> 在我们的艰苦斗争中
>
> 你英勇地抛弃了头颅
>
> 英勇，你英勇地抛弃了头颅

学唱完后他讲了一番话，这是前不久小磊同他说过的："我们今天所唱歌曲的内容，一是无产阶级革命的歌曲《国际歌》，别的都是民主主义革命时代的歌曲。马克思倡导的无产阶级革命的目的是取得政权，正如《国际歌》中所唱'我们要做天下的主人'。然而，这个主人绝不是今天享受着世袭特权骑在人民头上作威作福的老爷。革命不是为把少数人推上朝廷'做天下的主人'，而是实现主权在民。"。革命在人类历史上有连续性。马克思以自由平等博爱为终极目标的无产阶级革命与资产阶级的启蒙主义运动有着必然的联系。"他把父亲所写文章中马克思关于太平天国的述评讲了一遍，又把恩格斯《家庭、私有制和国家的起源》中同样的意思说了一遍，接着说道："然而，这个纽带在利用革命为自身谋权谋利的一些少数人那里被切断了，他们把革命流血牺牲取得的政权化为既得利益集团的私权。我们当下反专制腐败争民主的学运正是与马克思的思想一致的。好了，我们的'最后一课'到此结束，大家准备上战场。"

过了几天高自联核心成员开会，在广泛征求参加学运同学们的意见后，最后一致通过在 5 月 13 日在天安门广场静坐并绝食抗议运动的重大决定。前一天举行万人大游行，之后在北大校园体育场举行几万人誓师大会。头天晚间伍小阳与李芯饭后在未名湖边散步，心情都很激动。小阳诵起鲁迅的诗："灵台无计逃神矢，风雨如磐暗故园。"李芯接下去和道："寄意寒星荃不察，我以我血荐轩辕。"……

次日晨，大会开始，主持人请代表伍阳阳致辞：

"同学们，正如我们所经历的，波澜壮阔的争民主反腐败的和平请愿运动，已经持续一个多月了，然而官方以权力的傲慢非但对我们的诉求置之不理，而且颠倒黑白地把这场爱国民主运动定性为'动乱'。这意味着他们随时准备对运动进行大规模暴力镇压，也表明他们要将专制腐败进行到底。我们能够放弃斗争，屈服于黑暗势力，听任他们践踏民主自由，祸害我们的国家和民族吗？"

众人高呼："不，决不放弃！决不屈服！"

"好，宣誓前有些同学要上台表决心。"

这时，李芯到台上出示自己在一幅白布上写下的血书"我以我血荐轩辕"。

主持："是的，我们要同黑暗势力斗争到底，争取胜利的明天。

今天来到这里的同学都自愿明天到天安门广场进行静坐绝食请愿。正如歌中所唱'今天我们弦歌在一堂，明天要掀起民族自救的巨浪'。同学们，我们要以赤子的拳拳之心报效我们的衣食父母，拯救我们的国家民族于危难之中。同学们快拿出力量，担负起天下的兴亡！考验我们的时刻到了，刚才有同学用血书表达了自己的意志和决心。

我们这个大会就命名为'我以我血荐轩辕'誓师大会。请齐声宣读我们的誓词：'我以我血荐轩辕'，请大家举起右手跟我念：我宣誓！"。

大家举手："我宣誓！"

接着有的学生上台表态，有的上台朗读用血书写的："岂曰无衣？与子同袍。王于兴师，修我戈矛。与子同仇。"

有的血书写的是"我自横刀向天笑，留取肝胆两昆仑"；有的上台当场用小刀划破手指写下血书"我不下地狱，谁下地狱！"……大会简短而鼓舞人心，群情激昂，热血沸腾。赤子们抱着必死的报国之心，同仇敌忾，准备第二天奔向天安门。

最后主持人宣布誓师大会结束，说道："同学们，我们这次的行动也许会失败，但是历史不会忘记，人们会踏着我们的血迹继续前进！"

最后高呼口号，小阳上台指挥唱歌，唱完《国际歌》《热血》等之后阳阳说：同学们，最后我们再唱起'最后一课'学会的歌曲《光荣牺牲》，让我们在这首悲壮的歌声中结束今天的大会，准备明天奔赴战场：

感受不自由莫大的痛苦

你牺牲了光荣的生命

在我们的艰苦斗争中

你英勇地抛弃了头颅

英勇，你英勇地抛弃了头颅……

　　5月13日，一场数万名高校学生规模浩大的静坐并绝食抗议在天安门广场纪念碑前拉开了帷幕。这一爱国主义壮举把这场民主运动推向了一个新的高潮。北京各界人士与广大市民都怀着强烈的爱国激情与正义冲动支持学生，一支支游行队伍源源不断从四面八方涌向天安门。斗争的矛头直指以邓小平为首的权力寡头集团。曾几何时，改革开放初期，邓小平威望与权力达到顶峰，1984年国庆节北京大学学生的游行队伍打出了"小平同志，您好"的巨幅标语，5年之后，标语巧妙地修改为"小平你好，糊涂！"

　　各界群众游行队伍中还喊出"小平，小平，八五高龄，脑瓜不灵，打牌还行""不管大瓶小瓶，能装水就是好瓶，不能装水就退瓶"等巨幅嘲讽性标语……

　　在广场另端负责大巴广播站的李芯每天用高音喇叭播放四面八方声援学生的来信与稿件。5月14日上午，广场上高音喇叭响起李芯清脆的嗓音：同学们、朋友们，下面我给大家播送一篇重磅文章，请大家静心收听。这是《前进报》社采编部主任伍小磊的来稿《当前的学生运动是动乱吗？》：

　　当局把当前这场轰轰烈烈的学生运动定性为"资

产阶级自由化"引发的"动乱"。那么我们来看事实究竟是不是这样？前两年有过一场市场经济姓"社"还是姓"资"的争论，邓小平说"不争论"，那就是搞了再说。他的这个话，语音未落，就搞起反对"资产阶级自由化"，并把提出反"官倒"腐败、实行民主改革的要求打成"动乱"。让我们再来看看今天的中国社会姓"社"还是姓"资"。事实已经充分证明，今天整个社会生产的要素资源已经被掌握最高权力的几个家族所控制并垄断。这就是以封建宗法制和血统论维系的特殊利益集团，你说它姓什么？资本主义经过 400 多年的发展，已经从原始积累的强盗资本主义，经过垄断与自由竞争的阶段，发展为现在民主福利的阶段。正因为如此，它还能推动生产力迈入今天的信息时代的工业文明。你们口口声声说改革开放要把资本主义好的东西"拿来"，这好的东西到底是什么？毛泽东在 1947 年美国独立日发表的《新华日报》社论《民主颂》一文中承诺，要以美国为榜样建立一个民主的新中国，然而取得政权后，却要"百代都行秦政法"向秦帝国倒退。今天，人民再次提出要你们兑现自己的诺言，进行民主改革，建立一个真正有效反腐倡廉的社会制度，你们却说是"资产阶级自由化"，是"动乱"，企图进行暴力镇压，这就彻底暴露了你们挂着"共产党""社会主义"的羊头，卖狗肉的嘴脸。邓小平的"不争论"姓什么，就是掩耳盗铃，避免暴露既得利益集团的本质；"反自由化"就是以封建官僚权贵资本主义掩耳盗铃义反对民主福利资本主义。

播放结束后，广场上掌声雷动，呼声震天……广场上有的民众说："真把他们扒光了吔！""嗯，连底裤都扒下来了。"……

5 月 15 日，苏中共中央总书记戈尔巴乔夫来华访问，原计划在天安门广场举行欢迎仪式临时改在机场举行。赵紫阳发表讲话，其中说道："在 1986 年党的第十三次代表大会上邓小平从中央政治局的岗位上退了下来……但是在最重要问题上仍然需要邓小平掌舵……"。5 月 16 日上午，邓小平会见戈尔巴乔夫，两位领导人宣布，中苏两国关系实现了正常化。赵紫阳讲话公开曝光了邓小平退位后仍掌握着党政军实权的秘密，以及高层领导的内部分歧。当晚天安门前金水桥旁华表上挂出邓小平打扮成慈禧太后的巨幅漫画，揭露他垂帘听政之败行……还有标语："请问邓小平，我的儿子在绝食你的儿子在干什么？"

地安门大街上张贴出巨幅标语配漫画，邓小平被画成一只猫："我家有只老猫，不逮耗子尽偷食，你说我还养它不养？"

同一天，《人民日报》发表赵紫阳代表中央政治局的讲话："学生要求民主和法制、反对腐败、推进改革的爱国热情是非常可贵的，党中央和国务院是肯定的，同时也希望同学们能够保持冷静、理智、克制，顾全大局，维护安定团结的局面"，并表示："党和政府绝不会'秋后算账'"，劝学生们保重身体，停止绝食忙恢复健康……

5月16日，北京知识界许多知名人士发表了声援学生的《五·一六声明》。

5月17日，北京百万市民游行，连庙里的僧人，小学生也打起标语上街游行声援学生，运动遍及全国200来个大中城市，发展成为全民抗争的浪潮。此日报纸发表人大委员长万里在加拿大访问期间的讲话："现在学生、知识界人士、工人要求民主、反对腐败，这是敦促改革的爱国行动"。显然，上层以对学运定性为"动乱"还是"爱国行动"已经分裂为两派……5月18日李鹏与学生代表进行了50分钟对话，双方都没有作出任何让步。19日下午4时，赵紫阳与随同的中央办公厅主任温家宝等到广场看绝食学生，他含泪表示：

"我给同学们说几句话，我们来晚了，对不起同学们。

你们不管怎样批评我们都是应该的，你们是为了我们的国家好，我这次来也不是请你们原谅的，我只是说，学生们的身体到现在已经非常虚弱了，你们绝食已经第七天了，不能再这样下去了，时间长了身体也会造成难以补偿的损伤，我觉得现在最重要的是赶快结束绝食。我知道，你们绝食是为了达到政府和党对你们提出的问题有个满意的答复，但有些问题需要一个过程来解决，譬如说'性质'这个问题，我觉得终于可以解决，但你们也知道情况都是复杂的，需要一个过程。你们不能够在绝食 6 天到 7 天后还坚持这一条，一定要达到满意才停止绝食，但那个时候就晚了，没法补偿了！你们还年轻呀，同学们，还年轻！来日方长。你们应该健康地活着，看到中国实现四化的那一天，你们不像我们，我们已经老了，无所谓了……

年轻人呀，我们都年轻过，我们也游过行，我们也卧过轨，我也知道当时那种情况，没有想后果怎么样……你们要冷静想一想。"

紧接着便有消息传来，赵紫阳总书记被迫辞职了，他的秘书鲍彤已被逮捕。李鹏将在明天零点宣布对北京实施军事戒严令。赵紫阳显然早已知道镇压在即。5 月 19 日晚 10 时，李鹏发表电视讲话，宣布自 1989 年 5 月 20 日 10 时起在北京市部分地区实施戒严，由北京市人民政府组织实施，并根据实际需要采取具体戒严措施，禁止游行与中外记者采访。中央军委副主席杨尚昆表示北京已处于无政府状态，宣布调集军队进入市内……

屠刀高高地举起了，但学生和民众并没有吓倒，反而掀起了更大的反抗浪潮。次日的游行中，李鹏被画成穿着纳粹党卫军制服的法西斯分子，下面写着："讨'李'满天下！"

建国门大街中国社会科学院大楼以及许多高层大厦垂下"坚决支持学生的民主爱国行动，李鹏必须下台"的标语。官方各大媒体也倒向学生一方，报道学运实况并发布各界声援消息。央视新闻出现绝食视频并进行跟踪曝光，全国亿万民众心系北京。5 月 18 日《北京青年报》发表 17 日在天安门广场的民意测验报告："多数认为学运是爱国民主运动……"

山西作家郑义加入北京知识界声援学生群体，其夫人北明担任天安门广场学生绝食现场指挥中心广播员。指挥部在广播站分两处设在纪念碑与广场两端的一辆大巴上。郑义以指挥部的名义起草一个声明，告诉全国人民："邓、李、杨等为代表的党政军最高领导人已经发动了反革命政变。他们非法软禁了赵紫阳总书记，与人民为敌，我们号召全国人民起来抗争到底！"高自联的指挥车，在东西长安街上，反复播放着赵紫阳的讲话以及郑义起草的"告全国人民书"。全国各地大学的学生仍然纷纷涌入北京参加绝食，还有来自香港的学生参与其中，绝食人数顿时扩展到 20 万人。同时，调集的军队正从四个不同方向分批进入北京，然而处处遭到市民堵截，无法前进只得停留在原地待命。老百姓围在军车四周向士兵们苦口婆心地劝告"切勿镇压学生"……戒严并没有吓倒国人，北京 5 月 22—23 日连续举行百万人大游行。长安街上人潮涌动，小磊从单位与部分编辑记者以及员工游行到天安门广场，唱着《国际歌》，口号呼声连天，场面恢宏震撼。学生安排了纠察维持交通，人山人海却秩序井然……

小磊家两个孩子都卷入学运，老大阳阳在天安门广场绝食，而且是高自联核心成员；老二薇薇参加了纠察队，每天都在游行队伍之间维持秩序。这一段时间以来，家人没有与他俩见过面，不为他们的安全担心那不是真的，但是小磊告诫自己，也劝慰老人们不能扯他们的后腿。4 位老人哪能不心疼，老泪纵横地看着电视对现场的报道……

这期间天安门广场白天游行队伍仍然络绎不绝，广播不断地播放着声援的来稿，报告所收到来自全国各地包括香港捐赠的物资，矿泉水、帐篷等。坚持 5 天绝食以来，学生们白天在烈日下暴晒，夜晚也休息不好，陆续发生中暑，休克……急救车不断来来回回，鸣笛声阵阵让人撕心裂肺……天黑以后，游行渐渐地中止，不断有宣传车来回高呼口号。北京工人成立了工人自治联合会（工自联），许多个体商贩加入其中，他们组织了摩托飞车队游行为学生助威。动物园服装批发市场的吕茗停止了营业投入工自联的组建，被推举为核心成员，积极地组织游行、筹集募捐等活动。京城许多知名人士、学者，金观涛、严家其、包遵信、李泽厚、刘再复等相继到广场看望学生并现场发表声援学生的演讲，谴责政府的冥顽不化，也劝学生爱惜身体……

　　围绕着纪念碑周边，搭起了一顶顶帐篷，绝食的孩子们虚弱地躺在里面。可怜天下父母心，自发到广场声援的民众，其中较多是学生的家长，外地许多在京参加绝食孩子的父母也纷纷来到北京，每天到天安门广场聚集，不能进入广场。只得聚焦在外围三五成群议论纷纷。小磊经常白天参加单位游行，晚间骑车从家去天安门广场看大字报。人们纷纷期盼着万里 27 日从加拿大回国召开人大常委会撤销戒严令。有的说镇压的部队像 1976 年"四五"运动那样部署在劳动人民文化宫与人民大会堂里待命出动。广场上空时有直升机盘旋，众人警示可能会施放催泪弹驱散人群，建议带上湿毛巾防范。还有人提醒，肯定会有许多鹰犬混在人群中卧底，说话小心，警惕周围可疑者……总之，大军压境，风声鹤唳，气氛异常紧张，直到夜半更深人们陆续散去。小磊骑车回家，一路上许多公交车横在路口阻挡军车……夜不能寐，他半夜起来一口气写下诗歌一首。次日，天刚蒙蒙亮，一轮火红的太阳从长安街东头跃出，火红的霞光染上了半边天。常言"旱霞不出门，晚霞行万里"，小磊不管那些，到广场把诗稿送到广播站，李芯接过去。天气预报有雨，一片乌云缝隙中射出奇特的光柱。广播喇叭里传出了开始曲德沃夏克的《第九（新大陆）交响曲》第四乐章，弦乐强入奏出小二度反复之引子，由慢入快，接着铜管奏出主题：la si do si la la , la la sol mi sol la……那唯美动人而不失庄重、恢宏壮伟的旋律唤醒了广场里的学生及周边的人们，撞击着每一颗激荡地跳着的心灵。在音量渐弱的背景声中李芯深情地朗诵起来：
《历史耻辱柱上的名字》

　　无论在清晨，还是夜晚

　　无论春花雪月还是风骤雨急

　　每当来到天安门——中国民主的摇篮

　　朋友，你是否会感到

　　自己的血液与心脏

与伟大祖国在一起搏动
朋友们，我们都是孩子的父亲母亲
来自天南地北
孩子在里面，我们在外面
孩子的饥肠，我们的焦心
在声声急救车鸣笛中铰接在一起

我们不是诗人，只是一个普通的中国人
在这里不是以灵感，而是用泪水
写下一个个父亲母亲的忧心、焦虑
爱和恨，还有满腔悲愤
我们的孩子在绝食
在他们屠刀的下面奄奄一息；
他们的孩子在数钱
那些沾着国人血汗的
大堆大堆的黄金美钞
人民血汗充填着他们的血盆大口
他们要窒杀人民的怒吼

祖国母亲呀，中华大地啊
你的命运落在了什么样劣种的手里
不要玷污"人"这个称号吧
他们已经完全丧失了
人之为人的良心
牢牢不放手中的权力
心里想的只是一己的私欲
霍霍作响，正在磨着准备砍向
手无寸铁学生的屠刀
人民已经唾弃了他们

他们还恬不知耻地说

他们的"权力是人民给的"

哭泣吧，亿万个父亲母亲

哭泣吧，神州大地的子民

当泪水干了之时

历史就会前进，用我们的诅咒

在历史的耻辱柱上

写下他们沾满鲜血的可耻名字！

乌云盖住了刚刚露头的太阳，人群涌动着纷纷要求播音员再放音乐与诗篇，于是一遍又一遍伴随着融成一处的乐声与诗歌朗诵响彻大地……

全国各地声援反对戒严令的电报雪片似的飞来，戒严令宣布还不到一个小时，天安门广场附近的邮局就将2000多封电报送到了指挥部广播站。那些电文都签署着自己真实的姓名，让学生们更加坚信他们代表着全中国大多数人民的利益和诉求。最令人激动的是指挥部收到一张照片，照片上是戒严部队一个连的全体官兵合影，照片的背面是全体官兵的名字，随照片附来的信上这样写道：

"亲爱的同学们：我们全连官兵的心是属于你们的，我们虽然被迫前来北京执行所谓的'戒严'任务，但我们决不会把枪口对准你们，中华民族最优秀的人……"

4架涂着迷彩的直升飞机在广场上空盘旋，撒下雪片似的传单。小磊捡起一张，上面印着国务院和北京市政府的戒严令。人们纷纷拾来揣进口袋，当作备用的手纸。深夜，伍小阳躺在一顶的敞开的帐篷中，绝食已经使他的身体已经很虚弱。他睁着眼睛仰望帐篷外天上的星星，昏昏欲睡，忽然天上一个穿着白色长裤腋下张着翅膀的美女向他飘来，到他身边喊着他的名字："阳阳，阳阳，我是你母亲，你要挺住，坚强活下去！李芯是个可以信任好姑娘，你要好好爱她！"他睁开双眼，支撑着身子坐起来，向她伸出手，喊道："妈妈，我好想你！"……醒来后，他还隐约记得妈妈好像在梦中对他提起过李芯，他揣测着妈妈的提示意味着什么？便突然起身向广播站跑去，见李芯正在那里打盹，他提着的心放了下来，并把她唤醒说："我们结婚吧！"她迷迷糊糊瞪着眼瞧他，没有搞清是怎么回事……他接着说："你嫁给我吧！"

她还是没明白他心里想的是什么："你是不是在做梦？"

"刚才确实做了个梦，梦见妈妈了。妈妈说你是个好姑娘……后来我醒来，想了很多。我想军队总要开进来的，那时我们是死是活难以预料。我们现在就在这里宣誓结婚，做一对国家危难中同生死，共患难的夫妻。你答应我吗？"

她终于明白了："太好了，亏你想得出这样好的主意！"

"我们就在这广场中间拜天地吧。"

说着，他俩牵着手走到一小片空地上，双双半跪，用一只手指向夜空，阳阳："我们，伍小阳与李芯，今晚在此庄严宣誓：星星为媒，天地作证：在追求民主自由的路上同生死共患难，永远相爱，不离不弃，无论是生还是死，在天愿作比翼鸟，在地结为连理枝！"他俩相拥相吻……

此时周边没有睡的学生们把帐篷中睡着的同学纷纷唤醒，一时间把他们团团围在中间，鼓掌喝彩，把从飞机上撒下来的传单撕成碎碎的纸片像雪花一样漫天飞舞地洒向他们，有的举起杯子象征性为他俩祝酒。在欢庆的队伍中，众人用担架把他俩抬了起来，绕着广场转圈。一会儿又有几对情侣效尤他俩当场宣告成婚……一会儿从前门送来了几箱葡萄酒与鲜花。广播站竟然播放起门德尔松的《婚礼进行曲》来，原来是他们专门派人到大栅栏音像店敲开门找，瓦格纳的那首卖完了，只有这盘门德尔松的……阳阳说："门德尔松的更好。"新人们挽着手列队绕着广场在乐声中行进，现场欢声雷动一时间像节日般热闹，在杀机四伏中度过了一个不寻常的欢乐之夜……

　　进入绝食第五天，广播站的工作人员计算了一下，平均每 50 秒钟就有一辆救护车呼啸着开出广场。这就是说，平均 50 秒就有学生休克。一位母亲冲进广播车抢下话筒哭喊着："亲爱的孩子们，你们已经饿了 5 天了，求求你们吃点东西吧，他们是野兽，他们没有人的心肠，他们不会受你们感动的！"

　　自从进入绝食高潮后，北京的知识界就在现场设了"北京知识界联合会"。他们中有人向高自联提出："抢在戒严令宣布之前停止绝食。这会使他们的戒严令失去借口。"这是很明智的提议，经过绝食团各高校代表大会的一致同意，责成郑义等人起草复食宣言，然后通知中央电视台，《人民日报》，新华社等新闻单位在广场的记者，5 月 19 日 22 时停止绝食。另外派了两名同学保持和中共中央办公厅值班秘书的电话联系。当指挥部柴玲宣布各高校绝食代表已经通过停止绝食，由绝食改为静坐的决定后，全场哗然，一些同学涌向指挥车，强烈抗议，他们接受不了这样的现实。指挥部说明，复食是转换成静坐的方式继续抗争……半个小时后，中央电视台播出了这条使李鹏暴跳如雷的新闻。

学生运动的总方针是和平、理性、非暴力，他们做到了。连日来林瑷对本市一些公安部门进行了这一时期治安状况的采访，在报上发表了一篇报道《近日本市各类刑事案件大幅度下降》：

"近一段时间以来，东城区平时每天要发生四五起撬锁案，但据本月 16 日到 21 日的记录，只发生了 3 起此类案件。其他如强奸、抢劫、偷窃、流氓滋扰、持刀伤人等案件也大大少于往日。据询问过的崇文、宣武、海淀等区介绍，除发生了几起冒充大学生行骗的案件外，其他案件均大幅度下降。在谈到这些情况时，有的警察说：简直邪门了，小偷也'罢偷'了！"学生舍生忘死的正义运动激励着国人，提升着国民的爱国之心。在对极恶的抗争中，国人本性中的善被最大地激活着，人们的灵魂在升华……

整个运动中，学生非常克制，始终保持高度警觉和理性，没有发生任何文革式的非理性骚乱，有的个体户开着小卡车敲锣打鼓，喊着"李鹏，大傻逼！"被学生劝阻了……5 月 26 日夜，有几名青年向城楼上的毛泽东像泼墨，学生纠察队把他们送到了公安局，以免被官方栽赃……

5 月 27 日万里从加拿大回国，飞机在上海降落，被江泽民软禁。29 日美术学院的师生们把他们塑造的民主女神像竖立在天安门广场。同一天香港举行百万人支持北京学生大游行……高自联核心召开紧急会议讨论在广场坚持请愿的学生是否撤离的问题。吾尔开希电视讲话宣布，高自联会议一致决定：只要一个人反对撤离，全体也决不撤。从广场"绝食团指挥部广播车"标志的中型客车，在大街上缓慢行进，广播站的北明与郑义夫妇在车上向北京市民宣读《告全市人民书》：

"中华人民共和国的公民们，同胞们，朋友们：中共中央违反宪法，非法罢免赵紫阳的总书记职务，强行戒严，调动数十万军队包围北京，使用现代化武器对付手无寸铁的民众。这是一场反党、反改革、反人民的反革命军事政变……在这个民族危难的紧急关头，一切工人、农民、市民、知识分子必须动员起来，团结起来，保卫民主运动的成果，保卫天安门广场，保卫人民首都北京……"

北京有些老大爷老大娘和民众一起躺在坦克和装甲车的履带前阻挡军车前行。《人民日报》社附近一幅标语写的是"全民截兵"。向北京调动的军车全被市民围堵在近郊，民众一方面向车上的士兵送茶水、绿豆汤、包子、馒头等，同时向车上官兵们谆谆嘱咐，晓以大义。宣布戒严以来，小磊父母与岳父母两家老人对两个孩子的焦心自不用说。伍妈妈与岳母相约每天骑车到东西南北四处远郊与周边居民一齐围堵军车。她们劝告车上端着枪的年轻的战士："孩子，绝不能把枪口对着学生啊，他们是你们的弟兄，都是我们的孩子。你们脱下军装就是学生，他们穿上军装就是战士。他们同你们一样热爱我们的祖国呀，反对腐败要求民主没有罪，如果你们在大学里面也会像他们一样义无反顾挺身而出，是不是呀？"

这些战士在军营里与外界隔绝，平时没有条件收看电视，并不了解学运从起因到发展整个过程的详细情况，只能听从长官的训话，服从命令听指挥。然而面对这些白发苍苍的老人们，听她们苦口婆心地劝说，许多兵士也不禁被感动得流下了泪水，但是他们畏惧军纪不敢搭腔对话。

另一方面，老人们整天为两个孩子提心吊胆。阳阳兄妹俩这一阵影子也见不到，伍奶奶要小磊到天安门广场把他们找回来。小磊说："那怎么能行？几万名孩子在那里怎么能找到，纠察不让外人进去，即使找到又怎么能扯自己孩子的后腿呢？"

伍爷爷说："这种事我们做不了主，就是去天安门找到他，他也决不会听我们的，只能听天由命吧。"

伍奶奶："那，老大管不了，薇薇一定要找回来。你不去我去她学校。"

小磊："这阵子她不会待在学校，现在学校里没几个学生。"

"那，我就去天安门……"

"你别，我去天安门找找看吧，未必能找到。找到了，她也未必能跟我回来。"

爷爷："找到她你就说奶奶病了，要见她。"

奶奶"他们要有三长两短，我真不想活了……"

小薇作为纠察队在游行队伍旁维持秩序，有时帮着给学生送水。小磊来到广场，到处找，问广播站的李芯打听到了她在哪里。好不容易见到她后，小磊说："总算找到你了。奶奶现在身体不太舒服，想你，你回去看看她老人家吧。"

她说："好吧，我晚上回去。"

当晚，她回到家中，进门就扑到奶奶怀里，含泪问道："奶奶，你怎么了？"

"心里憋闷不舒服，上不来气。"

"上医院了吗？吃药了吗？我替你捶捶背。"

"倒也没什么，不用上医院，就是担心你俩，看见你就好些了。哥哥他怎么样呀？这么热的天，日晒雨打子，孩子们怎么受得了！"

"哥哥还好，绝食停止了，只是静坐。"

爷爷："你奶就想听你拉琴，多少日子没拉了呀。"

"嗯，我马上就拉。"她打开琴盒，拉起了《自新大陆》主题……

奶奶："今晚就在家歇着，明天同你爸一道去看看你外公外婆吧。他们成天也提心吊胆地。"

"嗯，好的。"

月末将近，戒严部队从东南西北 4 个方向步步逼近，形势异常危急。广场指挥部在学生中间搞了一次民意调查：撤，还是不撤？结果是，40%同意马上撤，60%认为待机而定，议而未决。

绝食开始不久，北京就有一些充满焦虑的知识分子自发组织起来到广场参加静坐表示对戒严的抵制。北京师范大学中文系的老师刘晓波，据说他前阵子正在美国访学，特地为学运赶回北京。他表示自己已经下了参加绝食的决心，"屠刀已经架在学生们的脖子上了，我们知识分子不能再缩在后面袖手旁观，应该和学生们一起站到第一线去！哪怕只有一个人，我也要去……"。他与四通公司的周舵还有台湾的音乐人侯德健及高新等四人，商议起草一份《绝食宣言》参与到学生之中。侯德健以《龙的传人》一曲成名，他谈到几天前在香港举行港台百名大明星"民主歌声献中华"义演的盛况。30 万香港同胞为这次义演慷慨捐献了 1300 万港币，他还把 T 恤衫上邓丽君、奚秀兰、张明敏、成龙等人声援学生的签名指给大家看。他还检讨他的《龙的传人》中所唱"黑头发黄皮肤"是很大的错误，决定修改歌词，挽回狭隘民族主义之负面影响。周舵说："如果政府中的某些人能有侯德健这样自我批评的精神，中国的事情会好办得多。"6 月 2 日，他们在广场宣讲了《六.二绝食宣言》，提出"没有敌人"的和平主义口号以与当政的"阶级斗争"意识形态相抗衡，声言："不要让仇恨和暴力玷污了我们的智慧和中国的民主化进程"。宣言呼吁社会和解，通过协商、对话、非暴力的方式来解决社会冲突；除了批评政府的错误决策之外，也要对学生和社会各界的错误提出批评。侯德健领唱了修改后的《龙的传人》在广场呼声雷动，形成了一波新的高潮。指挥部成员，北大作家班的张伯笠提议在天安门广场搞一个中国民主大学。台湾来大陆在北大任教的台大哲学教授陈鼓应，曾是当年参与反蒋运动的民主自由主义者，来大陆后见过邓小平。他表示如果办这样的大学，他愿意来讲第一课。5 月 24 日，柴玲公开对外宣布了将在天安门广场成立"天安门中国民主大学"的消息。初步计划在5 月 28 日正式开学。报名参加工作的同学很多，指挥部秘书处和宣传部的一些骨干同学也报名要参加筹备民主大学的工作。聘请中国社会科学院政治学研究所所长严家其先生做名誉校长。严先生认为这个设想非常好："我们可以在民主中学习民主。"他强调："民主、自由、法治、人权这八个字准确地概括了大学的办学方向。"他强调"法治"的治应该是治理的治，而不是制度的"制"，意思是以健全的法制治理国家，也就是宪法政治民主的国家。最后确定 6 月 3 日晚 9 点钟正式开学，举行开学典礼，张伯笠被推选为校长。

6 月 3 日，上午一直很平静，下午，空气骤然紧张起来。戒严部队在各处路口与群众发生冲突，武警在六部口、新华门和大会堂西侧，第一次用武力对付学生，施放了催泪瓦斯弹，近百人受伤……

学生和市民还在反抗，他们展示了"缴获"的一辆部队偷运武器弹药的公共汽车，一挺机枪就架在车顶上。广场广播站开始指导学生们防备催泪瓦斯的方法，以及用汽油瓶、棉被打坦克的方法，天晓得这些土办法对付正规国防军能管什么……当晚 7 时央视通常的新闻联播时段播放了李鹏发布的政府通告，告诫所有民众为了自身的安全不要到天安门广场……

小磊全家正在吃晚饭，看到这条消息，他立即放下饭碗，走向往外走。妈妈问他干吗去。他说："看来，他们今晚就要下手，得去看看阳阳的情况，有必要让他回来躲躲，避免无谓的牺牲……"

父亲点头称是，薇薇也要跟着一块儿去，奶奶拉住了她，稍后她还是乘机溜了出去，奔向天安门。

小磊骑上车从北河沿向天安门骑去，一路上聚焦的人群越来越多。到长安街上人山人海，8 点多钟，天还没有全黑，挤都挤不进广场中心路段，哪里去找阳阳……他推着车在人堆里挤来挤去，一边观察动静，一边沿着长安街慢慢向西挪动。一路上看见有个别军车在燃烧……直到复兴门忽然想起前次报社游行时，有位同他关系不错的同事老王家就在木樨地南真武庙，一次游行后曾在他家坐了会。见了老王，听说大批军车就停在离他家不远的西边，军事博物馆以西。在家等会儿，看看更晚有什么动静。此刻 9 点多钟，老王吃过晚饭正在家喝茶看电视。见小磊来，让座倒茶，他俩聊了起来。小磊说起一路上看到的情况，说起，老王说："我下午去过天安门，哎呀，怎么把军车烧了呀，这可过头了！这不是学生干的，学生一直克制。"

"嗯，我想是这样。"

"这可定性为'暴动'，给镇压以把柄。我看，有可以是他们自己派狗子们干的。不少特务混在人群中间煽动，军警各系统都有自己的特务。"

小磊："嗯，很可能，现在他们什么事都能做得出来。看样子今晚军队就得开进天安门。"

"不知道会不会开枪。"

不至于吧，我想把人群冲散了就得了。

老王："是啊，正规军哪能对赤手空拳的学生和百姓开枪呢？全世界都没有这样的事，他们不会冒天下之大不韪吧。"

"唉，刚才一路上听说战士都打了激素，发了子弹……"

说着，说着，到了 11 点多钟，远处传来噼里啪啦的一阵响声……

小磊说："像是鞭炮。"

老王："是枪声。"

"可能是橡皮子弹吧。走我们出去看看。"他俩出了门到大街上，见不少人群已经在路边。这里离长安街木樨地约四五百米。不久就能看见一辆平板三轮上面躺着伤者，从长安街向南驶过他们面前……密集的枪声一阵阵，越来越近。人们都惊呆了。

小磊："真开枪杀人了！"

虽然人们早有思想准备，镇压肯定会发生，但还是不敢相信军队真会向赤手空拳的民众开枪……

"他们真正是法西斯！"一辆辆载着受伤者的三轮从他们眼前驶过，"那里有复兴医院，是送那里去。"老王说，长安街上军车驶过，走了约 30 多分钟……

"大约走完了"小磊说："我过去看看"他骑上自行车。"可要小心，别冒险。"老王叮嘱道。

"哦，知道。"

他骑到了长安街上，只见大堆人群追着向东驶过去的军车骂："匪徒！""强盗！""杀人犯！""法西斯！""打倒共产党！"打倒邓小平！"打倒李鹏！""打倒法西斯！"……气疯了的市民，不顾生命危险，什么脏话都骂："X 你妈！""X 你祖宗八代！"。惦记着阳阳安然的小磊也置性命于度外推着车跟在后面骂。军车继续向东推进，不时向人群射出一梭子弹，撂倒几个，人群就散开躲避，后退一阵，过后又聚拢起来跟着军车叫骂……小磊在自行车上跟在人群向东天安门方向骑。从甘家口，过复兴门，到阜成门路口，军队接近天安门停下形成对广场的包围圈，向试图冲进广场的民众扫射。东南西北四个方向同时向天安门进军，广场外的人群无法进入，广场内的人群被子弹驱散，向外逃命。他只得拐弯向车公庄方向朝北骑……

说时迟，那时快。天安门广场中心，一群市民敢死队，真假难辨，带着几支冲锋枪上了纪念碑平台，说是要坚守阵地。学生们拼命劝说，让他们不要以暴力对抗。这些小伙子哪里听得进去？他们怒吼着说："你们不使用暴力，当兵的可不管你这一套！他们杀红了眼。你不杀他们，他们可要杀你们！"

刘晓波等和学生们费老大的劲，总算把他们请走了。临走时，这些人怒视着指挥部的人大吼道："好吧，你们这些软骨头！我们走！我们为了谁？还不是为了你们？有你们后悔的时候！"

9 点到了，答应前来参加民主大学开学典礼的严家其先生还没有到，10 点到了……严先生还是没有到，筹备组决定不再向后推了，宣布"天安门广场民主大学"正式开学。在几十万大军包围中，张伯笠和柴玲为民主大学剪彩，广场指挥部、知识分子、大学生的代表致了贺词，掌声一片。带感光的枪弹和地下的火光使上空变得又红又亮，危机四伏，场面既紧张、惊恐又振奋、热烈，难以描绘。张伯笠走上主席台致辞：

"天安门民主大学是一所没有围墙的大学，天安门广场是我们的课堂，祖国的 960 多万平方公里的土地是我们的校园。我们办学的宗旨是让民主，自由、法治、人权植入国人的心灵，使我们能在民主中学习民主，并能运用自己的民主权利。北京当局威胁我们说，我们的民主大学没有经过国家教委的批准，是非法的，主办者要负法律责任，而他们下令向手无寸铁的民众开枪，才要负违背国际公法的责任！"

在四周的枪声中，全场一阵欢呼……这时严家其先生及夫人从人群中挤到主席台后侧。他满头大汗，显然是在拥挤的人群中急匆匆赶到。在一片热烈的掌声中，严先生沉稳地走上主席台首先表示了对民主大学的祝贺。他说："当代的世界格局已经不是社会主义与资本主义的矛盾，而是民主政治与专制主义的对立。我国这次学生运动已发展成为全国性的全民抗议运动，这是当代中国划时代的大事。它以不可阻挡的力量大大地推进了中国民主进程。这次学运，向全中国宣布了民主政治的根本原则，即国家的一切权力属于人民、人民有权力推翻不受自己信任的政府……"

严先生提出召开全国人大紧急会议废除戒严令，并呼吁罢免李鹏……此时在枪声中，军队正向广场步步逼近。开幕式结束后20名身强力壮的纠察队员护送严先生和夫人离开广场。他们与代表们紧紧握手，互道珍重，不知道，今后是否还有聚首的机会。在这场民主运动中声援学生的知识界中还有包遵信和苏晓康等，他们为民运所做的贡献是巨大的，他们是中国知识分子中骨头最硬的一群。

漫长的六.四深夜，长安街天安门像是真正的战场，军人从市民中杀出一路血路冲进广场……午夜 1 点钟，一辆坦克在广场东面的马路由南向北疾驰过来，发出隆隆巨响，绕广场兜了一圈。愤怒的民众舍生忘死，从四面八方冲向前去把它围起来，在广场东北角把它点燃了，事态从动乱升级为暴乱……四面的天空这里那里不时划过一道道闪光的弹迹……这边学生领袖柴玲在大喇叭里领头宣誓："头可断，血可流，人民广场不可丢！"

另一边是政府在反复广播北京市政府的"通告"：

"今晚北京发生了严重的反革命暴乱，请你们马上离开广场，否则一切后果由你们自己负责。"这时，留在广场上的学生们也都准备了棍棒、菜刀和汽油瓶准备拼死一战……还有大批市民敢死队手里有冲锋枪。一批市民敢死队，带着一挺高射机枪，估计是从坦克或装甲车上拆下来的。他们把学生纠察队赶开，在纪念碑的栏杆上架起机枪，他们已经处于半歇斯底里状态，又哭又喊，两眼通红，除了一心报仇，什么也不顾了。他们手里拿着铁棒，谁敢上去劝就要敲死谁……他们一边哭着，一边讲述亲眼所见，军队如何凶残：

"他们是野兽，不是人！"看着身边的伙伴一个个被打得满身血窟窿，"我也不想活了，拼了！杀一个够本，杀两个赚一个！"

指挥部的人使尽浑身解数劝说他们，刘晓波连打躬作揖，最后跪了下来求他们说："广场上的大学生都是社会的宝贵财富，你们都应该替大学生的生命安全负责"。

他们一听就火了，又大吼起来："只有你们这些大学生是人，我们就不是人？我们为了谁？不是为了保护你们这些人，我们待着好好地，为什么要往枪口上撞？你们倒是没事，可我们的人死了那么多，就白死了不成？"显然广场周边已经杀人如麻。广场上眼看也要流血了。突然，一个学生跑进帐篷用颤抖声音向指挥部的人报告，他刚刚从枪声最密集的几个地方跑了一圈回来："太可怕了，真的是血流成河了！那些大兵简直疯了，跟猛兽一样，见人就开枪，根本不管男女老幼"。他说"现在能救同学的就是你们几个老师了。你千万想个办法救救大家。"那日清晨整个天安门周边延及长安街的态势是，广场外围的成千上万舍生忘死阻挡军队保护学生的北京市民被当作"暴徒"大量射杀，奔逃四散……剩下广场中心上万名学生被 30 多万军队从四面八方团团围住，除了撤离还有什么办法。

周舵等四个人紧急商量意见一致之后，决定出面跟戒严部队谈判，表示立即动员学生全部撤离。周舵开始在广场喊话："亲爱的同学们！北京市民和各界同胞们！我是四通公司的周舵。刚才，我们参加绝食的四个人和学生组织的领导成员开了一个紧急会议。我们一致决定，各校马上组织同学们和平撤离。面对武装到牙齿的正规军，抵抗是毫无意义的。血已经流得够多了，不能再流更多的血了。在这里的，全都是中国的精英，是民族的宝贵财富。我们多保留一个人，多保存一滴血，中国的民主事业就多一分希望。我们强烈呼吁，各校同学马上组织撤退。同学们必须马上都集中到纪念碑周围，放下手里的石头、棍棒，坚持非暴力。广场周围的解放军官兵们！你们不是人民的子弟兵吗？这里都是学生和手无寸铁的平民。我们强烈要求你们，马上停止屠杀手无寸铁的群众。我们正在动员同学们和平撤离，请你们配合，派代表来谈判。我们也将派代表去和你们谈判撤退。军方代表果然出现与他们谈妥，同意放学生和平撤离广场。"

话说，此时长安街上的小磊根本靠近不了广场，只听得那里枪声四起并不知道发生的具体情况，阳阳怎么样了……只得无可奈何上车往回骑，一路上只见人们三五成群，议论纷纷，叫骂一片，高呼口号……他回到家中已经凌晨 4 点来钟。爸妈尚未入睡，小磊简略向他们应付着诉说几句，未敢详说，便进到自己房里躺在床上打开半导体收音机，听见播音员杜宪正怀着满腔悲愤以哭腔播音：

全国的同胞们，他们下令军队向人民开枪了！军车上的士兵正在以真枪实弹向民众开火。一场血腥的杀戮在首都北京发生了。赤手空拳的学生和居民一个个躺倒在血泊中。他们犯下了大屠杀滔天罪行，他们欠下的血债，历史终将惩罚刽子手们……

一名叫肖尉的市民向外国记者描述，军队向学生开机枪扫射，还用刺刀捅……他被拘捕了，后来判刑 8 年……小磊把脸埋在枕头上压低着声音痛哭，泪水打湿了枕巾……

"事情怎么会这样，他们是什么人？不，他们不是人，是野兽！历史放过谁了？墨索里尼、希特勒、东条英机……屠夫邓小平能躲过历史的裁决吗？"毛泽东说邓小平比资本家厉害'，确实说中了，直接开枪镇压赤手空拳的民众，在这一点上邓可以说比毛泽东还凶狠。这个心狠手辣的矮怪物咬牙切齿说："你有 300 万学生，我有 300 万军队"这群匪帮在一起疯狂叫嚣："杀他 20 万，保它 20 年太平"，王震吼叫："我们是用 2000 万人头打下的江山，他们想要，拿 2000 万人头来换！"他们彻底撕去了假面，反人民的青面獠牙凶神恶煞面目赤裸裸地暴露在光天化日之下。

"天哪，阳阳怎么样了？"小磊他不敢想……

天亮后，整夜未眠的二老可以听见远处传来阵阵枪声……他俩吓坏了……

二老惊呼："天哪，真的开枪了。孩子们怎么了！"伍妈妈说着，晕了过去……他们用毛巾敷她的额头。醒来后，她起身说："我要去天安门，我这把老骨头，同他们拼了，不准他们伤害孩子！"

岳父和小磊拦住她，小磊说："我刚从那儿回来，军队已经把进天安门广场的路口都封了，谁也进不去？"

妈妈倒在沙发上放声痛哭起来，他们把她扶上床……小磊问："薇薇呢？"岳父回答道："昨天晚间薇薇说去外公那儿了。"

实际上，薇薇并没有去外婆家，而是去了天安门广场。她到那里时 9 点多钟，军队还没有开进天安门。高自联广播站还在播放《国际歌》，高呼"打倒法西斯"口号谴责军队的镇压暴行，时而播放……薇薇从人堆中使劲挤到了纪念碑旁，在那里找到了哥哥。阳阳问："这个时候你来干什么？"

"我要和你们在一起。"

"不要，你赶快出去吧，趁现在军队还没有到，晚了就走不了了。"

她还是不走，最后没有办法，阳阳让核心组的几个成员硬是把她架了出去……大约 12 点，19 支部队，28 军 38 军等 14 个陆军集团军、空降兵第 15 军，天津坦克师等 40 万军人相继开进了天安门地带，开始清场……

军队中也有铮铮铁骨一身正气之将。38 军军长徐勤先接到军事命令后，问是谁签署的命令，得知没有赵紫阳的命令，便拒绝执行，宁愿受审，后来被判刑 5 年……

各路部队终于占领了广场，四面八方枪声仍然在响，所杀外地学生多于北京学生，市民伤亡大大多于学生……各大医院的救护车倾巢出动，一辆辆驶进广场，来来回回抢救伤者……

高自联广播车里的高音喇叭仍然未停，传来李芯的呼声："住手，法西斯匪徒！你们不能杀手无寸铁者！"

自动步枪的一梭子弹扫灭了喇叭射向广播车，顿时声音停止了。同时，里面发出一声尖叫……阳阳见状冲了过去，进了大巴后发现李芯片胸口中弹倒在血泊中，阳阳把她抱在怀里，哭喊着："李芯，李芯，妻子，你怎么了……"

她眯着眼睛看着他，鲜血不止地从胸口往出流，说："我看不到光明了，你要活到胜利……"

"你不能死！"阳阳见还有个别救护车停留在广场准备抢救受伤者。他把李芯抱进一辆救护车，跟着车开出了广场。在车上她血流不止，嗫嚅着说道："我以我血荐轩辕！"在路上，没到医院，就在他怀里她心脏停止了跳动……

6 月 4 日凌晨，长安街上发生了激动人心的一幕，一队坦克从东开进广场，突然一名男青年冲到坦克前面左右腾挪，只身阻挡坦克前进。外国记者的摄像机抢录下了这震撼世界的一幕。这位勇敢无畏的青年，后来一直下落不明，十有八九是遇害了……后来人们打听出来他名为王维林，现场视频传遍全球，他将名垂青史……广场上还有少数拼死的民众高呼口号叫骂，军人向他们扫射，人群终于被全部驱散了。广场上的学生也都逃散了，最后剩下高自联指挥部几个头头刘晓波等作为最后一批从纪念碑旁撤出者。

军人把民主女神像捣碎，开始用汽油焚烧广场中的帐篷……有八九名从广场撤出的学生，沿着长安街向西走到六部口附近，一辆坦克疾驰过来，用履带把他们全部碾成肉饼……还倒退着反复碾压试图逃跑的学生，惨状目不忍睹……

军人还广场周边散落的人群开枪，混在人堆里的薇薇跟着一群人逃向南池子。子弹嗖嗖在从耳边飞过，身边的人一个个中弹倒下，也没人停下救助，只顾自己逃命……薇薇逃经一个巷口，一位大爷猛然把她拉进了胡同家里……

军队发言人张工与国务院发言人袁木分别发表电视讲话，声称天安门广场上纪念碑附近没有放一枪，没有死一个人……6月3日下午2时50分，邓小平对军委副主席迟浩田下达"用一切手段恢复秩序"的命令，他要斩草除根。

"默写的谎言掩盖不了血写的事实"……六. 四这天，林瑗冒着戒严的白色恐怖戴上红十字袖章以记者身份到京城多家医院探访。只见通向医院的马路旁血迹斑斑点点。医院走廊里横七竖八倒着奄奄一息的学生，地上的鲜血粘住了她的鞋底……她心在颤抖，抽泣着目睹这一切……回家后几天睡不着觉，吃不下饭，这辈子也忘不了这残酷恐怖的场景。她想统计出伤亡数字，走遍京城各大医院急救的人数约4千多，然而送进医院里都是现场没有断气的，当场无数被打死的立即就地焚尸灭迹，死者家属不敢声张，更不敢认领，死亡数字无法计算。被他们抓住只要定为"暴徒"无需审判便可处决。后来数日北京许多看守所附近的居民都听到里面发出阵阵嘶叫与枪声。据境外记者估计所杀上万……邓小平、李鹏为首的中南海丧心病狂的老人们竟然不惜动用野战军，在光天化日下屠杀自己国家手无寸铁的人民，犯下了反人类的滔天罪行。人类历史将永远记住这沾满鲜血的一页，他们终将被钉在历史的耻辱柱上，世世代代被世界正义的人们诅咒。

　　话说，阳阳从广场跟救护车把李芯送到了医院，见她已经救不活了，抱着她放声痛哭……许久，在医生劝导下出了医院。不敢走大马路，穿过小巷躲躲闪闪、七拐八拐终于回到家中，见奶奶躺在床上，哼哼着，情况危急，此刻医院救护车全都出动抢救伤者，爸爸到外公家去了。他立即到邻居家借了一辆平板三轮，与爷爷一块把奶奶送到附近医院。留下爷爷在病房，自己又急忙赶到外公家中，下午薇薇离开搭救她的老两口，回到了家，见门锁着，赶紧转身到外公家，大家心里落下了一块石头。

　　邓小平在 6 月 9 日接见戒严部队军以上首长的讲话里已经明确指示："对他们，连 1% 的原谅都不能有！"司法机构奉命"从重从快"处决和重判参加八九六四民运的人士。北京市公安局向全国公布了通缉王丹等 21 名学生领袖名单，包括高自联与工自联的所有核心成员，伍小阳也在其中，官方成天通过广播电视公布通缉犯名单。各地也紧跟着对民运人士采取了相应的镇压措施。

　　阳阳在家中不能停留，随时可能会有军警上门，逃到哪儿呢，交通枢纽，车站、机场肯定都有军警严密把守，外地去不了，走投无路，大家急得像热锅上的蚂蚁。紧急之中，薇薇突然想起，六.四早晨把她拉进胡同的那家。一个小杂院住着50上下两口子，男的老张是工厂的工人，女的是家庭妇女，有一个上高三的儿子和一个十六七岁的女儿。学生绝食以来，儿子每天晚间都要上天安门广场转转……3日晚上爹妈怎么也不准他俩出去。儿子不依，晚饭后爸妈就强制把他关在自己的小屋里，外面加上锁，任他怎么闹也不开门。他只得在里面听收音机，未曾想到，半夜里他跳窗户翻墙出去了，屋里收音机还一直响着，以为他还在里面。一会儿他妈问他水瓶里要不要灌水时，发现他跑了。老两口急得不行，军队开进广场开枪后，他们顾不上自己的安全，到胡同口看看情况，刚好碰上逃跑的薇薇就顺手把他拉进了院子。老两口再出去观望，路口已有持枪的大兵把守，怎么也不见儿子的身影……薇薇在张家一直待到下午，也不见他家老大回来，那时广场周边已经没有人影了，余火微烬还在各处燃烧，枪声还或远或近零零落落响着，通向长安街的路口都有士兵端着枪站岗。看来老张家的儿子凶多吉少。老两口悲痛欲绝……

薇薇打算立即到他们家看看能不能收容阳阳在那里躲上些日子。说着她骑车去了，不到一个小时回来，说那家儿子没有归家看来是遇难了。老两口听说阳阳被通缉，二话没说一口答应让他来避难……

大屠杀的遇难者在广场与长安街上的尸体立即被火焰喷射器焚烧，秘密处决的也立即火化，无人知晓，也无人敢打听……在医院死去的很多也没有名单，没人收尸，最后都送火葬场焚烧。北京市老张家儿子这样失踪的也有不少。人民大学教授蒋培坤的儿子六.四那天晚上也被锁在厕所，跳窗户出去，而没有回来……一般遇难者家中都怕惹麻烦不敢声张。几日后，天安门广场清洗完毕，小磊骑车从毛泽东纪念堂南端正阳门过，只见一排坦克在广场南端一字排开。大规模的屠杀暂告一段落，戒严没有解除，戴着钢盔的士兵三三两两端着口朝上的自动步枪，手指抠着扳机，在京城街市到处巡逻。社会秩序表面上恢复正常，机关工厂开始正常上班，暑假后大学照常开学上课，白色恐怖气氛仍然暗暗地笼罩着京城。

邓小平接见戒严部队军以上干部时发表讲话，向下面各单位传达，说什么："这场风波迟早要来。这是国际的大气候和中国自己的小气候所决定了的……也许这件事会使我们改革开放的步子迈得更稳、更好，甚至于更快，使我们的失误纠正得更快，使我们的长处发扬得更好……如果说有错误的话，就是坚持四项基本原则还不够……十年最大的失误是教育……"

于是在国际制裁与舆论谴责下，中国全社会进行"洗脑"，强化思想统治，美其名曰"爱国主义"教育……

6月23日-24日，中央全会通过了《关于赵紫阳同志在反党反社会主义的动乱中所犯错误的报告》，任命江泽民为中央委员会总书记。中国政治上全面左转，极端民族主义膨胀，进入历史倒退之黑暗反动时期。腐败的官僚特权阶层更有恃无恐肆无忌惮地榨取社会财富，吮吸民脂民膏。不久媒体公布王丹等几名通缉犯落网了。方励之逃往美国驻华大使馆避难。高自联与工自联其他人未闻下落。不久，刘晓波也被捕了，王丹被判8年徒刑，刘晓波被判3年……幸存的其他民运人士，柴玲、吾尔开希、张伯笠、郑义北明夫妇等以及到过广场公开支持民运的知识界知名人士，分别以不同途径逃亡国外。

整肃清查在各部门内部展开，雷祖华再次驾临《前进报》报社宣布上级决定停业整顿，并以严重政治错误撤销许原总编职务，由副编审潘家雄接替。伍小磊因"一贯坚持资产阶级自由化"，并在广场公开发表支持动乱的言论，开会让他交代问题，接受批判。在批判会上，潘家雄等喽啰向他猛烈开火："伍小磊立场一贯反动，与许原狼狈为奸，还有一些追随者，这里就暂不点名了。他们长期以来把本报作为他们反动思想的宣传工具。发表一系列反对'四项基本原则'的文章。其恶劣行径大家有目共睹，无比气愤。对此日后我们要进行长期清洗，消毒。动乱期间，他们多次组织游行，特别是伍小磊，公开写诗文支持动乱，起着极坏的作用。他首先必须检讨自己的严重错误，接受批判。他的儿子作为高自联头头正在通缉，伍小磊必须把他交出来，否则将以窝藏罪论处。"

小磊安静地说："我写的所有的东西，包括未发表的文章，有错误大家可以批判。我以为自己所作所为是本着一个公民与新闻工作者的良心，坚守马克思关于自由、平等、博爱的思想观点，没有什么可检讨的。至于我的儿子，作为公民他有选择自己道路的自由，他的下落我不知道，我没什么可交代的……"

此时一些小喽啰声嘶力竭地哄叫："伍小磊必须老实交代！坦白从宽，抗拒从严……"顿时会场上一片乌烟瘴气。林瑗坐在一旁自始至终一声没吭……这样的会开了两次，没有结果。最后决定开除他的党籍，撤销编辑部主任职务，停职反省，工资降低两级，把他调离编辑部回到资料室当一名资料员。其实在宣布这个处分之前，小磊已经提交了退党申请书，表明中国共产党已经被国家的少数特殊利益集团的极权寡头所控制，完全背离了马克思的学说，蜕变为与中国人民为敌的暴政，自己为坚决维护马克思的学说与人民的利益，申明自愿退出这个党组织。然而他们不予理睬，哪能把主动权让给他，开除党籍是作为行使权力对他一种惩罚记入档案。

林瑗与老王等其他几位参加游行积极支持学运者也都分别被处以党内警告与行政记过。

一天下班，林瑗从报社出来在骑车回家的路上，一个陌生的中年男人拦住她，说有事要同她谈。于是她下来推着车与他在路上边走边说。那人说他是香港搭救六.四通缉犯行动组的。他们通过工自联的核心成员吕茗得到她的联系方式。吕已经被救脱险，到了安全处，现在要设法营救伍小阳。同小阳家人直接联系很危险，通过她设法从小磊那里打听小阳的下落，进行营救。说着递给她一个小玩具，让她得到小阳下落后就把这个挂在她自行车铃铛上……大屠杀以来，她一直为吕茗的安全提心吊胆，听说她脱险了，甚为宽慰。第二天上班她乘没人注意，给小磊塞了一张字条，说下班后与他一路……下班后她俩在僻静的路上推着车边走边说，小磊知道有关情况后，让她立即去北京师范大学宿舍找薇薇……第二天她立即去找到了薇薇，得知阳阳平安藏在老张家的情况也大为惊喜。之后，她把那人给她的小玩意挂在铃铛上。上车后不久见到那人在一个路口在等她。告诉她，他们要把阳阳带到安全的地方。约定好时间与方式让薇薇带他们去见阳阳。那天，薇薇按照约定的时间地点与此人接头，带他到老张家。进去后说明来意，那人立即从小提包中取出假发给阳阳化妆，穿上女服准备离开。阳阳与老张一家挥泪惜别，这些日子与他们的女儿整天在一起，相互都已经暗暗萌生了爱意，此番离别不知今生能否再相逢，两人禁不住抱头痛哭，无限伤感，自是不必多说。

整个学运期间，林瑷同张金柱差不多整天吵架。一个全然是官方立场，一个坚定不移支持学生，一说起有关这方面的情况就惹气。她出去游行，他无法阻止，但心里特别反感。那些日子两人没有一句话可说，形同路人。突然一天张金柱就神情严肃地找她谈："你同学吕茗是工自联的头头，通缉名单上有她。你同他经常来往，还有同你关系密切的伍小磊的儿子是高自联的通缉犯，他们两个现在潜逃。领导上找我谈了，让我问你有没有他俩的线索可提供，你也应该知道知情不报会有什么后果。"

"哼，他们都知道你是什么人，他们能让我知道被通缉者的下落吗？即使我知道我能干那种出卖灵魂的卑鄙事来吗？我是那种卖身求荣的无耻之徒吗？"

"你骂谁呢？我是为你好。"

"你认为我知情不报就去告我吧！"

她气得拔腿就往外走，回她妈家去住了。她心想亏好吕茗和阳阳及时脱险，不然在这里难逃魔爪……后来她一直觉得有人盯她梢。过几天她下定决心提出与张金柱脱离关系。

　　原来这次大规模有组织的营救行动以香港黑社会"洪门"为主，联络社会各界寻找被通缉者的下落。洪门是明末清初的一个反清复明的民间地下秘密组织，旨在"驱除胡虏，恢复中华"。此道中人秉持着强烈的民族意识与爱国传统，带有浓烈的江湖色彩，恪守忠义之道。后来分支发展到五湖四海，其中较为人知的有天地会、袍哥会（哥老会）、三合会、致公堂等反清复明组织。满清晚期，这些黑道曾与孙中山的同盟会合作共同致力推翻满清政权。抗日战争期间，他们发挥爱国主义精神积极支持救亡运动。其掌门人司徒美堂发动海外华侨以捐款捐物等各种方式援助抗战，曾亲自携带侨胞及捐赠物资到上海慰问 19 路军。1937 年"七七"事变后，司徒美堂以古稀之年，奔走呼号于美国、加拿大、古巴、秘鲁、巴西、巴拿马等国之间，宣传抗日救国，为抗日战争的胜利作出重大贡献。这次营救六.四通缉犯的行动取意"螳螂捕蝉，黄雀在后"，称为"黄雀行动"。募集了香港各大爱国企业家与民间捐赠的大笔善款。按照中共的通缉犯名单，他们暗地一个个搜寻，找到一个救出一个。得道多助，一个月内已经将多名被通缉者从秘密通道送到香港进而转移境外。

　　小阳化装后酷似女性，为他制作了假身份证，飞向广州。在机舱里他怕露出破绽全程没敢出声，装作睡觉。顺利到达，下飞机后被安排在偏僻地带的一处寓所，叫他等待消息，绝不能外出并不得以其他方式与外界联系。屋里冰箱、电视、炉灶、电话等家用电器设备一应俱全，冰箱中食物充裕。两天后傍晚时分，电话铃声响了，按照约定的暗语告诉他，收拾好随身东西准备行动。半小时后一辆白色轿车准时到达，听见喇叭声后小磊走出大门，司机掏出撕成一半的照片，与带他来的那人交给他的另一半验证。上车后，车一直驰向深圳，到达码头。他被带上了一艘小鱼艇。他卸下了女装，交给司机，可算是轻松了。掌舵的船老大个子不高，光头，精干结实，胳膊上有刺青。此刻天已擦黑，上船后，小阳被带到了船底部的暗舱。船老大说；"里面有些憋闷，别点灯，不许出来，就委屈一下吧"。暗舱里面没有照明，他借舱外微光进入暗舱内。漆黑一片，在一股鱼腥味中感到有淡淡的腊梅花香，好像是女性用的高级香水的味道，他一迈脚，被什么绊倒了……

"哎哟！"是一个女人的声音，他倒在了她身上，赶忙爬起来，说："啊，有人，对不起，太黑，看不见。真是的，船老大没有告诉我里面已经有人了。弄疼你了吧？"

"还好，没有关系。"

原来那香气正是从这位女士身上发出的。这地方站不直只能弯着腰，阳阳找了个地方就地坐下，与她打过招呼方知道她是被通缉的工自联核心成员。工自联成立于学生绝食之后，与高自联没有密切的横向联系，主要活动范围在广场外围，组织摩托车环城游行，发动工商界为学生资助，提供帐篷、饮用水、大衣、棉被、医药卫生用品、广播通讯器材等物资。在广场，阳阳与这位女士并没有任何接触。半小时后左右渔船起锚了，舱内究竟很小，两人只能挨着坐在舱底木板上。在黑暗中两人看不清对方的脸。一个学自联，一个工自联，两位难友自我介绍一番。无巧不成书，原来那女子就是林瑷的同学吕茗。她到达广州等了好几天，也是今日刚被带上这里。她在广州这些日子帮助洪门弟兄查找逃亡者的下落和线索。起初她并不知道伍小阳的父亲伍小磊与林瑷之间的关系，按照通缉名单一个一个搜索，只知道他父亲是新闻界的。她想林瑷是记者应该打听得到，于是托她帮助找到阳阳。阳阳当然也看不清她就是自己一度痴迷的服装店的老板娘，语音也听不出，更不了解她与林瑷以及同他爸爸的那层关系。他们在黑暗中交谈的内容都围绕着天安门屠杀、逃命的情况。她也是六.四当天早晨冒着枪林弹雨逃出来的。他俩咬牙切齿地咒骂着刽子手们。谈了一会儿，阳阳又说起他妈妈在文革中的遭遇，令她不胜唏嘘，痛骂共产党坏事做绝，罪恶滔天……她说到 6 月 3 日那天崇文门有一名落单的战士给围殴打死了，在过街天桥上焚烧了……"这种残酷的暴行不会是好人干的，没准是他们混在人堆中的特务煽动的暴行，官方可将之嫁祸到民众头上，抹黑民运为镇压提供借口，并挑动战士对市民的仇恨……"她说道："我们的人，王丹能确定是被抓了，可能是被告密的。广场外围工自联中遇害的人比学生多多了。涉嫌烧军车的，抓住就立即杀掉……"据内部的知情者透露，为了制造镇压的合法性，他们使用极端的阴谋密令 65 集团军组织处长负责安排 4000 多名官兵化妆成市民，潜入天安门广场烧毁军车，制造非法暴力事端……"后来有政府里的朋友私下告诉我，党政军有关部门都各自在广场里安插了便衣，准备一开始清场就先把重点人物控制住，好让学生群龙无首，可是他们怕被打死在清场前就全都跑了——可想而知，当时的情况有多混乱、多危险。"

"还是你消息比我灵通，我躲起来之后，什么也不知道。"

吕茗说起她自己大学不愿入党，不服从毕业分配，走上经商之路，在动物园服装批发市场租了个门面……阳阳这才恍然大悟，原来是她。她也得知他就是那个时不时来她店里的大学生。在这种情况下不期而遇真是令人啧啧称巧。她又说起帮助找到他的林瑗是自己最好的同学，也在《前进报》与他爸小磊是同事，这关系总算理清了……

"男儿有泪不轻弹只是未到伤心处"。年岁不大，涉世未深的阳阳在这样短促动荡的日子里，既经历了死别又饱尝了生离，没想到在这里却意外遇上曾经心仪的梦中人。谈到李芯被杀的情况阳阳泣不成声……吕茗说，她也是死里逃生，见他如此伤心，用香喷喷的手绢替他擦干眼泪，安慰他："好了，小弟弟，活着就要记住仇恨，早晚要向他们讨回血债。"

说着把他一把搂在怀里，他乍起觉得有些不好意思，说："别叫我小弟弟，在你店里，我一看见就喜欢上你，总去你店只为看你一眼……"

"我好感动。"

"你只不过比我大两岁。"

"谁说的，大四五岁好不好。你才二十四五，我都快 30 了。"笑着说：“怎么也得叫我一声姐姐。”

“姐姐，我可叫不出口。”

她咯咯地笑开了：“那你就唤我名字呗，我俩在这里劫后余生，生死相逢真是奇缘。”

吕茗家在哈尔滨，生就东北女性火辣辣的性格，既有高学历又带有经商营生的豁达、活范特点，自有风情万种。阳阳与李芯两人都是情窦初开，相爱时间不长，还没有到狂热的程度，在校园里也就是搂搂抱抱，没有做什么出格的事。后来在老张家与那中学女生双方虽已产生爱意，在家长严格监管下更是规规矩矩……虽然他也是个多情的种子，对男女交合之事没有经验，至今还是个童男。在黑暗中吕茗主动地拥抱了阳阳，亲了亲他：“看来，我们是有姐弟恋的缘分哪。”他谈到自己已经结婚，她说那天虽不在现场后来也听说了。谈到李芯的死时，阳阳哭得像个小小孩一样，抽搐半天缓不过劲来。似乎这些日子第一次这样释放这种伤感。她紧紧把他搂到自己怀里，就像哄小孩似的拍着他说：“呵，呵，好了，好了，我们不哭了……姐姐疼你……”

她把他越抱越紧，过了会儿阳阳缓过劲来，动情之时，阳阳羞羞答答、畏畏缩缩，显得笨手笨脚，惹得吕茗吃吃一阵笑：“来吧，还是得姐姐教你……”她利索地解开脱去了上衣、胸褡，抓住阳阳的双手贴在她那对丰满结实的乳房上。他一阵悸动，血液加速涌动，心头小鹿上下乱窜，似乎记起了幼婴时在妈妈怀中的感觉……顿时忘了一切苦楚和凶险……

真是一对棒打鸳鸯患难情侣，天作之合……两人说不尽的绵绵情话、正如胶似漆时，船老大进来告诉他们：“你们真好运，有几艘公安巡逻快艇，突然退潮，搁浅了过不来”。这里离香港不太远了，问他俩会不会游泳，幸好他们都有水性，渔船目标太明显，为防止意外，老大让他们穿上救生衣游过去。他用大哥大与对岸联系接应。水温一点不凉，他们游的速度不快，将近一个小时看见岸上的光亮了。

不一会就有小船来接他们上岸，两个弟兄拉着他们的手说："你们平安到香港了，欢迎你们，祝贺你们脱离危险。"他们被送到安置处所，那里已经有几个北京学生，大家相见感到分外亲切。整个黄雀行动特别成功，香港演艺界大佬，像梅艳芳等鼎力相助，举办"民主歌声献中华"音乐会义演，加上企业界与民间爱国人士筹集义款达 1500 万港币。中共边防军中也有内线暗助，成功营救了达 800 多学生，包括被通缉 23 名中的 15 人，吾尔开西、柴玲、封崇德、苏小康、陈一咨等都相继获救脱险。

得道多助，失道寡助。捕蝉的螳螂失败了，黄雀胜利了……

　　小磊一家三代处于北京这场暴风急雨旋涡险浪之中，血雨腥风之后，学运领袖在缉拿追捕中四处逃亡，全城鹰犬遍布，月黑天高，风声鹤唳……这且按下不表，回过来看看南京。在中，南京的学生与民众绝无可能置身这场席卷整个中国波澜壮阔的民主运动之外。且说文革中方乃青母亲自尽、父亲被关进牛棚，他要去插队就把弟弟方永青寄养在他姑姑家。他姑姑是医院里的护士，姑父在南京军事学院苏联专家当过翻译，后来从事俄语教学，他俩级别不高文革中都没有遭到大的冲击。有一个儿子比永青小 3 岁，名叫郭剑。两口子为人正直，心地善良，待永青如己出，对两个孩子，教育有方，从不娇惯，严格要求，奖惩分明。哥俩学习都成绩优秀、品质也良好。两个男孩在一起难免打打闹闹，但从不生分。乃青父方俊续弦后，一直没有把永青接回来。兄弟俩先后考进了大学，永青进的是南京东南大学物理系，郭剑后来考上了南京师范学院社会学系。

　　北京掀起学运之时，南京也成立了高自联组织（南自联）。那段时间里，各大学的学生以南京最大的鼓楼广场为中心，每天到那里集会，发表演说，朗诵诗歌，散发标语、传单等宣传品。声援的市民络绎不绝前来观看，场面热烈火爆。每天举行全市游行示威，抗议政府的倒行逆施。永青与郭剑哥俩都介入其中，起初只是一般积极参与者，各自参加到自己学校组织的游行队伍之中。郭剑更多在广场滞留参加种种活动，持续多日。

一段时间后，广场上的学生渐渐地稀落了，显然由于重复性的活动缺少新意发生疲软懈怠的状况。郭剑很是着急，5 月 13 日北京学生开始在天安门广场静坐绝食行动之后，南京高自联商议如何进一步声援北京。此时有两名南自联常委准备动员一批学生搭火车去北京参加静坐绝食行动，立即有 200 多名学生踊跃报名。郭剑本校的同学对他进行动员，他没有立即响应，有些犹豫，考虑此行动意义如何，回家他想了一个晚上……他感到北京天安门广场上静坐绝食的学生已超过几万人，各界声援他们游行示威的人士，加上抵制戒严围堵军车的市民，抗争的人士达到上百万。他感到从南京乘车北上声援的人数再多也显不出来，意义不大。他翻来覆去睡不着，忽然突发奇想：如果组织南京一批学生徒步行军北上，效果肯定不一样，不在于为天安门广场增加人数，沿途宣传发动各地学生与民众参与到民主运动中来，岂不比乘车前往更有意义。他把永青唤醒，告诉他这个想法。永青没有睁开眼睛朦朦胧胧说："这样大的行动，人数又多，困难很大。声援北京不一定非得北上……"翻过身去又呼呼睡着了。

郭剑虽被泼了一头凉水，并没有灰心，挨到第二天清晨 4 点多钟，洗把脸就蹬车到鼓楼广场。天还没大亮，那里一个人影都没有。他见广播站里有两人在值班，打瞌睡。他把自己的想法同他们说了，他们敷衍两句接着打他们的瞌睡。他感到有些无趣，但仍然没有放弃自己的想法，蹓溜达跶到附近的小店里吃早餐去了。7 点多以后广场上人渐渐多了起来。他向到达的各学校的领队陈述自己的建议，征求大家的意见，得到许多人赞赏。很快这个主意传到南自联的头头那里。他们正在为南京的学运怎样持续下去发愁，得闻郭剑的想法如获至宝，认为这是一个激进、大胆的创见，并有相当可行性。他们立即把郭剑找去聆听他的见解。郭剑说："这个行动的意义不仅仅是对北京同学的一般声援，更是对全国民众进一步宣传与发动。以徒步行军方式北上，途经安徽、山东、河北省与天津市，进入北京。如果沿途学生与民众都被发动起来，滚雪球式参加我们的队伍，人数可望达到几万甚至几十万。加上媒体的报道宣传，各地民众的呼应可能达到几百万，甚至上亿。如此浩大的声势当局会穷于应付，不可能调动那么多军队进行镇压。可望倒逼他们妥协，通过对话，接受北京学生提出的条件，进行民主改革。"

有人对他的想法拍案叫绝，认为这是"一个能突破眼下运动停滞困境的天才设想。"

头头们立即召开全体常委会议经过讨论最后通过北上行动决议，并立即成立北上总指挥部着手抓紧进行各方面准备工作，郭剑被吸纳加入领导核心。

郭剑回到家中谈起这个情况之后，父母及永青都默不作声，显然他们对此都暗自在心里捏把汗。南北两京相距千多公里，步行需要十来天方能到达。盛夏季节，天气酷暑，艰苦劳累自不必说，沿途食宿身体健康等方面还会有很多料想不到的不安全因素。还是永青最先开言表达自己的看法，他说："这是不是搞得有些像文革大串连那样。"

郭剑道："哥，你这比方不对，文革与这次学运的性质截然相反。文革是狂热个人迷信下愚民的非理性冲动，我们是经过反复冷静研究充分理性的正义行动。"

"你说的当然有理，不过沿途的饮水，伙食，住宿，以及突发的健康、疾病，应对极端天气等方面的复杂情况都考虑到了吗？"

"这些问题当然都要考虑周到，头头们肯定还要进一步制定严密的计划。这次行动的成功把握在于一定会得到南京和沿途各界民众的配合与支持。对于民主与专制，人心向背已经彰显，只是需要有组织的行动方式来进一步发动民众。"

姑父有更深的考虑，对于政治上与人身安全可能出现的种种不测风险，作了种种设想。特别是郭剑作为动议者将可能会承担巨大责任。但是无论怎样也无法劝阻。在郭剑的参与下，南自联的北上行动计划与组织工作高效地拟定与筹备着。首先建立"南京高校联合北上民主长征指挥部"，郭剑被选为副总指挥之一。总部下设秘书处、先遣队、宣传部、保卫部、后勤部、医务部。秘书处负责联络协调各大学，征集自愿报名参加者，同时向南京各界请求支援。各大公司企业闻讯纷纷捐款捐物，最后报名参加人数达到近1万。配备了医务车、饮水与食物供应专车随行。永青因身体状况不佳，没有参加。

先遣队根据中途行经各省制定了精密的行军路线图。宣传部拟定标语口号："李鹏下台，小平退休""打倒官僚政府""打倒特权阶层""反专制独裁""维护人权""自由万岁"等。宣誓出发日期定为6月1日，誓词选用"风萧萧兮易水寒，壮士一去兮不复返"改为"壮士一去兮盼归还"。

原定6月1日早晨7点半各校在南京大学运动场整队出发，因南大被政府封锁，集合地点改为鼓楼广场。不到7点，广场上北上的学生与为他们送行的教师、亲友已经是人山人海。郭剑的父母、永青都来为他送行。各个院校打出自己的校旗。出发前的仪式是北高联派来的代表和南高联互赠大旗，北高联的代表热烈祝贺整个北上行动，他说："南高联发起的《北上民主长征》是在全国打响了徒步进军北京的第一枪，热切盼望全国各个城市都会和南高联一样行动。全国学生一条心，最终四面八方一起走到北京，成立全国高校自治联合会，要求跟中央对话，跟李鹏对话，要求中央在现阶段拿出根本的制度改革方案，反腐肃贪、打击官倒、消除腐败、推进政治民主、建立宪政制度，让每一个致力于国家公民建设的人，都有真正的选举和被选举的权利。我们要争取当代的大学生能够成为国家未来的主人。国家公民就应该有当家做主的权力……"

出发前有这样一个插曲使郭剑牵肠挂肚。他的学校商业经济系少数民族班有一位美丽的傣族少女叶蕉蕉，比郭剑小一届，非常引人注目。边远的少数民族地区只有比较有权势的显贵家族才有机会把儿女送出来读书，回去以后可以得到重用。她平时沉默寡言，不苟言笑，表面看来显得似乎神秘而高傲。其实她身边了解她的同学都觉得她亲切良善热情，叫她芭蕉阿妹。同学们也纷纷在背后议论她的底细，据说她父亲在当地是州政府的高官，她姐夫是当地公安局局长，他哥哥常年在缅甸边境从事边贸生意，包括经销大麻之类的违禁品，据说是当地黑白两道都玩得转的公子哥。她在家里是最小的一个，家里对她有些娇宠，但却未养成骄横之气。对于学运她一开始就很关心，那阵子几乎天天都去广场。学校组织的多次游行队伍中都能看到她的身影，只是她很少开口。运动前郭剑就注意到她，只是没有机会与她近距离接触。郭剑提出北上行动倡议被通过以后，有次在学校发现她站在走廊外面注视着他，似乎有什么话要对他说。一天在一个人很少的场合她喊了声"郭同学"，用眼神示意跟着她。他随她到了水房，那里没有人，她一进去很快就把所有的水龙头都打开。她几乎是贴着耳边问他："你知道我叫什么名字吗？"

他说："不知道，我只知道你叫'芭蕉阿妹'。"

她淡淡地莞尔一笑，告诉他她叫叶蕉蕉，问道："你能记住吗？"

"哦，能。"

"郭同学，我非常钦佩你了不起的胆识，欣赏你这种勇敢献身的精神。你代表着我们、代表着我们学校，也代表着我们这一代的青年人。你为我们做出了榜样。我非常支持你，只是我没条件跟你一起北上，我很快就要回去办事。但是你要相信，我的心一直在追随着你。"

他没有理解她特意找他说出此番的意图，只是听她紧接着说："我今天找你并不仅仅是向你表达我对你的支持和尊敬，还有最重要的交代。"

"哦，什么交代这样重要？"

她说："告诉你一个电话与 BB 机号码，这是我在云南的联系方式。你的名声很大，风险更大。枪打出头鸟，当你遇到危难需要救援的时候，你只需要在一个旁边没有人的公用电话亭打这个电话给我，跟我联系上，我会设法营救你。"她的这番心意，使郭剑热血上涌，他没有闲心往其他方面去想，她接着又在他耳边说了一个暗语：'广东音乐《雨打芭蕉》真好听'，这11个字很好记，一定牢牢记住。她坚毅地望着他，要求他重复她的名字和联系方式。这些联系方式不得写在纸上，一定要把它们都牢牢记在心里，并且记住每天用头脑背几遍，牢牢记住，不要记错。郭剑头脑中从未出现过事败潜逃的念头，万万没有想到这样一位美妙的少女会有这样的心机。按照她的叮嘱，他每天都背她的联系方式。在北上途中每当想到的这件事，他脑海里就浮现出那张神秘美好脸上坚毅信任的目光，浮现出她淡然一笑的神情。特别是在北上大队告别人群中，他想到会有许多默默的赞许者，而在人群中她那像天使般拱手告别的曼妙姿态与含蓄而深情的眼神使他永远铭记，此生若能重现此情此景他愿付出一切！岁月倥偬，世事沧桑，郭剑从来没去想有一天会去找她，但是一直记住了这个感人的故事，自然而然地把这个事情，与在电影中看到的地下革命者的活动镜头联系起来，觉得挺有意思，且在无形中给自己增加了一种神圣的使命感。他从内心里希望历史能记住这位妙人儿，记住她那美妙而真诚的约言与情意。另一位与郭剑多年交好的女友虽然不赞成他的行动，临行那天晚上她给他送来精心缝制的一条田径短裤。在后面小口袋里面放了100块钱和5斤全国通用粮票，她把小口袋用针线密密缝死。在告别了所有同学后，她一边把短裤递给郭剑，一边关照他说："剑，告别和祝福的话语，我就不多说了，我只有一个心愿，你平安带队到达北京，那么遥远的行军过程，各种意外都难免发生，无论你在什么时候，这条田径裤你都要贴身穿好，一旦发生意外，人全部走散了，你至少可以用这点钱粮救急。平平安安地去，平平安安地回，我等着你凯旋，给你敬酒……"望着女友殷切深情的目光，她的细心，她的理解和祝福使郭剑感觉到一股巨大的暖流。他感到那个动荡激情的年代，人与人之间交往不含一点私心杂念的清纯，是高尚人性的升华。

北上队伍整顿完毕，指挥部号令出发，南大的队伍走在最前面，各校挥舞着校旗依次排列，以冼星海的《青年进行曲》为主唱队歌：

前进中国的青年

前进中国的青年

中国恰像暴风雨中的破船

我们要认识今天的危险

争取，争取胜利的明天

我们要以一当十，百以当千

我们没有退后

只有向前，向前，向前

兴国的责任落在我们的两肩

前进中国的青年，青年！

……

大队人马沿着中山北路，浩浩荡荡，往南京长江大桥方向朝着江北行进。30 几所高校，各校都有车子跟着在后面，车身上面都印着某某学校名称。上了长江大桥以后，围观和送行的群众基本就全部停止了。江苏省政府各级机关安排的车辆，包括他们以"救护医疗车辆"的名义尾随在队伍的后面，不断用小喇叭对学生喊话："同学们，你们累了、走不动了就到车上来，车上有纯净水喝，吃不消的同学就回去吧！"

从鼓楼广场游行集会开始，便衣特工们就没有闲过。南京市公安局正紧锣密鼓地对南自联的头面人物的情况进行调查，完全掌握他们每个人的基本情况。郭剑提出此次行动之后，他们就吩咐他姑父的单位做他的工作，让他劝阻郭剑。

6 月的南京天气炎热，当北上的队伍走过了南京长江大桥到了江北，几个小时行军下来同学们的脸一个个都被晒得通红。指挥部担心有同学会中暑，要求就地找一个地方宿营休息。于是队伍全部聚集在一所技工学校里面做短暂的休息，吃饭喝水，打算避过中午的毒日头再出发。不少同学的脚上已经磨出了水泡，医疗队的同学挨个用药来给大家处理。各个学校负责人被召集到了一个教室开会，有消息透露李鹏专程打电话给江苏省委，务必把北上队伍控制在江苏境内，不准出江苏。而只要过了长江大桥，从江苏到安徽的省界就是一步之遥了，"让李鹏见鬼去吧！"

李鹏的指示传达到苏皖两地政府的时候，北上队伍已经全部越过南京长江大桥了。总指挥部决定今晚一定要到达安徽，在安徽宿营。要求先遣队立即赶到安徽滁州市乌衣镇，做好所有队伍到达的准备。不过因为天气太热，学生们体力消耗很大，大部队能不能全数走到安徽尚难预料。

在即将到达滁州的一路上，郭剑谈起上高中时，一年春假他与同班同学因为文学课刚上欧阳修《醉翁亭记》，他俩想骑自行车去那里。清晨 5 点多钟出发，将近 100 公里中午才到，每人吃了碗面就上琅玡山，刚上山坡就下起雨来，没到醉翁亭雨越来越大，只得往回骑，天黑了路还走岔了，看来当天回不了南京，到一个地方住下来，两人整个一个落汤鸡，老板在火炉上替他俩烤衣服……原来这地方是安徽全椒县，是吴敬梓的家乡，第二天是大晴天，就匆忙往家骑。现在想想当时那个狼狈相还挺有意思，遗憾的是回家心切没顾上参观一下名人故居……

当大部队到达滁州时，先遣队估计应该赶往蚌埠和合肥了。知名异见人士方励之就在合肥中国科技大学。所以大队人马到合肥必将跟中国科技大学形成了江苏和安徽苏皖两省的高校会合态势。这是提前安排好了的行动计划之一。与此同时，上海的"上高联"、安徽的"徽高联"也都派出了代表，相继赶过来接应。预计最终山东济南与天津的学运队伍也将一起会合。在行进的公路上，队伍旁也有往来的车辆行驶，途中突然有一辆越野的吉普车开到队伍前面，跳下来四五个人高马大的家伙把郭剑拖到他们的车里面。他被绑架了……

郭剑被带回南京安置在省教委的一个办公楼内，说有领导要找他谈话。不久在他学校的王院长的陪同下，来了一个处长，一起来和他谈话。一方面大谈他个人的前途，一方面威胁他道："你们的行动不但牺牲同学们的健康，如果发生交通意外或者食品安全事故，你郭剑负得了责任吗？"

与此同时，大部队的同学们正在与政府交涉："必须把我们的副总指挥郭剑马上送过来。即使我们要撤回，也要由总指挥部下命令。指挥部已经一致通过决定，是否撤回以郭剑归队为先决条件。"

郭剑也不谋而合地声称，只有放他回去才能同指挥部商量决定大队人马是否返回……他对王院长讲："只要把我送回到北上队伍中，我可以试试去做劝他们回撤的工作。"

王院长说："省领导要求的是，由你写好一个手令，要求他们队伍撤回来，而不是你本人亲自去。"

郭剑说："那不可能！第一个我不会写任何东西。第二个我写的手令，北上指挥部的同学也不会认。谁能证明这是我郭剑写的呢？再说即使他们相信是我写的手令，我的手令是'最高指示''一句顶一万句'吗？我们的总指挥部没有民主的话，那不是跟学运反对的独裁专制者一样吗？为民主而奋不顾身的学子们能听他们的指挥吗？"

王院长是一个很好的人，57年被打成右派，平反后文革中又被整得很惨。他说："我不支持你们徒步北上的行动，但是我理解学生的爱国热情，理解广大学生的诉求。"听郭剑这么一说后，表示是否让他归队要请示上级领导。省市各级领导也都在应付中央，应允只要配合他们把学生带回南京就可以答应他的这个要求。郭剑当时心想："只要能把我送回到北上队伍中去，什么条件都可以答应！到了北上现场就由不得你们了。"

他们终于派车送郭剑归队了，快要接近北上队伍的时候，他已经陆陆续续看到了一部分学生。这些大概都是体弱掉队的学生，他也看到有救护车和各校校车。快接近大队人马的时候，司机就把车速放慢了一点，慢慢往前开。郭剑的归队引起同学们的一片欢呼！看见郭剑从车上下来，很多女生都尖叫起来。他们说："终于把你盼回来了，这次还走吗？"他说："放心，你们在哪我在哪！"他发现同学们的士气依然是很高昂的，有一位南师大的女同学笑着对大家说："郭剑就是浑身充满激情和火焰那样的人，每当他进房来整个屋子似乎都亮堂起来了。"郭剑更加明白，这就是上帝赋予他的使命。

先遣队已经在滁州师专给大部队做好了所有宿营的准备。几位澡堂的师傅都从家里赶到学校来为学生们烧了热水，绝大部分的同学都洗了热水澡。滁州师专老师和同学们也专门安排了人员来接待南京来的战友，滁州人民也喜气洋洋地迎接学生。家家户户送茶、送热米汤、送肉包子、面包，还有送各种点心水果的，还有烧鸡。每行军几十公里，必须停下来休息。宿营地可能就是某一个小镇，没有大中专院校，队伍就停留在当地小学里面。整个队伍先停下来在这里休整，把这两天行军中遇到的各种问题解决了，然后再出发向着下一站蚌埠进行。队伍尽量贴近铁路线走，哪怕绕些弯路，如果出现了什么紧急情况，可以尽快送上火车。当地有些大中专院校的同学不断加入队伍里面。到达滁州师专的时候发现已经有政府派来的暗探混在各分队中间。于是指挥部立即采取措施加以防范，立即下令更换袖标，每个袖标上都有编号。指挥部渐渐做到完全掌握了北上队员的姓名、学校、年级、系别、专业等信息。

各队所有人马先后到达滁州师专的时候是 6 月 3 日。那时他们怎么也没有想到当天晚上在北京天安门广场已经开始血腥镇压。这个消息通过各种广播和我们能掌握的有限渠道不断传播。同学们听到这个消息时候是半信半疑的，因为大家根本不敢相信，自称"人民政府"怎么会动用"人民的子弟兵"对手无寸铁的学生与市民开枪呢？

学生们直接地感觉是当地政府的态度发生的变化。6 月 4 日上午，江苏省、安徽省的政府都派来了比平时多得多的大客车和面包车，很多领导干部还有学校的领导和老师堵在前面劝说学生立即回南京。一些省市领导已经拦在我们队伍前面了，有大量荷枪实弹的武警跟在他们的身后。江苏省常务副省长兼江苏省教委主任向学生们喊话："同学们，现在中央已经把这场学潮定性为'反革命暴乱'了！北京天安门广场已经开始'清场'。解放军正在清除继续待在广场上的反革命暴乱分子。我现在代表江苏省委、省政府对你们提出警告，你们必须立即撤回南京回到校园，接受组织调查！如果队伍继续往前带，那么你们不撤我们撤！我们撤了后面就是武警！武警不属于我指挥，我没有权力指挥他们。他们会执行他们上级的命令，你们自己掂量掂量……"

郭剑对同学们说："同学们，现在我们已经不是在同人打交道，我们在同青面獠牙的张开血盆大口的野兽打交道！"

指挥部决定临时召集各个学校的领队和各部门的部长开紧急会议。会上大家的心情都十分压抑，纠结的是继续走还是撤回去。如果继续走，真的遇到武警冲上来，在这个安徽的荒郊野外，学生出现生命危险怎么办？如果撤回去那我们的北上行动就彻底结束了，我们的民主道路就这么失败了吗？谁甘心啊？毫不夸张地说，此时，郭剑第一次在人生中想到了死！在会议上他反问大家："如果往前走我们会死，我们继续走吗？"

几乎所有成员都说："他们用死来吓唬我们！我们不怕，我们要继续往前走。"

"好！"郭剑狠劲拍着那个水泥板的台子说："走！我们继续沿着北上的道路走，'壮士一去'决不动摇！"就在指挥部确定继续出发往前走的时候，保卫部的同学把郭剑的母亲带到师专会议室门口来了。她被政府用车送到安徽现场来了。当时她在家里看电视已经知道北京发生了屠杀了，她情绪很激动地跟保卫部的人讲："我是郭剑的妈，让我和他说两句话！”

郭剑走到门口的时候看到他母亲和父亲，也看到王院长和系里的孙主任等在郭妈妈的后面喊话："小郭啊，你出来听我们跟你说句话好吧。"

他刚走到门口，他妈就一把拉住他的手。他妈妈哪里知道，站在门口的几个学生是政府安排的公安局的人员伪装的。他们趁机在背后把他往外拉，埋伏在旁边的几个彪形大汉把他和他妈一起推上前面开过来的一辆面包车。

在车上他说："我他们被劫持了。"妈妈只得对他说："妈是来救你的。现在北京天安门广场上很多学生被杀了。你们再往前走的话，肯定没命了！"他们二话没说，汽车往南京疾速而去。

师专外面停着官方的一辆一辆的大客车。看来他们做了周密的布局。各个学校的老师、学校机关工作人员，全部从他们学校大客车上面下来，把他们自己学校的同学一个个往校车上拉。指挥部的一些成员的父母是部队干部与省级机关干部。他们坐着自己的小车赶到安徽北上学生队伍，不由分说地把自己的孩子强行拉上车往回走了。

6月4日上午北京开枪以后，江苏当局首先是把郭剑和指挥部其他人员控制了，然后把大部分同学一个个推上大客车带回南京。大约还有100多辆自行车继续往前走，一直走到了安徽张八岭镇。安徽省政府组织的当地武装民兵拦住他们威胁说："再往前走就开枪了，你们必须回去！"5月28日到6月4日上午，南京北上徒步行军在安徽省张八岭镇画上了句号。全国各地的一场轰轰烈烈震动全球的民主运动就这样被法西斯式的野蛮暴力血腥镇压下去了！

汽车停在了郭剑家小区门口，妈妈向司机道了谢。他们就往家走，妈妈正拿钥匙开门，还没进屋，见两个陌生男子挡在门口把他俩拦住，其中一个冲郭剑说："广东音乐《雨打芭蕉》真好听。"。郭剑明白了，那人说："请跟我们走。"郭剑对母亲说："你先回去吧，他们是朋友，找我有要紧事。"

妈妈对那两人说："进屋坐会吧。"

那人说："不了，谢谢郭妈妈，我们时间紧迫。"

"什么要紧事，刚到家没进门就又要走？"

"很快，您就知道了。"

郭剑给妈妈使了一个宽慰的眼色，说："妈，你就放心吧。"说着就跟他们走了。

马路边上停着一辆轿车，他们三人上了汽车。郭剑听他们的口音不像是南京人，车子上了公路向南驶去。

第二天，南京电视广播公布了市公安局的"通缉令"，郭剑名列榜首……

话说，郭剑在汽车上多次问他们要带他去哪里，走了差不多两个多小时，他们才告诉他说："我们是蕉蕉的人，她派我们来接你。官方正在通缉你和学生领袖，我们把你安全带到她那里就完成任务了。时间紧迫，现在你不必多问，路上我们会告诉你一些情况，到时候你就会知道一切。"

一路上他得知，他们要把他带到云南去。从南京要先到昆明，不敢乘飞机，开车长途跋涉，曲曲折折行程约 3000 多公里。沿途不住旅店，夜间找个偏僻的地方睡在帐篷里，哪里比较安全就停下来补充汽油、水、食物等必需的物资。前后整整走了 4 天迤逦登上云贵高原……离开昆明后不久进入始建于 1938 年的著名的滇缅公路路段。有人接应，给他们换了辆越野车，补充了足够的物资。滇缅公路从昆明起始，止于中缅边境的瑞丽。这条著名公路，出境后一直通到缅北交通重镇腊戌，在中国抗战最艰难的时期，它成了国际援华物资的运输生命线。这是一条当年在崇山峻岭中由滇西民众用原始工具开拓出来的险恶公路。9 个月的筑路工期中，有 3 千多民工死亡，1 万多人伤残。这条公路是抗战期间，中日陆空军在中国南方争夺得最激烈的一条国际公路，沿途留下了许多悲壮的故事。

跨越海拔 4000 米的高黎贡山下的潞江坝区。狭窄的公路悬挂在峭壁上，下面是波涛汹涌的怒江，穿过浓密的亚热带森林，心惊胆战中却也能尽情领略从未见过的奇观异景。这是一段漫长艰险的行程，要穿过他们脚下的怒江大峡谷。当地称这个"两山可闻声，相逢走半年"的天险，此生难得一见，不可不多看两眼。他们选择了一个比较安全的观景区停车下来俯瞰峡谷中一根火柴棍般大小的怒江大桥。

司机王师傅告诉郭剑："正是这根在崇山峻岭里看上去不起眼的'火柴棍'，于 1942 年被中国军队及时炸毁，成功地把长途奔袭而来的日军阻挡在了怒江西岸，阻挡了日军向昆明等重要城市的进攻，挫败了日本向国民政府后背扎刀的战略企图，使 1944 年的滇西和缅北大反攻成为可能。"

从山顶沿着盘山公路辗转而下直到江边，不过几十公里弯弯曲曲的公路汽车居然要行驶 3 个来小时。大桥上有武警把守，他们为郭剑准备了边民证方得顺利通过。滇西的芒市（芒市）、瑞丽市、陇川县、盈江县和梁河县，属云南德宏傣族景颇族自治州。山路十八弯，从昆明到瑞丽 900 来公里走了四五天，可以想见几十年前的路途艰险。给人印象最深的是怒江水流汹涌，浊浪滔滔。激流冲撞着两岸巨石的轰响掩盖了其他任何声音。汽车在浪涛声中悄无声息地驶过大桥，艰难地爬上西岸群山。路过见到一块不起眼的石碑立在公路边，上面模糊的字迹告诉停下车来仔细观看的人们，松山战役遗址就在眼前。郭剑一面观看石碑一面听司机与向导介绍。当年幸存的中日老兵几乎已经全部谢世，日本人寻觅战死军人遗骨的脚步几乎踏遍了整个太平洋和东南亚地区，唯独滇西还是一块禁地，只有极少数经过特批的日本人到过这里。1980 年代后，这段被淹没的历史渐渐浮现。人们开始能够拨开层层迷雾仿佛看到了 1939 年惨烈的松山战役和腾冲战役，也统称为滇西抗战。这次反攻战役国民政府投入了第 11 和第 20 两个精锐集团军，共计 21 万人. 在数百名美军顾问和美国援华空军飞虎队的支援下，对两年前侵占怒江西岸的日军 56 师团10000 余守敌发起了反攻。

经过 4 个多月的激战，在付出了伤亡 50000 万人的惨重代价之后，终于将日军大部歼灭，残余逐出了国门。石碑上的字迹是刚刚用红漆重描过的，说明当局已经开始重新审视并允许展现那段历史。而当年的战场，仍然没人前来整理。他们 3 人下车，穿过茂密的松树林和杂木藤条，走上当年激战的高地，已被长年生长的荒草覆盖的日军堑壕工事依稀可见。郭剑想从这片被淡忘多年的山坡上寻找到点儿什么，然而什么也没有找到。凡是容易被发现的战场遗物，几十年中早已被当地山民收捡一空了。山还是那么高，坡还是那么陡，树还是那么绿。几十年前在这片山林里倒下的几千名中日军人的身躯，早已融入了大地，丝毫没有了生命的遗迹。可悲的还不是他们宝贵生命和年轻肉体的消亡，而是他们为了自己后代的生存和利益相互厮杀的惨烈景象，差点儿已经被子孙们所彻底遗忘。郭剑现场学习了这段悲壮的抗战历史，仿佛耳际响起了连天的枪炮轰鸣，眼前瞅见尸横遍野……心中留下了无限敬仰与感慨。

中缅边界云南省德宏州瑞丽市地处中国西南边陲东、西、南三面与缅甸接壤。接近这里时，郭剑又被换到另一辆吉普车上，开了一两个小时，沿途见到有些着民族服装的傣族农民在农田里干活。车子终于到达一个寨子，在一排傣族的两层小竹楼前停了下来。从一间竹楼里走出一位身着傣族民族服装的少女迎接郭剑，把他带进小楼从梯子登到上层。只见蕉蕉从一间开着门的房间里出来向他道了一声"辛苦了"，牵着他的手进了屋。他激动得说不出话来，一进屋便禁不住一把将她搂在怀里。她有点不好意思……终于在他燃烧着的胸怀里，他们的嘴唇贴到了一起……她温柔地在他怀里偎了一会，说："你先冲个凉，解除一下疲劳，喝点茶歇会儿。"

他被带到楼下一个盛着温泉水的大木桶前，水面上漂着几片玫瑰花瓣。他泡在花香的热水里感到如梦如醉，昏昏欲睡，多天奔波的疲劳似乎一下子就消散了。一位类似随身侍女一样的年轻姑娘给他送来了一套傣族男装，泡了一杯茶水，他坐在茶几边喝了几口，随后被带到为他准备的一间舒适的小屋，何处了几天方缓解了长途车上的劳顿……与她单独相处了两天，郭剑问她："这里来了个外地的会不会引起怀疑？"。她说："放心吧，这里虽是山高皇帝远，但并不闭塞，来往做生意的外地人可多了，贩运珠宝、茶叶等土特产，还有走私毒品的，经常看到陌生面孔，谁都不觉得奇怪，没人多管闲事。前阵子乡亲们每天看电视都恨透了屠杀学生百姓的邓矮子们，要是知道你是学生领袖，那不把你奉若上宾，谁家都要请你，不过还是要谨慎，避免招摇。"她继续道："真要有奸人告密，肯定死无葬身之地。"

在这山水如画的化外之地，长年草木葱茏，四季花香，盛传"人无我有，人有我优，人优我特，人特我奇"。他俩避开市集人群，白天在山林间悠游，晚间经常有傣族风情的篝火歌舞晚会。青年男男女女们吹着口弦、葫芦丝、筚，敲着模仿大象脚木制的皮鼓，跳的是舞蹈家杨丽萍式的孔雀舞，动作当然更简单更原汁原味。郭剑也跟着学跳……他俩时而相拥在月光隐隐的椰林树荫之下，时而漫步在波光粼粼的流水之畔，岸上长着芭蕉、棕榈、椰子与种种不知名的奇花异草。他们在路边看到一丛丛灌木上面长满鲜红的小果子，蕉蕉告诉他："这就是王维诗中所说'此物最相思'的红豆。"

他笑道："这首诗背得滚瓜烂熟，真正的红豆还是第一次见到。"

在这奇幻的美景中，他俩有着说不尽的绵绵情话，感受不完的浓情蜜意，度过了新婚般的神仙日子。她还陪他到了西双版纳，腾冲等地畅游了几日后回到寨子。

蕉蕉道："这里毕竟不是化外之地，夜长梦多，不可久留。"他说道："再待上几天不会有事吧，我学会了葫芦丝、口弦再走……"

"我俩终须一别，你可别'英雄气短，儿女情长'啦。"

蕉蕉早已有周密安排，派人把他平安护送到缅甸，转站泰国飞往美国，作为通缉犯躲避政治迫害，以难民身份入境美国不会有阻碍。郭剑却难舍难分，不愿离开，她说："这里不是绝对安全，时间长了难免走漏风声。你先走一步，过些日子，我处理完这里的事会去那里。"可她心里想的是："脱离了险境，不能在这里留下一条拴住他放飞的绳索……"他心里琢磨的是："此去生死两茫茫，她待我恩重如山、情深似海，哪能再给她留下牵挂束缚……"

她强忍住悲痛，望着他湿润的双眼说："你平安出了境我会立即与你父母联系。"他给爸妈写了一封信；报知平安，告慰二老放心，说自己已经找到了心仪的终身伴侣，相信光明终将照亮神州大地，他们全家将欢聚一堂……她为他准备了一笔充足的外币，到境外就会领到善款资助，生活不会成问题……

一个明月之夜，她送他到寨子外面的路上，他俩依依不舍地吻别，虽说是已有海誓山盟，然而前路莫测，此生能否重逢难期，此情此景令人心碎……离别前她将一个火柴盒大小上面镶着翡翠等宝石精美的紫檀木小盒子塞到他手里；"拿去，上飞机后再打开。"

边境线上遍布密林小道，郭剑跟着两名傣族男青年走了一个多小时来到瑞丽江边，上了一个小皮筏，对面就是缅甸，两国以河为界。这里是贩毒走私者的通道之一。虽然护送者与边防站已有沟通，但为以防万一，他们还是潜伏在林子里等到月亮下去，上了一个小竹筏，乘月黑天高躲过边防巡逻哨兵，顺利渡河出了境……从泰国机场登上飞往旧金山的飞机，他想起口袋中她给他的小盒子，打开后看见盒盖上镶着她的玉照，里面装着一串红豆的项链，他仔细看了又看，发现那流苏显然不是普通的丝线，而是她的头发编织的呀，他鼻子猛然地又酸了起来。在飞机上他也时时为想念爸妈和哥哥而潸然泪下……

再说北京，过了一阵，香港那边来消息通过林瑗转达给小磊，报告阳阳平安脱险到达美国……小磊把情况告诉两家老人，大家心里都掉下一块石头。然而，不幸的是，伍妈妈因为悲伤和焦虑过度，心脏病发作不久前在医院去世了……

在岳父家小磊谈到他在报社挨整的情况，他说："开除党籍正求之不得，在那个鬼地方待不下去了，我想辞职。原来人民文学出版社要我，现在联系他们，他们感到有点为难。看来要失业了，天无绝人之路吧。"

岳父想了想："我想你是不是可以到中国社会科学院文学所？"

要能去那里可太好了，我倒是有个同学在古代文学室，毕业后一直没有联系。那地方人家能要我吗？"那地方可说是现在政治上最宽松的。他们搞了多次游行声援学生，还有多人在广场演讲声援学生，社科院大楼挂出罢免李鹏的大标语特别引人注目。严家其、李泽厚、刘再复等上过广场演讲的都出境了。我是被开除党籍的，政审就不可能通过。"

岳父："政审会不会卡你，难说，试试看吧。你知道甘粹这个人吗？"

"不知道。"

"被打成右派文革被杀掉的女生林昭你是知道的。甘粹当年在北大是林昭的恋人，也被打成右派分子，发配到新疆。20 多年后平反回到北京进了文学所，现在在那里是资料室主任。"

小磊："哦，这么说，这地方真是难得的宽容。要能去当然太好了，不过即使政审不卡，我这么大岁数，没有什么科研成果，人家能要我吗？"

岳父："你博士论文不是经过修改在学报上发表了，反响不错嘛。对康德、黑格尔，你不是曾下过功夫，对马克思的研究也有底子。这些年在报上的专栏文章还是有相当影响的嘛。据我所知，从苏联回来搞文艺理论与文学批评的有钱中文、刘保端；搞美学的有杨汉池、涂武生、王善忠。他们比我低几级，也都有过一面之交，不知道他们能不能记得我，哪天去找找他们，试试看吧。"

"那就让您费心了。"

"嗯，老一代著名美学家蔡仪在那里，他的《新美学》《新艺术论》当年有很大影响。"

"他主编的《文学概论》是我们上大学本科的基础课教材。我还读过他一些文章，比较认同他的观点，当年我曾想考他的博士生，因为急着结婚而作罢。"

岳父："是啊，你对那里也很了解呀，有老同学在那里也可以找找嘛。"

"嗯，文革前，美学上不是分三大派吗，哲学所也有位著名的美学家李泽厚，当时还在读高中就对他们的争论很感兴趣。"

岳父："文学所前所长是刘再复，因为到天安门广场发表支持学生的演讲，辞去所长职务，听说也去了美国。现在所长是张炯，曹天成，王善忠是副所长兼理论室主任，据了解他们为人都很厚道。如果60多岁退休的话，你最少还可以干10多年，应该能搞出些成果来。"

"嗯，他们每周只到单位去一天，其他时间在家工作，这条件太吸引人了。"

岳父："我立马找他们谈。"

过了几天，岳父找小磊来对他说："我找过他们了，你去那儿问题不大，不过那地方是清水衙门，待遇没法跟报社比，啥奖金都没有。前几年他们自嘲'远看像要饭的，近看像捡破烂的，原来是社科院的'。你到那里只能是中级职称工资八九十元。"

"报社拿得多，应酬多花得也多；到那里开销会小很多。"

"还有你刚去只能是助理研究员。""那我不在乎，干出些成果再说。"

岳父："关键是那儿党政领导一般不干预研究人员的方向，思想、言论都比较开放。小环境不极左，人都还正派。大多研究人员都倾向民主改革，支持学生运动。社科院原来院长是胡乔木，现在院长是历史学家胡绳，思想很开明，写过文章批判毛泽东的民粹主义。副院长李慎之也是自由改革派，还有美国所所长资中筠是现体制的公开批判者。经济所资深专家茅于轼近年发表激烈批判毛泽东的言论，下面极'左'分子发动围攻，威胁要起诉他……社科院内没有听说遭到什么压制。"

"都听说理论室有一位年轻人，六.四那天早晨是最后从纪念碑旁撤出一批人中的一个，所里只是领导找他个别谈，让他认个错，没有开会收拾他，这就够宽容了。你的问题在他们那里不是事。"

岳母："这场劫难，阳阳没落到他们手里就算是大幸了。你的工作要是解决了，比起文革来我们家也算运气……就是亲家母走了让人难受，唉！"

小磊："妈妈心脏一直不好，那阵子吓坏了。"

岳母："76 年四.五，毕竟没有运用军队镇压，没有屠杀。所以有人说邓小平比毛泽东还要坏。"

岳父："也不能那么说，各有一本账……"

小磊："是啊，他们的罪恶没有可比性，都是独裁者，很难说谁比谁坏，历史状况不一样，坏的方式和程度也就不同。"

"六.四这事一定会引起国际公愤。"

小磊："那天当晚，有不少外国记者拍下了现场照片和录像，当局不准军队向老外开枪，接下来许多实况将会在境外发布。"

岳母："国际社会肯定要谴责，制裁……"

岳父："电讯已经公布了，7 月 19 日全国人大外事委员会发表《反制裁的声明》，说什么对'美国国会粗暴干涉中国内政、严重伤害中国人民感情的行为，表示极大的愤慨'……世界上哪个国家对本国民众干过这种伤天害理的事呀！说什么'严重伤害中国人民感情'。国际社会是纵容杀人犯还是同情受难者呀？中共除了撒谎就是颠倒黑白。"

小磊："说是邓小平在内部讲话，对国际的谴责和制裁，表示满不在乎，说顶住一段时间就过去了，没什么了不起。那年，批邓反击右倾翻案风时，华国锋主持开他的批判会，说他'死猪不怕开水烫'，倒是说对了。这家伙是有一股对一切都满不在乎的那种顽固劲头。"

岳父："毛泽东更是那样，什么'天塌不下来，地球还是要转的，女人还是要生孩子的'，打核战争'中国人死一半，剩下的搞共产主义……'。现在看来，接下来的一个较长时期极左要大行其道了，政治民主改革没有指望了。"

小磊："唉，中国今后往哪里走呀？"

岳父："这场运动声势上轰轰烈烈，虽然民主的诉求是鲜明的，具体方向路线并不明确，值得总结总结。"

岳母："有什么可总结的，血肉之躯对钢铁之旅，哪能不败。邓矬子也真鬼道，退了位还牢牢握住军权不放。"

岳父："想要改变一个极权的专制主义暴政，'非暴力主义'注定是要失败的。人家印度英迪拉甘地的'非暴力反抗'虽然殖民主义是强大的大英帝国，但毕竟面对的是一个早就和平进行了的废奴制改革的宪政民主政权。"

小磊："嗯，看来对付一个极端的暴政，自下而上的斗争，无论是请愿还是绝食，都不能撼动它分毫。武装革命更没有可能。只有它内部异动，像粉碎'四人帮'那样。"

"那就是老话'堡垒只有从内部才能攻破'，用列宁的意思来说，一个社会革命也好，变革也好，只是被统治者感到不能按原来的方式生存下去是不够的，必须统治阶级内部的人们也感到现状不可维持，变革才是可能的。十月革命成功是因为军人大部分是工农，都反对沙皇。"

小磊："自下而上的暴力推翻政权，像农民起义，只有在冷兵器时代才是可以发生的。现代社会，正如邓屠夫所说，你有'100万人，我有300万兵'。杀多少人，他们根本不在乎。中国的事情只能期待蒋经国再世'用专制消除专制'……"

岳父："搞掉胡耀邦之后，赵紫阳在上层就更孤单了，元老都是顽固派。要是你能到文学所不像在报社，就专心搞你的学问离政治远些吧。中国的事情难哪！"

"嗯，美学倒有点像是象牙塔。反右、文革对美学界冲击不太大。

反正只要摆脱报社那帮趋炎附势的走狗，心情会舒畅多了。此处不养爷，自有养爷处。"

岳母："好好抓紧时间把你的婚姻问题解决吧，眼看 50 了。"

小磊："这事嘛，急也急不来。还是顺其自然，一个人过也比瞎凑合强。这些年我也习惯了。"

不久。小磊辞去了报社的职务，立即到文学所报到去了……林瑗约他在一起吃一顿告别晚餐，他们在地坛路附近找了一个雅静之处，点了几道特色菜，要了瓶马提尼干红葡萄酒。两人相对良久无言，心里藏着多少话不知从何说起。小磊将两个杯子斟了半杯酒。林瑗擎着酒杯注视着里面鲜艳的酒轻轻地摇晃着，小磊举杯子："来，喝一口。以后这样的机会恐怕不多了。"

林瑗与他碰了碰杯，用嘴呡了呡："嗯，要不了多久，我也和你一样，要一个人过了。"

"房子怎么解决？"

"他们那里，离婚要个房子还不容易。"

小磊："我到了一个新单位，你也应该尽快建立一个新家，重新开始。"

她微微苦笑了一下："家？哼，国将不国，人已不人，还有什么家不家！"

他喝了口酒："你这样年轻，别那么悲观嘛！"

"年轻啥，转眼就 30 了。"

"来，吃点菜。唉，国事，家事，天下事……听说，王丹被判了 8 年。"小磊有意把话题岔开

林瑗："他不是被狗子告密，不至于如此。"

"感谢你为解救阳阳所做的一切。敬你一杯，总会有光明的一天吧。"

她举起杯来呡了一口。

小磊："吃菜，这乳鸽做得还不错。"

"我又想起了，那天走访医院看到的情景，再好饭菜也下不了喉。"

小磊轻轻拍了下桌子："妈的，杀 20 万，保 20 年……如果这样的话，我恐怕看不到那一天了。"

"20 年？太长了，他们坏到头了，离垮台应该不远了。你倒好，拍屁股走人，到了个清静的地方。"

小磊："咳，年已半百，打发日子罢了。'躲进小楼成一统，管他冬夏与春秋'！"

"哎，你知道文学所有个叫甘粹这么个人吗？"

"噢，原来并不知道，听岳父谈起过才知道文学所还有这么个人。"

林瑷："他当年是林昭的同学，也是恋人，你也知道吧？"

"嗯，他也被打成右派，吃了多少苦，经历多少坎坷，才到了文学所，哎，你怎么知道他呢？"

"我们都是人大新闻系的，他和林昭同我要算是先后同学哩。我们新闻系差不多都知道他？"

"哦"

林瑷："我想找机会同他谈谈，你帮着联系一下，好吗？"

"那当然没问题，他现在是资料室主任，与我当年一样。你想与他主要谈哪方面问题？"

"当然是他的坎坷经历，他与林昭的关系。你知道林昭虽然平反了，左棍还在抹黑她。六.四使他们大翻身了，现在他们在抱团。"

小磊："我知道，他们一直没有安生过，我在景山总碰见他们活动……"

"报社也是这样，那些老左们整天可神气哩……我不知哪天能脱离这个鬼地方。"

"我总想你少不了受气……"

"那天潘家雄找我谈，说我的问题也很严重，看我的'本质是好'

的，要'挽救我'，说编辑部主任位置空下来了，今后我表现好可以上，说着色眉色眼地竟跟我动手动脚起来……"

小磊："是吗，真是色胆包天，又是一个陈亦阳。你怎么应付他？"

"我说，'你真让我恶心'，甩手就走了。"

"看来，要给你小鞋穿了。"

林瑗："我早晚得走。"

"找机会能到广播站或电视台去干。"

"还不是换个方式说谎。敢说几句真话的，像杜宪，也不给开了。"

小磊："唉，好不容易来个像许原那样正直的总编也被撵了。在这片坏人当道好人受气的土地上，要找个干净地方可不容易。特别是'知己难逢'，调离报社唯一的遗憾是失去你这位忘年交。"

她低下了头，用小勺拨着碟子，喃喃说道："前面的路使我感到迷茫，像那天你在黄山上唱的'在这漫漫的黑夜里，谁同我等待着天明？'"

他心里响起了歌声："只有你的眼，能看破我的生平；只有你的心，能理解我的衷情。你是天上的月，我是那月边的寒星……"没有唱出声来。

从餐厅出来后，他俩推着自行车，送她到家门口。他一手把着车，一只手紧紧地握了握她的手，依依不舍地告别了。惆怅复惆怅，迷惘复迷惘……

看着她蹬车走远了，小磊没有上车，一路继续推着车往回去，心想着"距离产生美"这个美学家布娄关于"心理距离"的理论也成了赵本山小品的嗑儿……他记得在大学阅读蔡仪的《新美学》里面的一段意思，现在想起特别深刻。说的是审美的对象现实感太强会淡化美感，过于远离现实也会影响审美。他所心仪的两位绝妙女性，兰莺与林瑗，现在林瑗也单身了。因为多方面原因，始终同她们维持着一定距离。他强烈感受着她们作为女性的外在美与性格才智的内在美。这种体验是审美，不是爱情，更不是肌肤之亲的性爱，如果没有这种距离，审美的感受就会淡化，甚至消逝吗？这是个他始终没有想明白的问题。可以说在身体上与她俩是"咫尺天涯"，多少次面对面而在身体上却不能更进一步；在心灵上却是"天涯比邻"，无论相隔多远，离别多久，她们总在他心里。一路上，推着车的小磊耳际响起一支轻音乐名曲《爱情是蓝色的》……蓝色是悲哀的颜色，是爱情的象征，蓝色，蓝色，啊，永远的蓝色！

十二　自有养爷处

中国社会科学院的前身是 1955 年成立的中国科学院哲学社会科学部，简称"学部"。文革期间小磊同李蔷常去那儿看大字报，感觉到水准就是非同一般。1977 年学部独立成为中国社会科学院。文学研究所最初设于北京大学，成立于 1953 年 2 月，郑振铎任所长。1958 年，郑振铎遭遇空难逝世，由何其芳继任所长。文学所理论室研究人员前前后后、来来去去、老老少少大约维持在 20 多人上下，所谓老中青梯队结构吧。伍小磊比上一辈算年轻的，比近年招的研究生稍年长。到那里一段时间后，第一感觉是空气宽松，与报社钩心斗角的人际关系相比大不相同，在一定程度上确实有一种解放感。文革当年有"牛棚"，老一代学者，如何其芳、俞平伯、王瑶、蔡仪等名家都在"牛棚"关过，在五七干校时蔡老是烧锅炉的……清查"5.16"时，蔡仪最早的研究生杜书瀛挨整时曾动过自杀的念头，被同在"牛棚"里挨整的涂武生劝阻了，可以想象当年两派斗得也很凶，全国哪有一角净土……小磊来到后，这些阴霾似乎都烟消云散了，想必是经过文革与六.四后这些知识精英虽然嘴上不说，心里应该看透了这个政权的残暴本质。各人守着自己的一摊，凭自己的才干与努力出成果，提职称，没有像权力与地位上明显的利害计较，简直像一个温暖的大家庭。人文社会科学研究无需实验室，按照常规每个研究人员周二都到所里上一天班，时间安排灵活机动。周二大家在一起除了传达什么文件外，就是大家聚聚，聊学术，聊时政等有关的热门话题。经常是下午没啥事就散了，小磊每周二都兴冲冲来到这里，午饭后还不想离开……

社科院从属于国务院，理论室里党员占多数，有的说话谨慎，没有体制学术官僚的气息。大多都表现出对当下现实的腐败不满，对六. 四的屠杀虽不敢直接反对，但可以感到都有所不满。党外人士更是口无遮拦什么话都敢说，没有任何顾忌，绝不担心会有告密者。有不同观点都可以畅所欲言，有所争论也相当平和，不伤和气。党员中也不乏敢于仗义执言者，如小磊刚到时的室主任王春元，1925 年生人，党员，早年参加革命在文工团当过话剧演员，后来在中国青年艺术剧院，出演过《家》中的觉新一角。他的岳父是民革主席王昆仑。他为人刚正、耿直、坦诚，敢言，对官场腐败痛心疾首，在室里当众说："我们当年就是对国民党腐败不满投奔共产党的，现在的腐败程度比国民党垮台前有过之无不及……"不幸他不到 70，在家一次午睡猝逝于心脑病发作。

理论室还有位老同事汤学智，原来是文学所科研处长，后来调到外国文学所任副所长。六. 四前戒严令公布，调动军队时，上书中央反对戒严。六. 四之后，外文所党内开会整了他几次。他后来回到文学所理论室，党内与行政上都没有听说受到什么处分。这就是大环境与小环境的局地差异，比如在一所大监狱里不同牢房里，狱警的人品起着决定性作用。同室的囚犯小圈子相处好可以造成有限的宽松的氛围。在美国那样民主法制的国家，还有像著名影片《肖申克的救赎》中的邪恶典狱长管辖下的那种黑暗。

六. 四清晨最后从广场撤出一批参加绝食的知识界中，钱中文的硕士生郝大志就是文学所理论室的。他比小磊小 10 多岁，是位性情中人，豪爽放达，落拓不羁，承太白遗风，酷好杯中物。80 后一代学人，做派上与上一代迥然相异，较多倾向自由主义。政治思想上左的角色很少。大志不是党员，六.四后没有开会整他。好像仅仅是文学所总支部书记乌致远找他谈谈，他口头上认个错，什么事也没有。老乌是"把枪口抬高一寸"的那种"柏林墙哨兵"，在文学所从没整过人。他自谓，有什么事对院里上级玩玩"太极"就过去了。此番经历后，郝大志与大家相处也没有任何异样，提起刘晓波常嗤之以鼻，不屑一顾，可以见出其内心深处对六.四有所忏悔甚至否定。他个人通常回避政治敏感话题，研究方向从跟进西方新潮转向国粹，专攻儒学与宋明理学，是金庸粉丝，曾起网名"东邪黄药师"。后来又受 90 年代与自己私交甚笃的新左派章振新的影响，反激进，似乎略向左转，但他又说与章没少争……自谓持"中道观"……有次在威海的学术会上，指着原来相识后去美国同行的鼻子道："你们自由主义者……"此学者反诘道："你何以见得我是自由主义者呢？"……

其实在小磊看来，这种"反激进"氛围也是承 80 年代"告别革命"之改良主义思潮之余响。在天安门，学生自始至终坚持理性，要求与当局和平对话，特别强调反对暴力，绝食宣言中还特别提出"没有敌人"的口号，除市民中有极少数青年试图以暴抗暴，哪还有什么"激进"。六.四后，当局对学生和知识界软硬兼施，一方面收买，一方面威吓。派出所设到了北大校园内，同时鼓励学生在网上发表呼应当政的帖子，每条给五角钱奖赏，"五毛党"由此得名。有些稍激进的公知批评知识界"犬儒化"，直至 90 年代"新左"崛起。相当部分有影响力的自由主义知识分子、文化人被权力招安，如参加六.四运动的北大哲学系的甘阳、作家李陀等，特别恶心的是北大中文系的孔庆东当上起劲的吹鼓手，成了著名的极左"自干五（自带干粮的五毛）"。据说，北京知识界中还有些人，包括一些出狱的民运人士，居然四处串联声称要成立一个"忘却六.四委员会"，帮助党内改革派"放下六.四包袱""消除六.四情结"，通过改革最终实现"和平演变"。这纯然是痴人说梦，90 年代之后党内上层哪里还有真正改革派。江泽民热衷于"闷声发大财"，以腐治国。朱镕基虽然不左，却一心扑在企业股份制改革上，顾不上别的。后来"太子党"外的胡锦涛、温家宝虽有改革之心，却无行动之力。胡在江系军头威逼下被迫同意江继任军委主席，并被多次遭刺杀未遂。温主张政治民主改革，只能打嘴炮，被讥为"影帝"。赵紫阳去世前始终被软禁在家中……

台湾没有忘记"二二六惨案"，韩国没有忘记 1980 年学生民主运动"光州事件"，他们都向民主化进步了，而我们却在"忘记"中大步倒退。忘记是斯德哥尔摩综合症的基本特点，全然抹除了自我的角色意识：忘记了银行绑架案，忘记自己是肉票，忘记了自己做人的基本权利——安全、自由和尊严，竟然对绑匪感恩戴德……忘却使得作恶者继续作恶，如眼前及日后之所见。

不仅知识界，演艺界连张艺谋这样 80 年代批判意识极强的"先锋"都收敛当年锋芒，搞起什么《卧虎藏龙》《十面埋伏》《英雄》，还有《满城尽带黄金甲》这样的烂片……要不就为奥运等庆典打造豪华场面。1989 年的民主浪潮在北京被血腥镇压，却在欧洲开花结果取得辉煌胜利。天安门广场大屠杀约两个月后，8 月间首先是隔离东西德的柏林墙被民众推倒。半年后，1989 年 11 月，罗马尼亚发生反对共产党专制独裁的民主运动，总统齐奥赛斯库下令军队向民众开枪，引起兵变，他和他老婆被处决。这股浪潮迅速席卷整个东欧，波兰、捷克、匈牙利、保加利亚、南斯拉夫等专制政体的共产党相继倒台……直到 1991 年 12 月间，"社会主义阵营"老大，苏维埃帝国轰然倒塌，取消了一党专制，解体分为 15 个独立国家……消息传开文学所内奔走相告。安子，安兴本说："今儿中南海吃对虾不香！"这个话一时传遍全所。他可是文学所的一个大"活宝"。神神叨叨机灵鬼一个，自称"京城一大侃"，吹嘘他神侃时听者无不"点头如同鸡啄米"……他爱到理论室来打哈哈，一到理论室碰见小磊以及蔡仪的研究生重庆人严昭柱等就指着鼻子互称"反派""反革命"，接着哈哈大笑一通……这小子天赋聪明、勤奋好学、机灵风趣，在艺术方面爱好广泛，多才多艺。前文学所所长沙汀曾夸他为"青年才俊"。他也是小提琴爱好者，曾下过一番苦功，在民族歌舞团管弦乐队当过小提琴手，可惜因为没有音乐专业学历，后来离开乐团在外文局当上汽车司机，辗转调到文学所来也卡在学历上，拿不到高级职称，一度到后勤继续当司机。有次为钱钟书先生开车，聊天中被先生慧眼所识，经常受教。钱先生曾有心推荐他到德国留学未果。后来他在港台文学研究室做过一阵台湾文学研究工作，发表过文章。他常来理论室，与小磊只要在一起扯起小提琴没个完，志趣相投两人成为哥们。有次小磊谈到自己正在练巴赫的《无伴奏组曲》，说："这作品真不愧被称为'小提琴的试金石'，练起来放不下……"安子接茬说自己"有次练其中的《萨拉班德》，忘了时间，把饭烧糊了……"。或许正因为他没有被狭窄的专业卡住，使他能不拘一格在多方面施展自己的才华，在文化界一定范围颇有建树，出过几本文化方面的书，有相当知名度；但缺憾的是主攻方向不确定。有天小磊同安子谈起自己一直有心把那台家传高级琴给女儿，自己再买一把。安子认识一位个体小提琴制作师孟克，约好带小磊去看了看他做的琴。小磊从成品中挑了一把试奏了圣桑的《引子与回旋随想曲》，拉完引子开头几句，接下去有几句为16 分音符的分弓跳弓相间的极板，难度较大，小磊停了下来。安子将他一军："拉下去呀……"安子曾让小磊与他的一位琴友在一起合奏莫扎特的 G 大调弦乐小夜曲，让他拉第二小提琴，把谱子给了他，他练一阵子，在一起合时，因为他从来没有合过这首曲子，加之对第二声部练得不够娴熟，结果合不了。后来小磊下功夫练了一阵子，过几年与小区的一位琴友元振慧能合奏此曲了。遗憾的是，安子的那位琴友去广州了。在一次学术会议上认识了中央音乐学院教文艺理论的潘必新老师，经他介绍到过音乐学院看国际小提琴制作比赛得奖的郑诠教授制作的琴。小磊约安子同往，最终买下价格人民币 6000元一把的琴。这实际上是郑教授学生的作品，可能觉得他亲手做的价格一般工资阶层的承担不起。

　　每周二上午下班后，除几位老先生外，文革后培养出来的研究生作为少壮派同小磊等都要到附近的小馆子里喝上几杯。郝大志与北大现代文学教授谢冕的研究生孔令奇打头，调侃成立"酒协"以弘扬中华酒文化。上午全室老少在一起较多进行一些学术话题的交谈；下午一两个小时喝酒侃大山。"文人无行"，话题无所不包，从中外文学创作上的新潮流到政治大佬，从毛泽东、邓小平到江泽民，任意议论，调侃，毫无禁忌，这在报社可绝对不行。谈到毛泽东，较热的是他的私人医生李志绥在美国出的《毛泽东私人医生回忆录》，此书汉译本已从多种渠道在大陆私下传阅。还有专讲他私生活的《毛泽东和他的女人们》、高华的《红太阳是怎样升起的》等。吃喝时坊间传闻，荤素段子，自是不可或缺的佐餐调料。一次，现代文学研究室的汪莉女士说起在某学术会议上首都师大陶东风传的荤段子：

　　1960 年代尽人皆知的干部楷模河南兰考县委书记焦裕禄的女儿焦守凤去职业介绍中心求职，考官问道："姓什么？"

　　"姓焦"

　　"嗯，你父亲姓……"

　　她没等问完便说："我父亲也姓焦。"

　　"嗯，当然，当然，你父亲也姓焦。他不性交怎么会有你呢。"

　　逗得哄堂大笑，公认这是当年最佳段子。她还说在作家们的酒桌上劝酒时，有位女作家说："喝酒不醉等于性交没有高潮……"

　　论及对邓小平评价问题小磊与少壮学者之间分歧较大。以"忘记六·四"为前提，有人强调他把中国引上改革开放之路之历史功绩不可抹去。小磊不同意这种观点，他认为改革开放是历史发展潮流推动的，机会主义很强的邓小平顺应了这一趋势，但是这些年来，承袭了毛时代的封建宗法制，利用改革机遇扶植、纵容了"太子党"特权攫取社会财富，造成严重吏治腐败，贫富极端分化。不容忘记的是六·四。对中共的领袖的评价不一致倒是正常的，在理论室这些分歧并不影响同事关系与气氛。

有次全室开个正式的学术研讨会，老同志都参加了，还请来北京师范大学的童庆炳教授等。中午会餐，大家兴致很高，钱、童二位老先生席间用俄语唱起了怀旧苏联老歌《喀秋莎》

Расцветали яблони и груши

Поплыли туманы на редкой

Выходила на берег Катюша

……

正当梨花开遍了天涯

河上飘着柔曼的轻纱

喀秋莎站在峻峭的岸上

歌声好像明媚的春光

……

钱先生心情很好，怀念起当年在莫斯科大学的留学生活，说起当时特别喜欢柴可夫斯基的《意大利随想曲》。小磊对之也很熟，当时哼了两句，他接着用英语唱了 1940 年代流行的法国香颂《秋叶（The Autumn Leaves）》

The falling leaves drift by the window / The autumn leaves of red and gold

I see your lips the summer kisses / The sunburned hand I used to hold

秋叶金黄透红 / 纷纷落我窗前 /

紧握你的软手 / 你的吻暖如夏阳 /

自你离去，度日漫长 / 秋叶落尽后 / 我将聆听冬之歌

……

水准最高当数曾在教堂唱诗班受过训的次男高音彭亚非，他唱的是《长江之歌》。侯敏泽的研究生党圣元唱起家乡脍炙人口的陕北

民歌《羊肚肚手巾三道道蓝》：

羊勒肚子手巾哟三道道的蓝 /

咱们见个面面容易，哎呀拉话话地难/

一个在那山上哟，一个在那沟 /

咱拉不上那个话话哟，招一招哩手/

撩的见那村村哟，撩不见个人 /

我泪个蛋蛋抛在沙蒿蒿林/

小磊也很喜欢这首歌，也用陕北腔唱了一遍。

此刻大家情绪高涨，小磊感到六.四以来从未有过的欢快心情……

乐极生悲，有次"酒协"活动出了大事。一个周二中午照例在对面小馆子，郝大志，孔令奇、蔡仪的两名研究生钱竞、许明，还有党圣元及伍小磊，喝完了啤酒上白酒，海阔天空，神侃一通。一个来小时后，涌进来一帮庆祝新婚的小青年，酒量不大的渐渐告退，剩下大志与令奇不多几位。大志三分醉意仍未尽兴，高吟：

"岑夫子，丹丘生，将进酒，杯莫停。"

令奇接茬："古来圣贤皆寂寞，唯有饮者留其名……"嗓门很大，显然引起那边客人不快，不断朝这边白眼。老板娘过来打招呼说，他们昨天预订的酒席。令奇不快道："预订的怎么了，要轰我们走哇？"

"不是，不是这个意思，大家照顾点，说话小点声。"

大志与令奇兴致愈浓嗓门越来越高，那边喊话："哎，哥们小点声。"

小磊说了声："对不起"，对大志与令奇说："咱们小点声，别影响人家。"

他们三个继续谈到了最近蒙胧诗人的事，大志按捺不住，放声朗诵起了北岛的名句：

"在没有英雄的时代，我只想做个人。"

令奇接着："卑鄙是卑鄙者是通行证；高尚是高尚者的墓志铭"

可能引起那边有人多心，使劲拍了桌子……

圣元见势不妙告退离去。小磊也要走被大志拦下了，说："你人一个人在家，着什么急呀？"接着又大声念道：

"'黑夜给我一双黑色的眼睛，我却要用它来寻找光明！'老伍，老师，别溜号，与我们一同来寻找光明……"

令奇接着朗诵："你不愿种花，你说：我不愿看见她一朵朵凋落。是的，为了避免结束，你避免了一切开始。"

小磊又叫他俩小声点，他们不予理会，谈起了在新西兰顾城的骇人惨剧，他与妻子谢烨及李英三人同居，新近用斧头砍死了老婆谢烨后自己上吊……大志又朗诵起：

"一个人弄错爱，就像投错了胎，
你的样子就十分奇怪，一辈子也改不过来……"

那边人家办喜事，听到这种诗句，有人拍桌子大声骂："我 X 你妈！"

这边醉意更浓，不予理会用更大声音朗诵起舒婷的句子：

"记住，最强烈的抗议，最勇敢的诚实，莫过于：活着，并且开口！"

此时那边一人手捧摄像机对着这桌拍摄。小磊说："行了，我们撤吧。"

大志等当然不依，与他们论理："嘿，你们往哪儿拍？"

"老子愿往哪儿拍就往哪儿拍。"

孔令奇："你们未经允许不可以朝我们拍。"

"这是我的自由，你管得着吗？"

小磊："没有征求别人的同意，拍摄别人是侵犯肖像权？"

"你们在公共场合瞎吵吵不侵犯别人的权利？"

大志："我们正常说话怎么是瞎吵吵？"

"我们拍了，怎么着？"

令奇："你们得把拍摄我们的镜头删掉。"

"去你丫挺的！"

大志："你怎么骂人？"

"骂你这 X 养的了，怎么着？"

令奇上前夺摄像机，旁边一个家伙照他一拳。

大志一直在练太极，哪能吃这个亏，上前一把拧住那家伙胳膊反背过来。令奇是东北大汉当然也不会含糊，上前还上一拳。那伙人都是当地的混混，一齐拥上与大志、令奇扭打起来……

小磊："大家不要动手，有理说理。"说着转身叫服务员拨打附近公安局电话……

一个家伙抄起椅子朝大志掷来，被大志挡住。他们纷纷抄起了酒瓶砸了过来，还好都没有打中要害。小磊上前阻止："住手，这样要出事的！"

哪里挡得住，这帮家伙一拥而上，双拳难敌四手，好汉架不住人多，这伙人 10 来个把大志与令奇团团围住，3 个家伙架一个，令奇眼镜也被打掉了，还把他脸往滚烫的铁扒上按，痛得他哇哇叫……小磊上前拉架，那伙因见他岁数较大，没有对他动手，把他推向一边。正在此时两名公安到了，打斗局面被控制住了，否则不堪设想。

小磊先陪大志他俩到院医务室治伤，接着与饭店老板娘作为证人到派出所立案笔录……此事最后通过诉讼解决，这伙人被判赔偿伤害费……这桩公案算是了结了，但是大志二人受到院、所的批评，小磊等告诫他俩今后要多加小心，防止暗算……酒协的活动也就暂停一段落。

……

小磊除了周二到所里与大家聚聚，平常在家闭门读书，两耳不闻窗外事，有时到首都图书馆泡在那里一待就是一天。1950 年代，他在高中时，当时美学界正有一场大辩论，有些文章见诸《人民日报》，非常热闹。他与爱好文学艺术的阮思源等同学对之非常感兴趣。争也论起"美是主观的，还是客观的？""美是什么？"，也就是说一件美的东西是什么决定它是美的？当时参加讨论的学者多达数百人，报刊发表的相关文章有统计达 19141 篇之巨。其中一部分于 60 年代被汇集成 6 册美学讨论文集出版。分为四派，一派是吕荧为代表认为"美是主观的"；二，"客观派"以蔡仪为代表；三，朱光潜主张美是主客观的统一；四，以李泽厚为代表的，以马克思《1844 年经济学哲学手稿》为依据，认为"美是自然的人化"。

当时小磊就比较赞同蔡仪的观点，他当时还写了文章表明美是客观存在的，当然比较幼稚，达不到发表水准。文革期间美学被打入冷宫，也未在政治上受到多大冲击。1980 年代，这些老问题在美学界再度热议起来，形成所谓"美学热"，所说哲学所李泽厚一次讲座，盛况空前，会场窗台上都站上听众。小磊到文学所后把 6 本美学讨论文集借了回来，结合当下的新材料认真研读一番，写出一篇一万多字的述评。自己认为比较满意，让室里的前辈们指教，修改后给蔡仪寄去。当时蔡老已经 80 上下，精神很好，还经常写文章。室里由他主编定期出版《美学论丛》《美学评林》两种学刊，还主持一套美学专著丛书。1986 年主持集体推出《美学原理》一书。

过了一阵，蔡老读了小磊写的述评，约他去家里面谈，他感到非常兴奋。蔡老家就在社科院不远的永安里，那天小磊兴冲冲上门，见蔡老头上寸长白发，体态清癯挺拔，精神矍铄。这些年写了不少哲学与美学这方面的批判性文章。小磊感到最受启发的是在《美学论丛》上连载的《马克思究竟怎样论美》（上）（下）。此文思维敏捷，目光犀利，逻辑性极强，许多过去搞不懂的问题，似乎迎刃而解。来到了蔡老的书房，蔡老首先肯定了小磊的这篇文章"写得好"，也指出一些不足之处。小磊没有想到的是，蔡老竟然读过他前两年在报上发表的文章，颇受鼓励。小磊向蔡老详谈了说自己下一步的打算，想研究德国古典美学，主要是清理康德、席勒到黑格尔的传承、演变与发展。蔡老予以赞许，并让他对马克思《1844 年经济学哲学手稿》中的美学问题多加关注，特别是当下争论最激烈的关于"人的本质对象化""美的规律"等。蔡老指出，在这些问题上过去受苏联影响很深，有很多误区，让小磊多下点功夫。谈了很久学术方面的问题之余，也涉及当下时政局势，特别问起小磊他儿子的问题，这也是他没想到的。他说只是知道他被救了，但没有联系。谈及六.四的问题，蔡老也知道他当时写文章与诗支持学生以及后来在报社挨整的情况。显然蔡老是同情学生的，他的夫人乔象钟是文学所古代文学室研究唐诗的专家。她在一旁听到他们谈到六.四时，对屠杀表示极大愤慨，说："当年女师大事件，段祺瑞政府弹压，没有下令，但警察擅自开枪，死了一个刘和珍就不得了，据说段长时间忏悔，思过，哪有这样杀人！"。蔡老的小女儿前些年就去美国留学，在休斯敦学的是生物化学，乔师母说 3 日那天晚上军队开枪时，他们与在美国的女儿通电话，用话筒让她听枪声……

军队是从东南西北四个方向，杀进天安门广场，小磊说起他那天的见闻，还谈到林瑗在各大医院见到的情景说："死伤的学生很多来自外地，杀的市民人数比学生多得多。伤亡总数根本没有统计出来。"

小磊万万没有想到的是，蔡老突然冒出这样一句话："看来，邓小平不如蒋经国呀……"此话虽然没有作进一步展开，却使小磊永远铭记于心……

蔡老当他面说出来这样坦然直白的话，可见对他的信任非同一般，使他感到莫大欣慰，也对他更加敬佩。乔象钟还说起，当年第二次国共合作期间，蔡老 1939 年起在郭沫若领导下的国民革命军总政治部第三厅和文化工作委员会从事对敌宣传工作。蔡老看不上郭的为人与他关系很僵，有次郭为改善关系上蔡家拜访，蔡把他带来的礼物扔了出去。由此可见蔡仪为人的耿介、正直……

此次会见，使小磊大受鼓舞，第二天就到岳父家中把这个情况详细对二老说了，他们也很高兴。小磊谈到，在 50-60 年代的美学讨论中，周扬暗中支持朱光潜和李泽厚，对蔡老进行压制。提起周，岳父痛加斥责，说反右时他在文艺界整了不少人。

小磊："文如其人，学界一些年轻人，并不看好蔡老的严谨，并不认同他对马克思学说理解之深透，相反无端指责他教条，机械，喜欢李泽厚的妙笔生花。连室里蔡老的硕士生钱竟也说蔡'可信不可爱'；李'可爱不可信'……"郝大志坦然承认'我们是喝他（李泽厚）的奶长大的。'"他在室里对蔡仪的几名研究生钱竟、许明等常常阵线分明在调侃称"你们蔡门弟子"如何如何。这种态度代表了那一代中青年学人的普遍崇李贬蔡的心态。其实不限于这一代，上海复旦大学老一代的美学教授蒋孔阳，80 年代在一篇综述介绍各派美学的状况的文章说，赞同蔡仪观点的"只有他自己一个人。"

岳父说道："嗯，李倒是有文才，中宣部很看重他，差不多与关锋、戚本禹这些才子并驾齐驱，他之所以在文革中没有出头，恐怕有其他原因。"

小磊："其实吧，李泽厚与蔡仪两人都从心底里信奉马克思的。然而蔡的马克思像法国现实主义画家库尔贝笔下的马克思；李的马克思有点像毕加索画的马克思。蔡是尽可能按照马克思著作的原意阐释马克思的学说；李自己说他崇尚'六经注我'，以自己思想改造马克思主义。当然更多的是刻意妖魔化马克思。"

"真理的追求者、发现者总是孤独的嘛。"

小磊："嗯，蔡仪也说自己长期是孤军奋战。"

岳父："其实，这种情况哪限于美学，官方意识形态支配着主流意识形态，上次我们不是说过整个政界与学界对马克思的学说都是扭曲的。毛泽东说'党内懂马克思的不多，有的人自以为懂了，其实不懂'，这个话说到马克思在中国境遇的点子上了。不过'自以为懂了，其实不懂'以他为最。"

"他是把马克思妖魔化为秦始皇，适应自己夺取权力，实行专制独裁的需要。"

岳父："马克思当年，尽管共产主义像一个幽灵在欧洲徘徊。然而有几个人真正是马克思的知己呢？所以在众多的'马克思主义者'中他只能说'我不是一个马克思主义者'。"

谈到小磊本人在学界的境遇时，小磊说道："现在整个知识界都被驯化，'缺钙'，对现状批判激烈一点的，无论左还是右都被讥为'愤青（愤怒青年）'，我也被划为其中左的一类。"

岳父："面对邪恶，没有愤怒不是冷血，就是麻木。恩格斯说'愤怒出诗人'嘛！在探索真的路上总是会寂寞的。'板凳宁坐十年冷，文章不写一字空'，现在的学术文章也是空话连篇。"

"世混浊而莫余知兮，吾方高驰而不顾。"

"好，好！"

……

　　林瑷想见甘粹之事小磊一直放在心上，常去资料室查资料伺机约他。甘粹比小磊大约 10 来岁，头发已经白了，个子不高，比较瘦，样子看上去很精干，性格外向。大概他对小磊的底细相当了解，对他格外近乎，有次主动把手头搜集到的美学动态资料向他提供。小磊同他说，自己在报社也在资料室干过几年，甘粹说，他也在新闻界混过，开始到社科院曾在《中国社会科学学报》干过编辑，后来调到文学所。有次下班小磊在电梯上又碰到他。小磊同他一块儿往外走，一路聊了起来，甘粹说道："我正要找你。"

　　"哦，什么事？"

　　"你现在不到 50 吧？"

　　"快了。"

　　"还是一个人哪？"

　　"是。"

　　"你的事，所里大家也都知道些。儿子有消息吗？"

　　小磊摇了摇头："唉，我知道你比我惨得多。"

　　老甘："我找你，不是在一起回首辛酸往事。而是展望美好未来。"

小磊有些莫名其妙……

"我想给你说个对象，你不能总一个人过下去吧。"

"说实在的，这方面，我已经心灰意冷。"

"我要给你介绍的这位女士，确实各方面都很好。现在 30 出头，都说她长得像影星蒋雯丽。"

"哎哟，那人家怎么能看上我这个穷酸老头子。"

"有些女性特别看重男士的才华，可以试试见个面，成不成就看缘分啦。"

小磊没想到，自己与老甘认识时间也不长，竟对他的事也那么关心，这使他很感激。所里大家都说，老甘这人虽然历经苦难，还很乐观，性格特别活跃、开朗，还不失风趣，对人热心。小磊寻思人们说越是好人越容易打成右派，看来真是那么回事。

他问道："听说你大学是在中国人民大学新闻系上的？"

甘粹："嗯，1955 年中国人民大学新闻系成立后，我以调干生身份在 200 多名保送生中脱颖而出。当时，中国只有上海复旦与北京人大有新闻系。"

小磊："原来我在报社有个同事也是人大新闻系的。"

"哦，那是我同学啰，不知当年见过没有，认识不认识？"

"不可能见过，她现在不到 30。"

甘粹："哦，这么年轻。"

"她在学校就知道你，对你很敬仰，还知道你是林昭的恋人。现在还有人向林昭泼脏水，她想还原一个真实的林昭。想见见你，认识一下。"

"老同学，可以。文学所前所长许觉民是林昭的表舅，有机会也可以找他谈谈。"

"嗯，那太好了，再找机会吧。你们作为人大新闻系的，可不可以先见个面。"

他痛痛快快一口答应下来。小磊立即给林瑗去了电话，他们三方商量约定了时间与地点。还是在上次小磊与林瑗告别的地坛路那家粤菜馆。

见面那天经小磊介绍，甘粹先开腔："老同学，你好。"

林瑗："哪里敢当，您是我老师的老师，应该是师祖了。"

甘粹："不搞论资排辈，先后同学也是同学，你就叫我老甘得了。"

林瑗："在学校就常听说您和林昭的事，虽然是点点滴滴，也非常感动，今天能见到您特别高兴。"

甘粹："嗯，你现在 30 出头了，爹妈都还在工作吧？"

林瑗："我爸在小城市当大夫，过去是'赤脚医生'。我妈妈是小学教师，身体不太好，提前退了。"

"哦，很好的家庭。"

林瑗："您和林昭的事传遍了人大，前些年听说您与林昭都平反了，大家特别高兴。听说您回到北京后进了文学所，伍老师调到所里后认识了您，这么好的机会不能错过。伍老师说您特别达观、爽快，同意与我们小辈认识，见面我特别开心。您受到那样的打击，经历那么多磨难，还那么开朗，真令人难以相信。"

老甘一口外地普通话的口音："是的，有的同事说，看你整天乐呵呵，真不敢相信你过去的那些事……其实，那些事压在心上今生今世想忘也忘不了……不过何必整天唉声叹气，给人看你愁眉苦脸呢？"

小磊，给他点上一支烟。

他吸了几口烟，停了会儿继续对林瑗说："你说我是师祖，我不敢当。你快 30，我快 80，小磊快 50，这个搭配是整整三代，都干过新闻，小磊和我都在资料室干过，看来是有点缘分哪。"

他略微低下了头："从眼前的事往回想开去，从天安门广场，想到中关村海淀，想到人大校园……从小磊，他的妻子，他的儿子，想到我自己，想到林昭……这一幕幕像电影一样。"

他说得很慢，一面讲一面吸着烟，一面在回忆，表情渐渐凝重起来："想到前两年天安门发生的事，眼前血色一片……对于小林，你目睹了眼前，经历了六. 四，没有见证过去。小磊，他经历了 3 年大饥荒，见证了文革，见证了六. 四……我哩，比你们多的是，亲历了反右，听说小林你岳父反右也挨过整……"

"他戴上右派分子帽子，没有开除教职下放劳改，两年后就摘了帽子，没有受过您那么多苦，新疆整整 20 年。"

"再往上面的一辈，见证过抗日，延安整风，经历过国内战争，土改……活着的，剩下不多了。从共产党建政到现在 40 多年，快半个世纪了，应该是四代人的历史，下面还要'解放台湾'……"

林瑗给他茶杯续上水，他继续说："过几年我不在了。有过那场经历的，最后全都死光了，谁来说那些故事？"

小磊又给他点了一支烟，他吸了两口，继续道："对于我，没准今天还好好地，明天就不行了。刚才说到了这将近半个世纪的历史，一个运动接着一个运动，它们看来是分开的，实际上是连着的，不可分割的……下面的事情，你们会看见，这是肯定的……也许还会有六. 四，也许不止一个、两个……"他突然提高了声调，眼睛亮了起来："但是它肯定会完蛋，它无论再做多少恶，它一定会完蛋！不管你们信不信，但是我信……"

小磊和林瑗异口同声地打断了他："我们相信！"

"你们相信，你们必须相信！'多行不义必自毙'，千古铁律。像苏联东欧不是一下子就完蛋了吗，什么'万寿无疆'，什么'身体永远健康'，不是都去他娘的了吗（原谅我说粗话）？你们一定会看到，不是可能，不是也许，而是必定。"他越来越激动。

林瑗给他续茶水："您喝口茶，休息会儿。您与林昭是在人大同学时认识的吧？"

"不是的，我一起在人大，林昭先是在北大中文系新闻专业，后来合并到人大新闻系我才认识他。"

小磊问道："那时整风反右已经开始了吧？"

"刚开始没多久……"

林瑗："同时把你们俩都打成了右派？"

"不是，她是戴上分子帽子之后从北大来人大的。1957，我想那时小林你还没出生吧？"

"嗯，我是 1960 年出生的。"

老甘问小磊："你呢，你那时上大学了吗？"

"没有，整风开始时我正在高三，不过当时同学们都很关心这些事。老师们开会搞整风，学生们也写大字报，帮助党整风，称之为'大鸣大放'。"

"哼，'大鸣大放'，你们知道这是怎么来的吗？"

林瑗摇摇头，小磊说："不就是'百花齐放，百家争鸣'吗？从春秋的诸子百家来的，加上个'百花齐放'。"

老甘："对，毛泽东在 1956 年的大会上提出发展繁荣社会主义科学与文化艺术的方针，简称为'双百'方针。1957 年 1 月作家协会创办了《诗刊》杂志，主编是诗人臧克家。各地也纷纷办起了自己的文艺刊物，如四川创办了《星星》诗刊等等。林昭当时在北大新闻系，1955 年春，热爱诗歌的她参加了北大诗社，任《北大诗刊》编辑。那里北大校址尚在城里沙滩'红楼'，1956 年秋，《北大诗刊》停办后，林昭成为综合性学生文艺刊物《红楼》的编委会成员之一，被称为'红楼里的林姑娘'。"

小磊："对，高中我们有几位同学特别热爱诗歌，所以对这些事很关心，也办起了校内《浪花》诗社，记得当时学生中提倡'个性解放'，我在发刊词中呼唤'到阳光底下纵情放歌，释解被压抑的心声'。刊登的多半是爱情诗，特别瞧不起'歌德（歌功颂德）派'，着意它们对着干。当时我与班上一个同学说了一个相声，叫《好，好，好》，是讽刺那些阿谀奉承的马屁精的……"

老甘："就凭这些你要在大学肯定是右派。流水河在《星星》上连续发表的《草木篇》带有显然的讽喻性，如写白杨像'一柄绿光闪闪的长剑……她的腰也不肯向谁弯一弯’；藤‘纠缠着丁香，往上爬，爬，爬……’，被批为向党猖狂进攻的‘大毒草，，戴上极右分子帽子。”

小磊：“当时动员鸣放的口号是‘惩前毖后，治病救人’，‘知无不言，言而必尽’‘言者无罪，闻者足戒’，批评党内不良作风。领导要做群众的工作，打消他们的顾虑，说帮助党整风正是对党的最大爱护的表现，批评得越尖锐表明你对党的感情越深。”

老甘：“哼，好话让他们说尽……不过我当时并没有上当班有个同学的爱人是《人民日报》的副总编，了解很多内情当时对他们说，在党内已经开会，不要看现在报纸上写得很热闹，这是‘引蛇出洞’，马上要反击了，社论已经写好了……林昭就上当了。”

林瑗：“哦，那么说当时你们还不认识……”

“那时她还在北大嘛。不过，就是知道这个内情她还是难免上当，她与我性格不同，她刚烈，我诡叨，不说话，不提意见，也不贴大字报，”

“林昭是怎么上当的？”

“这要说来话就长了，她是一个才华出众的女孩，富于诗人气质，崇尚真善美，内心世界极其丰富。充满着理想主义的她，以整个的身心毫无保留地投入了革命，把美好的青春献给了对于真理的追求。当初毛泽东反对蒋介石的独裁专制，对中国人民承诺要以美国为榜样建立民主政治。1943 年 7 月 4 日美国独立纪念日，他为新华日报写的社论《民主颂》赞颂美国的两党民主制度为‘世界的希望’嘛。1945 年 7 月，黄炎培来到延安，在窑洞里与毛泽东谈，希望毛跳出农民起义历史周期率的支配，为中国共产党找出一条新路。毛泽东当时说得很动听，说‘我们已经找到新路，我们能跳出这周期率。这条新路，就是民主。只有让人民来监督政府，政府才不敢松懈。只有人人起来负责，才不会人亡政息。’你掌握了国家权力之后，人家要求你兑现这种承诺嘛！你当年答应过的东西，人家向你讨，你耍赖不给，还反诬人家向你'猖狂进攻'，你自己背信弃义，又装出一副民主的样子让人说话，听到了自己不爱听的真话就把人往死里整。林昭这样充满正义感的热血女性，对这种出尔反尔，翻手为云，覆手为雨的做派，当然看不下去，要仗义执言的嘛……"

小磊："嗯，当时我也有这种义愤，我要是在在大学肯定跑不了右派帽子……"

林瑷："这样看来，林昭的挨整是不可避免的。"

"是的，1949 年苏州解放后，只有 17 岁的林昭就参加了革命，到苏南新闻专科学校学习，1950 年 5 月，她从苏南新闻专科学校毕业，被分配到《苏州民报》做记者、编辑，随即参加苏南农村土改。这期间，她亲见有家的地主被泡在冬天的水缸里冷冻，他彻夜嚎叫，叫得让人撕心裂肺……林昭从未见过这种情景，她同睡在她旁边的同志说，她感到受不了。一位同志说：'唉，是残忍。这在尖锐激烈的阶级斗争中是不可避免的吧？'但林昭对这种残酷的复仇主义不能接受，说；'怎么能这样，这是复仇者冷酷的痛快……'睡在旁边的组长听见这个话说："地主还乡团对农民甚至更残忍……"当时参加土改的一般知识分子对斗争地主的场面都感到过于残酷，这种情绪被发现普遍被批判为小资产阶级温情主义，所以大多数不敢流露，更没有人敢像林昭这样坦然地表示谴责。她这个话立即被汇报上去，一直上报到江苏省委组织部，上面点名批评，认为这是政治立场问题，被记入档案，在反右中被算总账……

当然，这与上一辈许多投奔延安的进步青年知识分子的心路历程有很多共同之处……"

老甘："是啊，她的内心充满人道主义的正义理想，这就与共产党格格不入。"

林瑷："那，您打成右派与她有关？"

"不，没有直接的关系，可以说完全是另外一回事。"

小磊："就是你那么谨慎，怎么被打成右派的呢？"

老甘："我成了右派与另一个女生有关。"

林瑗："哦？说说看。"

"当时北京的大学生里面极右分子有三个，人大占了两个，除林昭外还有林希翎都出在新闻系。第三个是北大学的男生谭天荣。"

小磊："这三个名字当时我们都知道，具体情况不清楚。"

老甘："我成为右派与林希翎有关。躲过了初一，躲不过十五。反右运动持续到 1958，一方面大跃进，一方面反右……这一年我被打成右派，这与人大新闻系第二号右派林希翎有关。林希翎本名程海果……"

小磊插道："她早先崇拜毛泽东称赞过向俞平伯开火两位的'小人物'蓝翎和李希凡，取他俩名字中的一个字……您继续说。"

老甘："她也是个少有的才女，参过军，去过朝鲜战场，曾被当时共青团中央书表彰为'最勇敢最有才华的青年'。我一直打内心佩服这个女孩。整风反右派时，我是学生会秘书长，大鸣大放辩论会由我主持。开会前林希翎问我：'我有没有发言权？'我说'当然'于是就安排她第七个发言。她走上讲台，手里没有讲稿。她讲了七八个问题，最为尖锐的是，她指出，整风提出党内存在的官僚主义、宗派主义、主观主义，根源在于共产党进城后腐败变质，成为做官当老爷的特权阶层，脱离群众，甚至置民间疾苦于不顾……她还针对当前我国社会法律的不健全，正义凛然地声称：'胡风不是反革命！'"。

小磊："反胡风时我还在高一嘛，但我也关心这事。当时《人民日报》一批批地公布'胡风反革命集团材料'。被打成'胡风分子'的作家一个个揪出来在报上点名批判。那时我就抱不平，人家私人通信也抄出来登上《人民日报》作为反革命证据。法律何在，公正何在？不打岔了，你继续讲。"

老甘："林希翎当时情绪并不激昂，语调平静而稳健，娓娓道来，字字有据，句句在理，却有如惊雷，顿时礼堂内，感叹和雷鸣般的鼓掌声、欢呼声，此起彼伏。她这一炮打响、人大校园一夜沸腾，鸣放再次掀起一波高潮……她的发言引起校党委的震动，认为是右派向党发起进攻，于是第二次鸣放会布置了反击，竟然弄成了林希翎批判会……加之林希翎当时和胡耀邦的秘书谈恋爱，从他那里搞到当时绝密的苏共 20 大赫鲁晓夫批判斯大林的秘密报告。副校长聂真说，千万不能让她念此秘密报告……她置之不理，于是左派们就上台来抢。党委书记胡锡奎气急败坏一口咬定，所谓秘密报告纯属子虚乌有，斥责林希翎成了美联社与路透社的传声筒……林希翎，依然愠而不怒，从容应对……当时我主持会议，对他们不讲道理以势压人看不下去，坚持辩论应该公正，以理服人……结果陷入罗网认为纵容右派分子向党猖獗，也被扣上帽子……整个人大，教师、学生被打了 200多个右派分子，上面给的右派指标是 400 名，新闻系为了与法律系攀比，增补扩大右派名单，当上'冠军'，300 多人的新闻系，竟然打了 43 个右派，"中右"40 余人，成了右派窝子。我是被戴上帽子进去充数的，赶上反右运动的一个尾声。"

小磊："划右派分子按比例分配，不够还要'充数'……过去虽听说过，没想到真会遇见一个。"

甘："1950 年镇反运动，毛泽东就定过杀 2000 人比例，指示上海杀多少，南京杀多少，各地按指令杀……这就是整风中有人提出肃反有扩大化的问题，这样的人都一律打成右派。"

林瑗："真是荒唐绝伦！刚说'言者无罪'，语音未落，就搞因言治罪，甘老师什么也没说也被打成右派。可不是听说他的亲身经历，怎么敢相信这是真的。"

老甘："是的，什么也没敢说，比起林昭，她是这个（他竖起大拇指）右派，我是这个（小拇指）右派。"

小磊林瑗他俩不禁笑了……

老甘"是啊，我不像林昭还写大字报，发表言说，诉求正义、民主、自由。当时，同情右派，我什么也没说，为右派说话同情、支持右派的也会被打成右派。你们二位要是在当时同情我，为我说话，你们也会成为右派，再有人为你们说话也会成为右派……像海里的带鱼群，后面的鱼咬着前面的尾巴，成了串。这样就造成了后来邓小平承认的'扩大化'了嘛。文艺界很多是因为一部作品被打成右派的。在下面基层，许多右派分子并不懂得要求什么民主自由；有些被打成右派是因为给党支书提了他不爱听的意见；有些平时爱发点小牢骚的……如此等等，等等，'百花齐放'，丰富多彩，无奇不有……官方统计的戴帽的右派数字是 50 多万，后来民间统计有 300 多万。"

林瑷："像林昭、林希翎这样充满正义感，性情这样刚烈的女性，真是太少了，太令人敬佩！

老甘："她们都还不是那种人们常说的'糊涂胆大'，她说出来的很多话都是一针见血！"

小磊：不打中要害，不使他们感到疼，怎么能成为极右分子呢？文革中也有，像张志新这样一些英烈女性继承了这种反抗暴政传统。"

林瑷："您可不可以讲讲，林昭与您怎样成为恋人的？"

他低下头沉思，很久，很久，默不作声……突然抬起头来，他俩吃了一惊，见他脸上的表情与先前判若两人。显然触摸到了内心深处最痛点，眉头紧锁着，似要强憋住眼泪，脸像痉挛般扭曲、变形，还是没有憋住，眼泪涌泉似的迸流出来……接过林瑷递给他的纸巾，擦了擦脸，用颤抖的声调低声朗诵起来：

在暴风雨的夜里，我怀念着你
窗外是夜，怒吼的风，淋漓的雨滴
但是我的心啊，飞出去寻找你
我对着虚空呼唤：
"你在哪里？"你在哪里？
为什么我找不到你？！
你是被放逐在辽阔的荒原，
还是沉埋在冰冷的狱底？

兄弟！兄弟！我的心灵为你流血，

我的呼声追寻着你！

你在哪里？你在哪里？

他念着念着，眼里又溅出了泪水，念完后已经是泪流满面……大家都沉默着，林瑷又递给他纸巾……过了好长一会儿，他用稍为平静的语调说："这首歌《呼唤》，是她为我写的，它牢牢地铭刻在我心里。在那残酷的年代我之所以能够活过来，就是这首歌给了我力量……"他停了一会儿，用略平静的口气继续道："林昭原名彭令昭，苏州人，同我是 1932 同一年生的。1958 年夏天，人大的右派被集中起来在校园里打扫卫生，捡西瓜皮等。有一天甘粹看见有个女生过来与他一起打扫卫生，捡西瓜皮。她身材很瘦小，原来她就是北大新闻系过来的鼎鼎大名的右派才女林昭……她一眼看上去不能算特别美，与她在一起感到一种强烈的吸引力，他不可抗拒对她的同情与仰慕，可以说是反右运动将他们这两颗年轻的心连到一起。

1958 年 6 月北京大学中文系新闻专业并到中国人民大学新闻系，戴上右派分子帽子的林昭也跟着从北大转到了人大，认识了我。算起来我与林昭从相识到分别只有整整一年时间在一起。我俩都被罚到人大资料室去监督劳动改造。我和林昭每天到新闻系图书馆翻阅国民党的报纸，写卡片，为编写中共报刊史收集资料。林昭身体很不好，不断咳嗽。刘少奇的前妻王前是那里的领导，她此时已嫁给了聂真。她心地还是比较善良，告诉我说男生要多照顾一下她。于是在她有病的日子里，我常去照顾她，给她打水、上食堂打饭。冬天到了，她房里没有暖气，我就在学校总务处领了炉子，每天为她把火生起来。她在这段时间完成了两首诗，一首是《普罗米修斯受难的一日》，另一首是《海鸥之歌》。她写完后反复修改，并念给他听。《海鸥之歌》是一首激动人心的长诗，一艘囚徒船漂荡在大海上：

我们把自由释成空气和食粮／暴君用刀剑和棍棒审判我们，

因为他怕自由像怕火一样／他害怕一旦我们打到了自由，

他的宝座就会摇晃，他就要遭殃……

这首诗充分彰显出当时整个思想界知识界中被打成右派的，都是充满正义感和良知，怀着理想，有悲悯情怀，疾恶如仇，敢于说出真言的优秀之士，除流沙河外，还有王蒙的小说《组织部新来的年轻人》、刘宾雁等作家的作品……"

小磊："毛泽东就是要知识分子老老实实地'夹起尾巴做人'，谁敢'翘尾巴'就敲下去。

林瑗："实际上是'做狗'，哪是做人呀！甘老师您继续说吧。"

老甘："林昭当时还将鲁迅的小说《伤逝》改编成了电影剧本……学校里谁都认为她是个难得的才女。那个时候学生食堂里吃的是苞谷面窝窝头，加一些咸菜。她病中实在吃不下去，我就从小食堂给她买来肉丝炒白菜，有时还为她到东四广东饭馆那里去买可口的菜。白天我俩在一起做卡片，晚上坐在一起谈各自的一些经历和想法，后来渐渐产生了感情。当时正在大炼钢铁，人大学内也烧起了高炉，右派分子都排在晚上值班……每个星期六、星期日，我俩常到公园去，在那里谈各自的家庭，谈社会，谈人生，谈理想……林昭信基督教，每个周日她带我到灯市口基督教堂去做礼拜。一进门每人发一本《圣经》一本《赞美诗》，然后由牧师主持，全体起立由唱诗班和牧师带着大家唱赞美诗，那种气氛很美好，在那苦闷的日子里把我们带到了一种完全超脱的境地。我原先以为教堂里可能都是老头老太太带孩子们去的，没想到这里较多年轻人，想必都是些遭受各种各样的苦难的人们到那里去寻找精神上的寄托……"

林瑗："那你们两个右派分子情投意合这样肯定会引起了很多人不舒服吧？"

"是的，说我们是'臭味相投'，'向无产阶级专政示威'……林昭问我害怕不害怕？我说：'不怕，正当恋爱是我们的权利，有什么可怕的！'她说，好。于是我俩向恶势力抬起高昂的头，在众目睽睽之下手挽着手，在校园里出出进进，故意让人们看……领导层将他们这种举止斥之为'非法活动'，警告我们后果自负。我俩没有屈服，甚至手拉手在党支部门前走来走去……后来，我们到总支办公室要求开介绍信登记结婚。书记说：'右派有什么资格结婚？简直是异想天开！'当时对右派还按照人民内部矛盾处理。林昭反问：'我们有公民权，为什么不能结婚？'书记说：'右派是资产阶级反动派！林昭的思想有些偏执，我有时劝她不要去硬碰，这是鸡蛋碰石头。'可她说，就是要去碰，我相信成千上亿个鸡蛋去撞击，这顽石最终也会被击碎的。党官们满怀着怒火，"不是不报时候未到，时候一到一切都报"。临毕业时，他们报复的机会到了。他们宣布把我分配到新疆，通知我 9 月 1 日前离校……这对我俩如晴天霹雳，新疆，相隔几千公里，如在天边……接到通知后我俩抱头痛哭，如撕心裂肺般……权力在他们手里，林昭和我无法反抗，终于我不得不离开学校……

"临别时，我俩站在北京火车站的月台上，心中积满了阴霾，我是家里老三，林昭说：'阿三，我爱你，是我害了你。我早就说过，他们会这样来整我们的，把你分配到最边远地区去的。'

我回答她'不，别这样说了，我不怕他们！我们总有一天会相聚在一起的！'她说'我怕，我怕你回不来了！'

"我从来也没有见过一对这样颤抖和痉挛的眼睛。看着她那寒栗悚惧的神情，我突然觉得整座月台里其他一切全都死灭僵凝了。四周人来人往熙熙攘攘，挤满了上车和送客的人群，但所有这些对我已全不存在，紧紧握着她的手，我说道："会的，总有一天，我会回来的。"

"太残酷了，太残酷了呀！"林昭极度悲伤，两眼饱含着泪水，瞧着我绝望地说："你一走，一切就都完了！"

"我竭力忍住心里的极度痛苦，抚慰她：'怎么一切都完了呢？我们只不过是暂时的分离？''海内存知己，天涯若比邻'，无论相隔多远，我们在彼此的心里，我们的心已经紧紧地连接在一起了！'"

我激动地要把内心所积压的一切全部吐露出来。

"你有回来的可能吗？"

"会的，我一定会回来，一定要回来的……你一定要等着那个时候。"

我嘴上这样安慰她，心里为她身体忧虑，对未来的命运茫然无知。说着，我俩脸贴着脸……车站上的铃声响了。这铃声好像箭一样刺穿我俩的心房，我俩紧紧拥抱在一起，生怕要被人拆散开来。她不停地说道："我们不能分离，阿三，你不能走啊！"这时她炽热的泪水扑簌而出，已经说不出话来……生性倔强的她曾说，她挨斗时从来没有哭过。这是我一生，第一次也是最后一次看见她的泪水。我更加紧紧地抱住她，啜泣道："你别哭！你别哭！"自己泪水也夺眶而下，我俩的眼泪一直没有停过！火车的轰鸣将我们从悲痛中唤醒了过来，我不得不离开了她的怀抱，踏上了车厢门的踏板。她追随着缓缓启动的列车，摇着手中已被泪水湿透的手绢，发狂似的喊道："我等着你，我等着你，你一定要回来呀！"这时，我真想不顾一切跳下车去……列车越来越快了，奔驰飞出了车站。她那纤弱细小的身影，在他充满泪珠的眼中，渐渐地模糊到完全消失了……"

……此时，老甘双手掩着自己的脸，脑袋伏在膝盖上……林瑷泣下如雨，似乎想说些什么，哽咽得说不出来，忍不住哭出了声……3人哭了半晌……

老甘擦干了泪水，他抬起了茫然的眼睛，说："1980 年回到北京后，一天在我人民大学的同班同学家里碰见了林昭的妹妹，我这才知道她是前任文学所长许觉民的外甥女，我那同学是他的夫人，也正是那天知道林昭在文革中被枪杀了。"

他们都沉默了许久……

老甘继续说道："这些话除了对你们二位，从来没有对其他人说过……我似乎又回到那些生不如死的日子。到新疆之后我与林昭的故事差不多就结束了，后来的事你们还要听吗？”

林瑗："要，当然要，就别累着您。"

小磊看了看表："11 点多了，我们吃饭吧？下午再说。小林，叫服务员给我们上菜，吃完饭，我们到附近的茶馆休息会。"

午饭后，他们到小磊找好的茶座，在沙发上聊着天休息。

老甘接下来的故事就叫《甘老三历险记》吧。

十四　甘老三历险记

　　在火车上，辗转一周多，我，甘老三到了乌鲁木齐，被分到了在焉耆的新疆建设兵团农二师。在招待所我听到很多从农场跑出来的人说，农场里苦得不得了。听到这个话后，我掉头回了乌鲁木齐，卖掉了过冬的棉衣和行李，又坐了一周火车，我到了林昭当时所在的上海，住在我大哥家里。那天我怀着无以名状的激动心情到上海茂名南路 159 弄 11 号去找她。她母亲开门问我找谁？知道我是甘粹，让我进了门，但对我很冷淡。这可以理解，她不能让右派女儿再嫁一个右派分子……林昭听到我的声音后，从屋里出来，我俩热泪盈眶，紧紧地抱在了一起，把刚才受到的冷遇融化了……在上海的那些日子，林昭每天都陪我到外滩黄浦公园逛。我俩坐在椅子上诉不尽的衷情，星期天我们还去上海乌鲁木齐教堂做了礼拜。然而上海之大，却没有我甘老三的立锥之地，过了一阵，终究待不下去了，走投无路，我只有再返回新疆……真正是"相见时难别亦难……春蚕到死丝方尽，蜡炬成灰泪始干！"

　　新疆建设兵团农二师是塔里木河边上的一个劳改农场，专对地富反坏右分子监督劳动。每天天不亮就上工，被枪押着，干最脏最累的活，一直到月亮出来才收工。这里 10 天休息一天，这一天还要搞义务劳动，到戈壁滩上去挖柴火或挖甘草，只有五一、国庆节才有个整天休息的时候。甘老三刚去时还可吃到 46 斤定量，可是大饥荒来了就减到了 18 斤，但三扣两扣根本吃不到 18 斤了，下工后饿得不行就去挖野菜吃。那时许多人，先浮肿然后引发其他病死去。三年饥荒时死了两三百人。有些队除了队长和炊事员差不多全部死光了。多亏了我的哥哥和妹妹甘老三才没有饿死。在上海的哥哥寄来水果糖和饼干，但收到后没有走到宿舍就在一路上吃完了。后来哥哥和妹妹两三个月给我寄一次全国粮票，这是他们自己忍着吃不饱省下来的。这样我每天可以多吃一个馒头，总算活了下来。在这些日子里，我有时间就给中共中央组织部写申诉书，说我是冤枉被划为右派的，分配到新疆是他们的报复……每个星期至少给林昭写一封信，但到了 1960 年就没有得到她的音讯了，给她妈妈和妹妹写信也如石沉大海。后来辗转得到消息，她因为在北京大学、兰州大学右派师生办的地下刊物《星火》上写文章被逮捕了。后来我所在连队有个学生去上海探亲，托他打听林昭的消息。他给我回信说，林昭病重住院一时出不来……我心急如焚，但无能为力。

　　1968 年 5 月 1 日，我做了一个梦，梦见林昭穿着白衣，戴着白孝，扶着棺材朝走来，她的面容那么清晰，好像要告诉我什么。后来才知林昭 1968 年 4 月 29 日被枪毙了，她是来道别的，原来真的有灵魂……从生离到死别，我感到生不如死，于是我和一位难友在 1969 年 3 月 17 日从农场逃跑了。我俩事先做了准备，买了一斤饼干、一斤伊拉克蜜枣，那天收工后躲在沙包后面，等到天黑跑的。为了不被渴死，我们一直沿着塔里木河走。戈壁滩上每隔 5 公里有一个地质测绘用的三脚架，我们就顺着三脚架走了 50 公里到了尉犁县城。在县城里吃了点东西，休息到天黑又到了库尔勒。在库尔勒我们远远地看见了追来的警卫，幸好躲得及时没有被他们发现。我们从库尔勒坐上汽车到了焉耆，然后从焉耆到了乌鲁木齐，又从乌鲁木齐坐火车到了北京。到了北京我住在国务院招待所进行上访，登记、排队，然后约谈。向他们陈述自己的冤情，于 1968 年以前我已经摘了右派分子帽子，可是还一直被关押在劳改队里……得到的答复是，让当地解决。他们给了我一张火车票，于是我又回到了乌鲁木齐。在那里我当上了盲流，买了个假的照相馆营业许可证，到农村照相挣钱，以此为生，照一张相收一元钱。后来胆子越来越大，到国防公路边上拍照，想探一下这里的虚实，准备逃到苏联去。结果没跑成被抓了。那些人说我是苏修特务把我吊起来打，被打得实在受不了，我就招供自己是苏修特务。被押到新疆建设兵团师部，我说自己是被屈打成招的，并拉起衣裳让他们看伤痕累累的身体。后来便被押回农二师劳改队，在那里他们并没有整我、打我，因为劳改队最怕犯人逃跑。他们以我为活生生的教材在大会上说，甘粹这么有本事的人，都走投无路，被碰得头破血流，逃跑只有死路一条。我就在管制队一直待了 10 年，到了 1979 年。

我有一位的同班同学陈敏是《人民日报》的记者，她的丈夫就是原中共中央宣传部新闻局局长。她给我来信说，中央 51 号文件给右派平反，让他赶快回到北京来。那年 2 月我终于回到了北京，暂时住在同学里。人大答应给我恢复工资、恢复党籍，但工作要自己找。于是，我被介绍到中国社会科学院院报当了编辑，干了两年又调进了文学研究所，当了资料室主任。陈敏给我介绍了小我约 10 岁的周萍萍结了婚。虽然对林昭的死早有预感，但刚听到这消息时我不敢相信自己的耳朵，这简直是天昏地暗！直到 1980 年 8 月 22 日，感谢胡耀邦同志着手平反冤假错案，她的冤情方得以平反昭雪，《上海市高级人民法院的刑事判决书》如下：

……林昭在 1958 年被错划为"右派分子"后因精神上受到刺激，1959 年 8 月开始患精神病。嗣后，曾以写长诗、文章等表示不满，并非犯罪行为。1965 年对林昭以反革命罪判处徒刑显属不当，应予纠正。林昭被错判服刑后，精神病复发，又曾用写血书、诗歌、日记以及呼喊口号等表示不服，1968 年将林昭在病发期间的行为又以反革命处以极刑，显属错误，应予纠正……

当时我手捧这份判决书好似听到林昭那义愤填膺的诗句，《啊，大地》：

啊，大地，祖国的大地，你的苦难可有尽期？

在无声的夜里，我听见你沉郁的叹息。

你为什么这样衰弱，为什么这样缺乏生机？

为什么你血流成河？

为什么你常遭乱离？

难道说一个真实、美好的黎明竟永远不能在你的上面升起？

林昭曾经说过："血流到体外，比向内心深处流容易忍受。"她用鲜血凝成的诗明白地昭示：将这一滴血注入祖国的血液里，将这一滴血向挚爱的自由献祭。揩吧！擦吧！洗吧！这是血呢！殉难者的血迹，谁能抹得去？这片多难的土地又迎来了六.四，更多的鲜血！

老甘说道："《甘老三历险记》的故事结束了。"

林瑗慨叹道："您一生的整个故事太感人，真要是拍成电影比《牧马人》《天云山传奇》等片子要精彩多了。"

小磊："那就等你想办法，你不是有同学在电影制片厂？不过现在不像 80 年代，这种题材肯定枪毙，可先弄出本子等待时机。"

林瑗："先把剧本整出来。天网恢恢，疏而不漏！总有一天要他们偿还的！"

老甘："1980 年 12 月 11 日，北京 80 多位文化知识界名流为林昭开了第一次追悼会，在场者无不痛哭流涕。后来林昭北大的同学和苏南新闻专科学校的同学在苏州灵岩山给林昭修了墓，放了林昭的头发和遗物。我手边如今只有一张和林昭在 1958 年摄于北京景山公园的照片。在新疆逃跑时我烧了所有的照片，唯独这张照片寄给了四川万县的老战友杜之祥，请他替珍藏起来。1979 他将这张照片寄还给了我。我夫人周萍萍参加了林昭骨灰的落葬仪式，在仪式上我似乎又听到了那首深沉的歌曲：'在暴风雨的夜里，我怀念着您'。人们永远记住她的遗言：相信历史总有一天人们会向世界倾诉今天的苦难！希望把今天的苦难告诉给未来的人们！"

林瑗沉重地说："历史不会忘记，不会忘记 1957 到 1989 的苦难！"

老甘："2000 年许觉民写了一本《林昭，不再被遗忘》，2004 年 12 月第二次印刷时，书名改为《追寻林昭》，很快这本书就被查禁了。2006 年许觉民先生与世长辞了。"

小磊："著名青年文学批评家摩罗写了一篇很好的文章《圣女林昭复活记：林昭遇难以后被世人逐步了解和阐释的艰难历程》，写得很感人。但谁想到日后 他竟成了左派。"

林瑗："作为人大新闻系的女生，我以林昭和林希翎这两位同学而自豪，她们是为真理斗争的女杰。然而，今天仍然有人诋毁她。"

老甘："哦，怎么说的？"

林瑗："前些日子报社收到一篇卑鄙无耻的文章《"圣女"林昭，不过是某些文人的意淫》，继续罗织罪名攻击她，说：'一、林昭被划右派并不冤枉。二、林昭被处决实属咎由自取。三、林昭在狱中曾受到人道待遇。四、林昭平反理由值得深究。五、林昭所写材料多系伪作。'"

老甘："真是太卑劣了，作者是谁？"

"匿名的，一个黑暗角落里的跳梁小丑。"

小磊："这不是人，见不得光天化日的畜生。虽然'圣女'不是完美无缺的，她们会有这样那样的性格弱点和缺陷，她之神圣在于，敢于为了正义和真理向最凶恶、顽固的恶势力挑战，直到付出生命从未屈服过。为暴政帮凶，这种现象不是孤立的，前些年我在景山公园见到过，这些人很多当年就是打手，心心念念要恢复旧秩序，盼望回到毛泽东时代。这与上面邓小平等老人们'反资产阶级自由化'，对胡耀邦、赵紫阳进行惩治，直到六.四大屠杀是一脉相承的。六.四民主运动受挫后，老左派转守为攻，同时新左派崛起。"

老甘："现在思想界要搞清楚，新左派，左在哪里？要同他们斗！"

小磊："'新左'嘛，主干是90年代后崛起的一批比较年轻的知识精英。"

林瑗："你们所就有一个大名鼎鼎的新左领军人物。"

小磊："嗯，现代文学室唐弢的博士生章振新，论文是写鲁迅的，已经调到清华当官去了。"

老甘："哦，略有所闻。"

"他1994年发表的《当代中国的思想现状与现代性问题》提出了'反资本主义的现代性'被认为是我国的'新左思潮宣言'。这篇文章把1989年，划为中国一个历史性的界标。"

小磊："还有人大的刘小枫、中山大学的甘阳，三大新左。"林瑗："问题是，新左与老左有什么共同之处，有什么区别。"

小磊："要说共同之处，还是文革思潮'反美反西方，反资本主义''社会主义好'……要说区别，比较复杂，今天一言难尽了。"

老甘："老左都是些年龄同我不相上下的老家伙吧，他们中有些当年就是打手，但也有一些本人挨过整，没少吃过极"左"的苦头，现在还是要左。"

小磊："这就是'斯德哥尔摩综合症'。"

林瑗："对，我爹就是这样的人，文革没少挨批挨斗，还对他们感恩戴德。我骂他们，他不爱听，其实他为人很好，就是脑残了，不能自己思想。"

小磊："大作家王蒙就因为写了一个短篇小说《组织部新来的年轻人》就被打成了右派，前两年还说自己'即使烧成骨灰也不会反党'……斯大林在阅读玛基雅弗利的《君王论》一书时写下的批语说'让人恐惧比让人爱戴更能显得伟大'，这就是施虐者总结出来，怎样制服受虐者的一种心理效应。"

林瑗："老左与新左在社会构成也有区别吧。"

小磊："年龄大小只是相对而言，也算是他们的梯队吧。社会构成嘛，可以说社会上哪个阶层都有老左与新左，交错分布于知识精英阶层，官场权力阶层，工农及民间最底层芸芸众生之中，以及一些不认真了解历史的年轻人……很复杂。"

老甘："老左有些是体制内的基层干部，很多已离休了，不少是当过兵退伍的，更多是底层弱势群体。有些人根本没有什么思想，脑瓜被洗残了。外面的消息被严密封锁，《人民日报》、央视说什么他们都信。有些人没有挨过整；有的被整得不轻，好了伤疤忘了疼，还以为自己多么宽容大度，也有不少人觉得过去大锅饭的日子比现在好过……咳，'林子大了什么鸟都有'。"

小磊："要说'新左'吧，其主干不单是年轻，而以顶尖精英学者与频频露面于媒体的公共知识分子略有区别。领军人物肚子里多半有些洋墨水，所谓'海归'吧。当然其中有真有假，比如有相当一部分在国内学业无成从国外野鸡大学混来水货文凭作为金字招牌。美国顶尖大学90%以上都是'政治正确'的民主党左派。哈佛'左'到人说是'中共的党校'，很多中共官员到那里培训后回来升官。大陆海归新左受欧美知识左派熏染，可不像当年红卫兵那样青面獠牙，他们表面上光鲜亮丽，摆出一副儒雅风度，好像学问深不可测的样子，多半也是拾人牙慧。"

老甘："嗯，受西方马克思主义影响。"

林瑗："西方马克思主义，简称'西马'，流派太复杂了。"

小磊："主要是三大学派，德国的法兰克福学派，法国的解构主义和美国的后殖民主义。构成所谓'后现代主义'，吸引留学的知识精英们趋之若鹜，所以新左是最西方化的。最有意思的许多新左80年代都是极端的自由主义者，除刚才说的摩罗，甚至六.四的头面人物，如作家李陀、北大哲学博士甘阳等都成了新左。不过同时，鲜血也使一些老左派清醒后向右转。文学所理论室的蔡仪等绝大多数都反对六.四屠杀……"

"嗯，大陆新左与欧美知识左派的共同点是什么，很难理清。"林瑗接着说道。

小磊："西马的核心是'反西方中心主义'，其实这一点不新鲜，不就是"文革"中的口号吗。因为西方都是资本主义体系，当年毛泽东归纳的'第一世界'嘛。"

"麻烦的是梳理西马与经典马克思主义的区别？"老甘说。

小磊："马克思认为历史最终是由经济决定的，西马反对这种'经济决定论'。"

老甘："嗯，那不是李泽厚说的，现代社会财富增加了，人们之间的差别不是物质上的贫富，而是精神上的分歧。"

小磊："对，因为肯定西方生产力在历史上的发展中的领先地位，马克思因此也被他们批成'西方中心主义'者。"林瑗："实际上，新左是反马克思主义的，特别是反对你和蔡仪这样捍卫原创的马克思主义者。"小磊："所以我也要学马克思说'我不是马克思主义者'啰，我只是认为马克思原创的学说最精髓的东西在今天并没有过时。左派鼓吹的与右派攻击的是同一个东西，但绝不是真正的马克思的学说。正如现在世界上许多号称'社会主义'的国家。"

林瑗："一般人只认招牌，不看真货。新左实质上是新右。"

小磊："是的，他们把政治思想意识形态的东西与经济基础切割开来了。当然现代社会出现了中产阶级，所谓'白领'与'蓝领'，劳资冲突不像资本主义早期那样尖锐，但这反过来看，不仍然是经济决定的吗？拿国内的新左的领军人物来说，他们三人都在大学里担任文化研究院长，在学术界地位显赫，如'长江学者、学科带头人'等等桂冠，胸前挂满奖牌，手里满是项目。他们以学术权威垄断某个学科领域。对论文发表、职称评定、课题立项、评奖授勋起决定作用，通过带学生形成梯队，传宗接代。所以说他们是被当权者授衔'招安’了。这也是他们与欧美的左派有根本区别，西方左派是批判与颠覆现有体制的；中国的新左是维护现有秩序的。”

林：“那不，刘小枫说‘孙中山不能算国父，毛泽东才是真正的国父’。他曾自称‘文化基督主义者’，从这里出发把心目中的上帝换成了毛泽东，在偶像崇拜狂热之下启蒙化为蒙昧。章振新的那篇‘新左宣言’把毛泽东极左的那一套说成是‘一种反资本主义现代性的现代性’，实际上是混淆封建性与民主性的根本对立。他们深居象牙塔，热衷于搞一些玄妙的‘纯学术’。一位教授对我说，他对那位章的巨著《中国近代思想演进》几乎一句也看不懂，他不过以此来遮盖思想理论的贫乏和苍白。”

林瑷：“左派一贯颠倒历史，还吹嘘自己‘政治正确’。”

老甘：“美国右派过去对黑人搞种族歧视和迫害，左派呢，又矫枉过正……”

林瑷：“是的，这一点又影响我们，现在教育界引起的黑人的留学生，一年给二三万助学金。”

老甘：“这不仅拿国人的血汗钱，让他们肆意挥霍，胡作非为，还损害了国人的民族尊严与人身安全。”

小磊：“这是有政治目的的，这些留学生多半是他们国内的权贵家族的子弟，一方面有现实交易，将来这些回去可以成为自己的政治代理人。”

小磊：“从社会思潮来看，大陆新左派的主干 80 年代几乎都是肯定市场经济与民主宪政的自由主义，90 年代一下子突变为民粹主义与民族主义。”

甘粹：“从亲美——全盘西化转向去美国化与反西方中心。”

小磊：“‘桔生北国为枳’，西方左翼思潮移植到中国本土后，发生质的变异。欧美左派批判的是民主福利的资本主义，使它变得更好。中国左派维护的是封建的社会主义与权贵资本主义，并使它越来越坏。”

　　林瑗："这就从根本上丧失了知识分子对社会的批判、改造作用。"小磊："对，知识分子作为启蒙者应该秉持独立人格、思想自由与批判精神。新左在政治上不触动极权专制，退化成为附庸，相反强化了权力的傲慢、专横与体制的腐朽。"

　　老甘："西方左派主张人生而平等的权利，中国左派维护特权。失去了知识者的基本良知。"

　　林瑗："美国民主党坚持平等，共和党崇尚自由。"小磊："就平等而言，共和党讲求程序上的平等权利；民主党追求的是结果的平等。在自由问题上，共和党更强调法治下的自由精神；民主党有绝对自由的倾向。"

十五　小世界里的那点事

　　《小世界》是 1980 年代英国作家戴维·洛奇的书名，被认为是后现代主义"用小说来写学术，用学术来写小说"的"学者罗曼斯"，堪称是西方后现代的《儒林外史》。其中人物全部是大学里从事文学理论与文学批评研究的学人，内容是他们参加种种学术会议中的故事，"学术界妙不可言的闹剧……"。在学术会上，人物们交谈的是乔伊斯的《尤利西斯》、T.S. 艾略特的《荒原》，乔叟诗的韵律；提出的问题是"结构主义是什么"……也有插科打诨，花花事当然少不了，有性也有爱……

　　中国这个超级大国中也有小小的"小世界"。1989. 六. 四天安门事件之后中国受到美国与西方民主国家的制裁，由于左派势力的抬头，改革开放受挫。党魁江泽民这个投机分子也为改革设置重重阻力，借六. 四后当局装模作样做出一副惩治腐败的样子，实际上丝毫不去触碰官僚权贵利益集团，矛头对着民营企业，江扬言要"罚得他们倾家荡产！"，自己却在那里"闷声发大财"，从中央到地方，上上下下的家族腐败更上一层楼。经济发展处于停滞不前状态，被李鹏吹捧为"改革开放总设计师"的邓小平有些着急，试图改变这种僵局。1992 年春节，他去南方深圳、珠海、上海等地探访，沿途发表讲话，批评这种现状，甚至疾言厉色地声称"谁不改革开放谁下台"，对他身边伴随人员说："记住，回去就向北京报告"。好像面对江泽民指着鼻子说："要记住，总书记大人，你也一样，不改革开放就下台！"。1991 年之后，西方社会以为经济发展会中国政治民主改革有所推动，也舍不下中国市场这块肥肉，于是渐渐放松了经济制裁，绥靖主义大行其道。中国大陆经济有了起色后，当局汲取六.四教训，在邓的"十年改革最大的失误是教育"的训导下，一方面强化意识形态管控与教育洗脑方针；另一方面当局也感到光靠打压不行，同时要收买豢养一批文人做他们的奴才。于是对知识界采取笼络收编策略，以教育与科研市场化改革契机加大对这一块财力的投入。大学教育与科学研究经费相继增加，纷纷实施了科研项目补贴制，经费数额也逐年增加。知识分子待遇有所改善，逐步向公务员贴近。相应，这一时期大大小小的各种专科学会如雨后春笋般竞相建立，名目繁多，种类复杂。就文艺理论与美学领域就先后成立了中国马列主义文艺理论学会、中国古代文论学会、外国文学理论学会、中华美学协会、中外文化与文论学会，等等。

六.四事件后，由于知识界波及较大，学术界一度沉寂，90、91 年间基本上没有什么学术会议。1992 年方开始逐渐回暖，呈报复性上升趋势。当年中外文化与文论学会在济南举办了首次年会。文论界同仁劫后初会，相聚一堂，盛况非常。美国耶鲁大学的名牌教授希利斯·米勒也应邀前来参会。与会学者多年积累，提交的论文质量颇高，大会小会发言踊跃，就餐时大家举杯称觞，好不热烈。文艺理论界的知名少壮学者陶东风是北京师范大学童庆炳的博士生，毕业后在首都师范大学任教。89 学运中他强烈支持学生，大屠杀后公开贴大字报声明退出共产党。小磊在席间举杯向他祝酒："为东风退党干杯！"

陶东风举杯回应道："知我者伍老师也！"气氛达到高潮……人大

教授蒋培坤美学教授结婚很晚，50 岁之后方得一子，视为珍宝。学运期间这孩子正在上高中，然而仍然关心天安门广场上绝食的大哥哥姐姐们，常去现场声援。六.四前夜父母为安全考虑，告诫他不得去那里，他不听，不得不强制把他锁在厕所。没想到他就像那天早晨搭救薇薇工人老张家的儿子一样，深夜从厕所小窗户跳了出去。此后便再也没有回来，永远消失……老两口悲痛欲绝。学界同仁传闻无不为之愤慨……小磊在就餐时与蒋教授碰杯时用手指沾酒弹洒为年轻的逝者祈祷。蒋先生的夫人丁子霖也是人大教授，每年联络当日丧子女的十多二十位母亲们上天安门祭奠，被称为"天安门母亲"。每年忌日上天安门向当局讨说法，数十年未果。

　　学界每个学会照例都要举办年会，许多大学也争相自行经办各种名目的学术会议，会员们选择自己感兴趣的主题赴会。洛奇在他的《小世界》中写道："对于任何研讨会来说，最重要的就是吃住的条件……有些奢侈的开销，学校不让报……"办会也是一种经济，主办单位通常选择大城市或环境优美地点，对参加会议的代表要收较高会务费。参会代表往来交通与住宿费用自理，一般由出自个人所在单位的科研项目经费，凭会议主办单位邀请函，实报实销，还有小额出差补贴。会务费除租用会议场地，印发会议论文汇编，组织观看文娱演出参观旅游等等开支之外，总会有不小余额收入。所以各大科研学术领域出现了专门策划经营会议盈利的专业户，有人借此发财。中国各地召开的学术会议通常一二百人上下，大多数参会者相互并不认识，就餐时每桌按固定人数坐满就上菜开吃。据闻有一些专职的"吃会户"出入各大宾馆在就餐时冒充与会代表大嚼一顿。

　　会上不同单位相识与不相识的新老同行聚在一起，还有的导师带来自己的研究生参会更增添了朝气勃勃的气氛。一些多年不见的老同学或学术观点比较相近的同仁相聚，常常晚间相约夜饮小酌。每次各种会议，有时谈兴酣畅或唱卡拉 OK，有时免不了扯开学界的逸闻轶事，还有形形色色的花花絮絮搞到深夜。

　　伍小磊兼中华美学协会、马列主义文艺理论、中外文化与文论学会成员，手头有项目经费，每年至少参加两次学术会议。有些会议主题及提交论文相当乏味，一些与会者报到之后经常逃会。特别是美学，经过 80 年代的"热"到 90 年代遽然降温。听说，一次在桂林举办中华美学协会年会，来到这个"江作青罗带，山如碧玉簪"的地方谁还有心傻呵呵坐在那里听会。下午开会到点时会议室还空空荡荡，学会会长滕守尧到一个个房间叩门，有的去了旅游景点，请不来几个……有的提交会议的论文就是为了接受邀请拼凑出来的，没有什么质量；即使相当精彩的论文，听者稀稀拉拉，宣读者也就打不起精神，难免有的听众在会场上打瞌睡。

　　会议住宿一般根据参会者职称等级安排有双人间与单人间之别。单间里有时夜间接到电话，拿起话筒，一个娇媚的声音问道："先生要不要按摩？"通常按摩名下设有"特别服务"，费用计在房费上回去还可以报销。有次在威海开会，小磊住一个单间，睡熟后就被这种电话吵醒，次日他在餐桌上说起此事，一位住单间的教授说睡前把电话线拔掉就没事了。更有甚者，据说有的单间夜里有人敲门，开门后一身着睡衣的美女进来后立即把睡衣脱下，赤身露体引诱你上钩……有的单人房间里有女服务员电话号码，晚间可以呼叫。于是有人调侃："当年有那个贼心，没有那个贼胆；尔后有那个贼胆，没那个贼钱；到有那个贼钱时，贼不行了。"一次文学所王理论室几位美学老师完成蔡仪主编的《美学原理》，为此主办一个专题研讨会，为节省经费通过关系联系到香山附近的一处部队招待所作为会场。开会期间，有天晚间一位住单间的外地教授要求漂亮的女服务员陪他，被拒并报告领导，闹出丑闻。

　　按照惯例，学术会议闭幕之后，组织观摩当地博物馆之类文化圣地人文与自然景观，也算是一次集体旅游，完了有的走亲访友，有的余兴未尽继续游山玩水。那年小磊参加了一次在西安开的文论年会，闭幕后除参观市内兵马俑基地大雁塔、碑林、太真当年"水滑洗凝脂"的华清池。参观西安事变时蒋介石居处"止园"时，大家免不了议论起当年事，有人说："最近美国图书馆解密了收藏的《蒋介石日记》，其实蒋介石真心并不是不抵抗，只是当年军事力量与日军相差太悬殊，全面抗日无啻以卵击石。他的想法实际上与毛泽东的'持久战'一样，必须忍辱负重厉兵秣马养精蓄锐，与日军作长期周旋。他虽也是个专制独裁者，但却是个有着强烈爱国心的正义的民族主义者。"

小磊问道："哦？《蒋介石日记》，能不能找来看看。"

"目前内地尚未公开，以后总能看到。"

"不抵抗也是为了保存实力，从长远计，他抗战到底的决心是不可动摇的，这一点他在日记中写得清清楚楚，后来的抗日行动也证明的这一点。"

参观了当时蒋所住的房间，之后又到他听到枪声后逃跑躲藏的后山花园处转了转，说是当时追捕他的士兵先发现他逃掉的一只鞋……陪同参观的讲解员说道："后来张学良到了台湾被蒋介石软禁期间，皈依基督教忏悔赎罪。1990 年 6 月，在他 90 岁大寿这天，被囚禁了半个世纪之久的张学良终于迎来了自由。宴请了不少嘉宾，宴席上是相当热闹。张学良面对媒体镜头说出了心声：'我是一个罪人……'在对媒体谈到'不抵抗主义'问题时说，日军占领东北后，时任国民党行政院长的汪精卫命令他抵抗，他说没有接到蒋委员长的命令，'不抵抗就是抵抗'，他不能让他的士兵白白送死。从此与汪精卫的关系搞得很僵。"

最有意思的是参观半坡村新石器仰韶文化出土遗迹。导游介绍，前些年来抢购彩陶器皿的乱象。

小磊不解，问道："哦？这也能买卖，当地文物保护局不管？"

"不管，因为实在太多了，当地老百姓家家都有成堆的坛坛罐罐，管不过来。"

"那不造成文物流失？"

“嗯，不少老外也来买了带走，也没人管。”

“太不像话！”

“当地老百姓向老外讨价还价都学会了几句外语：‘废物当屁开它’……”

“啥意思呀？”

“five，don't pick it （5 元不卖）.”

“啊！5 元？人民币？那不等于白送？”

“当时，在那种穷地方，5 元也不算少，比堆在家里最后当垃圾扔掉强。那东西当时挖出来，实在是太多了，真比垃圾还多，谁也没把它当回事……”

大家纷纷唏嘘：“太可惜，听着都让人痛心……”

有的懊恼说：“当年要知道，来这里弄几个回去多好！”

小磊在母亲去世前些年早就听她说过，童年的好友张长寿随工厂从南京迁到西安，后来工厂倒闭了。改革开放后他抓住机遇，在西安做起兵马俑仿真工艺品制造行当，发达起来了。他脑瓜灵活，聪明能干，经营有方，几年打拼，在西安成了一度名列前茅的富豪。开会期间小磊同宾馆服务员问起，他们也略有所闻，但不知详情。后来，参观兵马俑景区时他向出售工艺品的商店老板聊起，他们当然一清二楚……没想到消息立即传到长寿那里，一天竟然到宾馆找他来了。他们半个多世纪未曾见过面，如果在马路上偶尔碰见肯定谁也认不出来对方。小磊想起长寿当年英俊模样，1.8 米的个头，当年叫他“长瘦”，现在发福了显得有些臃肿，倒像个大老板的样子。小磊虽然没有发胖，当年被叫做“小小子”的他头发也花白了。两发小畅谈了这些年来各自的经历，回想起当年他俩在南京推卖货小车走街串巷的情景，不胜唏嘘。小磊说道：

“当年做雪花膏，现在做兵马俑，当年又长又瘦，现在做雪花膏的油水都长到自己身上了。”长寿哈哈大笑道：“这些年油水也快耗干了。早耗干早好，累了，不想再干了。你哩，当年跟在推车后面的小小子，现在成了大教授了……哈哈！你来一趟不容易，在这里多待些日子，我陪你出去，到周边地区在著名景点玩玩。"

他们大致拟了一个出游路线，会议参观结束后，开了一辆猎豹越野车，专门的司机和旅游公司请的导游陪同出发了。

在路上，小磊问长寿："街上卖的兵马俑都是你公司做的吧？"

"哪里，现在谁都做。"

司机说道："张总是开创者，开始独家做真铜的、石料的，现在陶瓷的、石膏的、塑胶的，花样翻新，啥材料的都有。"

长寿："真铜的成本太高，售价太贵，还有价格大战，卖不动，多少年不做了。"离开西安后他们游了延安、华山、壶口、河曲、偏关老牛湾，玩得很痛快。一路上小磊察知他们几个对历史的认知仍然停留在中共的教书上，他给他们大讲从西安事变起抗日战争国共合作的那段真实历史。

长寿："哎呀，这些情况，我们哪里知道，都蒙在鼓里呀！"

小磊："历史是赢家写的嘛。"

"真是一点也不错。"。

来到山西壶口，小磊感到不同于世界著名瀑布，如黄果树、尼加拉瓜等，这瀑布不是以河床巨大落差形成的跌水，而是黄河从水面宽400 余米之上游，遽然注入 30～50 米的狭窄河槽，落差约 30 米所形成之独特景观。还有，它整个水是黄的并向上奔突飞溅。小磊站在危崖上，面对如此壮观景象，感叹良久舍不得离开……

随后转入陕西到了延安，当然要参观宝塔山和毛泽东当年住过的枣园窑洞。小磊同他们讲了高华的《红太阳是怎样升起的》一书当年整风的情况。

"当时的整风是对着王明的'左倾机会主义路线'造成的教条主义等思想问题。后来搞出个所谓'抢救运动'。"

长寿："抢救什么？"

"当年不是有大批为了抗日投奔延安的爱国青年都是从蒋占区

来的，许多被怀疑为国民党派来的特务，为了'抢救'他们，让他们自首。很多人受不了酷刑，有的相互乱咬，有的自杀……运动结束后，发现绝大部分都是冤枉的，毛泽东在台上作总结，据说有次他对整风错了的赔礼道歉请他们消消气，说是"你们不消气，我就永远不下这个台……"赢得了热烈的掌声。毛是很会表演的，下次他还同样搞，甚至反右、文革搞得更凶……"

从小见惯了旖旎清丽的南国风光，小磊第一次登上黄土高原。这里没有白墙灰瓦、小桥流水，没有"日出江花红胜火，春来江水绿如蓝"，而站在一排排窑洞顶观看黄土高坡上的日出又是一番震撼景象。起起伏伏、沟沟壑壑一片黄土，植被贫瘠，偶有一些芨芨草……

"啊，黄土地"小磊不禁喟叹；"你沟壑纵横、浩瀚无边，广袤而贫瘠！"想起了中华民族无尽的苦难，不免爱恨情仇在心中波澜起伏。又不禁想起了屠格涅夫《贵族之家》的一个角色的口头禅"原始的黑土的势力"，感叹道："黄土，黄土，原始的厚重的势力，荒漫无际，凝结着多少中华儿女的苦难……"

导游带他们到达一处黄土地貌发育较好的赵家沟。山上有一座小小的道观，当场见到一个老妇人求一位道人治病。这位道人大约50多岁，从香炉中取出一小撮香灰用纸包上，口中念念有词，还告诉她如何服用……见此情状大家不免吃惊，20世纪快结束了，竟然还有这种事，若非亲眼所见，真是不敢相信。长寿说："这种地方还停留在一个多世纪前，缺医少药，没有文化知识，拒绝文明，'奔小康'，猴年马月哪！"

小磊喟叹道："黄土，黄土，原始的厚重的势力，蕴含着多少荒诞、蒙昧……岂止几个是统治者的罪。"

到达榆林后，晚饭间聊天，当地俗话说"米脂的婆姨，绥德的汉""娶妻要娶米脂的女子，嫁人要选绥德的男人"。这可是出过貂蝉与吕布的地方，长寿得知小磊现在还是单身，逗他说："您呀，别走了，在这儿找一个吧！啥时候找到了带回北京去。"导游说；"这里还有个出刘巧儿的地方。说是真有一些外地富豪到穷山沟来专找处女，鲜嫩、干净，还便宜。"

小磊听得瞠目结舌，如此偏僻的地方，腐败也堕落到这种程度，真叫人说不出话来……长寿觉得他少见多怪，接茬说："这事哪里都有，我到过的地方比你多，比你知道的也多呗。"

司机说："现在有的大官到各地，当地就招待处女。'供不应求'也有假的，可以做手术缝合处女膜，难以识别。"

导游："那都是城市里的事，穷山沟哪有做这个的。"

陕北有些小城里，一方面也有穿着时尚的青年男女，甚至能见到头发染成五颜六色的；另一方面是吃香灰治病，还有'卖处'的……小磊再次感慨："黄土，黄土，原始的厚重的势力，你藏着多少污秽……"

这趟西北之行真的很痛快，收获最大的是，回到西安，长寿送了小磊真铜与玉石的仿真兵马俑各一套，难得还让他带走真品出土彩陶，盆、瓮、罐、瓶一套，他高兴得了不得。

……

后来有一年，在上海举办马列主义文艺理论年会，小磊下火车打的去宾馆，一路上感到上海的变化太大，不仅童年的印象全然消失，与多年前来过的那次也不一样了。在车上与司机聊天，司机纳闷问道："侬来格搭开撒悔（您到这里开什么会？"

小磊用半生不熟的上海话，回答了他，他纳闷首："现在怎么还有人讲什么马列主义？"小磊笑了笑没有回答，心想这块招牌到哪儿也不能丢吧。

到达宾馆签到，领取会议日程等文档，入住后，按照惯例，第一天大会开幕式，坐在主席台上的会长、上级部门领导等依次致辞，接着全体合影。之后，会务组按照学者们提交论文的内容分成若干专题组，安排在不同小会议厅进行论文宣读与讨论。那次会小磊倒是认真提交了一篇论文《什么是美的规律》，被安排在第二会议室"马克思

《1844 年经济学哲学手稿》中的美学问题”专题组。每位代表发言 1 刻钟，专家讲评与听众互动 5 分钟。他谈到马克思《手稿》所论"人按照美的规律造型"问题，学界对之有不同的解读，在前些年在美学界有过极大的争议，聚焦于'美的规律'究竟客观的还是主观的呢？美学界各派对此各执一词，小磊宣读他的会议论文：

"……既然存在'美的规律'，哲学认为任何规律都是客观的，那就是人的主观不能改变它，只能通过认知和实践掌握它，美的规律也如此。当然，不可忽视人在实践活动中的主观能动作用，但是超越客观规律必然会导致灾难性的后果，正如大跃进的'人有多大胆，地有多大产'。艺术创造不是机械地模仿现实，艺术家要带有丰富的想象力和强烈的情感，还要充分发挥表现出独特的个人风格。但是艺术创作也是人'按照美的规律'进行的审美活动。如中国古代艺术家所说绘画要'师法自然''师法造化'。文学的形象性、典型性不仅在内容上也在形式上要以现实的客观真实性为依托。绘画的形与色、音乐的旋律与和声、文学语言的语法、修辞和逻辑都是有客观规律可循的，马克思所说'按照美的规律造型'就是这个意思。"

美学界关于什么"美是主观的"，"是客观的"、主观的、客观的、主观的、客观的……反反复复争来争去，使人对这些"陈芝麻烂谷子"感到烦死了……不感兴趣的代表都散落于大上海繁华街市各个公司商铺之间，听会的倒是对某议题比较关注的，有些用功的研究生挺专心还记着笔记。每位宣读的论文者预设两位专家讲评，进行短时间听众互动。小磊讲完后，有一位年轻的女士举手提问，她先自我介绍："我叫王佳艳是成都师范学院王家健教授的研究生。"

她提出："伍老师。我有一个问题，美的规律是不是客观的，关键在于怎样理解马克思所说'人懂得怎样处处都把内在的尺度运用到对象上去'。请问老师，怎样理解这段话？"

小磊回答道："问得好，马克思在这个问题上把人与动物区别开来，动物有自己的尺度，那就是以生存的自然的本能和属性来对待自然。人呢，以自身的动能性，即人之为人的尺度，那就是发现美的规律所激发的创造冲动或灵感。这在个人微观上是主观的东西，在宏观上仍属于很客观的美的规律，人按照它来创造美的艺术。这样的理解是否正确，请在座各位批评。"还有一些代表提出一些问题，几分钟互动很快过去。

会议结束后，照例安排参观的地点是离上海不远的古镇周庄。南方许多古镇如南浔、乌镇、西塘等都有着共同的水乡特点。通常是纵跨一条不大水系，相隔不远就有一座石质或木质拱桥沟通；有的狭窄小街旁还有避雨遮阳的回廊。两旁街市排列着特色民居与商铺、店家、酒肆、茶馆、大小饭店及地方特色的吃食摊位。这种"参观"通常是会务组找当地旅游局承包，出大巴由专职导游带队。从上海到周庄也就是一个多小时车程。上车后成都的王佳艳与小磊坐在一起，她说会上时间不够，还有一个问题想请教，小磊让她说，以略带川味的清脆普通话说："马克思在《手稿》中说'再美的音乐对于非音乐的耳也没有意义'是不是意味着美依赖于审美者主体的感受呢？"

"许多人都这样理解这段话，其实并不完全正确"小磊说："俗话说'对牛弹琴'这个话什么意思？"

"就是说你琴弹得再好，牛不懂得听也白搭。"

"是不是因为牛听不出琴声的美，琴声就消失，不存在了？"

她摇了摇头。小磊接着问："你听呢？是不是感到琴声很美？"

她点了点头，笑道："嗯，我明白了。琴声是客观存在，美是客观的。"

下车后他俩并肩走在周庄的街道上，一面观景一面聊天。小磊指点着眼前的小桥、流水、人家，说道："这些都是江南景色的特点，如果有一位旅客不喜欢高山，草原、大海，也就是说对于他眼前的景色引不起他的美感，并不意味着这些景物的美就不存在嘛。"

她连连点头称是，几位老师迎面过来，大家聊起，这种地方适合小居几天，充分领略其情境，大队人马到此一游，走马观花，很难尽兴……王佳艳一边走一边又谈到她今年硕士生就要毕业，她的论文就是关于马克思《手稿》中的美学问题，她感到这次会议收获很大。她想继续读博士，问小磊今年有无招收博士的计划。

小磊说："这不是我想不想招的问题，我刚当上研究员，不是博士生导师，没有资格招博士生。再说社科院不像大学，这方面很苛刻，特别是89年那件事之后，上面对社科院很不感冒，卡我们的脖子，对职称晋升与招收研究生名额严加限制和管控。"

"那您说，我报考谁合适？我拿不定主意。"

"这次到会的山东大学张永昌教授，据我了解他可以带博士生，你不妨报考他的名下。"

她微微地噘起嘴说道："他？您不知道他的事吗？"

"什么事？"

"去年他在大街上看见一位美女，一直盯在人家后面，被人发现报了警察……他辩解说我是美学家，对美很敏感，这位美女不可多得，吸引着我审美的眼睛，我多看几眼难道也犯法么？有道是'众里寻她千百度，蓦回首，那人却在灯火阑珊处'。当然，警察不能拿他怎么样，但这件事不知怎么在学校传开，从校内到校外，添油加醋，已经成为笑柄，在他们学校内满城风雨。这事你没听说？"

小磊笑道："竟有这样的事，我是孤陋寡闻了。那么你这样的美女是投入他的门下不正是他的审美对象嘛。"

"伍老师真会开玩笑。不是说我有多美，我讨厌这样的人。"

"嗯，那就再考虑考虑别的老师吧。不过，张教授的故事，使我想起了果戈里的《涅瓦大街》，你看过吗？"

"没有，我在大学只看过他的《钦差大臣》与《死魂灵》，毕业后钻进文献资料堆里面哪有时间看小说。简单给我讲讲吧"

他们走上风味独特的石拱桥，倚在小河一旁的桥墩上，她眼睛看着水面，听小磊讲故事。

"《涅瓦大街》是果戈里的短篇小说集《彼得堡故事》里的一篇。

其中有个情节，描写主人公在那条大街上见到一位女郎美丽的背影，他不觉地跟在她后面，想象着她正面如何地完美，哪里知道，跟着跟着，她走进了一家妓院……"

"寓意很深哪。"

他俩说着下了桥进了拱廊，他接着："其实，张永昌这事也不能算什么丑闻，那位美女报警是不是有些过分？"

"谁知道当时是什么情况，人的嘴一传就越描越黑"

旅游结束后，王佳艳又特意坐到了小磊的座位旁，与他交换了通讯联系方式……

十六　单身汉们，快乐而孤独着（上）

那年一个周日，小磊接到林瑗电话说有一个"单身俱乐部"，问他要不要去看看。

小磊："单身汉的俱乐部？就是找对象的呗？"

"不同于一般的婚姻介绍所，这个单身俱乐部是市妇女联合会（妇联）办的，发起人王行娟是市妇联的干部，中国妇女研究会理事。主办方不为营利，参加者不收费，属公益性活动。"

"光棍都可以参加吗？你参加了吧？"

林瑗："为男女单身者提供一个节假日活动的场所，组织一些集体活动，促成其中一些人能够从'相识、相知到相爱'。"

小磊："'相识、相知到相爱'。啊呀，我已年过半百啦，这方面不抱什么希望了。"

"没有年龄限制，有的年龄比你还大哩。成员都是相当高等学历的，我去过两次，感觉不错。"

"哦，主要搞些什么活动呀？"

林瑗："经常是舞会，也有 K 歌、旅游，小型聚会，兴趣相投者可以自由组织搞家庭派对、聚餐等。一般是在周末与节假日活动，所以也叫周末俱乐部。"

"挺好，地点在哪里？到时候你介绍我参加。"

"活动地点就在你们中国社会科学院对面的一个会议场所。这个周末，你没事的话，我们一块儿去呗。"

"OK，谢谢，拜拜。"

周末，晚间 7 点来钟，小磊与林瑗一同如约前去。每次活动开始选一位成员主持，有新朋友的话便做一番自我介绍。小磊简单介绍了自己的状况，后来《北京晚报》报道这个俱乐部，说是有人自我介绍像"竹筒倒豆子"把自己翻个"底朝天"，小磊感到可能指的是自己太不会含蓄了……

每次活动大约七八十人到场，据说全部成员有进有出最多可达二百来人，戏称为"黄埔一期，二期……"。成员大多数年龄在 30 到 40 岁之间。其中相当一部分被文革插队耽误了青春的所谓"剩女、剩男"；也有未婚或离异的白领被称为"单身贵族"一伙。像小磊这样超过了 50 岁，已达年岁上限者不多；30 以下的几乎没有。一段时间下来，混个面熟不难，相知不易，相爱者更少。听说在里面结成伉俪者仅有几对。其中有的对子一度结合在一起之后不久又分离了；或许也有未婚相处的，持久的更少。没有爱情有友情，一些谈得来的朋友，能够深交成为知己，长时间保持往来联系。

前些日子里林瑗找过不同年龄、学历、职业、社会地位的单身男女搞过有关爱情、婚姻与家庭问题的社会调查。参加这个俱乐部对她既是自己作为单身者的活动，也是一种工作的机会。小磊也从文化、美学角度对这方面加以关注。他俩有次谈到，当下专门研究两性关系有相当影响的学者，一位是中国社会科学院社会学所的李银河，她是著名已故作家王小波的夫人；另一位是中国人民大学的教授潘绥铭。他们二位的研究方法有别。潘绥铭是实证的调查，类似美国 1940 年代金斯所作。李银河比较偏于对性与两性关系中的社会与伦理道德的思考。

小磊说："关于性爱与审美关系的研究，新近美国新实用主义美学家舒斯特曼等对身体美学问题的探讨很火。更早就是弗洛伊德，后来 1960 年代与左派的性解放运动纠缠在一起。”

林瑗：“最近李银河在一篇文章说：‘在中国，一场静悄悄的性革命正在发生，而一夜情正是这场革命的一个典型反映’。这与离婚率及单身生活方式有关。”他问起林瑗所进行的这项访谈的情况。她说：

“北京三里屯酒吧一条街，你知道吧。近来常去那里。”那是年轻的单身贵族们经常光顾休闲消费的地方，名气很大。北京的名流大款及附近使馆区老外们经常来这里消度夜生活。每天夜色阑珊，打扮时尚，穿着暴露的美女如云，风流潇洒的帅哥麕集。她说：

“这地方给人一种‘雾里看花’的感觉，谁也不能给它下一个准确的社群或商业定位。经常的景象是一对年轻人，会在烛光小桌前……”。有天在一家酒吧见一位女士单独坐在柜台前，林瑗与她攀谈，问起她对这地方的印象。她说：

“一到这里便有一种‘粉红色回忆’似的感觉……驱车往回走时，渐渐远离灯红酒绿、人流熙攘、流光溢彩的街道，一切都悄然而去。心里有一种说不出的怅惘……在这座没有快乐的城市里寻找快乐，回到家躺在床上，问自己‘找到了什么？往后不来了’……可过一阵又来了。”

小磊：“有次我的 QQ 里有条留言问，要不要 ONS。我不懂这缩写的原字，从百度上查到是‘One Night Sex’。应该准确地译为‘一夜性’。不过已经说习惯了。”林瑗：“人生中，‘情’在时间上持久之长短虽然不确定，有转瞬即逝的，有终生难忘的，很少有一夜之情。你上次说的‘一夜情’应译为‘一夜性’，但是在这里已经习惯了。”

“我在我们单身俱乐部之内问过几位，较多对‘一夜情’持负面态度，或许涉及隐私，不好直说。有的采访对象很年轻，比较开放，什么都敢说。这种情况多半是在某种特定情况下偶遇的陌生人之间发生。当然，双方在外观上，或者在身体上相互有一定的吸引力，可进行‘一次性消费’。”

小磊：“80 年代有个短篇小说《无主题变奏》，记得作者名叫徐星，里面就写男女双方下床后才问起彼此的名姓……"

"哦，徐星，这位作者我知道，参加过六.四，跑到境外去了。"

小磊：李银河所谓'性革命'，在 60 年代欧美是从女性解放或女性主义发展而来的性解放，在中国那时恰恰是性禁忌，电影《芙蓉镇》里不是有挂破鞋嘛，80 年代的开放又是一阵报复式逆动。"

林瑗："在学理上，李银河比较有超前的代表性，她认为男女的身体属于自己只要不伤害双方，嫖妓，卖淫，换妻……都可以允许，法律不应干涉。"

小磊："理论是一回事，现实又是一回事。"

"就我所采访的对象，理直气壮地认可'一夜情'这个事的不多。一些人是由于空虚寂寞想寻找一种寄托和刺激，一些人则纯粹是出于满足生理需要，有的往往过后会更加重心理上的负担……"

小磊心里不禁暗暗想起赵梅……她接着说："有一位有此经历受访者说'这不是一种情，它只是一种冲动、一种虚伪，一种虚荣'。"

小磊说："中国这社会呀，一方面是小三，二奶，情妇几十上百，应付不过来，有的要编成花名册配备专人管理；另一方面，长期不知异性什么味。这是权力与财富分配不公曲折地反射到两性问题上。"

"嗯，特别是农民工进城打工，性生活如何解决？只能找廉价妓女。他们留守在家的妻子，不少成了村干部的玩物。"

小磊："放大到历史层面来看，性解放也好，性革命也好，既是原始状态的回光返照，在实际行为上有一种实验性，在心路上是一种'性乌托邦'。"

林瑗："七 80 年代生人对美好东西，爱情、家庭以及政治民主，都还有一种朦胧的憧憬。六.四后，导致人们的绝望、失落。90 年代的价值取向裂变，似乎性欲释放能逃脱理想主义的幻灭，大家都在这种夹缝式经历里，迷茫、焦灼着，希望着。"

小磊："你的分析很到位。看来这些年你在这方面工作没少做哇？"

"没有集中时间专门做这方面的工作，间或遇到机会做些调查访谈。在一次几百份问卷中，问：社会公众的宽容是否在纵容一夜情的弥漫？答卷中否定与肯定的比例大致相当。有相当比例受调查者本人可以接受一夜情。又问：对一夜情的达摩克利特剑是否已高高悬起？较多人表示首肯。一位极端的受访者的回答说：'上帝让其灭亡，必让其疯狂，激情过后，撒旦会给你礼物的。'有位不那么极端的否定者表示；'我和我所熟悉的人们一直过着正常的生活，也许老土，但毕竟简单纯情的感情生活才是人们所向往的'。所采访过 19 位有过一夜情经历的都市女性，没有一个是出于完全相同的原因。如果要从她们身上找到某种共通性，更多的不在于性和欲望，而是寂寞。"

"嗯，问得好，答得也有意思。不恰当地对比一下，你的方式有点像潘绥铭，我有点接近李银河，是吧？"

"李银河也做调查，她披露过一组数字：20 世纪 90 年代末在北京对婚前性行为随机抽样调查，发生率为 15%。而据最新资料，这个数字在上海、广州等大城市都有大幅攀升。有 40.8% 的结婚适龄男女有过'一次或多次'一夜情经历。而据网易广东站的调查统计，中国人发生一夜情的途径有 34.6% 是通过网络进行的。"

小磊："哦，QQ 上有人约 ONS，这可能是主要方式。"

林瑷说："李银河老师的调查中，有的反问：'我在与丈夫分手之后同他人有过一夜情。我觉得自己是脏的，怎么办？'回答说：'我是一个研究者，不是牧师，如果我是牧师的话，我一定要呼吁灵和肉的统一。'"

小磊："嗯，有意思，下面还有进一步的打算吗？"

"社会暗淡的这一角也是五光十彩的。就卖淫嫖娼就分无数的层次与等级，公园里几元钱让摸一摸的大妈；廉价出租房里的洗脚妹、按摩女、站街妹。还有网络上机动灵活的应召女郎、援交女……专供高官亿万富豪出入的各大星级宾馆、会所，如北京的天上人间，厦门、上海的红楼，那些地方提供性服务的都是精选的电影学院等艺术院校的女生……还有就是一些大企业经营的歌舞团实际上是供大佬享用的，相当于当年中南海的文工团。此外还有一种独特的高级形态的风尘生涯。北京就有这样一种群落，那些女士学历可以高到博士、海归，不仅学问满腹，有的诗书琴画样样精通，身份至少上千万，分散住在一些最昂贵的小区豪华的高档出租房里，那都是每月租金至少上万的。不同于二奶，她们独立自主性较强，服务的对象不固定，没有依赖性，有的通过高级皮条客，有的相互介绍，她们不是找不到工作，多半是欣赏这种生活方式。"

小磊："咳，那不就是高级妓女么。中国古代，陈寅恪专门作了传的柳如是，《桃花扇》中的李香君，李师师、陈圆圆、小凤仙……"

"那还都是勾栏院里面的营生。现代雅称交际花的都有单独居所，如《日出》中陈白露、《茶花女》中的薇奥丽塔、巴尔扎克《交际花盛衰记》中的艾丝苔。"

林瑷："是啊，嗯，陈白露的精彩台词不是说'太阳要出来了，我们要睡觉了'。这方面古今中外大同小异，找几种类型中的典型代表做一点专访得了。"

……

有次小磊在岳父家，岳母同他说起林瑷，了解她的个人单身的情况后，问起小磊是否有可能同他发展情爱关系。小磊微微摇着头说："她像是闲云野鹤般的女性，通过多年的交往懂得了什么是'君子之交淡如水'，男女之间也可以达到这种境界。"

"民国时代这样的女性不少，像陆小曼、林徽因，高处不胜寒哪！"

"嗯，是的。"小磊回顾自己与林瑷相处推心置腹可谓忘年的莫逆之交，难以置信的是始终没有过肌肤上的接触。像这样未能超越身体界限上升到心灵契合，有两人性格上的原因，似乎还有些不可言传东西。达到这种境地之后，如果他俩再发生肌肤之亲似乎不是提升而是下降……

岳父叹道："非梧桐不止，非练食不食，非醴泉（甘泉）不饮。"

"确切。"

"你不也这样吗？"

"只能说有一点。所以我俩始终没有达到'小人之交甘若醴'的程度"

岳父哈哈一笑……

小磊反思，在同林瑗的情感历程，在他们关系的早期阶段，比如在第一眼见到林瑗时，后来在到南京的火车上，在黄山上……小磊就不止一次陷入过性幻想，可谓"意淫"，或许在某种情境之下，也有发生一夜情的可能，但没有。后来的多次接触中欲念渐渐淡化而提纯至心灵上净化。

他对岳父说："在一起我们没少谈论两性关系问题，是非常职业化地理性交谈，没有触动过'儿女情长'这根弦，似乎防范干扰在思想上的契合。不是说真有什么，可以超凡脱俗，不食人间烟火的'圣洁完人'。灵与肉、心与物就是人生的一场无休止的战争，不是吗。"

"嗯，嗯，微妙，妙……"

小磊琢磨，人类社会发展到眼下，在性的束缚与解放上，一方面似乎有一种回归自然的倾向，是不是意味着在一个高级的层面上人与自然更接近于一体化，如果这确实是演化进展的趋势的话，对于这样终极状态眼下只能说是一种过渡性……

他也感叹道："唉，人，真是天底下最复杂的动物！"

话说，成都师院的王佳艳，这几年常给他来信，主要是提问题，谈学问，还请他到成都玩，没有成行。得知小磊通过带博士生资格后，一天打电话给他说她还想报考到他的门下……小磊告诉她头年已经招上一名。她说："是啊，我知道消息后报名就截止了，怎么不早给我个信？谁呀？"

"史建业，北京师范大学外语系毕业的硕士生，你认识吗？"

"外语系的，不认识，男的？"

"嗯。"

"那，老师，您今年还可以招吗？"

"我想可以吧。定下来我及时通知你，中国社会科学院网站上也会公布，招生简章上面都有。"

不久，网上公布了这年计划招收博士生导师的名单，小磊列入其中。

几天后，王佳艳又给小磊来电话说，看见了他今年招生计划了，特别高兴。自己硕士毕业后一直没有报考博士，就是为了等他当上博导，想要到北京找他面谈。没隔几天，她就到了，住在北师大招待所，约小磊有空见个面，他答应了。一天下午，她应约到他住处，给他带来一些两瓶酒和一小坛泡菜。她已经下载齐备了招生简章考试大纲等申请报名的种种必要材料。此间，他们谈到在基础科与专业科上怎样准备应考的问题，知道。傍晚他请她到附近餐馆吃一顿饭以尽地主之谊。就餐时，她问："怎么没让师母一块儿来呀？"

"啊，我是一个人过。"

"哟，怪不得到您家，见房间那么乱。您自己做饭哪？"

"是啊，做一个人的饭有什么难。"

"学生也不来帮帮您打扫打扫卫生。"

"不可以，他有他的事，也很忙。"

此间他们谈到了小磊的经历……

她慨叹："这要是写一部长篇小说，拍成电影或电视剧不知多精彩。"

"怎么可能，现在连以文革作为历史研究课题立项都不批。"

"您一个人这么些年，怎么过来的呀？"

习惯了，不就这么过来了嘛。

接着，她谈到自己，没想到她也是个单身，她的婚姻破裂是因为对方移情别恋，另有所爱……

"嗯，读完硕士还要读博士，别把自己耽误了。"

"婚姻失败了，学业上要做更好些。"

"两不误才好，当然很难。"

晚餐结束，她说要在北京再待上些日子，备考中有什么问题尽量当老师面解决。两天后，她通过电话约好又到小磊家，进门就帮他收拾屋子打扫卫生，拖地、擦灰尘等。打扫完了拿出笔记本提出自己备考中的问题。小磊一一给她做了讲解。小磊说："专业课的问题我可以解决，基础课我可帮不了。"

"这我知道，外语、政治通不过的话，初试就要被刷下。还有两个多月的时间，我估计问题不大。"

"复试时还要口试，需要准备些应对答辩的问题。"

"嗯，我一定努力。老师，今天我帮你做晚饭吧。做两道拿手的川菜请您尝尝。"

"在家做麻烦，还是上店里吃吧。"

"店里也没啥好吃的，两个人吃不了，剩下打包带回来再吃更没味。我可会做川菜了，现在还早，我上附近超市买些菜回来做吧。"

"那好，电箱里有肉，先拿出来化冻。我们一块儿去看看再买些什么，我也会做几个菜。"

说着，他俩出门上超市，买了一条鲤鱼，准备做酸菜鱼，炒一道回锅肉，麻婆豆腐，再拌个凉菜也就差不多了。

她动作很麻利，菜做好全部上桌后，小磊把她上次带来的郎酒打开了，问她："你喝白的还是红的，还有啤酒。"

"我不爱红酒，陪老师喝点白的吧。"

她往两个杯子里斟了酒，碰了杯，喝上一口，小磊："嗯，这酒香"尝了尝酸菜鱼赞道："嗯，味道很好嘛。你手艺是比我强，我还做不出这味道。"

"您吃不了太辣，我没敢放太多辣椒。"

"不错，不错，跟你妈学的手艺？"

"我们家在成都附近镇上，开过小饭馆。"

"哦，中学大学都在成都上的？"

"是的，您到过成都吧？"

"有年在那里开过会。"

"我知道，那次我们本科生没资格听会。什么时候再来，带您好好玩玩。"

她大学毕业后，家里给他介绍了一个镇干部的儿子，在外面读完大学回来搞乡镇企业，草率同他结了婚。她考上硕士生后，男的在家花天酒地，乱搞，还打她……很快就跟他离了。她长就一副典型的成都美女样子，娇小纤细的身材，粉嫩细腻的皮肤，身着一款浅粉丝光过膝吊带短裙，做菜时把上身罩着的短袖蕾丝衬衣脱下，穿上围裙，吃饭时脱下了围裙，露出光滑如削双肩。他俩吃着、喝着、聊着，谈学术，谈世情、谈人生……

"伍老师，我想您一个人又做学问又要照料自己生活太难。"

"好在文学所不坐班，母亲去世后，那阵子一个人每天要去报社上班，下班还要干点家务，确实不好过。"

"您这些年确实没碰上一个可心的吗？不好意思，这是您的隐私，您不必在意。我想您是'曾经沧海难为水，除却巫山不是云'。您孩子妈实在太优秀了。"

"我反正上岁数了，就这样了。你还年轻，应该解决了婚姻问题再读博，别搞成了'剩女'。"

"都快 30 了，现在就是'剩女'。您这么多年都没解决，哪那么容易说解决就解决了。我俩同是天涯沦落人呀！"

"学校里优秀的男生应该不少吧，别挑花眼了。还要考博，对这个问题，你究竟怎样打算呢？"

"打算？只能走到哪儿算哪儿啰。说实在的，年龄相仿的，嘴上没毛的，我真看不上。年岁大些，成熟一些，学术上有所成就的多半是有家室的，难呐。"

小磊："总能碰上有缘分的。"

"虽说是思想者需要孤独，人生也不能没有爱呀！'男人的一半是女人'，反过来不也是不一样吗。"

他笑了笑，没有说什么……

她继续说道："现在有的年轻人搞什么'一夜情'，没意思，还是应该要一个稳定的家庭，要有一个能托付终身的知音，年龄相差多大我也不在乎。"

他俩从 7 点来钟吃到 9 点多，她酒量也不小，大瓶白酒竟没剩下多少……她显然有些迷糊了，把剩下一点酒往两人的杯里倒尽了，说："喝，喝，酒逢知己千杯少，人生能几回醉……"

看来，她是醉了。小磊："你喝醉了……"

"我，我，没，没，没醉……"

小磊也有些微醺，把她扶到沙发上躺下，沏上茶，坐在她旁边单人沙发上也打起盹来。她睡了大约一个多小时。她腿几乎整个裸露着，隐隐约约显出乳沟。夜深，小磊感到有些凉意，拿了条浴巾给她盖上。她半睁开眼睛，猛然把双手勾住了小磊的脖子，娇滴滴地哼哼着，把他拉向自己身上……

一个多月后，她从成都给小磊打电话说她"怀上了……"他惊道："啊，怎么这么容易？唉，那天没有防范……"

"我俩都单身这么多年，久旱逢雨，干柴烈火中嘛！"

"那，还考什么博？"

她嗲声道："老师，我好想你，我要永远和你在一起！"他心中不禁暗喜，以为这件大事就这样解决了，此生也算有了个着落。

……

一次他偶然同他的博士生小史谈起王佳艳报考他的今年博士生的意图。不久他同史建业提起今年王佳艳要报考他的博士生。小史听说王佳艳，露出惊色："王佳艳？"

"嗯，你也是成都人，知道她吗？她说不认识你。"

"虽然不直接认识，不过我有同学在成都师范学院认识她，对她很了解，她要考博，恐怕难。"

"我看了她的成绩和硕士论文，还可以。"

"不是这方面的问题。"

"有别的问题吗？"

"生活作风问题……"

"啊，她离婚的事告诉我了，是他男人的问题。"

"老师，您不知道，这事师大不少人议论，不能瞒着你……"

原来她离婚前就与系里一位大她十多岁已婚中年教授发生婚外恋情，后来有了身孕。这位教授的岳父是市公安局副局长，他俩这种关系一旦败露，闹腾开来不仅身败名裂，弄不好小命难保……男方让她打掉孩子，答应给她一大笔钱与了断，平息此事。她也感到他最终不会抛弃妻子跟她过，这样下去不是长久之计，早晚要出事，于是接受了他的条件断绝这种关系。此事在学校里已经传开了……

小史说："老师，这事我既然知道了必须告诉你。我一个同学母亲在中文系办公室，也知道这事，说明校方已经掌握情况，如果把她招上来，恐怕会给您惹麻烦。"

小磊闻此讯后如五雷轰顶，一时说不出话，咿咿呀呀，不知说什么，支吾半天说："竟有这样的事，那当然不能招……"

王佳艳找小磊当然不是真想当他的博士生，而是精心策划的一个陷阱……瞄准了小磊，决心引他上钩。像这种年龄段的单身男士，才干、级别、声誉各方面条件俱佳，在学界真不多。她想此事十拿九稳，想到就做，得知他取得博导资格，她立即奔向北京……于是小磊上钩了……听小史告知详情后小磊气个半死，立即给王佳艳打长途电话，怒斥她耍欺骗手腕坑害他，是个坏女人……她否认此事，说是有人造她的谣，一口咬定所怀的孩子确实是他的……要他负起责任来，否则"跟他没完"……他心想怎么这样倒霉，哪能顶这个缸，认这个怂，申明与她立即断绝一切关系。看来此女处心积虑要甩锅于他，拿他为自己的情人顶缸，他不上钩就讹上他。其实在他家喝酒那天，她并没有真喝醉，趁小磊不注意她把杯中的酒倒掉了几次，后来发生的一切都是作戏。这川妹子可真够厉害的……

这一阵子小磊特别敏感，好像气氛有点异样，特别是同事们看他的眼光有点怪怪的……

"难道与王佳艳的事露了风声"他想……

一天下班在电梯门口碰见老甘，他俩一路出去。老甘说，正好要找他。老甘曾给他介绍过一位女士，对方嫌小磊岁数太大，见了一面没有同意。小磊问什么事："又要给我找对象呀？别白费那个劲了，我是扶不起的阿斗。"。老甘说："不，是另外一回事。这事所里传了好一阵子了，我俩不外我才跟你说。你个人问题解决了？"

"没有呀，谁说的，怎么说的？"

"有人说，你在一个美学会议上跟一位大学里的研究生关系不错，是吗？"

他面红耳赤，只得支支吾吾道：道："倒是两三年前在上海的美学年会上有个成都师大的女硕士生，搞的题目同我接近，她说想考我的博士生，那时我还不够资格招博士。今年知道我可以招博，她来电话联系说还是要考……"

"这事就怪了，传说那个女老师怀上了你的孩子，你不认账，始乱终弃，把她甩了。我想，如果你不想结婚，建议给她一笔钱作为抚养费了结。这事对你的名声影响太坏呀。"

小磊一时觉得天塌了下来一般："怎么有这种谣言……"

这些我都不知道，你问问你们室里的吧。咳，我说哩，我听到了不敢相信，你不是这样的人。寡妇门前是非多呀！"

话说，王佳艳与小磊摊牌后，知道自己的事情败露了。她决定一不做二不休，立即起程到文学所告状，说小磊对她始乱终弃，请文学所领导为她主持公道，否则要在网上曝光，闹个天翻地覆……所与理论室领导为此事进行了研究，对之大伤脑筋，双方都是离过婚的单身，发生这种事应该是双方自愿的，没有违纪犯规问题，属于个人私生活问题组织上很难进行干预。然而，绯闻却不胫而走，甚至传到了学界。小磊主动找室党支书就把事情原原本本同他谈了。支书表示如果女方涉嫌造谣诽谤损害名誉，当然要承担法律上的责任。据说此类事官场、商场、演艺界不少，还没听说谁为这事打官司。孩子长大长相像谁就怀疑是谁的。那不，一阵子网上盛传八卦，歌唱家李 XX 与梦 X 的儿子越长越像她导师金 XX，有人居然把对照的图片发到了网上。这一时间炒得沸沸扬扬……小磊想不到这种事在学术界也传染上了，而且让倒霉的自己碰上，跳进黄河也洗不清。只怪自己经不住美色诱惑，这是对自己的惩罚，为此感到羞愧、内疚、气愤又苦恼，往后有何脸面在学术界混。想起近年中央编译局的衣俊卿与他的博士生常艳婚外情丑闻曝光后闹得双方臭气熏天身败名裂……小磊岂能甘心蒙受此不白之冤，决心要打这场官司。此间，小磊的博士生通过法学所的研究生找专家进行了咨询，认为这种案件可以进行刑事诉讼，关键在于要做亲子鉴定取证，目前国内虽在技术上可以做到，司法应用上尚无案例可循，这官司怎么打谁也没有把握。

话说。王佳艳本以为书生气十足的小磊不会知道她的底细，自己有钱又有色，比小磊年轻 20 多岁，不怕他不就范。没想到他学生知道一切……她低估了小磊执拗的性格，更不了解医学上已经可以进行亲子认证的现状，没想到撞到了一个硬钉子上了。

一时双方僵持不下，结局难料，小磊感到日子难过，不知道此事有没有传到林瑗那里。实在苦闷不过时总想找她倾吐苦水，也是忏悔自己的过错，又感到没有脸见她……一天突然林瑗来电话了，先是问个好，他说："好什么，没死就赖活着呗。"他倒是预感到她知道此事了。

她开门见山："你那事我听说了……"

他倒是做好思想准备，这事早晚得让她知道：答道"那还不是老甘快嘴。"

"不是，报社里也在传，电话里说不清，找时间见个面吧。"他们约了一天下班后，见面后小磊就当她面，臭骂了自己一通……她打住了他，说："我不是神父来听你忏悔的，你要尽快摆脱这个事，走出困境。"她说，她读博时学过一点法律："如果诉诸司法解决的话，应该属于刑事案。请律师起诉她，通过亲子鉴定，证明她怀的不是你的孩子，就可定她捏造事实诽谤诬蔑的罪。"

小磊："这事同所里领导谈过，这官司怎么打，谁也没听说过，以前好像还没有案例。"

"嗯，国外倒是有。从法理上讲，如果孩子确实不是你的，打官司肯定能赢。现在医学上已经能够通过检测 DNA 鉴定取证。"

他想了想说："唉，其实只要她认错，悔过，向我道歉，并不一定要把她定什么罪，恢复了我的名誉也就算了。"

林瑷想了想："嗯，私了，这是个办法，打官司太费劲，可以调解。"

"调解？怎么调解，也得请律师吧。"

请律师当然可以，不过，我想我可以出面。

"你？你去成都找她当面调解？那怎么行，太麻烦你了，再说，她耍赖，谈不通白费了你的力气，还得打官司。"

"可以试试，不一定有 100%的把握。我想对她讲讲法律，晓以利害，让她明白一旦真打起官司来她输定了，就不得不同意私了。这倒也不是记者范围之外的多管闲事。"

"哎呀，那可太给你添麻烦了，我可怎么感谢你……"

"行了，客套话就别说了。汲取一个教训吧。"

说了就办，林瑷做了些法律上的案头准备，立即动身，到达成都后马不停蹄去师大找到了王佳艳，向她出示了自己的名片，说明了来意：受老同事伍小磊委托，有心调解他们之间的纠纷，说道："这事你去他们单位闹过，解决了吗？你们都是单身，在两性关系问题上你们都有自由。这种事属于你们两人之间私生活的问题，单位能出面进行行政组织干预吧？即使有道德责任问题，也是你们个人自我反省的事，别人无权干预。"

"他亏了我，我总得讨个说法。"

"你是个学历不低的人，你们发生那种关系不存在欺骗与强暴，是双方自愿的吧？"

"那，他不能对孩子不负责任。"

"对，问题的症结就在这里。你说孩子是他的，他已经知道孩子不是在你们发生关系之后有的。你的过去他也都知道了，是另一个人所生的。"林瑗紧接着问她，是否听说过："脱氧核糖核酸（DNA）"。王反问："知道不知道这个，有什么关系？"

林瑗说："太有关系了，你总听说过基因吧？现代遗传学认为，基因是 DNA（脱氧核糖核酸）分子上具有遗传效应 DNA 分子片段。基因不仅可以通过复制把遗传信息传递给下一代，还可以使遗传信息得到表达。不同人种之间血液、头发、肤色等不同，是基因差异所致。现代医学已经能够通过验血准确鉴定双亲关系，并且运用在司法上作为证据。"

她说着从包里取出一份材料递给王："你不妨看看这个，这是前不久我对有关方面进行专访公开发表的报道。"接着说道："DNA 检测鉴定亲子关系准确率几近 100%。前几年我国引进了这项技术，现在最高法院已经认定可用于司法检测。"

王听了她这番话顿时脸色大变，林瑗紧接着说："你说伍小磊是你的孩子的父亲，他不承认，准备起诉你。法院可以决定对你的孩子与伍小磊的血样进行亲子鉴定，检测 DNA 确定孩子是否他亲生，可以判定你捏造事实对他进行诽谤，损坏他的名誉。我相信，你不会是法盲，他准备控告你前给你一个机会。你应该冷静想想，一旦对簿公堂会是什么后果？这样的罪名，情节严重的可以判刑三年左右，你可以查查我国《刑法》第 246 条规定条款。"她又抽出一张复印件给她。

"……"

"伍先生并不想把你送进监狱，所以才委托我进行调解。一方面我与他是多年的老同事，作为一名记者，一个时期以来，我正在调查有关这方面的案情，所以接受他委托出面调解。你若同意，此事可以私了。我与伍先生同事多年，知道他为人宽厚。如果你不同意调解，那只有双方聘请律师诉诸法律了。"

王仍然低头无语，林瑗拿出几份复印件给她说："这样吧，你可以先看看有关材料，里面有国外有关案例的报道。你也可请教们学校生物系遗传学专业的教授，也可以找律师咨询，是通过私了还是准备打官司，你给我一个决定性的答复吧。"

王怯生生地问道："私了怎么解决？"

"因为你已经把他搞臭了，今后他在学术界如何立足。为恢复他的名誉，还他一个清白，你必须作出书面悔过道歉，承认孩子不是他的，也就是在与他发生关系之前与别人怀上的。对此，你必须抓紧时间作出抉择。我在成都等你的答复。给你两天时间考虑，如果不够可增加两天，但不能拖，我还有别的事。"

王佳艳经过反复考虑，别无选择，只能按私了的要求办……此事了结后，她打掉了孩子，辞去了师大的职务，回家另谋生路……

过了一段时间，一天小磊突然又接到一个电话，听出是王佳艳的声音："我又来北京了，我知道你恨我，我不求你宽恕。你要有一点怜悯之心，应该懂得'爱令智昏'，我做出害你的那种事，之后不知道多后悔……"

他们又在上次吃饭的老地方相会，她还是那身打扮，还是那样媚惑……她睡眼惺忪地说："我回到家乡一天也放不下你，从我们到周庄的车上起，心里就有了你了！"

她牵着他的手进了宾馆房间，她说："你等会，我冲个澡……"

她披着浴巾从浴室出来。带着水气的身体散发着浴液的香气，他拥着她上了床……

正在销魂时，突然耳边响起一阵清脆的钢琴声，是熟悉的格里格

a 小调钢琴协奏曲，李蔷经常弹此曲……引子在几下弱定音鼓声中响起激昂的下行和弦连接着分解和弦的上行模进……李蔷在渐弱去的琴声中对他说道："你怎么变成这样……"他惊而坐起，看见薇薇向他走来说："爸爸，你不能这样。"接着父亲母亲、岳父岳母、阳阳都踊上来说："你这样不对……"

他喊道："佳艳救我！"。只见她狡黠地对他笑着，忽然一队红卫兵冲上来，反剪她的双手，压低她的头，将一双破鞋挂在她脖子拉出去游街。他惊醒坐起，床上被子掉落一地……

十七　单身汉们，快乐而孤独着（下）

小磊出道过晚，进入文学所已近"知天命"之年了。此后，从助理研究员（相当大学讲师）到副研究员（副教授）、研究员，直到取得指导博士生资格，都晚了几拍。60 岁退休的时间的限制对博士生导师可放宽两年。进入 21 世纪不久，小磊带完两名博士生，就办理了退休手续。由于在职期间也不坐班，一些前辈如王春元等退了后，周二家里没事还照常到理论室同大家聚聚，热闹热闹。特别是后来设立了老年科研项目经费补贴，只要申请到所一级或国家级的项目都能拿到一笔资金赞助，报销一些书报及参加学术会议的费用。所以退休对个人生活带来的变化不是太大。

退休后一个周二，小磊照常到所里与理论室大家聚在一起聊天。正聊着，安子也来了，他说前几天收听北京人民广播电台调频音乐频道举办的"我与音乐"征文，播放了小磊的获奖作品《多情应笑我，早生华发》……小磊已经参加过电台颁奖会了，但他错过了收听自己文章所做的节目。安子说，配乐朗诵效果挺好。后来小磊一直也没有收到过，很遗憾。多年来，小磊每天都要收听音乐台的节目，有些专栏如《俄罗斯风情》播送经典并进行讲解，赶上征文期间，他有感而发此文：

我常独处书斋，几天不出门，不见人，但我并不寂寞，除了学术上的求索，每日有你，音乐，与我做伴。不入音响设备发烧友行列，小小的"随身听"加上两个微型音箱，两个调频音乐台的节目，一架中档小提琴，置身美妙多彩的音乐世界。步入老年，孩子们已冲我叫"爹爹"，然而，晨之曲、春之歌时时为我带来无限生趣。说不准什么时候开始，我与音乐结下了这种不解之缘。母亲的催眠歌似乎便是宿命性的决定，那简单朴实的儿声旋律至今还常在耳际响起。童年在上海耳际所响多"靡靡之音"，古典文学与音乐及时地把我在少年时代提升到一个全新的更高境界……在理论研究的土地上立命安身耕作不息，音乐是这块沃土上永远的绿叶青葱。她曾仿佛一股清泉，调剂着身体与精神的疲惫；好似启明的晨星解除着生存的迷惘；她是依赖的诤友，洗涤着卑下的情绪；又是锋利的剑弩，与人世的污浊战斗。无限情思，一怀心绪唯音乐是吐露，是倾诉……我不能想象没有音乐的人生，有如没有蓝天、海涛、山峦的天地……多情应笑我，早生华发。

次年，第二次"我与音乐"征文，小磊再应征获奖，题为《我最不喜欢拉小提琴》，以女儿薇薇的口气，写她从小学琴的经历：

我面前放着一张小纸条，上面写着："我最不喜欢拉小提琴"。那是 20 来年前还在上小学时我背着父亲偷偷写下的。后来它被父亲发现了，保留至今还给了我……眼前这字条虽已发黄，但走过的路上的脚印却记忆犹新。嬉戏玩耍是儿童的天性，而写完大量学校的作业之后，练琴的时间就不多了，哪有时间玩，于是写下了这张字条表达对"跳皮筋""跳房子""踢毽子"的迷恋……岁月流淌，如今小提琴已成为我今后人生中不可分离的伴侣。面对这张纸条勾起的记忆，写下这段随笔奉献给一些今天仍在含着泪水练琴的孩子与含辛茹苦的父母，但愿有所裨益……

　　得奖作品电台照例会做成朗诵节目播放，然而小磊又错过了……

　　不久之后，小磊收到中央音乐学院一位教师打来的一个电话，约他参加一个业余的"三高爱乐乐团（成员为离退休的高级知识分子、高级官员与高级将领）"。他如约欣然前往，第一次活动是在音乐学院的排演厅。10 多位琴友（其中有一位已过 80 高龄的中国科学院的院士）在专家指导下排练《新春乐》。还有从天津远道而来参加活动，爱乐的朋友们聚在一起，在老师指导下大家相互交流技艺，彼此比较琴的质量很是开心。有位朋友花 5000 英镑在伦敦一家拍卖行淘来的一把琴声音很好，大家称羡不已……小磊从未参加过如此规格的合奏，感觉很好。离休的中央政治局常委李岚清作为乐团支持者曾到现场讲话，他常去高校做音乐讲座，那天走廊展出他作的系列名人铅笔素描，相当专业，还擅长金石篆刻……没有想到他如此多才多艺，落入了蛤蟆坑令小磊这个爱才如渴者深感惋惜！乐队活动几次后便确定月底到苏州和其他地方巡回演出，还制备了演出服装。适逢小磊去山东海滨度夏，遗憾错过了如此的机会。在那里他还努力练习老师发给他的排练的曲谱，准备返回北京与大家一起合奏，争取参加年底演出。10 月间，他回来后即与联络人通话，被告知：乐团已定员、定编，曲目也更换，以后有机会再通知他，也就是把他除名了。当年年底乐队在国家大剧院演出了一场，小磊在电视上收看了有关报道的新闻，演出节目与原定曲目不一样，加进了《歌唱祖国》等。不久，央视《焦点访谈》还做了一期报道"三高乐团"的专题节目：记者问过那位院士说道："您老这么大岁数参加乐队是否觉得辛苦？"

　　老先生回答道："我是做自己喜欢的事情，不觉得有什么辛苦。"此后不久，此项活动遂被上面叫停，不明原因。后来在网上听说，宣告乐团解散时，那位高龄院士流出了眼泪……小磊有所同感，显然组织这个乐团背后是江泽民在起作用，否则演出服装、场地等经费从何而来？此时江帮已经去势，解散或许也有一定政治因素的作用……

小磊也因此而觉得释然。

　　"三高"高不上去，小磊的业余生活除了在家拉琴也只有寄托于单身俱乐部了。舞会与旅游是俱乐部的主要活动方式。小磊没有专门学过交谊舞，还是高中学校舞会上跟着音乐节奏走三步四步，不会绕花。文革结束后刚开始兴起举办舞会之时，他还一度充当过带头羊甚至教师爷哩。流行的时尚舞步迅速兴起，他很快就被甩到后面了。从伦巴变化的"北京平四"及南京所谓"小拉"，轻松灵活潇洒花哨，收放自如，还有什么陀螺步，令人眼花缭乱。小磊很喜欢但带不了舞伴。探戈舞曲旋律优美动人，舞步潇洒、优雅，他特别喜欢，学了两招，不熟练，不敢上场。场上常见颜值、身材动人的女士舞姿翩翩飘忽而过，令人心旌摇动。小磊自惭形秽不敢邀请，待在一旁做个观众，徒有羡鱼之情。林瑗在场时照例要与她舞上两曲，没有变化也觉乏味。

　　有的俱乐部里待了多年的朋友纳闷，许多人各方面条件都不错，为什么喜结良缘的不多！有位北京市政府的公务员，30 多岁，老爸是高干，有车有房，相貌也帅气，与俱乐部里几位女士处过，没有成婚。有人在背后指指点点，也有人为他抱不平说："你自己愿意，人家没有强奸你，有什么可指责，可抱怨的。"这里绝大多数人快乐而孤独着，每个人成为一个家庭，而家家都有一本难念的经。有位"黄浦一期"的元老级成员龚榆，龚老师，比小磊长约五六岁，是有色金属设计院情报研究室的法语翻译，退休了。他是上海人，57 年被打为右派，离异，无子女，生途坎坷。他为人耿直，忠厚，有奉献精神，会拉手风琴，一心扑在单身朋友的圈子里，热心出头组织各种活动，不遗余力。有次组织一处京郊旅游，他提前亲自去景区探路踩点，令人感佩。男友中与小磊相处最为融洽是北京机械学院的教师满贵堂。他是回民，为人憨厚、诚恳、豪爽、风趣，离异多年有一子随他，据说他前妻是一位名气不大的电影演员。有次他谈到六.四，那天清晨他躲在人行道的灌木丛中，他描述："子弹嗖嗖从身旁穿过，差那么一点就没命了。我倒是带着相机，不敢拍，怕引来子弹……"

小磊第一次参加俱乐部组织的集体旅游是到密云北部的云蒙山。那次林瑷没有参加，小磊也第一次来此景点。此山最高峰约 1 千多米，面积很大，属于燕山山系中的一脉。早晨 7 点集合，在东直门乘坐包下的大巴约一个多小时车程，导游介绍了景区的情况之后，一路上大家在车上聊开。小磊前后坐的朋友，有不少老北京，老玩家，满贵堂、刘石方、方大力、张童等几个侃起北京的旅游胜地头头是道。聊起"燕京八景"，如数家珍，不过没人能记全，七嘴八舌终于凑齐名目：蓟门烟树、金台夕照、太液晴波、琼岛春阴、玉泉垂虹、西山霁雪、卢沟晓月、居庸叠翠，还没有一个敢说自己都见过。

到过龚老师家的张童说："蓟门烟树就在龚老师家蓟门里小区的西边嘛，当时是元大都的城墙，后来乾隆题字立碑得名，后来四周铺了马路，盖了楼房，哪还有什么烟树。"

龚榆："嗯，其实，这些命名多为皇家的文字游戏，如乾隆爱到处题字立碑因此成名，不管景色是否宜人。"小磊："鲁迅讽刺过这也是国人刻意求全的一种'十景病'。"

满贵堂说："这些景点时过境迁，古代与现如今的面貌大不相同，有些去处名存实亡，像'太液晴波'根本找不到。要是赶上日子，天不亮便到卢沟桥去，没准能看到'卢沟晓月'。"

张童："倒是京郊西山一些无名的野景四季都别有情趣"。

一位女士接着说："北京还是秋天最美，满山枫叶的火红，林荫道上银杏的金黄……"小磊："那不是徐志摩有诗：'太辜负了，西山翠微的秋容……'"

到达景点下车进山后，大队人马便渐渐拉开距离，花岗岩山上巨石嶙峋，三个五个分散开来更能得攀登涉险之趣，凌云拾步之惬，临渊沐浴山风之爽……

这帮光棍心玩野了，节假日在家根本呆不住，"去哪儿？"每逢节假日前就张罗开了。周边郊县怀柔、密云、昌平、延庆等都有不少郊游之佳选，植物园－樱桃沟、八大处是经常的去处。知名的景点玩够了，更愿意找无名的野景玩，远到过锥臼峪，灵山、雾灵山、门头沟、妙峰山、黄草梁子、喇叭沟门等，无远弗届。涧水边擦把汗，山泉前喝两口，趣在其中。在农民小院住上一两天，夜间仰望满天星斗，有时还可点个篝火，晨起闻鸡鸣犬吠，农家乐情趣自在其中。小磊常与荣振辉、满贵堂、胖美云女士等几位摄影发烧友背着相机摸黑出门，日出天际，云雾缭绕，山岚霭霭，炊烟袅袅……几处著名的残长城，如司马台、黄花城、箭扣、九座楼、墙子路等等，破败不堪，在残垣断壁、瓦砾砖堆中探路攀爬，却尽得登临涉险之乐趣，并抒发思古之幽情，到过这些地方便觉得修缮得规规整整的八达岭不屑一顾了。此外京郊西山还有不少引人入胜的风景名胜，从八大处沿山峰有路可以到达香山。渐渐有些野景到的游客多了当地也围栏设卡收钱。俱乐部这帮人玩景区很少走正门，而是绕道涉野，也可躲过门票。逢五一、国庆、春节长假期间，也自由组合到外地远游。

后来有自动出头的热心牵头人，组合形成若干较稳定的小圈子。龚榆、刘石方、薛铁华都是带头人，后来热心人越来越多，全祥瑾，满贵堂等都出面组织过。肖建朝是个独来独往远程旅游的独行大侠，每到一地都要到当地邮局盖上一个戳子留念，差不多成了职业旅行家了……

龚老师备一台傻瓜相机热心为大家拍集体照片，回来冲印分发，按成本每张五毛收费。小磊使用的是佳能手动相机，他爱抓拍抢镜头捕捉有趣动人瞬间。除组织旅游活动外，龚老师还经常召集几位男女朋友到他家聚会。照例大家动手，烹饪高手各显神通做一顿美餐，费用按 AA 制分摊。高润章是做鱼的高手，他做的清蒸鲈鱼堪与大饭馆比高下。方大力炒茄子有妙法，他说茄子有一种生腥气，稍加适量料酒、醋和糖，做出来果然不同一般。杨秀清擅长凉拌菜，把白菜丝与果丹皮切丝拌在一起别有风味。荣振辉做豆角闷面条被誉为俱乐部"一绝"……这种活动小磊较多都参加，林瑷很少来，她太忙，经常出差。有一次周日聚会，小磊到了那里见林瑷也在场，说："你也来了，我怕你太忙没约你。"

"龚老师约的我，再忙也得来。"

大家陆陆续续到齐了。有荤有素摆了一桌子。七八位单身汉在一起有吃有喝有说有笑，温馨热闹像个大家庭。酒过三巡，一个个便吐露胸中块垒。张童是一个小干部的子弟，人很老实，80 年代在一家公司打工挣了一点钱，最近炒股一下子被套住，赔了 10 来万，多年积攒的老本全被套进去了，心情沮丧。

老满也炒股说："经济学家吴敬琏说，炒股好比赌博，不过赌场有规则，就是你不准偷看别人的牌。投资，做长线，投机炒短线，都有风险。"

林瑷不也炒过一阵，很快就抽身出来不玩了，她说："他们以国有资本名义做庄，一股独大，操控证券市场，先用机构负责人、关系户、操盘手及亲属，低位建老鼠仓，把你套进去之后，用公有资金拉升到高位后通常你想多赚点犹豫不决时，他们走在你前面一步率先抛出，赚个盆满钵满，总是赢家。你待在里面别想翻身。"

在铁路上工作的小张说："还有散布企业虚假盈利信息骗取客户信任，套你的办法多了去了，宰你没商量。"

小磊："这不过是官商勾结先富的又一种方式。"

……

小磊看了一下龚老师的书柜，原来他多年来一直坚持业余研究马克思的学说，有不少这方面的著作。后来进一步感到他善于思考，致力于揭露批判毛式的极左思潮，对现实的社会腐败极度不满，在这方面与小磊很谈得来。他与小磊同样认为，在当下马克思主义受到左与右两方面的歪曲，必须坚持原创性。他还自费在上海三联书店出版了一本书《本体论——新的探索道路》，有相当水平，送了小磊一本。

小磊也送了他自己的著作。小磊感到这些年来，在文化思想界的激烈交锋中，像他这种不是以极右来反极"左"的很少，可谓是一位可贵的、孤独的思想者。遗憾的是，置身于人文社会科学圈之外，他辛辛苦苦写出来的这本书很难有什么影响。龚的毛病是性格不够豁达、开朗，有些执拗，偏颇，甚至极端，常因小事与人闹不愉快。野外郊游探路时，你认为该走这条路，他要走那条路，经常与人发生争执。他与老满就因为有次在山上探路有分歧，争起来，长期不和。后来在一次下山迷路时竟与小磊也有过这事，因为思想基础扎实，倒没有影响到友情。这些单身朋友在一起，大家都很关心社会现状，谈到热门敏感话题也常有分歧。不过没有直接利害关系，就能畅所欲言，一吐为快，有时争论很热烈，谁也不往心里去。这些单身汉们每个人都有自己的独特个性，由于较长期的单身生活养成了他们有关某些共同点，独来独往，我行我素，易于偏执，过于率性，甚至狭隘。

龚老师组织的一次郊游，从东埠头翻山到植物园、樱桃沟，路上坐下休息时谈到当下政事问题，李登辉、陈水扁接连上台执政后，台海关系恶化，加剧了紧张局势。晚近加入俱乐部的刘石方认为台海必有一战，他说："现在'台独'势力猖獗，两岸统一问题只能武力解决，应该早打，要准备打大仗，打恶仗。"这是从军方鹰派搬来的论调，文学所前不久曾请来一个军事院校的来讲，就是这种腔调。小磊听不下去，驳他："两岸统一的问题决不能诉诸武力，唯一的途径是民主化，双方都要顺应人类历史，向着和平、文明前进。"

赞同他的一位朋友也说："不能再搞中国人打中国人了。"

另位附和老刘的说："可是人家不承认自己是中国人呀。"

那次林瑗也在场，小磊对林瑗说："你去年不是刚去的台湾，介绍一下那里的情况吧。人们是不是'生活在水深火热'中，渴望我们去解放？"

林："我不是以记者身份去的，跟旅游团去看看，到过几个城市和景点，台北、高雄、博物馆、日月潭、阿里山啦，留下一点走马观花的印象。他们重视对古老文化传统的保护，老房子很多，样子看上去很旧，但很整齐、清洁，不像大陆到处是水泥森林。印象最深的是市井生活，处处洋溢着浓浓的人情味，就像《小城故事》所唱的那样。在马路上、公交上、商店里，无论是巡逻执勤的警察，大公司的售货员以及街头小商贩，待人都文明礼貌。那里的女孩子说起话来嗲嘻嘻地很好听，见了老人叫声'阿公''阿婆'，感觉很亲切温馨。"

小磊："可现在我们这里老人摔倒在马路上都没人敢救。一些地方还充满着文革红卫兵式的戾气，感受着'阶级斗争为纲'的敌意。'武统'就是这种思路，你接着讲。"

小林接着说："我动身前查了一些有关的资料。有一个最近的内部统计资料：台湾的人均 GDP 是大陆的 3.5 倍，人均收入是大陆的 6 到 7 倍，实行 12 年义务教育，全民免费医疗。并且台湾所有官员，必须向民众公布家庭财产及纳税记录。台湾有 19 个县市的民选官员 30 多年来没有一个贪污腐败的犯罪记录。"

小磊："武力打台湾的目的是不是让他们变得与我们这里一样'无官不贪'呢？"他接着说："其实，两岸统一不难解决，大陆与台湾三个政党竞选，进行全民投票公决嘛。你共产党四五千万党员，人口总数比那里多那么多，胜券在握，取得合法执政权后，只要搞得好，下一届民众还会选你，怕什么？枪杆子里出政权，死了那么多人，夺得权力后又无法无天整死饿死那么多人，还不够呀？你不是有那么多自信吗？政治民主化改革完成了，统一也就水到渠成。谁诉诸武力，谁在台海开第一枪，再挑起中国人打中国人的战争，谁就是中华民族的千古罪人！"

小磊越说越激动，太尖锐了，没人敢接茬……刘一口接一口抽着烟，一声不吭……

龚老师蹙着眉头，也一直没有吭声，紧接着把话题转移了……事后一次他同小磊单独在一起说："上次说到台湾的事，太敏感了，你说得那么尖锐，我替你捏一把汗。"

"又不是在大庭广众中说，在我们几个人中间说说怕什么。"

"我一直感觉刘石方可能是派来卧底的……"

"啊，你想到哪里去了，有什么根据吗？"

"他父母是老干部，早年调到青海，他在工厂也是个小官，后来调回北京在邓朴方名下的康复中心担任办公室主任，极左，对他可要小心。"

小磊感觉刘石方这个人较豁达、豪爽，但自我中心严重，思想保守，性情与龚同样执拗。他对中医有特别的兴趣，花了极大的工夫长期钻研中草药，激烈抨击西医。他头脑僵化，坚持毛式的文革思维方式，极端民族主义情绪严重，强烈反美反日。对此，不仅龚，小磊也很反感……不过怀疑他为"探子"，不靠谱。没想到，此事在俱乐部一些人中传开，引起有些人对刘另眼看待。久之刘对此有所觉察，感到很是委屈苦恼。小磊认为他两个，人品都不坏，有心进行调解。有次小磊与龚独处时对他说：

"我们这样一种以交友、娱乐聚在一起的松散群伙，议论议论政治话题是个人行为，没有谁刻意组织，值得当局派密探吗？再说，俱乐部倡议发起者王行娟是妇联的干部，组织上有合法性。如果老刘真是派来卧底的探子，就不会以这样直白的方式公然暴露自己激进的官方立场，而是戴上伪装面具引人上钩，是不是？"龚未置可否……

小磊又个别劝慰刘，表示自己已经在龚面前为他辩白释嫌。龚早年在政治上受过迫害，一生坎坷，长期独处难免偏执多疑，要他对多多谅解宽容，政见不合可以争辩，有些误会不必往心里去："问心无愧，不必在意别人的误解，清者自清。"

刘对小磊虽然政见上严重对立，却将他视为至交，尊重有加，在外面常对各地接待他们的负责人亮出小磊中国社会科学院教授博导的招牌。当他们发生分歧论争时老刘甚至对小磊避让三分。小磊长期患过敏性皮肤湿疹，那年急性发作奇痒难忍。刘得知后专门为他配制中药丸专程送到密云他家。不过龚、刘双方都很偏执，小磊的调解对矛盾虽有所缓解，似乎没有起到根本作用，搞不到一起便各玩各的。两边组织的活动，小磊都参加。刘在自己单位也是经常充当各地旅游的牵头人，对各地自然及人文景观颇有钻研，可谓见多识广。只要小磊提出想去的地方，刘总是积极张罗，多次组织与小磊到外地同游如门头沟龙门涧，还远征云南罗平油菜景观、元阳梯田等地。一天小磊偶尔在电视上看潘长江主演的电影《举起手来》，其中有一处悬崖绝壁上挂崖通路场景，极为壮观而惊险，心向往之。后来对刘石方一说他就知道这是河南辉县太行山区，一处坐落在山崖上的古老小山村郭亮村。他曾组织本单位到过那里，得知小磊想去，便特意约他单位工程师戚湘田再次同往。地势险奇，景色优美，以奇特水景和绝壁峡谷的"挂壁公路"闻名于世，被称为"全球最奇特 18 条公路"之一，又被誉为"太行明珠"。1972 年，为方便乡亲交通，在村民申明信的带领下，卖集资购买钢锤、钢锉。在无电力、无机械的状况下全凭手力，历时 5 年，硬是在绝壁中一锤一锤，开凿出高 5 米、宽 4 米，全长 1300 米的一条石洞，1977 年 5 月 1 日通车。洞壁每隔十多米开一孔取光，并供游人观景。小磊走在洞里极其兴奋，不住按动相机快门，尽情拍摄。他们在村里玩了三天，很是尽兴。一天晚间喝酒谈到电视报道，钓鱼岛归属引起的中日纷争，老刘喝多了些，按捺不住，认为中日必有一战，竟口出狂言："打起来，中国人都他妈是汉奸！"

小磊笑怼他："只要你一个是民族英雄不愁打不败小日本。"老戚也斥他信口开河……他多少清醒了一些，不言语了。海湾战争期间，有一次他们在野外郊游，谈到伊拉克战事，美军把伊拉克共和国卫队打得落花流水，活捉萨达姆。他却为之愤愤不平道："叫布什到中国来试试！"……

小磊想起曾在青岛一家私人小饭店里看见墙上挂着一幅萨达姆的铅笔素描像，一问原来是老板亲笔画的，尊崇他为"反美英雄"……小不由慨叹下层反美反日的"愤青"太多，是长期仇恨教育洗脑致残造成的恶果，一时半会改变不了。回来写了一篇博克文章《民族沙文主义是怎样炼成的？》发到网站上。文章从前些年出的小册子《中国能够说‘不’》《中国不高兴》说起，谈到《乌有之乡》网站上的极端言论，指出，这些年来，一方面是极端的民族主义，煽动仇外排外事端；另一方面，极端的崇洋媚外，上层既得利益集团纷纷把财产，以及子女，甚至二奶、三奶纷纷向境外转移。极的端民族沙文主义实际上是以"爱国"幌子掩盖他们的卖国行径的烟幕弹……文章写道："中国能够说‘不’"，"在美国大使馆签证处前整日整昼排着长龙的‘爱国者们’能对签证官说‘不’吗？"

"中国不高兴"，"拿着到中国买春的日本嫖客的打赏，高兴还是‘不高兴’呢？"

这种极端民族沙文主义情绪正是政治保守主义与经济上拜金主义相互叠加造成民间普遍的畸形心理状况。2000 年，中国仰赖美国保举进入 WTO，跻身全球跨国资本主义体系，一方面，享受贸易最惠国待遇，以人口红利、廉价劳动力、政府补贴外销等各种不正当竞争手段，不顾环境，践踏资源，大搞"弯道超车"，短时间把制造业打造成为"世界工厂"，陶醉于大国崛起神话。另一方面成天嚷嚷境外敌对势力"亡我之心不死"，煽动仇外情绪。纽约"911"双子大厦遭袭时，部分国人竟公然站在恐怖主义立场，拍手称快。从申奥成功到 2008 年举办奥运期间，全国上下在一片民族沙文主义自豪感狂欢之中，折射出一种自我中心主义极度膨胀扭曲的暴发户心态。此间官方对各地民众维权异见打压的力度也强化，人权状况随之更加恶化，种种社会思潮激流冲撞。在传递奥运"圣火"的一路上，所到各地都发生当地华人"要人权，不要奥运"的抗议。北京维权人士胡佳在欧盟会议上发表揭露中国大陆人权恶劣状况的言论抵制奥运，被中共判处 3 年徒刑……小磊的文章给俱乐部的朋友们看了。刘石方的极端情绪大有收敛，然而激辩却再次发生。在一次全祥瑾召集的聚餐中，有一对新来的黄氏姐妹。姐姐"留美"，妹妹"留法"，她们的父亲是湖南怀化市的第一把手。从这二位的谈吐中，小磊发觉她们正是拿着老爸的赃钱到境外鬼混的典型"留学垃圾"。在饭桌上，她俩的变态的民族自豪感与爱国心，引起小磊极度厌恶。她们爱的不就是她们"打天下"的父辈打造的那个天堂吗？席间小磊实在忍不住同她俩争执起来。小磊认为，一个人权状况如此恶劣的国家没有资格办奥运："申奥成功靠的是作假弄虚，在环境调查期间下令关闭所有污染源；另外就是对组委会成员进行贿赂买通……"对此话当场没有人响应，小磊显得有些孤立，结果不欢而散。

从上到下，这种思想交锋全面展开，北京发生 U 型锁砸日产车使车主致残等恶性事件。2007 年 3 月 16 日温家宝总理曾在第十届全国人大五次会议记者招待会指出："民主、法制、自由、人权、平等、博爱等等，这不是资本主义所特有的，这是全世界在漫长的历史过程中共同形成的文明成果，也是人类共同追求的价值观。"

由此在全国媒体掀起了关于普世价值的激辩，"乌有之乡"网站发表了上百篇批判文章，认为普世价值是西方资产阶级价值观，攻击提倡者为"资改派"，"带路党"……其主要撰稿人司马南文章称"舞'普世'之剑，意在沛公"。

中宣部部长从改革开放初期的朱厚泽比较开明，六.四之后，进入 1990 年代丁关根、刘云山急剧向左转，紧紧把持国家意识形态。社科院胡绳、李铁映离任院长之后，从河南宣传部调陈奎元任院长，从此极左当道，下属研究所各级领导相继安置极左派掌权，下令各所都得建立"马克思主义研究室"。陈奎元在 2009 年度工作会议上讲话题为《市场原教旨主义与"普世价值"不是改革的方向》，发表于 2009 年 3 月 19 日《中国社会科学院报》。新建的马克思主义研究所的极左骨干程恩富、李崇富等相继在报刊发表声讨普世价值的文章。马克思说过"我播下的是龙种，收获的是跳蚤"。"挂羊头，卖狗肉"，极左派们鼓吹的正是那种"跳蚤马克思主义"。社科院渐渐从一个比较开的学术研究机构沦为官方的思想库和意识形态生产车间，人称"极左派的大本营"。

　　然而历史潮流并未顺从极权专制主义者的意志倒转，话语权在任何时代都是以启蒙驱散黑暗的根本人权之一。科学技术革命作为社会政治革命之先导，数字时代出现的互联网之作为 21 世纪最伟大的科学技术成就之一，开发了人们维护话语权新的可能性。小磊在网上参加了湖南报业主办的实名博客网站"精英博客，华声在线"，利用这个新式武器"短平快"地与极左思潮斗争，几年间先后发表了二三百篇博文，访客达 200 多万。后来这个博客不知什么原因网站停办了。

十 八　这 里 有 白 桦

　　长假来到之前，单身汉们就酝酿张罗着到京外旅游的事。内蒙离北京不远有皇家打猎的木兰围场、军马场、冰石林等景区，都是俱乐部朋友们较多的去处。小磊听朋友说起离北京不远的内蒙古多伦草原很有味道，小磊心向往之，一个国庆节，机会来了。他听说有一个小组合准备去那里，这是经常在一起玩 10 来人的小圈子，以干部子弟为主，牵头人黄冶是学会学系毕业的，在劳动出版社任编辑。她未婚单身，父亲是军队干部，性格开朗活跃，组织大小活动都很热心。前阵子小磊在地铁里碰到过她，在车上聊了一会儿。小磊问她："你们这帮姐们哥们每个周末假日都不闲着吧？"

　　她说："呆在家干吗，在社里成天看稿子，放假不想看书，整天看电视越看越傻。"

　　"那是，现在媒体没有真话。"

　　"现在报纸电视上的新闻，说得多好我都不信。"

　　"很多可以从反面去听，鲁迅借算命的'推背图'说，从当年国民党报上的宣传报道可推出反面的消息。"

　　"真的那样，他们能把黑的说成白的。"

　　……

　　这么一番谈话让小磊对黄冶的印象很好，乘机说起自己想加入他们去多伦。她痛快地说，大伙肯定都会欢迎。这个组合年龄大多 40 上下，气质都不错，作为干部子弟身上有一种隐隐的优越感。小磊说他们是"精英一族"，黄冶说："可别那么说，有的朋友，像我跟倪楠多年前就认识了"。小磊年龄大这伙十多岁"削尖脑袋钻了进去"感到有点单薄，于是把与自己年龄相仿的老满，庞湘生，也拉了进去。小磊问起到那里两天多怎么安排？有哪些景点？

　　黄冶回答："有人以前去过，会领我们玩。这地方玩一两天就足矣，三天时间很充裕。我有一个想法，这帮人大多是文化人，有文化局的，出版社的，有的是老师，还有机关工作人员，也有在公司干的。我们可以在那里搞一个讲座，请您给大家讲一点美学。您刚进俱乐部那阵，我就想来了一位美学老师，向王行娟建议，什么时候搞个讲座请他给大家点美学吧。她也说好，可能忙忘了。"

　　"其实，美学很枯燥，美学家蔡仪说过'美学不美'。"

　　"可以讲通俗、趣味美学嘛。我家有一本朱光潜解放前写的《谈美》，我很喜欢。前些年又买了他的《西方美学史》就看不太明白。"

　　"嗯，可深可浅，80 年代文学所也出过一套《美学小丛书》，没想到你对美学如此感兴趣。这样吧，当前美学界热闹话题是审美文化与日常生活审美化问题，前不久还开了一个有关的学术会议。如果我们时间多出来，大家可以聊聊这方面的问题。"

　　"嗯，太好了，大家都对审美与文化问题感兴趣，什么电视剧、流行歌曲啦，这些人在一起没有少聊。您是专家，前辈给大家讲点新鲜的。"

　　"'前辈'不敢当。大家伙在一起玩时一面侃大山很有趣味。我可再约一位同你们年龄相仿的记者，她是我以前在报社的同事叫林瑗，也是我们俱乐部的，可能你们认识。我问问她想不想去。她讲起来更接地气，肯定比我讲有意思。"

　　"那太好了，我知道她，不熟。记者见多识广，你问她，如果同意，你们二位主讲，其他人帮腔。各行各业聚在一起聊聊中国社会当前的审美文化状况，使我们3天的活动更丰富多彩。"

　　于是他打电话告诉林瑷，正好她假日里还没有安排，一口答应了。

　　国庆前夜，大伙约定在西直门火车站集合搭夜车前往目的地。6位男士，8位女士，其中有两对情侣。那里比北京气温低很多，没有旅店，事先预约住在牧民放牧的临时宿舍，屋里有土炕，但现在还不到生火时，没有被子要自带寝具。小磊带了一件羽绒大衣，早晚加凉，睡觉当被子。大伙到齐车站后小磊发现，在舞会上一位舞技高超引人注目的女士也来了。小磊私下称她为"黄裙子"，在舞会上总是用羡慕的眼光盯着她，却又因年龄与舞技相差太大不敢请她跳。这回有机会能够近距离接触，暗自欣喜。她名唤雷小易，40上下，在女士中年龄最大，这次穿上较厚的旅行装扮，虽没有在舞会那样妙曼动人，长相尚属上乘。林瑷敏锐地注意到小磊对她颇为青眼，总给她拍照，套近乎，一路上同其他女士打听她。单独与小磊走在一起时，问他："是不是对小易有意思？"

　　"在舞会上她的舞姿很美……"

　　"不成，别打主意了。"

　　"她已经有伴了呗？"

　　"情况比较复杂，详情我也不清楚，人家隐私，不便打听。告诉你跟她不行，知道这个就行了。"

　　显然林瑷不会是毫无根据说这话的，感到有些莫名的失望，不再想入非非……

　　俱乐部有"大小"李玫，两个都很会唱，大李玫前几年结婚消失了，小李玫这次也来了。听说她曾在专业文艺团体干过，有次在俱乐部独唱《玛依拉》，确实很专业。其中还有一位颜值更高的倪楠，就坐在小磊座位的后排。被一位男士打趣称赞她有一双"美丽的眼睛"，确实不假。她从事医务工作，曾在俱乐部担任过主持，父亲在部队是位将军。一路上滔滔不绝地跟同座讲述着自己的故事，说自己的运气不好，没有读完高中插过队，当过兵，1976 年在唐山遇到地震，没死拣条命。大伙说她大难不死，必有后福。她比小磊小将近 20 岁，结过婚，离异没有小孩。小磊感到望尘莫及，不过在一起玩时，她并不使人感到高不可攀。这帮人都很开朗活跃，看来他们常在一起开派对，唱卡拉 OK 等。在火车一路上唱起歌来，"风中有朵雨做的云"……火车约 3 个多小时到多伦已是深夜 3 点快 4 点了。他们要去的这地方说是多伦，实际上是内蒙呼伦贝尔盟多伦县境内挨北京较近的一处牧场。唯有这蹦慢车在一个小站停靠，到站前大伙都睡着了，黄冶一个个叫："快，快，起来收拾东西，靠站只停 3 分钟"有的睡得死沉，硬给拽了起来："再睡，我们都下，把你拉到海拉尔去。"

下了火车还有一段路要打车到那里。由于假日，还有几辆面包车在站口等候拉游客。大伙打车两辆面的，挤挤，半个多小时到一处牧场，天已麻麻亮，周围没有人影，10 多人一列小队一路杀来，齐喊"鬼子进村啦！"，有的哼着电影上的常常描写鬼子的背景音乐，据说是肖斯塔科维奇《第五交响乐》中的一段，走了不多时到达预先联系好的一个当地牧民的空房下榻。放下背包，打点行李，吃背包里带来的早餐，完了趁着清晨的阳光出发。这是一片草原沙漠混杂的地貌，以平原为主，有座小丘。先来过的林红光清晨领大家到一泓水域旁，对岸长着一色的白桦林，树木并不高大挺拔，却七歪八倒地袅娜多姿，一片草原周围还有小小起伏的坡地。"哈，这里有白桦！"白桦是小磊最爱的树，北京近郊没有白桦林，远郊喇叭沟门有一点，树干较细，没有这里的漂亮。这季节北京的树叶一点没有黄，这里洁白的白桦树干，配上金色的黄叶，在小河岸上，婀娜多姿，像油画……这景色确实是北京周边看不到的，大伙乐开了怀，大叫"太美了！"。虽是节假日，没有其他游客。大家拍了会儿照，黄冶掏出一把口琴在白桦树下吹了起来……群里几位发烧友喜欢让大伙做出各种场景摆拍，有些搞笑逗乐的味道，如男士们模仿四个小天鹅舞姿……老实巴交的庞湘生也被打扮成牧民，几位女士把傻笑的他围在中间拍了一张，小磊将之命名为《苏丹王和他的嫔妃们》……一位被称为"冯导"在海关检疫站任职的发烧友，带着自己美丽的女友，两人常单独行动。小磊更喜欢抓拍，抢了不少镜头，特别愿意以迷人的楠楠为模特取景。晚餐是各人自带的熟食在炉灶上热了大家一块吃，结束后是在院外空地点上篝火，此处有的是柴火。大家围着火堆，拉着手唱起《大海航行靠舵手》，跳起"忠字舞"……熄火后进屋后接着唱，小磊分别用俄语汉语美声与通俗唱《莫斯科郊外的晚上》，很受欢迎。接着，小磊拉李玫唱歌剧选曲，她唱了一首普契尼的名曲《我亲爱的爸爸》，接着又唱了托斯卡的咏叹调《为艺术，为爱情》……大家玩得确实很开心……

夜里很冷，估计也就 10 来度，小磊裹在羽绒大衣里将就睡了一夜。次日，大家说起半夜羊圈里狗吠个不停，一位男士打趣说："女士们过去，就不叫了"。小磊禁不住吃吃笑起来，小肖说他"真坏"……不过小磊感到这伙年龄不相上下的单身男女在一起好像还没有发现谁有什么"歪歪心思"。除两对原有的情侣之外，大家没有什么非分之举……

这一天尽情地在草原上漫无目的地溜达着，一会儿牧民牵来一匹马，会骑的上去，老满技术不错，骑上转了几圈……下午吃完饭休息过后，大伙在附近转了转，在一片草地上坐下，黄冶宣称文化论坛开始。大伙正儿八经地围成半圆圈子坐下，让小磊在中间站着宣告："现在请满贵堂老师带头开讲。"

老满乐了："嘿个伍老师拿我开涮，您搞文学研究的不讲？我是机械学院的，谁愿意听桥梁建筑材料的应力作用？没人举手吧？"

大家响应："请伍老师给讲点通俗美学吧。"

小磊说道："出来前同黄冶商量，我们大家一起谈谈当前社会的审美文化状况吧。"

大家鼓掌表示欢迎，小磊心想在这个场合，哪能正儿八经地像在学术会上那样讲，开始要逗个乐，让大家开心，把气氛活跃起来。灵机一动，于是装模作样地举起手像文革时期挥小红书那样：

"首先让我们祝福伟大领袖，我们心中最红最红的红太阳毛主席万寿无疆！"

大家都跟着举手："万寿无疆！"一个个乐坏了……

他紧接着喊道："祝福毛主席最亲密的战友，最忠实最可靠的接班人，林副主席身体永远健康！"

"身体永远健康！"

黄冶起来喊道："祝我们俱乐部的发起人王行娟老师身体比较健康！"

大家乐得说不出话来喊着："比较健康！"

老满接龙："祝我们多伦旅行团带头人黄冶同志身体也还健康！"

有的笑不动了，勉强说出："也还健康！"

小磊："恐怕我们剩下在座的只能'不太健康'啰。不是咒大家，不太健康不是不健康，而是医学上所说的亚健康，就是身体这里那里不时总有点小毛病。所以诸位节假日是愿意到这片荒凉的草原上，而不去逛豪华商厦，就是为了使自己身体更加健康吧？"……

大家附和称是，热烈鼓掌。小磊接着说道：刚才那个段子，不是瞎编的，是文革当年在贵州一次大会的现场真实发生的，当时'也还健康'是对省革委会主任李再含的祝词。好了，不打哈哈了，我们言归正传话归正传。

"当下都在说我们所处是一个新时代，这个新时代的特点是什么？是不是张也歌里所唱：'我们唱着东方红……高举红旗开创未来'。下面请李玫给我们唱这首歌。"

李玫笑道："有什么好唱，空洞无物，尽是大话……"

倪楠说："电视广播里整天放，在这儿来还听这个，别逗了，开讲吧。"

老满说："在全球意义上的新时代就是信息产业时代呗。"

小磊："对了，那么接下来的问题是，信息时代在文化上特点是什么。"

大家愣了一会儿，黄冶道："我在一个期刊上看到一篇文章，谈文化消费主义。"

小磊竖起大拇指："OK，如果你到高档购物商城，进门导购小姐问你，先生'需要点什么'，你说'我想买点文化'，这位小姐蒙了，说：'先生，我们这里有服装、日用化妆品……没有文化可卖'。另一位在旁边的导购小姐机灵地上来说'有，先生，请问您想买什么品种的文化？'……又一次你到超市，对导购小姐说'我想买点美'，这位小姐说'先生您真会开玩笑，我们这里没有专门卖美的'。另一位小姐说'先生，我们这里的所有品牌货物都很精美，任您挑选。'"

大家乐了，小磊接着说："这就是审美与消费文化的关系。这个问题历代都有，我们所处时代更突出。前不久美学界开了一个'当代日常生活审美化与文化消费文化'的学术会议，林瑷也参加了会议，一会儿请她专门为大家讲点东西。刚才，黄冶说看到的是不是关于会议的报道？"

"可能是吧，记不太清了。"

小磊："小黄是学社会学的，也对美学感兴趣，下面请他来讲讲她刚才谈到的消费主义。"

黄冶说："嗯，信息产业带来的数字经济使生产效率大大提高，人们不用花过去那么多时间和财力来进行物质生产了，转变为以消费为中心的社会了嘛。那么在文化与审美上带来什么新的特点呢？还是请伍老师接着讲下去吧。"

小磊："讲得太好了，从物质生产向消费倾斜，另一方面消费也相应从特质向精神这方面倾斜，也就是刚才说的上店里买文化，买美。文化与审美、消费结合得更紧密了。超市、购物中心、商厦、商城、步行街就是消费主义打造的种种梦幻世界。这个梦幻世界就是美得让你晕头转向的世界。林瑗你说说看，是不是这样？消费为什么也成了'主义'了呢？"

林瑗："文化这个字的本义，无论在汉字还是西方文字，都有培育的意思。文化消费主义，培育的是一个个'购物狂'，也就是'消费虫子'。"

小磊："对，文化的价值是与人文关怀真善美的追求相关联的。对于文化消费主义，美仅仅是一种包装不是追求，目的是让你掏钱。"

林瑗："文化消费主义将文学艺术纳入了经济学范畴，艺术创作成了艺术生产，鉴赏成了消费。"

黄治："这种说法不过是调侃，生活中还是没听见过谁说'消费了一部小说、一首乐曲'……"

小磊："西方当下文化研究有一种观点认为，消费主义消费的不是货，而是符号。"

老满："这就令人费解了，到店里买的是符号？"

小磊："刚才说的，到超市买文化，买美。这些都是附加于商品的符号。"

林瑗："那就是，以文化、审美的附加值，也就是通过包装提高货物的价格，来显摆购物者的身份和地位。"

小磊："作为符号的'名牌'意识与追求豪华之心理满足紧密地联系在一起。于是文化消费也就是符号消费对人们的心理强制，西方有的学者批判为一种'文化暴力'"。说到这里大伙七嘴八舌议论开来。

倪楠说："那不是，从过去'一流质量，三流包装'到眼下'一流包装，三流质量'。一小袋茶叶、一瓶酒，一盒月饼便成了精雕细镂的工艺美术品，价钱超出成本几十上百倍，"

林瑗："所以假名牌货在中国占世界市场总量达４０％。制造出的实际上大量的是审美包装的'文化垃圾'。"

小磊："消费是生存必需的嘛，不仅限于市场经济。对于顾客为了显示'文化品位及身份'的购买，使满足生存物质需要'我在故我买'变为'我买故我在'就成了文化消费主义。"

老满："哎哟，我们的讨论越来越深了。"

黄冶："嗯，差不多成了学术会议了。"

大家也都纷纷称赞……

小磊："说的正是我和林瑗都参加的上次学术会议的内容。"

大家说道，这趟旅游使我们避免一放假就逛市场成为一个个"消费虫子"。

小磊："旅游也是一种审美文化上的消费，不同于物质消费，玩完了除了胶片什么也带不走。"

老庞："有的旅游的目的也是为了采购，比如到日本买马桶盖。"

倪楠："放假在家看电视挺无聊，大量广告似乎随时提醒你，你想买又不舍得买的东西究竟有多少。"

黄冶："那不是李丁拍了'盖中盖'的广告后说：'补钙补得我都怕了！我那孙子看见广告就问我：'爷爷你贫不贫呢？'我说：'那怎么办，人家给钱了'"。

小磊："中国当前消费社会之畸形就'畸'在超低收入超高消费现象。中国奢侈品消费增长率居世界之最，将成为世界第二奢侈品消费大国、北京消费指数超过纽约、中国人出国刷卡金额居世界之首。"

黄冶说："我最不愿逛大城市了，见到一片片水泥森林就烦。"

小磊对林瑗说："你前一阵子搞过城市化调查，给大伙讲讲这方面的情况吧。"

林："我国城市化建设问题很大，地方权力与集团利益驱动在这方面投资过热。大跃进式的急躁、盲目，存在着糙、滥而乱的弊病。我调查了几十个大中小城市的广场与雕塑，不同程度存在着贪大、尚奇，粗制滥造与媚俗问题。不讲究真正的审美，盲目追求虚假的民族风格、地方特色，如财神、福禄寿三星、聚宝盆、孔方君、刀币纷纷登上广场，俗不可耐。花钱建将来还要花钱拆，都算成 GTP。城市化设计的'低俗'与'单质性'造成了严重的'视觉污染'。新央视大楼的主楼和副楼，外国设计者库哈斯自己说明他是根据男女性器的形状设计而成的，恶心不恶心。在这个榜样下各地纷纷仿效，生殖器崇拜的建筑纷纷出世……在居民的心理健康上造成严重不良后果。中国在世界城市'适合居住性'上排名第９４位。就拿古都北京来说，当年梁思成的忧虑，对城墙与古建筑的破坏是灾难性的。目前消费指数超过纽约，结果是使一个有着深厚文化底蕴的美丽古都，变为一个环境污染严重令人不堪忍受的畸形消费城市。这一切使北京也沦为世界不适合居住的城市之一。"

小磊："从历史发展的宏观来看，生产效率的提高，从物质生产向精神文化的倾斜是大好事，那就是劳动从维持生存的手段化为生活的第一需要。"

老庞："这不是马克思说的共产主义吗？"

黄冶："多出来的时间，可以早晨打鱼，下午打猎……"

小磊："我们刚才谈到的负面的东西比较多，这就回到开始说的新时代还是一个过渡时期嘛。"

大家接着在这些问题上七嘴八舌议论开来，热闹非常，最后纷纷感到这次的野地讲座太别致，太丰富了……整个这趟旅游给大家留下了难以忘怀的印象。

小磊与老满两人在周遭转了半晌，后来大家再一起玩了会，下午原路返回北京，上车前大家在车站饭店吃了一顿痛快的晚饭。分手前相约，过几天大家在黄冶家里聚会，观看各自冲印出来的照片，相互交换，都拍得很好。吃饭时，众口议论秋天是北京最好的季节，可别放过每个机会，确定下一个双休日再组织从古北口到金山岭。在车上对着一路的黄叶赞叹不已，经商量作出一个大胆的决定：下周到司马台长城，每人自带睡袋，夜间在楼子里过上一夜。司马台集长城多种特点，被誉为"长城之最"。全部楼子 35 个，可供攀登的共 11 座，第九座以上被封禁，因为再往上不仅更陡峭，最令人不寒而栗的是，狭窄的单砖两旁没有墙垛护卫，据说曾摔死过人而被禁。这伙到那里登上城垛后，一面观赏秋景，一面找寻一个过夜的楼洞。安置停当后，傍晚，小磊与老满等拾了不少干树枝想晚上点火取暖，没想到点着后烟熏得不行，不得不灭了。十多个人挤在一起估计不会很冷。睡前，晚间看'戍楼刁斗催落月'，诗意十足，浪漫非常……钻进睡袋后，大家讲着故事入睡，其间谈起最近姜文导演的新片子《阳光灿烂的日子》，宁静、夏雨主演，据说王朔参与过策划，带有调侃文革的痞子味，不知有什么问题被禁映了……一夜也睡得挺香。男男女女睡在一起，似乎没有谁会产生什么"邪念"。次日，看不尽秋日长城的满山红叶，女士们不禁放声高呼"美呆了！醉了！"……到达第九座楼子前有纠察把守，不准再上，有两个老外被挡在那里，交谈得知他们分别从挪威和瑞典来的，昨晚也在楼子里过夜，小磊劝他们别冒险了。

小磊感到美中不足的是，这次倪楠有事没来。上次在多伦小磊与她交换了联系方式。过了几天小磊设法弄来两张内部放映《阳光灿烂的日子》的票，兴冲冲约来倪楠一块儿去看。开始他俩坐在楼上后排靠边的座位上，她提议挪到了最前排中间的位置。小磊想，她大概是为防他黑暗中对她动手动脚。其实，他可没有那么大胆，关系亲密不到相当程度可不敢造次，感到她经验丰富，"警觉很高呀！"……该片映完后还有一部香港刘德华主演的警匪片，她说过会儿有个约会，就先走了，小磊落了单，电影看下去也不尽兴。春节期间，小磊约倪楠到他家来，她应允了。他早早做了充分的准备，拿手的八宝饭，还有南京板鸭、扬州狮子头等，她夸奖了一番。此间，她谈到前些年在门头沟花 8 万元买了一处院子，曾与一个画家处过……看来如此美女肯定闲不着，不会有他的机会……果不其然，此后不久她与一位同龄的钢琴调音师结婚了……后来一次在黄冶单位大厅举办舞会，倪楠带爱人来了，向小磊作了介绍。过了两年听说他们生了个女儿……这个故事结束了，下面还有。

　　不久，俱乐部新来一位 30 多岁近 40 的女士汪文秀，比小磊小 10 多岁，颇具少妇特有的风韵，引人注目。她在高等教育出版社当会计，离异多年无子女。一次到郊区旅游，在车上她坐在小磊前排右侧。与小磊同座的张童觉得小磊与她挺班配，示意可以找机会个别接触。小磊注意到她一路上不停地吃着零食。她容貌身姿都很好，只是多次与大伙在一起从来未见她笑过，又是一位冷感的美女，也不是像兰莺那种文静、清纯带有少女羞涩的类型。一次同游去刘石方牵头组织门头沟山里的一个景点，听她对人说自己心脏不太好，爬山时小磊不时扶她一把。后来一次是到怀柔著名的残长城箭扣，此处远看山势状如弓箭上的搭扣而得名，墙垛多处坍塌，残破不堪，狭窄的单砖阶梯两旁没有墙垣防护，沿着陡峭山坡向上，当然不及司马台惊险。汪文秀不敢上，在城墙脚下待着……后来又一次在郊游的大巴上，汪女士在他们前面单排座椅上坐着，一路还是不停吃着小零食。前次出游穿的是裙子，这次她穿上牛仔裤更显出了身段很诱人。确实使小磊动心，他进一步设法凑到她身旁套近乎，爬山时一路上对她呵护有加。那年，社科院在西坝河建了一座高楼作为最后的机关福利分配房，争夺激烈，在书记支持下小磊分得一套，装修折腾了几个月，70 多平方米的二室一厅，半年后搬了进去，收拾停当后张罗在他新居搞了一次派对。由龚老师通知了方大力、王春生、杨秀清等十来位朋友，汪文秀也在其中。小磊事先采购了食材，大家动手做了顿丰富美味的晚餐，最后还放碟让大家跳了一会儿缓步舞，意思意思，倒也尽兴，只是把他的新地板划了几道痕。过了几天，小磊从龚老师那里打听了汪文秀的电话，一天晚间拨通了。她接了电话就明白是什么意思。小磊想好了开场白，带有好奇地赞美她："好几次出去见你一路上零食吃个不停，身材却保持得这么好。"

　　"这是遗传的，与吃零食没有关系。"

　　小磊说附近有个音乐茶座挺不错，试图约她前来，她觉得没有什么意思，拒绝了。毕竟打开了话匣子，聊了起来，没想到她坦然率直什么话题都不回避，主动畅谈了很多小磊不方便问的情况。她父亲是个干部，母亲不在了。她告诉小磊自己有一个情人，大她两岁，是某小报的主编，有妻子，并且不可能离婚。他们曾在一起也出去玩过，但不同于咱俱乐部这样住农家院，爬山玩野景，而是住高级酒店玩高尔夫、桌球、保龄球之类……小磊心里想；"嗯，那是绅士贵族的玩法。那就是说，他还是有机会单独出来以这种方式与她消度美好时光……"看来她相当珍惜这位情人，因"小三"地位很失落，乘机向小磊吐露心曲。小磊表示理解、同情，心里暗暗抱怨又遇到一个……

她直率地告诉小磊，自己不喜欢年纪太大的，她曾与一个比小磊大约两岁的加拿大华人交往过，一块儿出去感到很别扭，距离拉得远远的，没谈成……越说越深，她竟告诉小磊，自己有一个性伴侣，是她的邻居，在性生活上感到很满足……"哇！"想不到的是，这样的隐私也吐露出来，似乎对他有特别的信任，但她只管说自己的故事，似乎对小磊的过去不感兴趣。他借口谈到她们出版社的业务时，说自己出过的几本书，颇有影响，想让她知道自己绝非等闲之辈，谁知道得到的回答是"这对我有什么用。"小磊终于明白自己，有一位年龄相当，高档的情人，又有满意的性伴侣，什么都不缺，压根没把他当回事……只得道声"愿有情人终成眷属"……她似乎苦笑着回应了一下……"拜拜了，您嘞，好一位冷面美妇！"此事便如此画上了句号。她与一些干部子弟有着自我，率性，坦诚的共同点，比起倪楠的单纯热情显得复杂生硬而冷漠。这次失败的记录没有使小磊太沮丧，同这种性格的女性建立家庭绝对不会美满。她虽然谈不上"艳若桃李，冷若冰霜"，缺少内在的热力与温情，或许对那位主编用情太深，因失恋刺激而造成这样一种对一切都满不在乎的心态，小磊与她的情人相比各方面落差实在太大……。又一次"短平快"的接触把小磊引入对女性的思考。谜一般的女性，令他吟起"花非花，雾非雾……去似朝云无觅处。"此后她似乎从俱乐部消失了。

六. 四之后，中国的特殊利益阶层更加大踏步地走在先富、快富、暴富的路上，把眼睛瞄准了一个更广阔的天地——房地产，更加紧脚步用水泥钢筋来拓宽这条路。于是，一时间一座座高楼大厦在一线、二线甚至中小城市，拔地而起。

人们头顶上要有片瓦，中国 80 年代前后人均住房建筑面积仅约 10 平方米，长期以来处于高度紧张状态，年轻人结婚多少年份不到自己的房子。"安得广厦……"，房地产开发成了主要支柱性产业之一。于是，圈地、拆迁、售楼成了发财进行曲主旋律中的最嘹亮、最动人的一支……SOHO 老板房地产大鳄潘石屹谦虚中带着自豪地说自己是"乡下人给城里人盖房子"一下子跃踞世界首富排行榜。英国原始资本时代有"羊吃人"现象，中国步入"房吃人"时代……

中国居民私家住房经过历次运动的洗劫，像样的私产房都收归公有，各地多多少少都还有一些破破烂烂的老房子，文革后仍由一批城市贫民的住户私人占有。城市各部门分配有基建款项，各自建福利房解决职工住房问题。随着人口的增长，这方面的引起分房的矛盾越来越突出，以这种方式给职工分配住房的做法越来越不能适应经济市场化改革的形势。90 年代，对房地产的市场化改革提上日程，也就是各单位分配给所谓福利房低价卖给个人，实行产权私有化。土地仍属国有，其使用权由政府通过竞争拍卖给房地产公司，开发基建资金从银行贷款，住房建成后开盘，通过房屋中介销售给个人，土地私人使用权法定为 70 年。

话说南京方面，方乃青的弟弟方永青大学毕业后要到美国去读研究生，已经申请到哥伦比亚大学的半额奖学金。临行前爸爸召唤乃青去为他告别践行。继母桂芝头天就准备了几个菜，4 个人就在家里聚。聊天中老爸方俊对乃青说道："你弟就要到国外闯荡了，你呢？还鬼混唐朝呀？"

乃青道："我也想好了，搞房地产开发。"

老爸："你小子，怎么一下子又从高科技蹦到那里去了呢？"

"高科技，以前不过是给宏子打工，那小子不是东西，出事后我不跟他啰唆了，要走出一条自己的路来。再说，高科技那摊没有创业空间了。改革开放 10 年了，房地产这方面几乎还一片空白，刚刚起步，满足需求，差远着哩，无房者还眼巴巴等着这单位盖出一批抢着头破血流。从农业国转化为工业国，要搞乡村城镇化，这怎么能行？从国外引进高层建筑的最新技术，'大庇天下寒士俱欢颜'，道路广阔前途无量。高科技是尖端产业，房地产是全面性的支柱产业。"

老爸还是朝他泼冷水："这可不是小打小闹的小买卖，哪像嘴上说说那么容易。我现在全退下来，老关系户也陆陆续续都退下来了，门前冷落车马稀，基本上没有路子了。拿土地证，贷款，办照……这些事都要你搞定。资质考核，可行性论证，风险评估，土地审批，贷款，这些事很麻烦的，你资格、能力够吗？"

"当然不是我一个人，有能人挑大梁，发扬团队精神，大家合作。有个朋友在建筑公司干了多年了，跟土地局、住建委、规划办，都有关系。"

永青："是罗守松吧？"

"是啊，人家现在是广厦住宅建筑公司总工程师，老爸那时拿下这房子，他没少出力。"

老爸："我知道，这可是个实干的人。"

乃青："他有高学历，有经验，办事效率高，而且为人正派，讲诚信，人缘特别好。土地证基本上快批下来了，正领导着手下一帮人搞规划，设计蓝图呢。"

"那你干什么呢？"

"我还是管销售这摊。"

继母到厅里招呼："开饭了，饭桌都摆好了。"

老爸："好，我们边吃边谈吧。今天高兴喝点小酒吧……"

桂芝："不行，喝也没你的份，血压还那么高，吃了降压药也降不下去，开什么玩笑。喝饮料吧。"

乃青："宽容点，喝杯啤酒吧。来，来，祝贺永青出国深造。"

茅台打开后，老爸拿起乃青的酒杯，偷偷呷上一口，给桂芝瞄见了："哎哟，怎么管不住自己，人老了像小孩一样。"

乃青："行了，就这一口，不许再喝了。阿姨今天这桌菜做得真棒，谢谢了。"

老爸："吃完饭，让永青刷碗，学着点，到美国就得干这活了。"

桂芝："瞧你说的，一半学费你还供不起呀。"

乃青："在国外成年了还向家里要钱，被人瞧不起。"

永青："人家有国籍学费可以贷款，毕业后从工资扣。我们就要自己挣。不一定非得刷盘子，到那儿再说吧。"

乃青："一到那里就能与郭剑联系上吗？"

"没问题，已经搞到他的联系方式了。他在那里找到工作后还继续搞民运，正在写书哩。搭救他的叶蕉蕉也过去了。"

乃青就职的南京广厦房地产开发公司经过一年多筹备终于成立了。这种"低效率"不单是科技生产力本身的低效率，更重要的是人为因素，陈旧的政府职能和低素质管理造成官僚科层制权力结构，机构庞大，解决一个问题往往需要层层审批，多少个大大小小会议而不决，几十上百个公章拖拖拉拉……改革 20 年后的宁波曾有为了一个项目花了 18 个月盖了 86 枚大印还没有办妥的案例，在这些浪费的人力之中又包含着 450 多万人民币的经济损失。

广厦公司总经理是一位大学经济系的退休老师，市政协委员。罗守松担任副总经理，总工程师。方乃青任营销部经理。李婉婷的老公戴正民任建筑工地总监，她当迁办公室主任。城市民用住房建筑占用土地由政府下设城市规划局审批，圈地拆迁由住宅建设委员会与民政局协调决定。像南京这样的大城市民居建筑土地主要靠危旧房拆迁。危旧房的勘察、鉴定，在技术上由住房安全部门评估，审批圈定后由拆迁办公室具体经管实施。对私有产权民居的拆迁审批后，主要是解决对房产主的安置、补贴问题，由拆迁办与街道办公室居委会与住户协商决定。这是涉及民权与公道最麻烦的问题，落到了婉婷两口子头上，下面有几个拆迁施工队，都是由工头负责临时雇佣的民工干活。

房地产大鳄任志强提出把城市贫民区与富人区分开。带圈的一个"折"字是都市贫民区一幅幅亮丽的创新"壁画"。

刘桂芝婚前跟奶奶住在后载巷街道半个多世纪前建的一处老旧小平房里。周围住户多为城市贫民、工人、小商贩，经勘查被圈定为可拆迁的危旧房。住户们拥有住房面积至多不过二三十平方米。因为靠近市中心繁华商业区，寸土如金。开发商给的拆迁补偿极不公道，有些住户，像刘桂芝的外婆那样的鳏寡孤独也就认了，另有些人家拒不接受补贴条件，不肯搬迁，成为所谓"钉子户"。除极少数地广人稀的地区或大城市边缘的农村家庭可能有极少数靠拆迁暴富，绝大多数拆迁户得到的补贴与地价的差额巨大，有些拆迁户提出条件，新居面积最起码能够供一家人住下，就这也不能得到满足。刘桂芝家的邻居老赵的房子建筑面积有 20 多个平方米，在这黄金地段拆迁办给出的几万元，压根不能在类似的地段，重新购买一套差不多大小的房子。老赵说："这房子破是破，小归小，可我祖上几代人都住在这里，文革中间都没有动，你们现在说要拆就拆，门儿也没有……"

于是拆迁队对他家进行百般骚扰，夜间砸他家玻璃，直到断水、断电……迫使老赵不得不妥协，要求拆迁费提高到十万元，给一套面积40平方米的经济适用房。婉婷倾向接受这条件，拆迁办向上面汇报经过核算，全面考虑没有批准。一线的拆迁队长对拒不搬迁的老赵扬言："别做梦了！"于是，双方一直僵持着，矛盾升级，冲突不断。拆迁队为完成任务诉诸暴力强制拆迁，强行爬上老赵家的房顶疯狂拆瓦片。家里还有近80老人和小孩，老赵呼号"砸伤了怎么办？"……这帮家伙根本不予理睬……其他"钉子户"都遭到了相同待遇，他们为此只能采取极端方式进行抵抗。一个老头子，为了阻止他们，站在房顶上拿刀架着自己的脖子。一个姓陈的男子，阻止拆迁队掀屋顶无果后，掏出刀片把自己的手腕割得露出骨头。还有的人家准备了煤气罐、汽油桶要拼命……婉婷感到干不下去了，提出辞职，领导答复研究一下未作决定。一天，老赵还在家，拆迁队的壮汉们冲了进来二话没说，把他家东西往外扔，老父亲被拖了出去一把推倒在地上，紧接着又像拎小鸡一样，掐着老赵的女人的脖子扔了出去，扬言："再不走，老子打死你们！"

不一会，挖掘机、推土机便轰隆隆一起开了过来，几下就掀开了他家的房顶，推倒了他家的房子，眨眼就成了一片废墟……老赵回来见到此情此景，发疯似的狂吼："你们不让我们活，老子也不让你们活，跟你们拼了！"说着就上街买了桶汽油奔向拆迁办。进门二话没说，打开汽油桶，点燃打火机，顿时室内化为一片火海，5死2伤，不幸婉婷也当场丧身……

事过后，一天在郊区公墓，戴正民、罗守松、方乃青、兰莺等在婉婷的墓前，献上花圈，含泪为她祭奠……看见有个花圈是公司总经理送的，乃青一怒把花圈扔出老远……

守松问："这是谁之罪？"

　　正民道："我们都是'拆、拆、拆'的得利者。我们都是凶手！"

　　守松说道："改革开放 20 多年，我国的城市化水平提高将近 3 倍。而英国花了 120 年，美国花了 80 年，日本 30 多年城市化水平仅提高一倍。近年来，中国耕地减少了 1 亿亩，人均建设用地已经从 10 平方米增长到 130 多平方米，远远高于发达国家和发展中国家的水平。而统计表明，北京市'住房痛苦指数'，远远大于东京。虽得广厦千万间，天下寒士仍然无欢颜。"

　　乃青接着说："各地对自然环境和土地资源的掠夺性开发和利用，使我国 15 年内可耕地面积减少了 15％，中国从一个粮食自足的国家成为世界粮食进口大国，粮食进口量逐年增加。一旦粮食断供就要重复大饥荒的灾难。"

　　守松："只见一座座高楼拔地而起，却不知底下掩埋多少冤魂。"在高校里流行的口头禅"郁闷"，已经在中国社会上成为时尚词在各阶层流行开来。在危机中精神病发病率、暴力犯罪率和自杀率也在同步增长。我国精神疾病负担约为全球平均水平的两倍，在一些极端事例中，心理疾病已经演变成暴力行为。

　　乃青说他最近在报上见到一篇报道，北京有关方面做过一个统计，"在过往的 20 年中，我国已有 1200 多名企业家因种种心理障碍走向自杀之路，而这仅仅是有文字记录的一部分。我们这碗饭不能再吃下去了……"

　　守松："房地产开发所得收益，大半归政府，由税务、土地局、规划办等行政部门瓜分，银行拿走所剩中的一半，各种中介再取去剩下来的一半，最后到房地产公司能分多少给拆迁户。根本上还是官僚体制的问题。不靠卖地他们拿什么花天酒地，国内外游山玩水。'普天之下莫非王土'，权力也就是土地的占有和支配权。"

　　兰莺一直低着头，没有开腔，闭着眼睛，默默地念着经文……

　　此事过去不久，一天晚间乃青接到继母电话，说他父亲突发脑血栓进医院抢救……他立即驾车赶赴医院。他进到高干重症病房后，只见父亲躺在病床上，鼻孔插着呼吸机，手臂上插着管子已经昏迷，继母坐在床边，对他说父亲刚做完各项检测。他在床边站了一会儿，父亲毫动静，继母把他拉病房客厅沙发上坐下，等着检查结果。过了一会儿，护士进来说，各项检测结果比较严重，血管已经破裂，需要急救，即使能够活命，身体也可能导致瘫痪……病房只允许留一名家属陪伴，继母让乃青先回去，说："他这病恐怕不是一两天能出的来，你那儿太远来回跑多累，我家离你公司也近，开车10来分钟。这几天就到我们那儿住吧。"

"我怕不习惯，换地方睡不着。"

"有啥不习惯，两间客房，你愿住哪间自己挑。你要睡不着，床头柜抽屉里有安眠药。吃的，冰箱里什么都有。"

"那好吧。"

他接着继母递给的钥匙就走了……

第二天一早他去医院，见父亲还在昏迷中。大夫说大脑已经停止活动了，心脏仍在跳动，血液尚有循环功能，这种状态就是通常所说脑死亡，成了植物人了……恐怕要长时间住在院里监护。病房有看护值班，无需家属时刻陪伴，可适时探视，有紧急情况医院会及时通知。继母问乃青吃早饭没有，他回答没有，她说："那就一块儿先回去，我给你弄点吃的。"

他俩回去后，她煎了几个荷包蛋，烤了几片吐司，冲了杯咖啡，拌了色拉。他俩就坐下就餐了。正吃着之时，继母突然放下手中的餐具，忍不住啜泣起来……

他也伤心地说道："唉，真想不到爸爸还不到70岁……"

他这一说，她更放声号啕大哭起来："我命怎么这么苦哇。"

之前乃青对他爹的婚姻之事从不过问，与继母之间也很少交谈。她比乃青大不多几岁，过去很少见面，到这里来时他总叫她阿姨。现在方知道她名刘桂芝。他爹的病看来好不了，仅靠输液维持生命。他问道："你们在一起，也快五六年了吧。"

她嗫嚅着说："嗯，那时我刚 20 出头，他大我 30 多。"

"当时我就觉得你俩年龄相差太大，不过我哪好说三道四。"

"别人看来，我是图他的钱……我生下来没多久爹妈就出车祸，双双离世了，我是奶奶带大的，没有读完中学就到商业局招待所当服务员。你爸待我好，我从小没有爹妈，我就拿他当爹跟他过了……"

"你奶奶身体还好吗？"

"生活还能勉强自理，我隔日就去看她，给她送些吃的。"

就这样拖了些日子，方俊病情没有好转也没有恶化。一天医院来了两人找方俊，说是中共中央纪律检查委员会的，见在病房里旁边的刘佳芝，问："你是他妻子吗"她答："是"。

"来，来，我们谈谈。"把她领到医院值班室坐下，对她说："方俊犯纪律了，中纪委决定对他进行审查，要求他在规定的时间、地点就有关案件所涉及的问题作交代。目前他身体情况暂时不可能离开医院，也开不了口。请你与我们保持联系，适时沟通。"

"我可以知道是什么问题吗？"

"据目前初步揭发与调查涉嫌贪污腐败方面的问题，需要他配合调查。你要好好照顾他，希望他早日康复。党的原则是实事求是。有什么问题就是什么问题，不会冤枉他，有机会你要帮助他弄清自己的问题。"

她点了点头，在出示文件上签了字，说不出什么别的话来。过一会儿她给乃青打电话告诉他这事。瓦罐不离井上破，他早就预料老爸在这个位置上免不了早晚一天天要出事。他到了医院，他俩见面时也相对无言，只能听天由命……

一天在医院，乃青与佳芝从医院回到家中，佳芝同乃青没事闲聊中问一问乃青还是单身的现状，又聊了会永青到美国后的情况，乃青与郭剑辗转联系上了。郭剑与叶蕉蕉在美国结婚生了个男孩，一切都好。后来她问起他公司的情况："你们公司经营到底怎么样了？"，

"不行，中国整个是泡沫经济，房地产这一块是最大的泡沫。当年'打土豪。分田地'最后分到他们手里去了。土地国有化就是官僚权贵们的私有化。他们拼命贷款，拿地，投资，有二三线房子不好卖还一个劲盖，还一个劲涨。有刚需的买不起，没有刚需的还一个劲炒。我这个销售部经理真不好干。销量上不去只能搞歪门邪道。"

歪门邪道，怎么搞？"

"新楼开盘时，还搞什么限购种种套路，中介顾托儿排长队，签虚假购房合同，制造热销抢购假象，背地里再退还定金。如此引人上钩，对有些持币观望有心购房保值的，产生一种'羊群效应'，把泡沫再吹大……"

"这不就把人套里了吗，你们真能坑人。"

"托儿得点赏，受骗上当的客户一辈子还房贷成了房奴，有不少家庭祖孙三代人的积蓄才好不容易凑齐了首付。开发商欠银行的，银行的钱从纳税人储户来，老百姓两头吃亏。在这个社会，你不坑别人，别人就坑你。这就是'中国特色的社会主义'。"

佳芝："哎，你小时候唱没唱过'我在马路边捡到一分钱，交到警察叔叔手里面……'"

他接着唱："叔叔拿着钱，对我把头点。我高兴地说了声，叔叔，再见……"他哈哈大笑道："这孩子现在长大了，不捡钱了，骗钱。抢钱。跟警察爹爹合伙儿抢老百姓的钱。"

"这些家伙满口仁义道德，满肚子男盗女娼！"

"唉，这就是个嫌贫不嫌娼的世道！我爸就是被他们逼良为娼的嘛。他们肯定掌握了情况才对他下手的吧，他要是从医院出来就得进大牢。"

"我就知道，在他这个位置上早晚要出事，瞧他整天打交道的那些人，上上下下、左左右右哪有一个好东西。"

方家这个独幢别墅，围墙不高，里面有个小院子，二层小楼，主人住上面两间卧室，一个厅与卫生间。下面两间客房，大厅与厨房里。方俊住院后，桂芝一人在这空荡荡的房子里，周边是办公楼，晚间没有人一片黑，一到夜里她就胆战心惊。一个又一个不眠之夜，孤寂难耐的她，几次拿起电话拨了几下又放下，犹豫良久，最后鼓起勇气拨通了他的电话：他正躺在床上看书，拿起电话听出是她，以为父亲有情况，问道："阿姨，爸爸怎么样啊？"

她问道："你睡了吗？"

"没有"。

她说，声音微微有些颤抖："我觉得楼下好像有动静，吓死了，你能不能马上来看看。"

"好，我这就过去。"此时已经 11 点多了。

约半小时后，他到了。她从楼上下来。乃青进来说："进来时，楼下门窗我都看了，很严实，没有发现什么异常情况。"

她说："也许是我疑神疑鬼。对不起，这么晚让你老远过来。你坐会儿，我你弄点吃的。"

她身穿淡粉色薄纱睡衣，蓬松着头发，略施淡妆，抹上点古奇香水……到厨房端出盘下酒凉菜拼盘，有荤有素，一碟色拉和小点心，给他斟上杯啤酒问他"有真品茅台，喝不喝？"他说：

"可以，你也喝点吧"，她给他杯中斟满酒，自己倒了杯葡萄酒……

他们吃着喝着，她说："你爸一时半会回不来了。我想把这房子让给你住。"

"为什么，你呢？"

"我还是回到奶奶那里去。"

"那何必呢？"

"我一个人住这么大房子，周围连个街坊邻居都没有，整天就看电视，憋死了。夜里别说有什么动静，没有动静也胆战心惊的。"

"可以常到附近公园转转嘛，跳跳舞……"

"当然去过，那里人家把我当成另类，与我拉开距离，说住别墅与住筒子楼的玩不到一块。"

乃青："哦。这与贫富分化有关，社会腐败现象的加剧引起下层民众日益普遍之'仇富'情绪。"

"有人说：'现在局以上的官，机枪连发，可能有个别冤假错案，点发，肯定会有漏网的'，他们知道你爸是高干，是故意说给我听的呗，真受不了。"

"唉，那不是有调查说民众认为富裕阶层合法致富的'几乎没有'。人们说'仇富'是'仇腐'嘛。"

桂芝："穷人活得很累没有幸福，哪里知道富人有什么幸福。你爸的事真让他们说准了，今后我更没脸见人了。"

"是的，中国人的幸福指数在世界上排名很低。央视还到处招摇，问人'你幸福吗？'有人说'我姓张，不姓付'，有的怼他们说'我在看新闻联播那会才是幸福的'……"

"我觉得我是最不幸的那伙。"

"是啊，'不幸的家庭各有各的不幸'。"

"我的不幸谁能想到？我太……受不了，这样下去不被吓死，也要得精神病。"

他点点头："唉！爸爸不知哪天能出院。"

她继续道："医生说他一时半会出不了院。每天空守着这富丽堂皇的别墅有时真想死。哪怕一间破房子，只要有一个真正疼我的人在一起，我就心满意足了。"

桂芝吧，虽然年轻时就不能算美女，不过自有一番楚楚可怜足以让男人动心的韵味。要不然，不缺女人的方俊明媒正娶也不会选上她。

她抬起头来以汪汪的泪眼央求似的望着他，似乎在说："你能陪陪我吗？"用勉强能听见的声音羞答答地说："你要愿意过来，你住下面，一块儿去医院看你爸也方便……"

他想起元稹的"寥落古行宫，宫花寂寞红"句。虽然继母名分对他不无心理障碍，然而面对一个伤心哭泣的年轻女性，一个血肉之躯的男人很难拒绝，何况他本来就是个多情的种子。汉语中"怜"与"爱"相通，爱由怜生，他轻轻抚摸着她的头，替她擦去泪水，她把头靠在他结实的胸前抽泣不止，他把她抱上了床……

她释放着自己被长期压抑对爱的渴求……说起跟他爹过的这些日子，直把他当父亲，找回从小缺失的父爱……他爹说自己有两个儿子一直想要个女儿，所以对她呵护有加……有时早晨醒来，光着身子要方俊像父亲那样替她穿衣；有时在浴盆里他帮她搓澡、擦背，使她忆起两三岁时爸爸活着时的情景……

他问："你跟我爸年龄相差那么大，我纳闷他能满足你吗？"

她没好气说："我满足不了他！在外面应酬，有的是这个那个什么公关小姐勾搭他，三天两天不回家过夜。那不是说'革命小酒天天醉，喝坏了党风喝坏了胃；公关美女常常睡，睡坏了卵子，坐下了罪……'。鹿鞭、鹿茸、鹿血、伟哥，还有叫什么'来得快'的针，好贵，壮阳呗，土法洋法一齐上！后来，用啥都不顶事了……"

乃青："唉，他本不是这样的人，权力毁了他。无官不贪，无贪不淫嘛。"

"他们'烈酒一瓶两瓶不倒，钞票三万五万敢要，女人十个八个能搞'，现在有些产品发布会、境内外订货会都有小姐特别服务，普遍的潜规则，你老爸哪能违抗。"

"是啊，不那样就混不下去——那，你不跟他闹？"

"起头闹过，有啥用，越闹越糟，有时他还说：'男女这个事别那么较真。当年在延安那会儿，每周开舞会，跳着跳着就进屋上床了。文工团里模样好的娘们，从这个首长床滚到那个首长床……从老毛开始，谁都那样，要不贺子珍都被他气疯了'。我说'你也跟着学了呗'，他说'我们当兵哪敢，干熬受不了只能用手自己干自己，放空炮打飞机'。"

乃青："是啊1941年整风运动中，丁玲看不惯，在《解放日报》

上写了篇文章《三八节有感》暗示他们的腐败，当即被打下去，直到1957 年与当时《解放日报》的主编陈企霞打成'丁陈右派反党同盟'。文工团进了中南海，真要'三宫六院七十二妃'了。彭老总实在看不下去："什么文工团，婊子团"，骂走了，老毛对他记恨在心……"

"看来，这是老革命传统，后来，我啥也不说了，他爱咋地就咋地。"

"是，在苏维埃那叫'杯水主义'，就是说男女那点事就像喝杯水一样。列宁听说问道'脏水也能喝？'，那意思就是'干净的水是可以随意喝的嘛'。不过渴急了就管不上干净不干净啦。"

她把脸往他胸上贴："那，我是'干净水'还是'脏水'呀？"

"你是清泉水。"

"你呢？"

乃青："我是带泥沙的江河水。'海纳百川'咱俩最后都是大海水。"

"就你爸喝多了地沟里的水把肠胃都喝坏了。现在有些富豪、官痞、党棍时兴搞处女，那多干净，你爸说他不干那事，真假难辨。假的脏透了，真的，给糟蹋了有些伤天害理……有几次下面人找来 10 多岁的黄花闺女献给他，说是'真的'，他没要。"

乃青："看来他还有那么点道德底线，唉，现在官场、商界糜烂得不成样子。'农民起义'进城都这样，历史大循环嘛。"

"我与他之间夫妻关系早有名无实了。"

"唉，苦了你了！这就是民间'二项基本原则'调侃的'老婆基本不用，工资基本不动。'"

"就是，他工资全归我掌握，他一个子也不要，奖金就够他整年随便花，还有项目补贴，提成，酬谢，要不然怎么住得起别墅。你爸人不坏，钱没少给我外婆，还给不少东西，也爱帮助经济上有困难的人。"

乃菁："小时候他对我可严格……唉，是官本位制度害了他。权力导致腐败！这个制度害死我妈，又毁了我爸！"

"他还对我说什么'人嘛，总有七情六欲，我这方面不行了，你正当年，外面有男人，我通情达理，绝不干涉'"

乃青哈哈笑了："你怎么说？"

"我说，什么呀，到外面找野男人？到哪儿找，你倒是给我找找呀！还是我到街上打广告'哪位男人要跟我睡觉？'"

"哈哈，他怎么说？"

"他说'不是这个意思，这种事情顺其自然。命中有时自需有，命中无时莫强求'。"

乃青点头："倒是这个理。咱俩事也是命中注定。不过，即使老爸再出不来了，我们的关系虽然不是血亲乱伦，还是'名不正，言不顺'跟永青，亲戚也不好交代……走到哪儿算哪儿呗。"

方俊的案子最后判为 20 年徒刑，开除出党，目前作为保外就医……没多久他就死在医院里。他的个人财产包括别墅被全部没收了，还从家中抄出大量现金、美元、黄金、珍贵文物等合计上亿元人民币，允许桂芝保留她个人账号上的款子回到奶奶那里住。她差不多每天都去乃青那儿。一次他对她说："我们这种关系发展下去前途暗淡，不管怎样你总是我继母嘛，还是趁年龄不是太大找个适当对象重建家庭，将来也有个归宿……"经他这么一说，她也就不再去找他了。他给她塞了一笔钱。不久，她奶奶过世了，悲痛绝望之下她感到了无生趣，上吊了结了苦命的一生。事先给乃青发了信告诉他，对她现在的房子和存款全部归他继承。收到信后他惊呼："你这是何必呢！"负疚含泪为她料理了后事……

二十　人生一世，草木一秋

话说，小磊母亲去世后，他爹生活还能自理，只是精神上孤单苦闷，小磊每天或隔天去看看他。90 年代气功热，他每天早晚坚持做功一个多小时，坚持一段时间身体各方面状况明显改善。一个时期法轮功影响力日益增强，伍爸也参加了。盛时练功者总人数上千万，遍布中国各地，引起官方警觉，在报刊上有人进行批判。1999 年 4 月 25 日，成千上万名"法轮功"学员聚集在中南海国务院周围，以静坐的方式要为"法轮功"讨个合法名分。时任国务院总理朱镕基出面接见代表听取申诉，表示炼健身可以少生病节省些医疗费嘛，这就是认可气功修炼的合法性。江泽民感到法轮功对共产党的执政地位构成潜在的威胁，但在政治局常委会上没有人认同，他说"你们真糊涂呀"，强行命令取缔法轮功。

此事引起社会极大关注，文学所理论室当然不在例外。特别是知道小磊老爸也卷入其中。如何看重法轮功的性质，搞社会科学理论的不能不闻不问。当时孔令奇当上了室副主任，他与主任商量是否室里搞一个小型座谈会议一下这个问题。主任认为可以自发的方式，由关注此事的同事自愿参加。于是一个周二下午以"宗教有神论与哲学无神论"为话题，几人在一起聊天。一个周二下午，吃过午饭在文学所理论室里休息的几位同事议论起这个问题，并涉及有神论的问题。在座没有人认同法轮功是邪教，郝大志说他看过李洪志的《转法轮》，感觉还有点道理呢……孔令奇明确认为把法轮功定为邪教是错的。小磊说他老爸有此书，他看了一点，觉得说得太玄，没看完，听大志这么说，打算有时间再看看。"

室里新来一位研究先秦文论的女博士生张小敏。对孔子研究下过一番功夫，她问道："听说，法轮功还写了本书《九评共产党》，把宗教信仰问题跟政治搞到一起性质就变了。"

小磊："嗯，性质是变了，这是被官方一步步逼上梁山的。《九评》这本书我看过，所谓"九评"是套用 1960 年代中共发表的对苏共的九篇批判文章的名目。法轮功在他们办的《大纪元》报上连续发表了九篇系列社论汇编成约 10 来万字的小册子。"

小张："主要论点是什么？"

小磊："其中历数了从 1927 年土地革命以来中共暴力建政的历史加以清算。"

令奇：""枪杆子里面出政权'取得政权后的和平时期仍然搞'暴力至上主义'就有问题了。"

小磊："是啊，他们声称'枪杆子取得的政权必须用枪杆子来捍卫'。"

小张：""唯暴力论'或'暴力至上主义'的源头在《共产党宣言》吧？"

小磊："《共产党宣言》是说过，人类至今以来的文明史都是阶级斗争的历史，阶级斗争导致暴力革命，认为资产阶级必须用暴力来推翻。年写的，1848 年欧洲革命失败以及 1871 年巴黎公社后，马克思恩格斯已经明确放弃暴力革命推翻资本主义的理念当前。欧美包括台湾，农民有了耕地还需要搞什么'打土豪，分田地'吗？美国近年有本书《意识形态的终结》统计，工人的福利也大幅度改善，劳资矛盾渐趋缓和，欧美二战后工人罢工的次数在逐年下降。”

令奇：“马恩之后，列宁与毛泽东还坚持阶级斗争、暴力革命与无产阶级专政是马克思主义的灵魂。”

小磊：“实践已表明这是错的。《九评》指出，1949 年之后，中共暴力残害的中国人，数目超过了之前近 30 年的战争时期。这本书中列举对迫害法轮功学员的案例的详细描述，令人毛骨悚然。书中还指出，谎言是共产党暴力的另一面，也是其暴力的润滑剂。这就是所谓'笔杆子'的作用嘛。但此书在历史观与思想理论的深度上有误区。一是刚才说的把共产党的罪恶归为马克思的学说；二是认为共产党是'邪灵附体'才犯下如许罪行的。”

小张：“邪灵附体？”

“嗯，这也是从《共产党宣言》开头第一句话来的。”

“一个幽灵在欧洲徘徊……”

小磊：“幽灵，不过是文学修辞。法国解构主义的德里达不是写了一本《马克思的幽灵》吗？书中引用了《哈姆雷特》中老王显灵让王子为他复仇……幽灵象征一种不灭的精神，并不就是邪恶的。”小张：“在欧洲马克思是幽灵，在中国孔夫子就是幽灵啰。”

小磊：“是的，孙中山的'天下为公'就是这个幽灵显现嘛。法轮功把唯论暴力归为马克思的学说，由此从批判进化论，张扬有神论，这种思路是错的。”

大志：“'邪灵附体'是怎么'附'的？”

小磊：“文革那阵人们是好像中了邪，是不是毛泽东一个人施的魔法呢？”

小张：“嗯，邪灵附体是说不通。”

小磊说他也不相信他老爸说的，有的人病了只要多念念"法轮大法好，真善忍好"，不用吃药就能把病治好……

大志：“对某些人某些病可以有一定的疗效，不过不是'九字真言'起作用，而是在默念这几个字时可以集中意念，避免胡思乱想，通过吐纳进行穴位气息按摩，起到舒通经络加强血液循环，有利于免疫力的改善。"

小磊："嗯，对慢性病，甚至某些癌症早期能起些辅助治疗的作用，从他们宣传的病案，如果不是胡编的话，对某些个案可以有特效，不过大部分病还是必须药物或手术治疗，说能包医百病是荒唐的。"他说起同老爸争论："人是神创造的，那么神是怎么创造出来的呢？也是用泥土造的？那是秦始皇造的，兵马俑。"

小张说："孔子不信神，也不否定神的存在。"

小磊："这与康德的态度是一致的，那就是把信仰与认知的问题区分开来。"

小张："孔子说'知天命，畏天命'。天命，他认为是存在的。"

小磊："天命与神并不是一回事。孔子说'五十知天命'，这也就是可知与不可知的问题，天命是可知的，神是不可知的。"

令奇："嗯，'知天命'，孔子没说过知有神。"

小磊："天命未知时，故'畏天命'，但是可以探知的，所以孔子五十开始学易，'韦编三绝'。从现在热议的科学前沿话题所谓量子纠缠，大致是说一个粒子与另一个无论相距多远，两者都会有相互作用。这样说，一个人的命运不是自我决定的，这可以说明定命论。至于如何预测又是一回事。"

大志："嗯，'死生有命，富贵在天'，孔子五十上下去请教过老子，就是探讨这个问题。"

小磊："这就从法轮功事件上升到纯学术层面了。"

令奇："今儿就到此为止吧。"

……

小磊回家同他爸爸说："爸爸，你练气功就练气功，干吗参加什么法轮功组织呀。"

伍爸："法轮功怎么了？这些人没干什么犯法的事呀。"

"任何组织都要到有关部门注册，批准，备案。"

"这也不是什么正式的组织，无非大伙儿聚在一起交换传授功法，交流练功的心得体会呗。"

小磊："不光练功吧，还搞什么'真善忍'宣传？"

"这是讲做人的道德修养，也不允许？"

"听说创始人李洪志还写了一本什么《转法轮》的书？这涉及信仰问题。"

"宪法上不是规定公民有信仰自由、言论出版自由的权利吗？再说，《转法轮》上明明告诫法轮功学员不要干任何违法的事嘛。"

"信仰属于宗教现象，除三大正教，新建的教派也需要注册备案。"

伍爸："法轮功没有教堂，没有教规，没有神职人员，不是什么正规宗教。"

小磊："当局已经把它定为邪教，你就谨慎点吧。千万别走火入魔了。"

"邪教是要干坏事害人的。法轮功练功健身，教人行善怎么是邪教呢。我看中共干了那么多坏事，害死几千万人才是邪教哩。"

小磊："这不是一回事，中共罪恶远比任何邪教深重，说它是邪教太轻巧了。共产党有国家机器，有正规军队……这是任何邪教拿到的。共产党把法轮功定为邪教要取缔，爸爸，你还是小心些，练气功健身没错，其他活动就别参加了。中共整人，你不是不知道，你这么大年纪身体又不是太好，万一被他们整，你受不了。"

……

不久所有官媒开始大规模声讨法轮功。

2000 年除夕，中央电视播放了"法轮功"学员刘春玲等 5 人在天安门广场自焚事件，声称："自焚事件完全是李洪志对法轮功痴迷者进行蛊惑、唆使和直接精神控制的结果，是一起有组织、有预谋、有计划、有步骤的罪恶活动。"

2 月 24 日，北京市人民检察院对这起自焚事件的直接组织者刘云芳、薛红军等人依法批准逮捕，另一名直接组织者王进东正在医院接受治疗"。小磊立即到父亲那里问他看了这条消息没有，父亲说："看了，不止一遍，七点半的新闻联播看了一遍，10 点钟的晚间新闻又看了一遍。我琢磨这事有些蹊跷，难道自焚的事有人预先通知央视，叫他们准备好派摄影记者现场去拍摄像的吗？"

小磊想了想："嗯，这是有点不可捉摸？自焚也就是一瞬间的事，怎么那么巧让央视赶上了？是不是他们早就得到了情报？"

过了几天，老爸把小磊叫去，问他："昨天央视的'焦点访谈'看了没有？""昨天有点事没看，怎么了？"

"'焦点访谈'用慢镜头回放了那天自焚现场的录像。我看得清清楚楚。自焚者刘春玲身上的火已经快灭，或然有个身穿大衣的男人用好像是灭火器的什么东西猛地击打她的脑袋，她随即倒地。那东西从她脑后飞出落地……"

"哦，是吗！"

"这表明他们是预先策划，电视台与公安局都做好准备，设计，导演的自焚现场。"

小磊觉得老爸的分析很有说服力："嗯，不过既然是央视公开播放的现场录像，他们不是提供了预谋造假的证据了吗？"

"他们既然拍了不播也不行。他们要把法轮功打成邪教，老百姓都不服。他们才想出这种办法抹黑法轮功，糊弄老百姓，干这样的坏事总是要露出马脚的。"

小磊："这个问题应该调查追究。"

"调查追究？除了他们自己谁有这个权力？哪有老百姓说话地方。"

小磊："爸，这事先不要在外面议论。如果真是他们在背后密谋策划的，善良的人们一时半会不可能知道真相。所有舆论工具都牢牢掌握在他们手中，公开说出去官方会狡辩，反以造谣惑众治罪，将来总有水落石出的一天。"

　　果然，这一恶性事件曝光之后，当局对法轮功展开全面的清剿。江泽民在内部指示对法轮功要"名誉上搞臭，经济上搞垮，肉体上消灭……打死，算白死！"由此拉开了大规模残酷镇压的序幕。公安部秘密成立了专门镇压法轮功的 610 办公室，进行了全国大抓捕，各地法轮功修炼者遭到极其残忍的迫害。李洪志与大批法轮学员逃往境外，有压迫，就会有反抗，《九评共产党》因此出台。一场旷日持久的维权抗争在世界各地展开。法轮功不仅没有被消灭，在世界各地招收学员，规模与声势反而越来越浩大。中共总是"搬起石头砸自己的脚"。同当年六.四一样，法轮功本来并没有想要打倒共产党，没有什么政治色彩，中共的镇压把他们逼上梁山。他们公然打出"天灭中共，天佑中华"的口号，长年累月在境外游行示威，并主办了华文报纸《大纪元》以及《新唐人》《明慧》等网站，并建立了自己的艺术演出团体"神韵"，在世界各地巡回演出，并开展"三退（退队，退团，退党）"活动。成为一股强大的争取民主、人权的反共势力，并与六.四逃亡的民主反共人士形成了广泛的全球统一战线。不过，在知识界的民主自由人士中对法轮功有不同态度，固然很少有人公开支持官方镇压，明确支持法轮功的也不多，绝大部分持旁观态度。在学术界与周末俱乐部的单身朋友们大致也是这种情况。

　　在此期间，有天，伍爸在常去的附近公园练功，偶遇一位中年人表示想向他学，伍爸告诉了他练功的要领，此后常碰见他，在一起炼了些日子，那人似乎有些入门，聊天时问伍爸炼的是哪种功法。伍爸说："甭管哪种功法对于健身效果大同小异，掌握了要领，能够长期坚持就能收效。"

　　久之，他俩连练功带聊天，难免涉及法轮功的问题。那人表示对法轮功的同情，以及对当局的不满与伍爸挺对付。谈到天安门自焚事件时，伍爸说出自己对央视报道的疑点。那人点头道："练功的人太多难免有走火入魔的，不过以自焚这种激烈的方式抗议似乎有些过分，如果这事件真是官方做的局，那也太恶劣了。"

"狼和小羊的故事不是说，它要吃你他总能找到把柄。"

接着他们谈到了六·四，进而大骂共产党……那人听说法轮功出了一本书，他想看看。伍爸说是《转法轮》，他说另外还有一书是专门揭露共产党罪恶的，伍爸问，是《九评共产党》吧。那人说："对，对，总听人说这本书很好，想找来看看。不知哪里能找到？"

他俩又在公园相遇，炼完功，伍爸见周围没有人，从小提包时在拿出一本用纸包着的书递给那人说："回去打开，看完三天后还给我，我也是借来的。"

……

几天后的一个夜晚，两名公安突然袭击，在伍爸家抄出了一些《转法轮》与《九评》，于是把伍爸戴上手铐带走了……公安局让文学所通知了小磊，给他老爸安上的罪名是"散布谣言，传播非法出版物，涉嫌煽动颠覆国家政权"。在看守所关押审讯时间，伍爸拒绝交代《九评》那本书的来源，他们决定作为刑事案由检察院对他提起公诉。小磊通过社科院法学所为他聘请了能力较强的辩护律师。法院开庭审判那天，小磊被允许出庭旁听。在法庭上，法官宣读公诉状：

（一）根据《中华人民共和国刑法》第 103、第 105、第 113 条的规定：'组织和利用邪教组织，组织、策划、实施、煽动分裂国家、破坏国家统一或者颠覆国家政权、推翻社会主义制度，以煽动分裂国家罪或者煽动颠覆国家政权罪定罪处罚'；（二）依照《中华人民共和国刑法》第 103 条第 2 款与第 105 条第 2 款的规定：'明知出版物中载有煽动分裂国家、破坏国家统一或者煽动颠覆国家政权、推翻社会主义制度的内容，而予以出版、印刷、复制、发行、传播的，以煽动分裂国家罪或者煽动颠覆国家政权罪定罪处罚'。（三）被告伍永福散布谣言，声称：2000 年除夕中央电视《新闻联播》有关李洪志天安门自焚事件的报道是事先预谋、导演的阴谋。根据《刑法》第 246 条规定：'捏造事实损害国家形象，严重危害国家利益属刑事犯罪'。

根据以上三项刑法，经过公安部门查获被告法轮功成员伍永福家中收藏并向他人传播非法出版物《九评共产党》，以及在公园造谣诽谤中央电视《新闻联播》关于李洪志制造天安门自焚事件的报道为官方预谋策划的，通过证人提供的证词，严格核实，检察院公诉认为被告伍永福犯有以上各项刑法。

被告伍永福，你对以上诉状提出控告的事实是否承认，是否认罪？"

伍永福："第一，我收藏了《九评共产党》一书并借阅给公园的一位朋友，我不认为这是犯罪行为；第二，我发现中央电视《新闻联播》除夕播放的天安门自焚事件报道的许多疑点并对人议论，并没有触犯法律。因此我拒绝接受公诉书对我的指控。请我的律师进行辩护。"

法官允许律师辩诉。

律师："第一，公诉所说被告伍永福'组织和利用邪教组织，组织、策划、实施煽动颠覆国家政权、推翻社会主义制度罪'，是以被告参加修炼的法轮功是邪教组织为前提的，首先被告只是参加法轮功的普通修炼者，控方没提供他是法轮功的发起并组织者之证据。其次关于法轮功是否为邪教，应该依据国际关于定义邪教的共同标准，据统计世界上除三大正教外有上千万种大大小小不同的教派，被公认为邪教的只有教唆上百名教徒集体自杀的美国的人民圣殿教，以及在地铁上投放沙林毒气的日本奥姆真理教。然而控方没有提供任何犯罪依据判定法轮功作为邪教组织。第二，关于被告收藏、向他人借阅的《九评共产党》小册子虽然没有正式出版，但认为它有'煽动分裂国家、破坏国家统一或者煽动颠覆国家政权、推翻社会主义制度的内容'，对此没有进行任何认证与鉴定。再者，即使该书以上内容，被告并非该书的作者而是读者和收藏者，根据'文责自负'的通则，对该书内容不负有任何责任。作为读者对阅读对象可以持肯定、否定与中立三种不同态度，起诉书并没有指认被告是何种态度，所以以上指控的罪名不能成立。第三，对央视播放的关于法轮功天安门自焚报道，被告提出怀疑：1）央视是怎样得到当晚有人自焚的消息的，难道自焚者本人会通知他们吗？2）天安门广场的灭火器一向是放在什么位置的，离自焚现场的距离需要多少时间方能进行扑灭火势，也没有任何交代；3）录像显示现场有人用重物击向自焚者的视频是央视公开播放的。根据以上三点对被告'造谣诽谤'之指控不能成立。根据以上所述，本律师认为，法庭应撤销对被告的公诉，宣告其无罪，立即予以释放并赔偿对其非法拘禁的损失，辩护完毕。"

法官："被告伍永福对律师的辩诉有什么要说吗？"

"本人完全同意律师的辩护。"

法官："本庭宣告辩护无效。本次开庭审理结束，暂时休庭，何时再审，等候通知。"

此后不久为伍爸辩护的律师以嫖娼罪名被捕拘留……过了一个多月，伍爸接到法院传票，指定日期让他到法庭。开庭后法官宣告此案审理结果，判决如下：

根据《关于办理组织、利用邪教组织破坏法律实施等刑事案件适用法律若干问题的解释》第一条冒用宗教、气功或者以其他名义建立、神化、鼓吹首要分子、通过制造、散布迷信邪说等手段蛊惑、欺骗他人、发展和控制成员、危害社会的非法组织，应当认定为刑法第300条规定的邪教组织。被告伍永福作为邪教组织成员犯有以上罪行，本庭判他有期徒刑8年。被告是否服从判决？

伍爸这一时期与小磊在家进行了充分的准备，自己辩护道："《中华人民共和国宪法》第35条规定："第36条规定：'中华人民共和国公民有宗教信仰自由的权利'。"我参加修炼气功的组织，没有干任何你们所说的违法行为，凭什么对我判刑？"

法官反驳道："宪法总纲第一条规定'中华人民共和国是工人阶级领导的、以工农联盟为基础的人民民主专政的社会主义国家'。第二款规定'中国共产党领导是中国特色社会主义最本质的特征'。公民的一切权利，包括信仰自由、言论自由等等，都不得与宪法的这条总纲相悖。被告伍永福散布的《九评共产党》的非法出版物对中国共产党进行了全面的否定与攻击，就是煽动颠覆中华人民共和国的国家政权。其次被告还散布有关天安门自焚反革命犯罪事件的反政府谣言，犯罪情节严重，其本人辩护无效。"

伍爸说道："中华人民共和国的主席到全国代表大会没有经过全体国家公民投票选举，这样的权力机构没有合法性。这个国家不是民主法治国家。中国共产党的所谓'社会主义制度'已有大量的事实揭露也是假的。中国共产党极少数当权者靠宗族血统与裙带关系维系的特殊利益集团把公权化为己有，垄断生产资料与自然资源，大搞权力寻租、权钱交易、官商勾结，中饱私囊，实质是欺压盘剥人民的封建官僚权贵的资本主义。中国社会不到 0．001% 的人占据了 70% 以上的社会财富，官僚权贵们将掠夺的财产转移到境外是出卖国家利益的罪行。统治国家的中国共产党奉行其最高领导人毛泽东'无法无天'的信条，几十年来残害了数千万无辜的同胞……这样的一个祸国殃民没有任何合法性的政权，有什么资格判决别人'违法'。难道任何一个有良心的公民呼唤民众觉醒与之斗争，加以颠覆，不是顺乎天应乎人的正义行为吗？"

法官哑口无言，威胁吆喝道："你还要强词夺理。你不知道共产党'坦白从宽，抗拒从严'的政策么！"

伍爸继续争辩；"'法'就是全民手中的一杆秤。法庭是让事实说话的地方，在这杆秤上衡量、分辨、判定被控者的罪名必须以事实为据。《九评共产党》所说的那一件不是历史的事实，你们拿不出任何证据证明它散布的是谎言。在宪法赋予公民的言论自由权利下，你们不让这样的书公开出版，不敢让人民知道事实真相，而你们的大量给民众洗脑致残的谎言出版物却堂而皇之大行其道。中央电视台对天安门自焚事件现场录像的公开播放，已经证明此事件是官方精心策划，预谋，自编自导地表现出骗人的把戏。关于这一点上次开庭时我的律师已经加以充分的论证与辩护。撒谎造谣的也是你们，应该接受正义审判的是你们。你们执政几十年里害死几千万无辜者犯下了反人类罪行，在这个法庭上我是原告，你们是被告！"

法官用槌子敲击桌子打断他，气急败坏道："你，你，你，大胆咆哮法庭！法警把他带下去！此为终审判决，立即送监执行，不得上诉。"接着宣告审判结束，命令法警把伍爸戴上手铐带走……

此后，小磊多方设法营救，通过当上全国政协委员的方鼎青，半年后以 86 岁高龄身体有病为由保外就医……

在狱中伍爸遭受着种种不留伤痕的酷刑，如轮番审讯，深夜强光照射下不得入睡，关押小号，后背手铐等等精神折磨。伍爸进行绝食抗议，被捆绑强制输液，出狱时已是奄奄一息，半年后含恨离世。

在各地大小城市与农村对法轮功学员的残酷迫害更是骇人听闻，令人发指，引起国际人权组织的关注。许多为遭受迫害的法轮功练功者进行维权的律师，如山东的陈金诚、高智晟等，也被拘禁，遭受非人酷刑，并长期失踪……

此后一阵子，小磊为宣泄胸中的愤懑在理论室、周末俱乐部以及岳父、林瑗等亲朋好友在一起多次交谈此事。江泽民是迫害法轮功的元凶，大伙议论这些年频传的江泽民丑事，他的糗事三天三夜都说不完，臭气熏天。人称他为"江大蛤蟆"，说他作为军委主席，"远看没肩章，近看没带枪，双手托着个大肚子，原来是老江"。有些传闻可能有真有假，如传说他与幕僚曾 XX 的老婆陈 XX 在卧室"办事"时，曾 XX 在外面把守。比较可信的是他与当红歌星宋 XX 的丑闻，说有鼻子有眼，有次演出宋唱完，江上台接见握手时塞给她一张小纸条"有事找大哥"，此后在海军招待所内乱搞。……一次在四川演出，宋独唱湖南民歌《龙舟调》

"正月里新年啰，咿哟喂……"唱到"妹娃子要过河哟喂……哪个来推我一把吗？"

台下众人高呼"江爷爷！"据说，宋蒙此羞辱向江哭诉。江大怒，责令当地公安局对比追查。最后没有查出任何结果，不了了之。

　　那年出访苏联期间，江搂着叶利钦的膀子恶心地啃，此照片在美国西雅图国际机场置于通道，供乘客耻笑。在西班牙一个高端外交场合，他从西服上衣口袋掏出把小梳子梳头，在场者无不瞠目结舌，全世界传为笑柄。这厮不仅附庸风雅，还酷爱显摆，出风头。据说，他幼时学过几天钢琴，出访德国期间，在萨尔茨堡参观莫扎特故居，在莫扎特亲自用过的钢琴弹起《洪湖水浪打当浪》。且不说水准之低劣，竟然无视小学生也懂得珍贵展品'不许触摸'这条规则。即使世界最伟大的钢琴大师来此也不敢触碰这架琴，他却自以为'太上皇'的身份可以肆意妄为。央视新闻报道，有次他与李鹏在出国访问，专机空姐哄抬他唱了一首新疆民歌《可爱的一朵玫瑰花》，装模作样，丑态百出，令人捧腹喷饭。有些马屁精吹嘘他"会五国外语"．多才多艺……从这些细枝末节上足见毛泽东的"无法无天"做派如何为共产党党魁们以不同世代传承。大家又说起网上流传，新近研究二战史的学者吕加平考察的江泽民的历史，揭露他有"二奸二假"问题。他的烈士出身有假，1940 年 11 月汉奸汪精卫的日伪政府成立后，他的生父江世俊（江上俊）改名江冠千出任南京汪伪政府宣传部副部长兼社论委员会主任委员，因此他从来不提亲生父亲。江世俊送江泽民去学费昂贵的扬州中学，还送他去汪精卫伪政府办的伪中央大学读书，并在那里参加了汉奸的外围青年组织。他六叔江上青 1928 年参加了共产党，1939 年被乱枪打死时才 28 岁。于是江泽民乘机声称自己被过继到他六叔门下是为烈士子弟。1946 江伪造了自己的身世加入中国共产党。江泽民大权在握后，迫不及待地组织了一个专门写作班子为自己树碑立传。这个写作班子在走访搜集资料时费尽心思、不辞辛苦也找不到其能服人的政绩，反而了解到其大量鲜为人知的不光彩一面，其中就包括伪造烈士出身的问题。江泽民对这个写作班子非常恼火，命其立即解散。但人的嘴巴不上封条总有缝隙，江的丑事还是被陆续传了出来。知情人透露江泽民 1955 年赴苏联实习一年期间曾与一女谈恋爱，此女涉嫌间谍。沙俄原本是一个传统的欧洲国家，自 16世纪后期开始，沙俄开始不停扩张，最终在 17-18 世纪统治了现今广阔的西伯利亚地区，开始与清朝接壤。为了进一步扩张自己的统治，沙俄将目光投向了富庶的东北地区，开始频繁在边境制造冲突，并且在康熙十年左右派兵侵占了原属清廷的雅克萨。在康熙二十八年，双方议定了不平等的《尼布楚条约》。随着清廷实力的日渐削弱，沙俄不断对清廷土地进行蚕食。至民国初年，沙俄累计吞并了清廷数百万平方公里的土地，沙俄也由此成为中国历史上侵占我国土地最多的国家。吕加平揭露 1991 年江泽民访苏期间正式签署中俄《尼布楚条约》，确认了其"合法性"。吕加平揭露江的"二奸二假"在网络上被传遍，后来他遭到迫害。

小磊利用网络批判新左思潮，迂回曲折地与中共专制极权主义斗争。另一方面，虽然自己的父亲作为法轮功学员遭受迫害致死，但他思想上对法轮功的宗旨与宣传并不完全认同。特别是，法轮功的宣传材料中把中共的罪恶归根于马克思，在媒体上传播西方极右分子所写《马克思的"成魔之路"》一书，对马克思进行造谣诬蔑。书中称青年时代参加撒旦教，"与撒旦签订了协约……一旦死后他的灵魂将属于撒旦……马克思作为共产党的教主，用无神论、唯物论来掩盖共产魔教的真面目，想得到从心灵上毁灭人类的目的……"。这并不合乎历史真相的谎言引起小磊极度反感，认为这背离了法轮功"真"的法则。为此他写了一篇较长的博客文章《一个真实的马克思》发表于网站。文章叙述了青年时代马克思深怀对下层百姓苦难的同情，充分表述了自己以"为人类工作为自己的终生职业"之志向。小磊的文章中论及马克思青年时代有些诗作中关于撒旦的问题，指出，这与马克思所推崇的英国诗人密尔顿的长诗《失乐园》一脉相承。《失乐园》是以"对《圣经》中的撒旦形象进行了颠覆，弘扬个性解放的精神"。在《失乐园》中，撒旦走出《圣经》成为一个为了自由反抗上帝的专制之叛逆者和斗士。马克思认为，密尔顿所塑造的撒旦形象是一种为人类解放对旧世界秩序'离经叛道'之典范。林瑗将这篇文章在《前进报》上转发了。

21 世纪以来，大陆知识界中有些自视清高的精英，怀念被美化改装了的"80 年代"，无视当时崛起的官僚特权阶层的腐败，特别是他们刻意遗忘六.四大屠杀的罪行，吹捧邓的功绩。这些人把法轮功的反共争取民主与人权的斗争贬为对江的"泄私愤"。这实际上有意无意开脱了当局的罪责，反映了知识精英中极右与极左思潮的合流。小磊在通过微信私聊与他们展开辩论，认为尽管法轮功的某些见解有所偏颇，但作为弱势群体反抗中共的迫害与镇压，对作为普世价值的诉求是正当的。他们坚持不懈抗暴的斗争已经成为全球进步潮流中的一股不容低估的力量。江泽民为首的顽固势力对他们的残酷镇压犯下了反人类的罪行。

2001 年甘粹先生在京去世，小磊与林瑗参加了他的追悼会……小磊哀叹："一路走好，不幸的人，总算可以与他相爱者林昭重逢了……"

1999，20 世纪进入最后一个年头，小磊在这个世纪整整度过了 60 年，在李蕾去世后的大半生中也曾与多样的女性交往过，有身体的，更多心灵的接触……12 月底，在这个世纪的尽头，仍然孑然一身。"花间一壶酒，独酌无相亲"。吃过最后的世纪晚餐，他到窗前，见外面正下着本世纪最后一场，也是今冬第一场大雪，无以"举杯邀明月，对影成三人"，无法"我歌月徘徊，我舞影零乱"。他眺望着茫茫大雪，想起了李白的词：

"平林漠漠烟如织，寒山一带伤心碧，暝色入高楼，有人楼上愁，玉阶空伫立，宿鸟归飞急，何处是归程？长亭更短亭。"不知此生"何处是归程？"反复吟唱着"长亭更短亭"……

正在此刻电话铃响了，俱乐部中的头号发烧友荣振辉，打电话约他次日到香山拍雪景，说是有两位新参加俱乐部的女士形象好，她们也应约前去，还有老满也去……小磊不大想动，谢绝了，过会儿，他占了一卦，得"雷风恒"，呈大吉之相。于是立即回话给老荣说改变主意了……

次日一早，雪停了，小磊到达香山停车场时他们还未到，他在那里转转悠悠，抱怨他们不守时……老满老荣相继到达后，约好的两位女士姗姗来迟，一位于蓉蓉另一位张小燕。她俩是自办《房产报》的搭档。小燕是主编，还有一位工作人员没来。他们没有进碧云寺，一行 5 人沿寺庙外墙垣另条山道慢慢踏雪向上走，一路上给两位女士选景拍照。上山小路坡度很缓，蓉蓉走在小磊前面，回过头来向他作自我介绍：她来自哈尔滨，属鼠，39 岁，中文系毕业，记者，有个 19 岁的女儿即将高中毕业，寒假来北京。取景拍照时，她爱主动选景，其实她并不懂拍摄效果，小磊为了不扫她的兴也迁就她按下了快门。她脱下大衣时，紧身毛衣显出很好的身材。她还伸出双手在一段树干上让大伙拍，说："我的手好看吗？"她的手长得确实很美，不长不短，不粗不细，不尖不钝，不露骨不显肉。他们从香山，绕到植物园，在那里又碰到庞湘生等几位朋友，在一起走了一会儿，又分开了。他们 5 个绕到后山。有一处空旷地据说是满清时皇家练兵的地方，有数人合围的老树，还有座炮楼，颇适于取景摄影。二位女士确实是不错的模特儿，很会摆姿势，表情自然……3 位男士咔嚓咔嚓快门按个不停，这一天大家玩得很开心，黄昏时分，小燕请男士们到她们那里吃饭。要了辆出租，5 人挤在一起，到了她们所租办公室楼下面的一家饭店，她们取了瓶干白大家喝了，酒足饭饱后才散。

小磊很快就把照片冲印出来了，整体效果还不错。过了几天，俱乐部朋友们相约在天桥附近的一处餐厅聚会。小磊到了那里，上楼时正好碰到蓉蓉下来，她说大家都在上面。在香山那天，她是披发，这次她挽了起来，衬出她鸭蛋形脸庞。灰毛衣外加一件黑色紧身皮坎肩，比去香山那天更显得妩媚动人。她的老板小燕也在场，小磊拿出那天拍的照片，大家看了称赞一番，便分给了她俩。老荣为他们拍的还没有冲印出来。餐厅里有卡拉 OK 机，小磊带了一张俄罗斯歌曲音碟唱了起来。到场的大约 10 多 20 位，会唱那些老歌的朋友不多，差不多是小磊一人在唱，后来也有人带别的碟大家唱了几曲，其中一位新来的黄女士唱得很好。在同一张桌，蓉蓉坐在小磊对面，她时不时有意无意伸出那双美丽的手……她不是像影星、名模那样一眼看上去就使人惊艳的美女，然而很耐看，标准的鸭蛋脸型，有点丹凤眼，鼻子不大，两排整齐洁白的皓齿，特别是身材婀娜多姿，颇得男士们青睐。男士中比较帅气也是众多女士所瞩目的吴绪当场给她递上名片……

小磊确实动心了，有天给她办公室打电话她不在，小燕接的电话。她明白小磊的心思，给他当头泼了一大盆冷水，说在当地朋友夸她的容貌"盖过半拉哈尔滨"……有一个加拿大华人追她，她还不干哩，小磊大她 19 岁，意思是叫他别白费劲了。小磊想起，比他小 16 岁的汪文秀还嫌他老呢，不过他并不甘心，过天又去电话约上她答应到他家。那日小磊准备了丰富的晚餐，主打菜做一个鱿鱼海参汤泡锅巴，干红葡萄酒……约好 5 点到左家庄公交站接她。天还没有完全黑，路上还有积雪，小磊骑自行车接到她，慢慢推着车两人谈着话走了回来。

她参观了小磊的新房子，小磊向她亮出了自己一本本著作……接着准备晚饭，小磊在厨房做菜，她在旁边一面帮忙，一面说话。她笑着说："我不是属鼠，属狗……"原来，也就是为了显得年轻些瞒了两岁，没过 40 找对象可能容易一点。小磊听了非但没有怪她反而暗自高兴，根据天干地支生克刑害之关系，自己属兔，干支为卯，肖狗者干支为戌，戌卯相合。原来她读的是电视大学的中文系，她们的那个报也只有 3 个人在那里鼓捣，实际上不是什么正经报业，实际上是不定期发布房地产信息，从开发商那里搞点资助。小磊对她玩的小花招有些好笑，像是孩童般的天真，也就拿她当孩子开玩笑："你们那个记者证原来是自制的。"她不好意思地笑了……虽然他们不过第三次见面，却完全没有陌生感，有说有笑，在一起很放松。

她父母都已病故，父亲曾是哈尔滨一家小工厂的老板。家境原本不错，文革中被洗劫一空。她初中毕业后，在当地插过队，得益于 12

岁开始学过一阵琵琶，当上了小学音乐老师，没有下地干过农活。回城后进了一家食品加工厂当职工，企业改革后厂子倒闭后了，自家开过压面作坊，赚的钱让前夫赌博败光了，婚姻破裂后她什么财产也没有剩下，空手到秦皇岛、佛山、深圳等地闯荡过几年都没有立下脚跟。有位在上海的女同学帮她在那里找过对象，去见了面也没成。她二嫂在北京，提议她来碰碰运气。于是她到了北京，认识了办婚介的薛铁华，通过档案认识了几个男士，其中还见过一个部队师长，一个怀柔的小财主等都没成。薛铁华也是单身俱乐部黄埔一期的，把她拉了进来。她打算在俱乐部物色一位优秀的男士，薛铁华说，小磊各方面条件很好，就是年龄相差大了些……她呢，在当地找高人算过命，来北京也曾到雍和宫许过愿，心里有数所以在香山与小磊初会双方似乎便"一见倾心"，虽无年轻人那般浪漫，却真是"有缘千里来相会"。那天在小磊家当晚他留她，她说"小燕要笑话"，礼节式地轻轻地拥吻了一下，小磊就送她走了。之前，她在北京居无定所，临时住的是薛铁华大款哥哥的房子，也租过地下室……到小磊家那次，他俩就算"私订终身"了。她女儿于娜寒假来北京，她们母女俩就搬进了小磊的住处。女儿明年暑期高中毕业，青春靓丽，个子比她略高，苗条，歌唱得好，有音乐天赋，小磊很喜欢。小磊在家给她俩拍了些室内黑白照片，加上了当时流行的梦幻镜片，三人相处和谐愉快。

在一次俱乐部朋友们的一场舞会上，小磊与蓉蓉当众曝光了他俩的关系。在场的老满指着小磊的鼻子笑着说："嘿，嘿，你真行"。老荣也在场，说自己是大媒，大家为他俩一番祝贺，自不在话下。

虽然，他俩相处时间不长，蓉蓉给人的印象是开朗、活跃，喜怒哀乐形于色、清澈见底的那种。她爱笑，不是那种不露牙的莞尔一笑，不是秋波荡漾，勾人心魂的嫣然一笑，也不是爽朗女性最常见的银铃般格格地媚笑，而是傻呵呵的连环炮般"嘿、嘿……"地笑。一点不会含蓄、深沉，不矜持，也不会撒娇，大大咧咧，傻傻呵呵，没有心机，不过好像还没达到所谓"傻大姐"那种程度。她自己说有时外出办事、说话不着调，小燕就叫她"傻娘们"。小磊想起儿时在上海有首歌《傻大姐》：

她顶顶傻，鼎鼎有名的'傻大姐'／3+4 等 7 她说等于 8／同胞们想一想，岂有此理，哪有此事讲鬼话／她为什么傻，就是没有学文化／有了文化就不会这么傻。

小磊认为主要是一种女性的性格类型，文化程度高低并不起决定作用。"女子无才便是德"，换个角度看，并不一定就是对女性的轻视，他想起曾在网上见过有个帖子说："家有傻妻，其乐无比。早晨，老婆从被子里伸出胳膊来问：'老公，我胳膊好看吗？'……"那次在香山蓉蓉伸出手让人拍，不就是这种感觉嘛。她们招展自身的美妙本属于自然的一部分，有如春花之必绽，秋水之必潆，如盛夏凉风送爽，冰雪严冬之暖阳……在傻与憨近义，所谓"憨态可掬"，有天真、纯净之美意。

那年春节期间俱乐部有人发起组织新老朋友 10 多 20 人到河北沙城一温泉休闲地，相约在那里一家温泉宾馆聚合共度春节长假。老荣、老满、薛铁华、乐平、全祥瑾和小燕等都来了，小磊与蓉蓉的关系进一步公开了。晚饭后大家泡温泉，在浴池中，北京贸易学院的教师乐平对蓉蓉说："你可逮着个大家伙……"。她说，小磊与蓉蓉两个能够相互欣赏，还说你俩结婚后还会有人追她……可能她有某种特异功能，这些预言后来都一一应验了，此前蓉蓉到雍和宫许过愿，过阵子还要去还愿……

第二天，大伙打车去游览附近的鸡鸣驿。这是明代建立的京城联络西北各地，传递官方文书中转的驿站。据称是中国唯一现存的大型古代驿站。未经开发为旅游景区，现在只是一个村落，破败的古城墙里面有一座城楼，见证着 800 多年的朝代变迁，古趣盎然。现在当地还有农民居住在驿站内，靠种庄稼为生。其中不少民居大多破旧，有的房屋已废弃无人居住。古城墙和古建筑也部分残存下来，未经修茸，荒凉中显露着历史的沧桑。在站内转悠一过，附近有一座小小的鸡鸣山，大伙去爬了一半觉得没意思，有人建议去不远的涿鹿县传说中黄帝大战蚩尤的古战场所在，于是打面的到了那里。当然不可能有任何古战场的遗迹留下，附近倒有一座规模不小的寺庙，看样子是后来新建的。小磊的相机全程发挥着很大的作用，给蓉蓉母女拍了不少。一路在车上叔叔阿姨们叫小娜唱歌，她用日文唱了《北国之春》，声音好，乐感强，很有味道，讨大家的喜欢。最后一程到了河北宣化，也看了看那里残破的古城墙，在那里吃了晚饭，回来又在温泉宾馆住了一夜，第三天返回北京，过完春节寒假很快结束了，小娜准备返校，小磊特地炒了水磨年糕，装上饭盒让她带着上路。

小磊与她婚姻登记后，社科院人事部门以国家部委的特殊规定把蓉蓉母女的户口迁来北京。有人揣测这门婚事是小磊的房子与北京户口起的决定作用。当然不会有人在小磊面前明说，他敏锐地感觉出来。甚至有人暗暗为之捏一把汗，以为这不相称的婚事长不了。他暗自思忖这种担心不无道理，一个貌美的外地女人，与自己年龄相关如此悬殊，就轻易以身相许，会不会暗藏风险？如果对方并不诚心跟他过到底怎么办？他自己也感到，相处时间如此短，对她的过去和人品尚未充分摸透，为什么竟然没有一点防范意识？他完全凭直觉做出这样大胆的抉择，命运就是这样安排的吧。一次聚会上开电脑公司的小魏当众直白地说："像蓉蓉这样的，凡是男人都喜欢。"确实像蓉蓉这样没有什么虚荣心的女性真的不多。同这样女人在一起生活没那么多事。

小磊记得儿时上海小市民中一首流行很风趣的歌曲《夫妻相骂》：

　　（妻）：自从嫁了你呀幸福都送完 / 没有好的穿呀，好的吃，没有股票呀，没有田地房产……这样的家庭，简直是殡仪馆，

　　（夫）：自从娶了你呀每天听你烦 / 你说投机商呀，我不干，

……良心你不管／名誉你不关，难道你要我坐班房，

这样的女人，简直是原子弹

（二房东）：你们搬了来呀，邻居都不安／不是女的哭就是男的喊，这样的家庭，简直是疯人院！

有次郊游中，王春生称赞蓉蓉说："她不单单是容貌好，性格也好。"阳光透明性格的女性，像泉水一般清澈见底，不仅男性，女性也愿意与她在一起。后来一次聚会中老满称道："伍老师人好，命好……"

确实，在新世纪来临的曙光中，小磊命运随之进入新的阶段：他人生中姗姗来迟的另一半终于出现了，像一缕阳光照进他30多年暗淡的人生；像一股清泉注入他干涸的心田……有次在小汤山温泉集体活动，俱乐部王丽华和苏梅问蓉蓉婚后情况："你现在还不到退休年龄，没有养老金，花钱得向伍老师要吧？"

蓉蓉说："他把钱就放在抽屉里，要用就拿，不必问他要。"

她俩还问起他俩婚后性生活是否协调。她回答很干脆："性功能并不完全决定年龄，有的男的30多岁就不行了。他呢，一摸还挺硬，那就使呗。"把她们都逗乐了。

她把这话告诉了小磊，他说："我俩的隐私的秘密同别人说，你也不害臊！"

"那有啥，女人在一起什么不说。你们男人在一起不说呀？"

小磊道："荤段子当然不少，不过没见有人说自己的隐私，这就是男人同女人不一样。真是三个女的一台戏嘛。"

她乐了："你们男的在一起有哪些精彩的荤段子说来听听。"

"有些不都跟你说过啦。"

"有没有新的？"

他前不久还听到一些在知识分子中传开的荤段子：罗马尼亚男性以'斯库'结尾的姓名很多，被编成了一个个荤段子。该国举行一

场特殊的赛事，以被枪毙的前总统齐奥赛斯库为主题命名为"巧赛撕裤"，比谁撕裤子撕得巧，撕得快。结果一对情侣双双并列冠军，男的因"爱奶撕裤（19 世纪著名作曲埃奈斯库）"，女的因"波（女性乳房）隆被撕裤（影片《波隆贝斯库》是一位著名小提琴家的传记片）"……

她乐坏了："有知识的编出来的就是不一样，一般人哪知道这些名字呀。"

"这都是大学里学生编的，传了出来。"

"在哈尔滨，有人把三首歌编在一起被评为那年最佳段子：毛阿敏唱了一首《绿叶对根的怀念》，童安格接着唱，那就《把根留住》，紧接着费玉清唱的是《一剪梅（没）》……好玩不？"

"往后可不许把咱俩床上的事往外讲……"

……

前前后后，在俱乐部混了 10 来年，最后小磊总算得到爱的归宿。黄昏之恋没有年轻人那么浪漫、激情，却也和谐、温馨。果然如乐平预测的那样，那位叫贾斯汀的加拿大的华裔男士还来找过她。巧的是。原来这位正是汪文秀所说与她处过一阵的那位。蓉蓉如实告诉对方自己已经结婚了，他还不死心，想把她撬过去，没得手。小磊婚后双双到岳父母家见个面，让二老多年压在心上的一块石头终于落下了，他们也为小磊高兴，自是不表。再就是俱乐部的几位朋友为庆贺他俩的婚姻到附近的餐厅进了一顿丰盛的晚餐，乘兴唱了会卡拉OK。林瑗到场献上一束百合花，举杯祝酒道："匆匆人生，知己纵然难逢，而有缘确乎千里来会。小磊与蓉蓉，你们二位真乃天作之合，祝你俩并蒂连理，百年好合。"

他俩碰杯称谢，小磊不禁暗暗忆起当年坐在前进报社人事处的青春才女……面对这位忘年莫逆，叹她才情超凡、丽质脱俗，惜哉！遇人不淑，形只影单，孑然一身步入中年，不知归程何处？花甲自己竟走在她前面，想起那年同游黄山的情景：

问壑深几许，峰重几叠，帝都哪里，前路何终？

百感交集之下，只说出客套一句："友谊长存，愿尽快吃你的喜酒！"

小磊从林瑗念及在座的单身朋友，心中不由感叹：孤独，这个话题被说得太多。每位孤独者心中爱之火都未燃烬，熄灭，然而如梵高所言："身边的人们所能见到的往往是一缕青烟。只有极少数人能感到这团潜藏之火的温度。"这也就是鲁迅说的："得一知己足矣！"这种慰藉，语言是难以沟通的。无论男女，孤独，只有心灵自由放飞的强者能够使心中的火化成外在的力量，林瑗就是这样的女强人。

小磊与蓉蓉婚后不久，岳父母适逢 90 华诞，他俩一同去祝寿。薇薇夫妇带着孩子也到了。她爱人在一家公司上班，有个 3 岁多的儿子。四世同堂，两位老人家自然欢喜异常。独缺在美国的阳阳，小磊打听到他在那里一切顺利。在硅谷有了正式的工作，还参与民运，业余做自媒体，所以特别忙，有一华裔女友还没结婚。因为通缉令没有撤销，大使馆不给他探亲签证，回不了国。小磊盼望过两年退休后，跟随旅行团到美国旅游找机会见上儿子一面。

岳父与小磊谈起的毛泽东评传已经写了 10 万多字初稿，他说："现在又出了不少新传记，金冲及代表中共官方的《毛泽东传》也正式出版了。我这稿中重复的、没有新意的都要删去。这方面的新书陆续问世，辛子陵的《千秋功罪毛泽东》，最近还有一本张戎的《鲜为人知的毛泽东》，只是听说，都不容易搞到……"

小磊谈起他新近获得的重要信息，日本筑波大学名誉教授远藤誉撰写的《毛泽东勾结日军的真相——来自日谍的回忆与档案》一书最近在日本出版了。这本书以中国、台湾、日本三方面资料，来论证中国国民党军队抗日时，前中共领导人毛泽东率领的中共与日本驻上海的特务机关－岩井公馆合作打击国民党的史实。此书一经问世正以一个月增印 5 次的速度在日本畅销。

岳父兴奋起来："哦，这么重要的资讯是从什么路径得到的？"

"社科院一位从日本回来的朋友告诉我的。"

"他有这本书？"

小磊："应该有吧，他不往外借，是日文版的，中译只会在港台出，一时半会搞不到。"

"此书的作者是怎样的人，资料可信性如何？"

"作者远藤誉教授是位女性，1941 年出生在中国长春，长期生活在中国，精通汉语。抗日战争中饱受苦难，战后她的哥哥和弟弟都饿死在内战 1948 年长春围城之中。她也差一点饿死并遭遇流弹受伤，导致两臂残疾。"

"哦，真是坎坷。她怎样写出这本书的？境外媒体上有没有报道？"

小磊："英国 BBC 有位中文网记者采访过远藤，林瑷会见过这位记者，搞到些资料。"

"那太好了，能不能她请到家中来谈谈。"

"当然。"

过两天小磊带林瑷到岳父家，介绍一番之后。开门见山，林瑷说她前不久刚见过那位与远藤访谈过的英国记者见过。她说英文版正在翻译估计不久即将出版。她说："英国记者同远藤谈了她写这本书的动机，远藤说她读了 2006 年上海人民出版社出版的《潘汉年传》感到所言不实引起写作这本书的动机。"

岳父："哦，是这样。"

林瑷取出几页打印材料翻看着道："1937 年日中全面战争开始后不久，毛泽东就向上海和香港派遣中共特务，与日本外务省旗下的特务机构'岩井公馆'的岩井英一、日本陆军参谋部特务机构'梅机关'的影佐祯昭等接触。中共声称这一切都是为了收集日本秘密情报与日军作战。远藤起先是通过蛛丝马迹引起对中共有关解释的怀疑，她从日本方面的资料来求证，真相令她震惊，于是着手准备写书。"

“哦？”

林瑷继续道：“远藤收集到的岩井写的回忆录《上海的回想》一书，阅后发现‘事实与共产党所说完全相反，是中共特务把国民党军队的情报提供给日方，目的通过日军侵华弱化国民党军事力量’。”

岳父："啊，这是‘岩井公馆’的岩井亲手写的吗？"

"是的。"

"这太重要了。"

她翻着材料说："远藤以日方特务的一手材料证实了许多过去不明的真相，她在书中详细记述了 1932 年岩井赴任后，负责接待中日双方 20 多名记者，其中包括身兼中共、中统、军统、日伪、青洪帮‘五重间谍’的袁殊（袁学易）。岩井还建议日军在上海加强收集情报工作，并获准设置了‘公使馆情报部’。"

"嗯。"

"1935 年 6 月袁殊被国民党逮捕了，岩井设法救他出来。岩井虽知袁殊的多重间谍身份，但并不介意，还援助袁殊再次留学日本，直至西安事变后才回到中国。"

林瑷继续道："还有，岩井在上海领事馆设置了特别调查班，搜集蒋介石政府内部情报。岩井委托袁殊组织新党……"。

"组织‘新党’？"

"那是个幌子，实际上袁殊发展了大批中共地下党员，所有活动经费由岩井代表日军方支付。后来建新党变成‘兴亚建国运动’，总部就起名为‘岩井公馆’"。

岳父："原来岩井公馆是这样来的，过去哪里知道。"

小磊："嗯，过去只知道潘汉年是中共派遣与岩井公馆的直接联系人，原来潘汉年是袁殊介绍给岩井的。"

林瑷指着手中的材料道："岩井在《上海的回想》书中说，他首次见潘汉年的印象是‘非常稳重的知识人，却又是潇洒的都市人而令人好感’。袁殊形容潘汉年地位的重要性相当于周恩来。此后每次都是潘汉年求见岩井，向他提供国民党政府和国军情报，并以岩井公馆作据点，扩大中共在香港的间谍活动。"

岳父："哼，中共与日军完全穿上一条裤子了。"

林瑗眇了一眼材料；"那可不是，不止于此，岩井每月向潘汉年支付 2000 港元作为收购情报费，并另支付 1 万港元筹办多种定期出版的刊物。"她接着照念道："当时，2000 港元相当于一名香港华人警员 5 年的薪水。日本每年向潘汉年支付的费用相当于一名香港华人警员 60 年的薪水，而且尚不包括刊物出版费，最终这笔可观的收入落入中共手中。"

岳父嘴里啧啧地摇着头。林瑗继续念："远藤在书中指出，美国斯坦福大学胡佛研究中心有个客座研究员谢幼田写了本书《中共壮大之谜》揭示，中共是靠日本支付的费用壮大起来的，这笔费用大部分源自外务省机密费，支付的总额达 30 多亿日元（超过 2500 万美元）。"

岳父："联日抗蒋，证据真是确凿啊！充分证实了过去的有关传闻大部分都是可靠的。"

林瑗继续道："1937 年，国共合作双方发表抗日宣言，中共八路军和新四军绝大多数士兵是爱国的，他们强烈要求抗击入侵的日军，但毛泽东则坚持只拿出 10%兵力用于抗战，主要是对付汪精卫的伪军。岩井在《上海的回想》还披露，潘汉年通过袁殊向岩井提议，商谈共军与日军在华北战场上'停战'的事宜。岩井把潘汉年引向与日军直接接触。"

岳父："远藤写了这本书，披露如此重要真相，使中共的卖国罪行大白于天下，功莫大矣！"

林瑗翻着手中的材料补充道："1983 年远藤在日本出版《不合理的彼方》，自述其当年在长春的生活经历，获得《读卖新闻》女性人类记录优秀奖。后来，远藤应《读卖新闻》邀请，在 1984 年再著书《卡子——没有出口的大地》，描述她在中国 12 年的苦难经历。90

年代，她打算此书出中文版，可是中国出版社一直以'过于敏感'的理由拒绝和拖延。去年她觉得年事已高，不能再等下去，于是选择在台湾出版中译本。她称自己'对中国爱恨交集，但到了这个年龄，我只想追求历史真相'。她还对 BBC 记者说，'写毛泽东这本书最大的难题是寻日本有关岩井的记载，我去了外务省和防卫省研究所都找不到，后来在网络上偶然看到岩井出版过回忆录《上海的回想》。于是开始找，并终于在网络上买到，我如获至宝！幌如我小时候没饿死、活到现在，就是为了找到这本书'"。

岳父："除岩井的书之外，远藤有没有另外找到岩井与中共合作的记录？"林瑗从材料里翻了翻："远藤说在防卫研究所里看战史资料，厚厚的一册居然是引用中共党史来编写，简直令她大失所望。岩井对中国来说重要，但日本当时对他重视不够。所以她才要挖掘真相，来填补真实的历史空白"。

岳父："这份材料应该是远藤这本书的精华，留在这里，先让我仔细看看，有待将来搞到中译本再读全书，不知我能不能活到那天。"

小磊："您这身体没问题。"

林瑗继续说："1956 年毛泽东会见日本访华团体中有一位侵华日军少将远藤三郎。他摘下了自己的军刀，双手递给了毛泽东主席。军刀在旧日本军人里面，一个是权力，更多是尊严。这表示了日本旧军人的臣服，更表示了他对自己犯下了许多战争罪行的忏悔。毛泽东却说：'我要谢谢你们啊，日本帝国主义的侵略，让中国人民团结起来了。'毛泽东回赠了他一幅珍贵的齐白石的国画。而正是这个远藤三郎在 1938 年，指挥轰炸了重庆蒋介石召开军事会议的明秀楼……有人怀疑情报就是潘汉年提供的。"

岳父："毛泽东干的这些勾当无论以何种理由都是通敌卖国的行径。若想人不知，除非己莫为，天网恢恢，疏而不漏，中国人总有一天都会知道事实真相，清算他们的。"

……

　　话说，小磊与蓉蓉虽是黄昏之恋，他俩仍有心出游补作一趟蜜月之旅。当年小磊听说乃青与兰莺新婚蜜月的路线之后神往已久。第二年春天他与蓉蓉终于成行，成都－西昌－塩源－泸沽湖－丽江－昆明－大理……一路风光无限，柔情蜜意万种。

　　最后特意到南京，蓉蓉从来没到过南京，也为再会会多年未见有老友，大家见个面。到达当天晚间，在丁山宾馆餐厅为他俩接风，兰莺姐俩，守松夫妇、汉朋都到齐了，约定的乃青还未到。他来了个电话说有事在身脱不开，向小磊夫妇表示欢迎并道歉。大家说起乃青的事有些麻烦。小磊不明白究竟，问道："前几年听说他房地产干得风生水起……"

　　守松摇摇头："你这些年没有过来，可不知道实情，他现在资金链断裂，一屁股的债。"

　　小磊："是吗？这么严重？不过，我１０多年前就说过，整个房地产也就是炒起来的泡沫，早晚有一天要崩盘。现在许多地方成了'鬼城'，就靠北上广等几个大城市支撑残局，北京房价早就超过纽约等这些发达国家城市，现在还一个劲继续往上炒……"

兰燕："乃青已经被卷进这个旋涡里面，想出也出不来了。"

小磊："听说，他早就与广厦脱离关系了。"

汉朋："是的，前些年他与广厦老总关系弄得很僵，出来单独干了 10 多年了，开始风生水起，确实发展很快。一方面贷款，一方面集资、融资，做期货，成了上市公司……一下子拿了不少地，开发了许多楼盘，开始销售不错，这些年每况愈下，越来越不景气。从暴发到亏损，资不抵债，连水泥厂的钱都还不上，给了些房子让人家自己去卖……我们多年也没联系了，详细情况也知道不多，负债估计几十上百亿，涉嫌庞氏骗局。"

兰莺："爬得越高，摔得越重，我也劝过他，他听不进去。"

兰燕："他有不少楼盘成了烂尾楼，许多客户要告他。我们慈善基金会投放到他那里的 2000 万也被套，他堂兄旗下的许多企业都投了钱，都回不来了。"

守松："形势很严峻，他哪有心思出来同我们聚……"

小磊："唉，他这人不坏，心地挺善良，性格也豁达、随和。这大半生随着时势大起大落，太坎坷。这不是他个人的问题，他这个小泡沫，在整个中国泡沫经济中算不了啥。他的背景不硬，老爸犯事后这条路也堵死了。不过这对他可能不是坏事，要不然会陷得更深……要说什么'庞氏骗局'，实际上中国最大的骗局是中央银行，把老百姓的钱拿去豪赌，制造大量呆账、坏账、滥账，不是纳税人替他们买单肯定早就破产了。"

守松："没有银行作为他们的钱袋子，他们上哪儿发财呢？这不就是他们的'社会主义优越性'嘛？"

小磊："嗯，银行就是把老百姓的钱输送到利益集团的中转站。银行就是他们的自动提款机。中国银行的副行长吴晓灵最近有一个讲话说：'假如我们的银行里没有那么多坏账，那些富人怎么富？'"

守松："他们拿这个钱拼命盖，盖完拼命炒……"

小磊："如果这台提款机出了故障，他们就得破产。房价炒得虚高卖不掉就拼命'烂'。"

饭局结束后，蓉蓉困了，小磊让她先回房睡觉，他还想坐一会。兰莺与小磊多年没有单独在一起好好聊聊，散席后他俩在大厅里坐了一会儿。兰莺问起"阳阳，怎么样，有没有他的消息。"

小磊："拐弯抹角得到一点消息，听说他在那边倒是不错。在那里只要不偷懒，有一技之长，生活不成问题。他一直想回来看看，通缉令没有解除，使馆不给他签证。"

从兰莺的修行谈起中国眼下宗教的情况，兰莺道："没法说，现在的佛门太令人不堪。许多著名寺庙已经完全被'承包'出去了。一是承包给政府，二是承包给市场。所有寺庙都挂起红旗，这在历朝历代都闻所未闻。僧人们一方面唱红歌：'没有共产党就没有新中国''我们是共产主义接班人'；另一方贪得无厌地敛财，有的主持成了亿万富翁，过起花天酒地荒淫无耻的糜烂生活，白天撞钟，晚间吃大餐，碰酒杯，玩女人，佛门净地成了藏污纳垢之所。有位年轻人因为社会腐败遁入空门，进入寺庙发觉这里更黑暗。神圣的宗教信仰溃烂到如此程度，心里感到说不出的失落和空虚。"

小磊深深叹了口气："现在整个华夏大地陆沉，弥漫着一片腐臭、颓败、没落景象，哪有一处净土？好像末日将至，如莎士比亚所说'地狱空荡荡，魔鬼在人间'。"

"'哀莫大于心死'。好像在一片空无一人的浩瀚沙漠之中，我现在什么都不信了。"

"陀思妥耶夫斯基说：'如果上帝死了，什么坏事都干得出'。身外的佛陀远逝，心中还有一个佛与你同在。那就是真实、善良与美好。你心中有妈妈、秀秀和她的弟弟，依然'人间有爱'嘛。"

……

小磊两口子在南京停留了几天，去了中山陵等处，临走前一天他们去向兰莺姐俩道别，4 个又去了趟玄武湖。蓉蓉与兰燕走在一块聊着。小磊了解到兰莺还在一家专为农民工子弟办的义校任教。她说道："家里的两个孩子和学校的工作，大概是支持我活下去的唯一理由了。"也说到近些年慈善基金的困境，她喟叹："唉，你是不是觉得我这个人厌世情绪根深蒂固？"

小磊："《圣经.启示录》最后写道：'日期满了，上帝的国临近了'，上帝将要推翻旧制度和旧生活方式，以便实现一个无限美好的、崭新的未来。中国的事情坏到头了，也总会向好的方向转化。"

她道："像你这样忠实于马克思的学说又信上帝的真还没见过。"

"马克思说过'宗教是苦难者的叹息'。我最近阅读《圣经》，发现古今中外人类先贤们这些人类的伟大思想是可以在历史的前进中，在人类共同价值上是可以结合起来共创未来的。"

她道："我又受你启蒙了。"接着她又问起小磊与蓉蓉婚后这些年的关系："挺好吧？"小磊："还不错。"

"她是可爱，我第一眼看见就喜欢她。"

"她是典型双子星座性格，明朗又多重，善变。一次三位大学女同学来我家说，看见她就想起歌子《甜蜜蜜》'甜蜜蜜你笑得甜蜜蜜，好像花儿开在春风里……'可是甜姐儿的另有鲜为人知的一面，惹毛了她发起脾气泼妇般大喊大叫像只母老虎……顿时满天乌云，狂风暴雨；不一会儿，雨过天晴，风和日丽，艳阳高照。不过后者是主要的，要不成了真正的恶婆，谁跟她在一起过呀。"

莺："咳，谁还没点脾气呀，没心没肺，不记仇，不怀恨，不嘴上一套心里又是一套，这种性格女人最好相处。"

"那倒是，有时她说些没头没脑的话、干出些傻了叽叽的事，朋友叫她'傻娘儿们'；我在家常叫她'傻帽'，有时叫'傻 X'……"

莺笑道："你也真是的，怎么能那样，夫妻也要相敬如宾嘛。"

我才不信那个哩。每天在家吃饭，'先生您请先用……谢谢，夫人还是您先来吧'……累不累呀。这种生活有情趣吗？

"嗯，你把她当小孩逗，倒是有意思。"

"不是说，夫妻之间'打是疼，骂是爱，不打不骂才是怪'。湖南有首民歌叫《思情鬼歌》，歌词里尽是'……哥哥鬼也……妹妹鬼也……你个鬼吔！'。老夫少妻，无论年龄相差多大，成了夫妻就'没大没小'了，就像碗碟在一起磕磕碰碰，难免吵吵闹闹，骂骂咧咧。"

兰莺："你毕竟大她那么多，要多多呵护她。"

"对她我可是无微不至，不过她没记性，常常炉子上烧着东西，人跑开干别的事，忘了，烧出煳味才去关火。"

"妈呀，多危险！"

"是啊，有些事说多少遍都没用，还会犯，没办法。"

"嗯，这种性格的人就这样，你得多留心些。"

"她吧，一方面大大咧咧，另一方面还是小女人，特别是在外面遇到利害关系珠玑必究，出去旅游她有时为鸡毛蒜皮一点小事当街与人争，搞得我脸没处搁。有时说她，还引火烧身跟我较劲。"

莺："你得趁她气过去时多劝劝她。"

"没少开导她，对她说：'我们出来花那么多钱不就是为了买个好心情吗，为了鸡毛蒜皮的小事惹一肚子气划不来。现在社会很乱，吃点小亏算不了什么。新闻不是报道过，在地摊上为了一双袜子的事争吵起来，小贩把女顾客打死了；还有在舞厅里因为一个男的多看了自己女伴两眼也被打死了……即使凶手受到法律惩罚，为了这点事吃亏值得吗……'不过，江山易改，本性难移，说多少也没用，到时候发作起来还那样……"

莺："女人嘛，你不能要求同你一样。"

……

小磊退休多年，愿意远离嘈杂的市区，贴近自然的密云成了他俩常年的居所。蓉蓉经常到市里与在女儿那里住些日子。一天小磊一个人在密云家中，接到一个电话，声称是公安局的警员，警号XXXX，经侦查立案：说是破获他在招商银行有一个账号用来进行毒品枪支弹药等非法交易……小磊大惊失色，声辩道，自己从来没有在招商银行开过户。警员说是他的身份证注册的，并说出了他身份证的号码以及开户的年月日，接着放了一段录音：刑字 XXX 号案件，嫌犯伍小磊，身份证号 XXX，工作单位中国社会科学院，家庭住址 XXX。该犯涉嫌长期从事走私贩卖毒品、枪支弹药等严重违法犯罪活动……小磊说自己绝对没有干这样的事，这是犯罪分子盗用他的名义：可以由单位证明自己的为人，自己在学术界的地位与名声在网上可以查到，怎么会干这种犯法的事……警员说他们经过的调查，分析认为他不像是干这种事的，表示对小磊的同情，但是证据确凿，已经立案，说要请示处长可否宽限拘捕时间，对案情进一步查证……于是一会儿电话中出现一个女声称，可以暂不拘捕，但进一步侦讯期间必须冻结他的全部财产。小磊问怎么做，他们要他把自己的银行卡通过自动存款机转到公安局的账号上，不得让任何人知道。他只得听从他们的指令，立即到附近 ATM 机旁，按他们的指令操作，一步步把手头一张 VISA 卡上的 3 万元存款全部转入他们的账号上……第二天他们又来电话，严声苛责他"不老实"，一名同案犯已经交代他绝对不止这点钱，他们准备立即通过检察院下令拘捕他归案……他说自己的钱全部由爱人买了股票了，确实手头没有更多存款……他们说他必须至少交 10 万保证金，否则立即执行拘留……小磊心急如焚，万一被捕自己怎么受得了审讯……求他们再宽限时间他向别人借……正在到处打电话朝人借钱之时蓉蓉回来了，听他说了情况认为是诈骗，叫他立即拨 110 报警电话。确实警方一听他说，就确定这是电讯诱骗，叫他到刑警局立案。他与蓉蓉一同到密云刑警队报案，进行了笔录……自己万分懊悔，丝毫没有怀疑对方的身份，让他们牵着鼻子走，当时被吓懵了，竟想不起来打 110 咨询，真是鬼迷心窍……蓉蓉对他非但没一句安慰话，还冷嘲热讽："你不是聪明过人，怎么干出这样蠢的事来呢？"

这使他又生气，又伤心，说她前几年炒股赔了 8 万……他俩吵得不可开交，晚饭谁也不做，也不想吃，闹到 9 点多……小磊怒不可遏，起来走到门边，"当"的一声关上门出走了……1 个多小时后，蓉蓉见他还没回来，打电话给公安出了警车找他，他正在常去的一家饭店喝闷酒……次日她又气走了……

这些日子使他非常郁闷，过了些日子见到在《文摘报》上报道同样的一桩电信诈骗，案情与自己遭到的情况一模一样：一位女士被骗上千万，正准备跳楼自尽，爱人突然来电话阻止了她……对比蓉蓉，因为这么点损失对他这样，使他久久不能释怀。若干年后，2015 年社会上大兴投资理财，P2P 以 7% 之多的利息诱骗客户，蓉蓉把小磊的 17 万存款与她女儿的 20 万投进去，血本无归……小磊想想，气不打一处来，自己上次受骗是安全受到威胁，她是因为贪财，没法跟她说理，只能归之于她没有头脑，过了些日子也就罢了。同一时期，小磊家对门与他同龄的邻居，退休私企老板老秦，向一家公司投资上百万，第一年得点利息还挺得意。那个中介想把小磊也拉进去，小磊说自己不理财，钱由老婆管，一口拒绝了。事后他对老秦说："你赚他的利息，他赚你的本钱。"果不其然，也是血本无归。小磊说他："你那 100 万一辈子都花不了，你贪那个利息干什么……"

社科院退休后的研究人员可以申请老年科研项目，小磊以"卡尔·马克思的学说中的美学问题新解"课题申报成功，得到 6 万元经费，可以参加一些学术会议，带上蓉蓉赴会，她的路费自理，住宿单间可报销，就餐大桌一块儿吃。会议安排参观（旅游）也一块儿去。开会时，蓉蓉就一个人到处逛。那年在桂林举办马克思主义文论年会，他俩特意早到了两天。第一次见到桂林山水，蓉蓉兴奋极了：

"那么多的碧玉簪插在香罗带上。"正式开会前他们逛了不远的七星崖公园、象鼻山等景点。会议地点广西师范大学就是一座美丽的园林，校园内矗立着独秀峰。秋高气爽、桂花盛开，满城飘香，他俩心情好极了。小磊提交的论文题目是《马克思关于劳动与美的学说》，安排他在大会发言。他把"马克思主义"与"马克思的学说"加以区分，谈到美学界普遍认为"劳动创造美"时他指出，这是对马克思的话断章摘句，在《1844 年手稿》中马克思说"劳动创造了美，却使劳动者成为畸形……", 他指出: "我国当代经济学家许小年还把李嘉图的'劳动价值论'误作为马克思《资本论》的核心理念加以批判。马克思明明指出, 劳动不可能单独创造财富, 只有与劳动手段（生产资料）结合在一起才能够创造价值。现在的学术界浮躁之风盛行, 根本没有读懂就瞎批判一通, 常常把作者否定的东西当作肯定的东西……当然并不以此否定许小年的其他这方面的经济学成就。"

他讲完照例进行同行评点, 接着是听众交流提问, 一位代表谈到现在学界普遍认为马克思的剩余价值学说过时了, 请问小磊怎么看。小磊曾与岳父充分讨论过这个问题指出: "剩余价值不仅存在, 并且随着科学技术的生产效率不断提高会积累得越来越多, IT、AI 时代机器人节约了大量的劳动时间, 劳动者得到的收入相应增加了, 而剥削也就相应地越来越低。现在美国一个农民生产的粮食可以养活 200 来人。人们将有更多的时间干别的事情。所以双休日, 甚至三休日出现了。这正是《资本论》预见的'劳动日的缩短'将使人类从必然王国向自由王国飞跃。实践已经检验, 这不是乌托邦。问题在于眼下, 剩余时间创造的价值去了哪里? 这决定于制度, 也就社会怎样来分配剩余价值? "

他还回答了听众提出当下中国是否仍然存在资本主义周期性经济危机的问题。他尖锐地指出: "中国几十年泡沫经济的恶果已经充分显示, 当下的产能过剩、内需不足、失业率攀升、市场萧条与特殊利益集团垄断生产要素, 盲目追求利润最大化之恶性竞争有着本质的联系。当年美国把卖不出的牛奶倒进大海, 现在我国不是有些地方已经把一些高层建筑炸掉……好了, 不说了, 我们把美学会变成经济学会议了。"问题揭示得这样尖锐, 引起满堂惊愕……

讲完后, 有人热烈鼓掌, 他注意到也有不少人表情显示对他的观点很反感。他的讲稿会后整理出一万多字, 送到学刊, 没有一家敢登, 只得束之高阁, 这是后话……会议结束后, 组织集体沿漓江到阳朔, 乘的是小汽轮。船在水上行, 人在画中游, 观赏水上竹筏、鱼鹰、襄衣翁……上海社科院马驰说，他上次来桂林租了一条竹筏到阳朔更是情趣无穷。蓉蓉听了羡慕不已，对小磊说我们也单独自己来一次吧，小磊："好，一定，等机会吧。"

到阳朔下船后，见到巨幅江泽民题字，大家嗤笑："这种字也拿得出手。"社科院秘书长吴介民是延安时代的老干部，70多了，蓉蓉遇到不好走的路段时常主动上前搀扶，小磊觉得她挺得体，令人满意。院办公室的赵丽雅对蓉蓉说，会上代表们称羡小磊"艳福不浅"……在阳朔他俩本想停留下来多待两天，可是决定当天乘大巴返回，只得留下遗憾待来年……

话说，单身俱乐部早已解体，长期没人新人进到，黄浦期的老友也化整为零，到处打游击。周末舞会"打一枪换一个地方"，租借的场地，到场者还要收费。小磊夫妻俩还与一些朋友在一起聚会或旅游……10年光棍岁月倏忽而过，快乐而孤独着的光棍们枯荣各异，折射着社会的更迭。热爱诗歌与摄影的荣振挥，父亲是国民党军官，一度穷愁潦倒，新世纪以来，经营古物交易（多为仿制品）发了。多数朋友命运不佳，个别人40多岁不幸染疾夭折。到了晚年，在"天下无不散的筵席"喟叹中，这些身影常浮现于眼前，回想起他们当年踏遍山林时，一幅幅生龙活虎的样子，小磊不胜感慨。世态固然炎凉，友情终究难忘。丁锡光是一名工人，他为人活跃，厚道、坦诚而和善，长相也不错。小磊同他郊游几次，后来他较少参加活动。他对命理问题感兴趣，小磊同他曾参加过一次有关《易经》与八卦的研讨活动，然而命运对他并不公正。90年代股份制改革中，工厂倒闭，每月收入极低，生存状况艰难，一度坐上轮椅，可怜无人照料，不到60就患病去世了，惊闻噩耗，小磊很难受……

龚榆早几年与俱乐部一位比他小20多岁的一位女士办理了结婚手续。这位女士经营制衣业，小磊曾与她一块儿郊游过几次，感觉她很精明，颇有心计。龚在蓟门桥附近的一个小区有一套单位当初分给他的房子。他没有继承人，大家对她主动嫁龚的动机多有猜疑。没过几年，这位女士没有离异就与他疏远了。他患上了膀胱癌，住院，她也很少去探视，众人说她"不是东西"。龚住院一阵又出来了。2014年，一些朋友相约去看他，那女的不在他家。这是最后一次在他家的聚会了，小磊与蓉蓉也去了，看来他已经被病魔折磨很痛苦，生活勉强自理……没多久便离世而去了。他在上海有个弟弟，房产权归属成为悬念……后来据说房子终于被这位遗孀继承了。过几年又传来噩耗，满贵堂一次单独爬山突发心脏病在路上去世了，他比小大小约六七岁，卒年70上下。想起那年小磊腰椎增生引起坐骨神经疼痛，老满得知后从城里老远专程赶来密云给小磊做按摩……这份情谊难忘。他走后不久，刘石方又得了肺癌住进医院，小磊正在密云让蓉蓉约几位俱乐部朋友前去探视。他性格也倔，一生对西医怀有极端偏见，结果未能自救，不到70就走了，小磊心里又一阵难受。一天他突然收到张童电话向他诉苦，他住的是基层小干部父亲的房子，哥哥同他为房产闹纠纷，又患有牙病，痛苦不堪……他性格内敛，不开朗，说自己得了抑郁症，总想自杀……小磊对他进行危机干预，让他充分宣泄，聊了很久，劝慰一番，使他略有缓解。从未结过婚，说起他身边曾有个女人，也是俱乐部的，小磊也认识，他们相处不是很好，看来也是盯上他的房子，他说活着真没意思……过了一阵小磊给他去电话，总没有回，他想来情况不妙……终于听说他在家上吊了，不知他俩有没有登记，房子是否归那女的了。小磊心里好辛酸，慨叹，世态炎凉，人情淡薄，比起这些不幸的朋友，自己可真算是个幸运儿了。

再说，小磊退休多年后，社科院历次换届越来越"左"。2013年一位某省宣传部副部长、某中央首长办公室主任空降到社科院当副院长。此公走马上任后，立即下车伊始威风凛凛到文学所训话，横加指责：堂堂文学所竟然"出不了一个于丹……"一番胡言乱语被理论室彭亚非当场据理痛斥，狼狈不堪下不了台……遭到如此下马威，此人恼羞成怒，怀恨在心。本是一个野心膨胀，利欲熏心的学术官僚，属周小平、花千芳之辈，登龙有术。独揽社科院文学片之重权，于是大搞权术，不择手段对理论室进行分裂肢解活动，把人拉出去，另立一个文学批评室，一手包办了一个文学批评刊物（质量低劣）。接着，封官许愿，招兵买马，扶植亲信，扩张势力，不仅要控制文学所，还到处兜售其"强制阐释"论文，意思是从西方引进的学说是对本土理论的"强制"……显然是民族主义排外思潮的产物。此人对整个文论界"志在必得"，其批量生产之"大着"不仅满足"内需"，而且外销……如此的超级能量，不多的几年把理论室釜底抽薪，大换血，名存实亡，既满足了其权力野心，又对理论室进行了扫荡式的报复。曾经的 20 来人的盛况被砍掉大半，老同志痛心不已，退休后无处陈情；年轻的新同事敢怒不敢不言，抱怨原来的同事们在一起吃一顿饭的机会都难得了。好端端的一个理论室就被他一手葬送……这又是极权体制下高端学术机构一个微缩版本。

话说，2004 年房地产展开市场化改革，取消单位福利房制度、前几年小磊分到在西坝河的一套 70 来平方米的房子，个人出 4 万多元取得私有产权。因那地段周边还有一片空地，不久被部队占了开发起来，大兴土木，几十台挖土机整天施工轰隆轰隆，平时在家工作的社科院书生实在受不了。于是大伙群起抗议，到工地静坐，闹腾了一阵，哪能斗过枪杆子，最后每户给两千元补偿了事，照样施工……蓉蓉见小磊实在受不了，提议把房子租出去，在别处另租临时住房。她也是说了就做的人，托房屋中介"我爱我家"找到合适的房子，就搬出去住了两年。2006 年政策允许这种公房私有化的"房改房"上市出售。小磊估计这一带近年不会安静下来，于是与蓉蓉商量把房子卖了，结果约 40 万成交，还挺高兴，不料他们刚把房子卖出去，房价一下成倍飙升起来，两年间账到 200 多万，还一个劲上账。吃了这么大亏，蓉蓉抱怨当初是小磊提出卖房的，他说当时她也没有反对……蓉蓉不甘让房款放在银行贬值，在京郊密云花 20 来买了商家顶债房，约 140 平方米复式结构，占了一点便宜。之后又剩下的 20 来万在山东乳山海滨购置了一套 90 多平方米的住房，背山面海，空气新鲜，环境安静，小区园林化状况也不错，小磊很喜欢。后来又按揭买了一套，70 来平方米的套间作为亲朋好友来度假的客房。这个地方环境极佳，花草树木茂盛，楼与楼间距较宽敞，大环境也没有什么污染。夏季最高温度也就是 32 度左右，湿度较大，感到闷热的季节大约一个多月，夜间凉爽从来不用空调，是个消夏的胜地，只是没有暖气设施，过冬取暖困难。远离嘈杂京城的密云成了他俩常年的居地，每年夏季到海滨住上三四个月。俱乐部有的朋友羡慕地说，他们是过上了候鸟式的生活。该小区面积很大，90 多幢楼，大部分为 7 层，后来又在后面起了几座带电梯的高层。

整个小区房子虽然早已售罄，但多年来从未住满，很多房主购房是为了置产，上班族只能休假来此待上几天。每年入夏之后，较多的老人们带着娃娃来，大部分时间人少，宁静。度假的住户来自全国各地离退休的人员，白天下海游泳，登山观景，汲山泉，退潮时赶海拾贝，掏螃蟹，挖牡蛎，附近还有温泉可泡……晚间到宽阔的中心莲花广场休憩，纳凉，唱歌跳舞，悠哉游哉。人们称赞道，现在这样的地方真还不多……"

刚来住进海滨不久，小磊发现小区内有不少爱好音乐的朋友，有的水准很高。如在太原"教授（退休）合唱团"充当主唱的史碧英，民族美声女高音，音色高亢、透亮，富于乐感，保留曲目为高难度的《帕米尔我的家乡多么美》。男高音王德泉为齐齐哈尔某化工厂的一名下线工，美声唱法，音色优美、抒情，乐感极佳，曾荣获全国化工系统歌唱比赛二等奖。他拿手曲目《那就是我》是谷建芬所作歌曲中小磊最喜欢的一首，难度也不小。他多才多艺，京剧唱得也很棒，笛子、二胡玩得也溜。史碧英家就在小磊家对面，常约爱唱歌的朋友到她家去，加以声乐指导。天津一个业余合唱团的台柱旷文汗，为民族唱法业余独唱演员。嘉峪关的黄薇在当地也是赫赫有名的民族唱法业余歌手。来自大庆的退休女工老季电子琴弹得很好，也爱唱。稍晚两年住进来的元振慧曾在鸡西京剧团乐队当小提琴手，也会钢琴，当过中学音乐教师。遗憾的是他是朝鲜族，普通话说不好，嗓子也不行，唱不了。他业余制作小提琴，质量比北京的孟克高上一筹，小磊陆续买过他好几把琴……还有会拉京胡的山西老赵。其他爱唱的朋友女声较多，德州的董健、郑州的曹兰芳、郑冬兰、张希清等，退休前在当地单位都是大腕。还有包头铁路段长老肖两口子，上海的退休工人张玉生等。小区音乐人才济济使小磊很兴奋，便与史碧英、王德泉合计建立一个合唱团。还有舞蹈人才韩平等，搞一台晚会不成问题。于是以迎接 2009 国庆 60 周年名义取得小区物业支持，定下固定活动室，取得演出灯光、音响等经费。于是张贴通知"招兵买马"，定为每周二、五下午为活动时间。小磊有电脑、打印机，可下载伴奏音频，还为大家打印歌片。此外，他和蓉蓉还常约大家到家唱卡拉 OK……

小磊提议合唱首选学唱曲目为苏联歌曲《卡林卡（红莓花）》。史碧英在当地合唱团排练演出过此曲，于是确定下来，小磊在网上搜到简谱，小史带领练声，他指挥教唱，老王领唱，老季电子琴伴奏。另外征集一批个人自报晚会节目。独唱曲目除小史与老王的保留曲目外，还有曹兰芳的独唱《我爱你中国》，集体太极拳表演、小胡的揉力球表演。老元拉了一段小提琴协奏曲《梁祝》伴舞。小磊独唱自己喜欢的苏联歌曲《在乌克兰原野上》。这本是一首乌克兰民歌，北京青年艺术剧院 1960 年代演出根据小说《钢铁是怎样炼成的》改编的话剧《保尔·柯察金》作为插曲，歌词是孙维世编写的，当时在校园里流行开来，小磊很喜欢。文革中她被江青伙同叶群迫害拘禁中经常唱："在乌克兰辽阔的原野上，在那青青的小河旁，长着两棵美丽的白杨，那是我们亲爱的故乡……"

苏联解体后，内战的这段历史已经被颠覆，当年的"白匪"将领，高尔察克、邓尼金、彼得留拉等都恢复了名誉。这首歌的歌词也复原了乌克兰诗人舍夫琴科的诗《第聂伯河波涛汹涌》。小磊还是按照苏联内战时的历史遗迹来唱。

蓉蓉也爱唱，她嗓音较亮，但不懂如何发挥，只会用本色发音，某些曲目音准把握有所欠缺，特别是半音较多的外国歌曲容易跑调。小磊提议她唱东北民歌风的《摇篮曲》："月儿明，风儿静，树叶儿遮窗棂呀，蛐蛐儿叫铮铮，好比那琴弦声呀……"，练下来音准没问题，效果还行。经过一个多月的练习，整体节目大体成熟。晚会在小区莲花广场上举办，拉上充气横幅"海之缘小区消夏晚会"，演出结束后大受好评。部分节目被推荐到银滩社区大拇指广场演出……此后，小区先后成立了舞蹈队、乐队，每年夏天举办一场消夏晚会成为惯例……

"林子大了什么鸟儿都有"，这个小区常住户虽然不多，就这也闹出一些茶杯里的风波，故事不少。为了扩大歌咏合唱的阵容，在小区物色歌唱人才，蓉蓉特别卖力，对乍来新到的住户加以关注。那年来了一位山西晋阳的中学语文教师，蓉蓉拉他到活动室唱歌。当时小磊他们正在学唱苏联歌曲《山楂树》。这位老兄不会普通话，一口山西口音，也没有这方面兴趣，赶鸭子上架，去了一次算给蓉蓉面子。当地有座山峰特像女性乳房，乳山以此为县名。这位山西老兄，由此激发灵感，浮想联翩，用隐晦的手法把乳山与蓉蓉所唱摇篮曲联想写了首赞美诗献了给她。她表示谢意把他请到家做客，可能这位老兄觉得自己比小磊年轻，满肚子学问，在他家谈笑风生，如入无人之境，大吹他的儿子在上海如何发达……小磊对邻居上门无论地位如何皆一视同仁，以礼相待，如弹电子琴的老季曾在大庆当作清洁工，仍然受到尊敬请到他家唱卡拉 OK……而与这位自视甚高的才子感到话不投机……过几天这位老兄在小区找了一位练书法的朋友正儿八经把他那首诗写为字画赠予蓉蓉。小磊见了不屑一顾，说："拿去装裱，挂在厅里吧……"她对此公上门小磊欠缺热情，驳了自己的面子，心想："我好心为合唱增加力量，到处物色歌友，人家写诗不管好赖，也是对我们节目的鼓励。你对人上门接待不热情，还挖苦人，小心眼！"顿时勃然大怒。小磊也气不打一处来，双方恶语相加，话越说越难听，小磊气跑出去了……其实，蓉蓉对那位酸哩八几自作多情的诗人倒并没有上心，他俩完全是意气之争，多余的一场风波不了了之。接着又刮起一场更大风暴。

话说，首次晚会演出圆满结束后，小磊更加上心。一次偶然从史碧英的一本简谱旧歌本上发现有《卡门》歌剧中的合唱《波希米亚舞曲》，如获至宝。文革前他曾有过中央乐团此曲的唱片，喜欢非常，发现歌谱后试想不妨学唱此曲作为日常合唱的练习。此曲为无词齐唱（啦，啦……），有相当难度，通过练习可把大伙合唱水准大大提高一步。小磊向大家简略介绍了作曲家比才与《卡门》的有关情况，自己哼了几句。大家都觉得好听，但完整唱下来难度确实大，信心不足，在小磊鼓励下硬着头皮上。练唱过程中发现歌本上的谱子有些地方有误，对此史碧英与小磊产生分歧，相持不下。有人由于欣赏习惯对唱外国歌一直就不感冒，经典名曲更是讳莫如深，当场提出："还是搞点下里巴人吧！"眼看练不下去，蓉蓉支持小磊的意见，不同意放弃，争论不下又与史当庭呛了起来，弄得很僵。小磊回家后对她有所批评，说："不能有不同意见就吵，这种分歧应该冷静解决……"又使她感到委屈，心想"我站在你这边，你反而向着她……"把许多对外冲突的事算总账，抱怨他发生冲突时"总是胳膊肘子向外拐"，又从"外战"演变成一场"内战"。由于平时小磊对史的唱功称赞有加，竟然使她节外生枝地起疑。一天几位主力歌友相约到小史家磋商决定此曲是否继续练下去，意见相左又争了起来，小磊有些孤立。力挺小磊的蓉蓉又发起火来，拔腿离去，小磊也觉得争下去没有多大意思随之离开。过了一会小史登门小磊家找他谈自己有了新的想法，试图消除分歧，支持小磊继续练下去。蓉蓉见她来转身就走，不愿理她。小磊与史冷静对曲谱进行了详细研究，终于取得一致意见。小史便转身返回，一开门发现蓉蓉戏剧性地偷偷站在门口监听，似乎要演出一场"捉奸成双"的大戏……小史走后，小磊一肚子火，还没有待到发作又不禁感到又可气又好笑。心想史在身材容颜上都无法与蓉蓉相比。他们常在一起玩时，她自嘲臃肿是块"坨"。小磊青睐的是她音乐上的才能，绝不可能对她有什么其他想法，哪知头脑简单的她想到那上面去了，喝了一肚子"非醋"。气头上小磊感到无聊，不愿多费口舌，转身到院子里去了……这一幕闹剧，又不了了之。史与他俩稍稍有些疏远，过一段时间也恢复了正常，那首歌也就告吹了。

2013 年夏天，一年一度消夏晚会又开始准备了。有首著名的俄罗斯吉卜赛民歌《黑眼睛》，脍炙人口，小磊早就会哼哼。

> 那双黑眼睛，炽热勾人魂 / 那双黑眼睛，妩媚又动人，
> 我多迷恋你，却又怕见你，/ 莫非见到你，不是好时辰。
> 那双黑眼睛，炽热勾人魂，/ 眼波招引我，去向远方行
> 那里拥有爱，那里拥有情 / 没有悲和痛，没有仇和恨。

此曲各种版本多不胜数。小磊偶然在网上发现一个极佳版本。为主旋律变奏的舞曲，没有人声，揉入抒情奔放的俄罗斯土风舞，轻重缓急，由缓入急，起伏跌宕，异常动人。连听数遍，小磊激动不已，灵感勃发……中学时曾学过一点俄罗斯土风舞，何不以此曲设计自编一个双人舞。于是反复构思，小提琴极慢板奏出的优美引子插入 1 分多钟开场白朗诵，描绘吉卜赛人的漂泊生涯。主题进入后，小磊以俄语唱出歌唱主旋律"那双黑眼睛……"。蓉蓉在迷人的歌声中从台前右角缓移舞步翩翩上场。接着是两人在节奏起伏跌宕中，跳起热情奔放的双人土风舞，节奏由徐入疾，越来越欢快激烈……进入高潮小磊单独跳着俄罗斯风的踢踏舞，蓉蓉急速地旋舞，在狂放中结束。在排练中，他们把视频上见过的西班牙弗拉明戈舞的姿态设计一些动作。整个夏天，他俩在家排，上活动室、广场练，整个夏天可没有少流汗，一个月多苦练下来渐渐趋于成熟，自我感觉不错。于是他俩在服装上大动脑筋。小磊从视频上找到吉卜赛人的丰富多彩的民族服装图片参考，蓉蓉巧手把现有的衣服加以剪裁改造，制作了红色带蕾丝的斜短袖上身，宽幅花舞裙，发髻鬓角上戴一朵大红花。小磊用包装锡纸为她制作了一对大耳环，手镯。小磊哩，是花衬衫，宽腿黑灯笼裤，头上一顶草帽，插上一根白羽毛……排练臻至成熟，信心十足，准备台上出彩……哪知演出前又闹出一场小风波。

历年负责演出事务的总监王德泉前两年患了肺癌，做了手术这

几年也没照面。一次在活动室大家随意唱着玩，小磊发现一位新人。邻近银泰小区的住户老张有时晚间来本小区广场跳舞。一天上午小磊遇到他在活动室唱起《祖国，慈祥的母亲》，很棒的次男中音。喜欢人才的小磊拉他参加本小区消夏晚会演出，他也能指挥合唱，小磊不愿在演出的组织工作上花费太多时间，把晚会组织筹备工作推给他牵头，蓉蓉等也参与其中做点工作。在节目排序上，蓉蓉不满把他俩的节目排序太靠后，认为小磊岁数大应该往前安排让他演过早点休息。老张不同意，怼她："这里谁岁数不大？"惹恼了蓉蓉，当场又发起火来……回家后小磊劝她："后就后一点，不是什么大事，不值得动怒……"。没想到她说："你以为那个老张是什么好东西呀，有天晚上在广场上他同我跳舞，说：'你家老头，60多了，那玩意还行吗？瞧瞧我的……'，我把他甩开了，要不是觉得他当时喝多了，我真想扇他。他故意把我们节目往后排是跟我较劲。"

最后演出海报贴了出来，还是把他们的节目安排在倒数第二，说是"压轴"。小磊对蓉蓉说没事，我们演出成功了气气他们……那天，不少好奇观众等着要看看《黑眼睛》到底是个啥玩意，等到最后。小区多年晚会从未见过这样自编自演的节目，他俩在台上，合着优美起伏的节拍，动作洒脱，收放自如，大获成功，引起轰动效应，满堂喝彩，掌声持久，两位主持人在旁拼命煽情，鼓劲，观众反应热烈程度超出他俩自己的预期……下来蓉蓉的舞伴老李说："巴掌都拍疼了……伍老师快70了还这样连唱带跳真棒。"散场后，有的观众一路赞扬："这水准真不像业余……"

这些年来，他俩无论怎样吵都不伤感情，无论吵多凶她从不往心里去，过去就算，对小磊和外人她都是如此，对老张也一如既往。他俩能够长相守，根本在于她对爱情的执着、忠实，属狗人的本性，她发起火来有时把小磊气坏了，事后说："惹你生气，我心里很难受……"。她背地也到处对人说小磊的长处，有次对女歌友老黄说："老伍对我很好，我很幸福……"她控制不住火暴脾气，其实小磊性格也很急躁，不过小磊比较讲道理。同他们俩经常在一起玩的女士小尚有次单独对小磊说："蓉蓉可崇拜您了……"他俩的这种关系在小区传开，尽管她被人戏称为"小区独一无二的美女"，却没有人敢打她的歪主意。她血脂、胆固醇、血压偏高，必须多活动，小磊也督促她，在北京鼓励她学国标，别吝惜学费。她在这方面也确实有天分，步态轻盈自如，舞姿优美，晚间广场上大家都愿找她跳。小磊晚间愿意一个人在家拉琴，有时在手机上唱"全民 K 歌"。她有时跳到10 点多回家，时有舞伴开车带她去远处的大拇指广场跳……他 100%地放心，不担心会有出轨的事。

2014 年，史碧英在家乡发现得了胃癌，动了切除手术后夏天还来到了银滩。生活勉强自理，大家都去探望、相助……第二年她还是来了，支撑着待了一阵，病情恶化，家里来人接她回去。大家感到此去凶多吉少，临行前许多朋友到她楼前送别，小磊伤感挥泪相送。几个月后传来病逝噩耗，还不到 60……多年合作相处的友情使小磊忍不住热泪盈眶……

话说，近些年来，薄熙来在重庆大搞"唱红打黑"，媒体造势，各地纷纷响应，网上建立起《红歌会》……在密云，有一天小磊到附近公园闲逛，一阵高亢的歌声传来：

"东方升起金色的太阳，光芒万丈；东风万里，鲜花开放，红旗像大海洋……万岁，万岁，万岁，万岁，万万岁，万岁，万岁毛主席！"

这首歌当年几乎家喻户晓，歌名已记不起。小磊走到高音喇叭边打量这位男歌手大约50 上下，那个疯狂的年代刚出生他能懂多少"文革"呢？看来这些当年红歌与"忠字舞"配套形成当时系列颂神文艺当前又死灰复燃借尸还魂。

喜欢唱歌的朋友"唱什么"，小磊分析大致有以下几种态度：（一）80 后年轻的新一代新粉丝：当下什么最时尚，就唱什么，蓉蓉曾为迎合小磊，叫女儿小娜唱点高雅的，女儿回呛道："哪来那么多高雅的”；（二）文革那些年连过去的苏联老歌都当作“封资修”黑货横扫了，广场大妈（大爷）们会唱的就是这些红歌，不唱这些就没得唱；（三）有人认为，"唱歌就唱歌，别把政治扯进去"，有的老人并不"左"，也总唱红歌。俱乐部解体后多才多艺的全祥瑾特别活跃，京剧唱得很好，平时总在业余戏班子活动。她也热心搞 K 歌，常找上小磊两口子，每次地点不尽相同，也总有新面孔，有的歌友水准很高，接近专业。那年初春组织一帮歌友们去京郊延庆农家小院玩。公交车上小磊挨着一位比他小两岁的刘老弟，一位业余声乐教师。他一路像毕福剑那样骂骂咧咧——骂那些该骂的……可一到农家院，饭还没下肚，打开卡拉 OK 机器第一首唱的就是《把一切献给党》。小磊没好气地笑骂道："还献哪，被抢的还不够是不是？"（四）也有一颗红心永向党的以为唱歌就是"唱政治"，潜移默化。如薄熙来所说"共产党人不唱红歌，唱黑歌，黄歌吗？"。

银滩不是世外桃源，蒙昧主义根深蒂固，在广场上绝大多数除了红歌唱不了别的。有年晚会小磊与旷文汗、张玉生唱了苏联歌曲《灯光》自编的三重唱："有位年轻的战士，去打仗上战场，与那心上的姑娘，告别在台阶前……"在大拇指广场社区联欢上演出，却也大受欢迎。小磊有心以经典歌曲启蒙抵制红歌，发起每周三下午自愿学唱中外名曲"小众化"活动。蓉蓉对西方古典音乐方面可以说一窍不通。但对小磊举办此活动全力支持，使他很宽慰。此活动一度颇受欢迎，有外小区的爱好者从较远骑车参与，参加人数最多达 20 来个，一段时间下来，学唱了中国名曲《红豆词》《初恋女》，世界名曲《夜歌》、俄罗斯歌剧合唱《波罗维茨舞曲》及多首苏联卫国战争时期的名曲与民间歌曲，在晚会上成功演出了小合唱《春天来到我们的战场》《乘着歌声的翅膀》等。此举引起小区中不少粉红们不满，明里不公开反对，背地里捣鬼，散布流言，进行攻击，加之毕竟曲高和寡，学唱经典活动随着夏天的消逝也就自然终结了。

2012 年薄熙来垮台，然而与红歌的斗争没有平息。小磊写了一篇博客文章《远离红歌，拒绝愚昧——莫道桑榆晚，为霞尚满天》指出，"红歌"并不是如《国际歌》《义勇军进行曲》那样在暴风雨中诞生鼓舞人心的艺术。作为极左文艺路线与文化专制主义的产物，以文艺潜移默化功能用来洗脑，欺骗和愚弄民众，宣扬个人偶像崇拜与"高大全"之假英雄主义，源远流长。如《东方红》原是陕北的一首民歌《白马调》。

其歌词本是这样的：

骑白马，跑沙滩，我没有婆姨呀你没汉。咱俩捆成一噜蒜，呼儿嗨哟，土里生来土里烂。要穿灰，一身身灰，肩膀上要把枪来背，哥哥要当兵抖起来，呼儿嗨哟，家里留下小妹妹。

骑白马，挎洋枪，三哥哥吃了八路军的粮。有心回家看姑娘，呼儿嗨哟，打鬼子就顾不上。

三八枪，没盖盖，八路军当兵的没太太。待到打下榆林城，呼儿嗨哟，一人一个大学生。

其粗犷、朴实、风趣的格调，既浸透着浓郁的陕北黄土民歌的生活气息又使人感到战争动荡年代命脉的搏动。小磊的博文指出，《国际歌》中唱道"从来就没有什么救世主，也没有神仙皇帝，要创造人类的幸福，全靠我们自己。"而被篡改后的《东方红》则大唱反调："中国出了个毛泽东，他为人民谋幸福，他是人民大救星"，充分暴露了"红歌"的神学本质。一些有识之士早就指出这一点，但他们都被打成右派与反革命遭到镇压与残酷迫害……2011 年，我国当代著名作曲家王西麟曾在《人民音乐》编辑部创作座谈会上发言：

"无论在苏联和改革前的中国，在由歌颂个人崇拜而掀起的通向专制独裁的造神运动的狂澜巨涛中，文化艺术都被驱使成为最大的'真诚的帮凶'而发挥了'史无前例'的巨大作用。在前苏联的 30—50 年代，大量对斯大林个人崇拜的艺术作品，其数量之大、质量之高，是人类文化史上空前巨大的现象。我和成长在 50 年代的同代人太熟悉这些艺术了！这种个人崇拜的文化现象，乃是 20 世纪共产主义革命的特殊产物而在前苏联发生、发展、兴旺并成为'党文化'的强大主流。"我国历代有良知的文化人"安能摧眉折腰事权贵"之叛逆精神被'党文化'毁坏殆尽。在文革中打造的这种颂神红歌达到腐朽的马屁文化极致。重庆以行政命令强制推行"唱红"，利用民众特别是边缘群体对现状的不满，进行"怀旧""恋主"煽情，反映了当下极左势力为"文革"招魂。

在激烈的党内斗争中，而薄熙来之流则利用这股顽固的保守势力捞取政治资本，为的是实现他权力的野心。薄劣迹斑斑，以重庆分局长王立军逃入美国领事馆引起东窗事发，2012 进了秦城监狱，并牵出党政军内一系列重大案件。继任者习近平、李克强、王岐山三人掀起反腐浪潮，大批上层高官纷纷落马。并领导班子扬言，"涉险滩"，"啃硬骨头"，"壮士断腕"，"刮骨疗伤"，决心"治本"，声言"开弓没有回头箭""苍蝇老虎一齐打"，……习近平声言"依法治国"，承诺"把权力关进笼子里"，取消了多年进行政治迫害的劳改制度……老百姓对他们充满信心，亲切地称习近平为"习大大"，称其夫人"彭麻麻（妈妈）"……小磊也有同感，在网上发文《何以"积重难返"》写道：

"邓小平刚上台时，面对着毛泽东留下的烂摊子说'积重难返'。他并没有收拾好这个旧烂摊子，拂袖而去，留下一个重新装修过的'邓记'烂摊子。后邓小平时期的多年国情非但没有改善而持续下滑。正如马克思所说'死人抓住活人'，'梦魇压头'……将近一个世纪，'返'而未'返'，'重'上加重；烂之更烂。所有的'重'压在当前以习李王为核心的新领导班子身上……"

　　那年夏天，小磊收到多年疏通联系的挚友阮思源来信，他刚退休后就被返聘，前年得了轻度脑梗，治疗康复后还要上课……小磊约他暑假到银滩一聚。他欣然应允，择日从沐阳搭长途汽车下午到达乳山，从市内转郊区车来银滩。小磊在小区北门小侯家车站早早等候迎接。多年未见老友相聚自是多般感慨……唏嘘一番后，小磊把他安顿到客房休息，做好晚饭与他小酌一杯，畅谈双方别来多年的情景：人生一世，草木一秋，此刻已是"白发故人稀"。1997 年顽固的先天性心脏病终于把不满 60 的王守镭带走了。前两年邵正业突患中风，瘫痪多年，坐上了轮椅，不堪忍受，从他家楼上窗户跳了下去……

　　"海之角，天之涯，知交半零落，一壶浊酒尽余欢，今宵别梦寒。"想起此刻，当年知交只剩下他俩个了，两人不免老泪纵横，无限感伤。

　　旅途劳顿，饭后小磊送思源进屋早早休息。次日上午早餐后他们与蓉蓉三人骑自行车到附近沙滩，穿着泳衣下到海里。思源不会游，戴着救生圈在浅处泡泡海水，上来在沙滩上浴着阳光也很舒坦。他俩忆起从南京十一中初中到十三中高中青春年华的一些故事片段，前几年思源写了篇中学那段时代的回忆录《风华岁月》，特别是关于他们在一起办《浪花》诗社的情景。小磊在网上阅读了，感到很好，对其中有些记忆差错加以纠正……中午他们在岸边小饭馆喝着啤酒吃着海鲜。回到小区，下午大家都休息没有出来。晚间到莲花广场小坐，乐声起时蓉蓉请思源缓缓起舞……次日小磊带思源到附近著名景点仙人桥看海听涛。那里离小区不远，骑不到半小时自行车便到。此处礁石与沙滩交互，巨石嶙峋，常年涛惊浪险，极为震撼，思源面对此景心潮起伏，他说："到过江苏连云港看海，没有见过如此波涛汹涌景观。"

小磊说："这里常年巨浪凶险，没人敢挑战。据说那年曾有一对年轻夫妻来这里，两人下去游泳，被巨浪吞没，估计下面有深渊……"

他俩坐在一处巨岩上，想起高中在一起背诵着普希金的《致大海》：

"再见了，自由的元素！这是最后的一次了……你忧郁的喧响，你的呼唤，在我耳边回响……"

接着思源面对海涛静观陷入了沉思冥想……小磊不去打扰他，悄悄起身提着摄像机到另处取景……过了会回到思源身边与他并排坐下。从背包里取出保温瓶、茶叶，在纸杯里沏上茶，思源仍凝神观看着拍向礁石的巨涛道："看这惊涛骇浪像不像当下上层的政治斗争？"

俩人谈到当前新班子搞的反腐斗争，小磊道："浪是表层看得见的，下面的涌看不见，力量却更大。"小磊注视着思源，想到他信中说退休后又被返聘教政治课，问道："过去你多年来一直教文学，怎么返聘你教起政治课了？唉，政治课，这玩意怎么教呀？习近平治国理念，大政方针……给我 3 份工资我也不干。"

"不是钱的事，没办法。我与校长是多年的老交情，不好意思推辞呀。"

你这身体还能行吗？

"要不行，我还能上你这儿来吗？教政治课既容易又难，反正按统一教材，习近平思想、党的大政方针再加点《人民日报》上的东西照本宣科呗。不过课堂上给学生讲的同心里想的完全不是一回事，说假话比说真话难得多。每天上课前都要提醒自己，防止嘴上把不住关被学生告状……唉难哪，讲马克思主义要是按你给我的书上写的讲就完了……"

"是的，给学生洗脑，做违心的事是太难你为了。"

"不谈了，谈起就烦心。反正说好了，再混一年就彻底退了。"

过了会俩人又聊起时政，就眼前的海浪谈到当前新班子搞的反腐斗争，思源说，现在网上有不少人认为习王李新班子搞的是"选择性反腐"，问小磊对这个问题怎么看。

小磊道："咳，有些人抵制反腐不就是维护既得利益集团，80年代《环球时报》就宣扬'适度腐败合理'，六.四后变本加厉，整个官场烂透了。他们将腐败根子归于改革开放，那还是要向毛泽东时代倒退，当下这股抵制反腐的势力实际上是以极右的姿态对极左的配合。不是说'反腐亡党，不反腐亡国'嘛。对于这个烂透了的体制，无官不贪，无权不腐，不可能一下子全端了，不搞'选择性反腐'行吗。江泽民搞了这么多年'以腐治国'，胡锦涛对他没有办法，江的势力多次暗杀他没有得逞。"

"我完全同意你的看法，要说'选择性反腐'就是要'先啃最硬的骨头'，必先对改革的拦路虎江家帮下手。这未尝不是一种必要的斗争策略。"

"是的，薄熙来、周永康一伙都是江泽民的铁杆。习刚接班那年，周动用武警政变被胡镇压下去了。"

思源："最可怕的是军队腐败，多少年前下面就纷纷议论军队买官卖官，从最低的排长几万到将军上千万，都他妈明码标价了，我操，这样的军队能打仗吗？"

小磊："嗯，江大蛤蟆真是罪大恶极，从谷俊山作为突破口，到拿下徐才厚、郭伯雄，反腐搞到军委副主席，真是大快人心、惊心动魄呀！"

"当年台湾是从老蒋反腐开始的，到小蒋完成彻底民主改革，你看大陆会不会复制这种模式。"

小磊："不好说，大陆比台湾大得多，复杂得多，也就难得多。不过，他爹习仲勋是受毛泽东迫害的改革派，自己也因不满文革被打成反革命，理应继续走他父亲的路吧。"

"但愿如此，那就看吧。大陆比台湾难得多，这一点很对。根本问题在制度。""是啊，共产党建政半个世纪过去了，现在不仅汽车洋房，连电脑手机都有了，但在制度上还是老祖宗的宗法制，以家长为首的等级排序，权力世袭，以血缘为纽带的族利益关系网。一荣皆荣，一损俱损……这一点你应该更有体会。"

"是的，我在农村生活了十多年，在县城又干了几十年，整个官僚系统都要靠家族势力关系纽带维系，一人得势，鸡犬升天。这就是你最近给我的书里说的'后封建'。"

"从毛时代的封建社会主义转型到英文说的 crony 裙带的资本主义……我们在这里只看到眼前惊涛骇浪，深处推波助澜的涌是与整个大洋连在一起的。"

思源："嗯，台海、南海都剑拔弩张呀！我在课堂上还总讲'敌对势力亡我之心不死'。"

"不是说'自作孽，不可活'嘛。我们是 2001 加入 WTO 之后才成为'世界工厂'，跃升为第二大经济体的，技术、市场都是靠 WTO，那是靠当时克林顿扶植的嘛。现在好，中美关系从战略伙伴成了竞争对手，实际上是新冷战嘛，中国成了世界的最大威胁了嘛！"

思源："我在课堂上讲习主席的'时与势都在我们这一边''东升西降'，'百年未有之大变局'……那不还是文革的'东风压倒西风''敌人一天天烂下去，我们一天天好起来'，第三世界'农村包围城市'，把红旗插遍全世界嘛……"

"是啊，人类命运共同体，敌对势力会与你同命运共呼吸吗？唉，想想下一代，令人不寒而栗呀！你我是闭上眼睛什么都看不见了。"

……

思源在银滩待了 5 天要回去。小磊留他多住些日子。他说上高中的孙子快开学了，要回去抓抓他的学习。次日，一早小磊送他上了车，叮嘱他每年入夏都来一聚，没想到此别竟成永诀。两年多后，他坐上了轮椅，听觉也大大衰退，通个电话都费劲，小磊心里很难受。

话说，在顶层与社会层面激斗的同时，海之缘这个似乎"世外桃源"的弹丸之地也不平静。蓉蓉与王德泉及元振慧参加了银滩多个社区组建的 10 多人的乐队，老王吹笛子有时拉二胡，老元拉小提琴有时也奏大提琴，蓉蓉的琵琶起着独一无二的作用。在外小区每周活动一次，老元花两万元买了辆二手车。老王开着他前两年买的老年电动代步车带着蓉蓉一同过去。小磊这些年来同王德泉与及元振慧的关系很好。老王、老元都爱钓鱼，经常送鲜鱼到小磊家在一起再弄几个菜喝两盅，小磊有夫妇时请他俩到饭店撮一顿。老元在鸡西煤矿中学教过音乐，干过京剧团乐队，也下海自己开过饭店，他是朝鲜族，老婆到韩国打工挣钱多年。头几年他还没办退休，连买几块钱的药都心疼说："老婆在外面打工赚的钱，花起来于心不忍。"他们三人多年合作搞晚会，甚为投契，谈起腐败更是滔滔不绝，他俩在基层对腐败更有切身感受，谈起地方官员的腐败咬牙切齿，不过都出身劳动者对党和毛主席还有相当的感情。王德泉过去在单位唱的大多是红歌，保留曲目是《草原上升起不落的太阳》，头几年还唱《天大地大不如党的恩情大》……小磊奚落他说："干了一辈子下线工，退休后每月一千多元还不够官僚权贵们一顿饭扔掉的剩菜……还'天大地大不如党的恩情大'呐？"德泉虽然读书不多，脑瓜还是聪明，一点拨他就开窍。小磊说起："现在有副对联盛传——'满朝文武持绿卡，半壁江山养红颜'——横批'吏害了我的国'……"

老元哈哈大笑："这个对子太有意思了，把'厉害了我的国'脱成了光腚。"

老王："是你他妈'害了我的国'！"做端着枪扫射状，咬牙切齿地说："老子把你们都突突突突了！"

小磊笑道："突……，你突得过来吗？守着粪坑拍苍蝇，没等你去填，到粪坑边上他们就先把你'突突'了。"

2018 年夏，正值酝酿一年一度的消夏晚会之时。老王夺回了领导权，负责指挥合唱，在前几年的晚会他虽也唱过几首外国歌《三套车》《我的太阳》《重归苏莲托》等，不过这些不适于合唱。这次他要搞威尼斯船歌《桑塔鲁契亚》合唱，一首不够他上门找小磊征求他再推荐一首。小磊向他提供美国 19 世纪著名作曲家福斯特的名曲《美丽的梦神》。他听小磊哼唱了几句：

> 美丽的梦神，来到身旁，星光和露珠在悄悄张望
> 白天的喧嚣，已经消失，银色的月亮放射光芒
> 美丽的梦神，请听我讲，温柔的歌声在为你歌唱
> ……

这歌能独唱也能合唱，老王觉得很好，于是确定下来。开始集中排练那天，歌友们都兴致勃勃陆续来到活动室。银泰老张也来了。老王提出两首曲目后，老张还摆出一副艺术总监的样子跳起来嚷嚷："怎么都是洋歌？"他带来的曲目是《红军不怕远征难》《山丹丹开花红艳艳》。老张不买他账同，顶了起来，几个老粉红也跟跳起来帮腔，抵制洋歌。有位军嫂说："都要跟美国打仗了，还唱美国歌……"，顿时乱成了一锅粥……在电子琴旁准备伴奏的蓉蓉敲着琴盖道："要吵到外面吵，别在这儿闹！不愿唱的出去，愿唱的我们开始练起来……"

好几个老粉红立马离开了……事后，老张拉出一帮人张罗另搞

一台晚会，坚持了十年的海之缘文艺队就这样分裂了。老王领着这边一拨按原定的曲目照常排练。那天争吵时小磊没有在场，听蓉蓉回家说当时的情景，感到很生气。他本觉得自己年龄大了不愿参与，一气之下，灵感一动，他突然想起高中时代在音乐会上听过的一首俄罗斯名曲《跳蚤之歌》。作曲家穆索尔斯基以此曲辛辣地抨击了沙皇专制下宫廷内外阿谀奉承的腐朽风气。何不来个独唱，以此影射中国的现状，也顺带敲打一下老粉红们。歌中唱道：

从前有一个国王／他养了一只大跳蚤／

国王待它很周到／比亲人还要好，跳蚤

哈哈哈哈，跳蚤／哈哈哈哈，跳蚤

国王召来一个裁缝／你听我说，奴才

给我的这位朋友缝一件大龙袍

跳蚤的龙袍，哈哈哈哈，跳蚤，哈哈哈哈，龙袍

跳蚤穿上龙袍／浑身金光闪耀

宫廷内外跳／得意忘形瞎胡闹，哈哈

哈哈哈哈，跳蚤／哈哈哈哈，跳蚤

……

小磊从网上搜到了简谱歌页与伴奏音频，下载后就开练。他年轻时虽然听过此曲，旋律并不很陌生，但哼哼几句与上台独唱不是一回事，难度很大。这些日子他一面吃饭一面放原唱音响，一段时间苦练终于拿下了。眼下这首歌切中时弊，针砭颓风，淋漓尽致，到活动室唱时把大伙儿乐坏了。

那帮粉红们的节目单，除了老张选定的两首合唱，还有女声独唱《唱支山歌给党听》《我爱你，中国》（几乎每年都有）《我和我的祖国》《映山红》《蝶恋花——答李淑一》《我是一个兵》……几个老太穿祺袍走模特步是年年必上的保留节目，还有几个舞蹈……打出海报说是为庆祝八一建军节搞的军民联欢晚会。还特地到附近海防驻

军邀请部队官兵，不料遭到谢绝，碰了一鼻子灰……演出当天晚上蓉蓉还是去"捧场"了……

德泉这台节目演出的日子定于 8 月 7 日，广场上打出横幅"海之缘小区第九届消夏晚会"。重头节目除预定的两支合唱曲外，有蓉蓉的琵琶独奏《旱天雷》，还有几位山西歌友唱的地方特色浓郁的民歌《小妹妹下河洗衣裳》。蓉蓉还特约了广场上跳舞朋友们的集体桑巴舞，还有非洲鼓、傣族舞等等。小磊的《跳蚤之歌》也很成功。"不怕不识货，只怕货比货"，哪台节目陈腐老套，哪台新颖丰富，观众自有公论……

两台晚会演出结束后，粉红们对号入座小磊所唱的《跳蚤之歌》，气急败坏。背后攻击他在台上像个"老妖怪"，有人上纲上线说"这首歌有反党倾向"；在微信聊天群里说他对党有刻骨仇恨……"变着法子骂人……"；在背地散布说，他儿子是六.四通缉犯，他爹是法轮功分子。他本人支持动乱被开除出党，这家人一窝黑，没一个好东西。大有文革回潮之势。那位军嫂过去与蓉蓉关系很好，还常请小磊到她家同她老伴喝酒，出于好心劝他俩"悬崖勒马"。据说真有人到派出所告状，未予立案……有人暗中造谣说，蓉蓉是小磊家的保姆与他勾搭上了……传得有鼻子有眼，像是情色小说。传到蓉蓉耳朵里把她气坏了，岂能容忍，追查到谣言源头，取了证言说要起诉，还真吓着了造谣者。

小磊劝她："算了，这事打官司，赢了也就是道个歉，赔点钱，不值得费那个神。大家知道就行了。同这帮脑残认真不抬高他们了吗？想当'跳蚤'，穿官袍……他们配吗？"

她的好友们也劝她："被疯狗咬了一口，你还去咬它一口吗？"……这场也可以算是茶杯里的风波，随着夏日逝去，也就不了了之。

2018 年小区举办了十一届消夏晚会。小磊与蓉蓉又以俄罗斯吉卜赛歌曲《路漫漫》循着《黑眼睛》套路又编排了歌伴舞。

哦，马车飞奔，铃儿声清脆／看，远处灯火闪烁光辉。

当我在此刻追随你后面／烦恼忧虑全都一风吹。

路漫漫，路漫漫，一路明月相随，

是那首歌嘹亮地跟着飞，古老的歌儿呀

七弦琴的歌儿呀，每夜每夜折磨我难入睡

……

小磊伴唱，结尾处两人跳着仿马车步起舞，两人配合默契，舞台效果极佳，只是盛况无法与上次相比，自不在话下。

第二年夏，王德泉术后第七个年头，提出想唱歌剧《茶花女》中的《饮酒歌》。小磊当然大力支持，为他打印歌谱，下载伴奏，陪他练了几次。蓉蓉找了 6 位男女伴舞，非常精彩……没想到那年冬天传来噩耗，老王回去后肺癌扩散，不幸去世。小磊闻讯悲伤不已，同蓉蓉与老元在一起议论说："夏天还在一起活蹦乱跳，没想到说走就走了……"

蓉蓉："练节目时就听他咳个不停，感到不对劲，倒也没想到走这么快。"

小磊："嗯，他来我家练唱时，记不住词，还咳嗽……我怕他演出唱砸，就给他录上音，到时候假唱，哪有什么办法。"

"他动手术后七年了吧，也不容易。他心态好，照吃照喝，照唱照跳，要是整天唉声叹气，撑不了这么长。"

后来同老元谈起："他还不到 70，小我一轮，唉，走太早了。他唱功真棒，没有进音乐学院深造，也真可惜！"

老元叹道："这是命，有什么办法？愿他走好，为他祈祷吧！"

想想，小区两位歌唱大擘先后都被癌症夺去了生命，他们无限伤感……

过了两年，林瑗向小磊发来微信说，她刚办了退休。小磊回复她说："太好了，终于脱离那个谎言制造车间了"。

他约她来银滩："来吧，来吧，这里的每一朵浪花在向你召唤！"她终于现身银滩……

小磊与蓉蓉兴冲冲地早早候在大门前的马路上等她。远远地一辆白色的奥迪车驶来，到他们跟前车停下，林瑷从里面起来……小磊："哎呀，一晃又是多少年了没见了！"

"是啊，老伍满头白发，眉毛也白了。我也早开始白了，你还这么黑。"

"哪儿哟，染的，你怎么不染染呢？"

"一染就总得染，我懒，就顺其自然吧。"

蓉蓉拉着林瑷的手："从北京到这些走了多少小时？"

"早晨 6 点多出来，这会儿不到 5 点。"

小磊："自驾车时间太长，一个人开太辛苦。我要会开车宁愿也坐火车，晚上可以在车上睡一觉比你这十来个小时在车上强……"

瑷："还好，中途在停靠站也休息了几次。我习惯了，到哪儿都开自己的车，方便。有时跑长途一天到不了就两天甚至更多。"

蓉蓉："是啊，早几年我就想学驾驶，买辆车出去旅游多方便，他就是不让。"

小磊："人家工作性质决定必须会自驾。我们一年才出去几次，平常不上班，两人整天在家，有车也开不了几次。瑷瑷整天在外面跑，没车真是不行。再说，在北京平常有个事开车出去停车位就是麻烦事。还有刚学会驾驶没有足够的驾龄，技术不过硬，碰上意外事故，无论大小都是麻烦。"

"伍老师说得有道理，我退下来了，这车的用处就不那么大了。"

……说着他们到了楼前，进屋入座，上茶……

她还是孑然一身，面对她灰白的鬓角，沧桑感顿然袭来，小磊心里不觉一阵酸楚。他尽力掩盖着，强作欢快状说："一切都为你准备好了，就等着你驾到……"

蓉蓉："一路上挺顺当吧？"瑷瑷点了点头道："车一开到滨海这一段路，哇，心情一下子变了，一点也不觉得疲劳了。真没想到，中国还有这么一块好地方！"

小磊在厅里的飘窗前指着外面说："咳，别说了。那年来看房子时：东边是几十里的沙滩，西边是山景，虽不算高，但造型独特，正面是一片绿茵野地，窗外像一幅油画，真是仙境一般……二话没说，立即拿下，当时 20 来万元，90 多平方米。同时还决定在隔壁单元再按揭一套 70 多平方米的，亲朋好友来有地方住……谁知道这几年空地全部盖上了，自然风景一点也看不见了。气死人了……"

瑷："行了，这就不错了，知足吧。开发商哪能把地空着给你看风景哪，你就是个部长恐怕也不行。"

蓉蓉："就是这么回事，总统住这里还差不多。"

他们喝茶，聊天，一会儿吃完晚饭，送瑷瑷到客房，让她早点歇息。

……

他们三个，每天下午睡午觉后 4 点多去海边，那时阳光不多么烈下海游泳，躺在沙滩上吸收紫外线，回来冲个澡，各自回屋休息会，7 点多小磊和蓉蓉做好菜在一起吃。菜谱常常有香煎多宝鱼，红焖大虾，炒蛤蜊，海蛎子、新鲜螃蟹很容易碰上，冬瓜丸子汤，炒个苦瓜、空心菜什么的，再配个凉拌海蜇，卤菜拼盘……小磊喝点白酒，她俩喝杯啤酒或干红……晚间一块儿到大学对面的大排档，烧、烤、炸、炒……海鲜什么都有。小磊："看看热闹，不敢吃，甲醛泡过，要不都臭了。还是自家做放心，路边的小贩卖的蔬菜都是自家地里种的，海鲜多半也是自家捕捞的。"他们一路买了些，带回去。

晚饭后，一同到广场小坐，听听小磊用 U 盘制作的轻音乐，跳一曲慢步舞，很是惬意。瑷不禁赞美："你们这儿真是神仙过的日子哪！怎么早几年不叫我来？在安乐窝里把老朋友忘了，这才想起来。"

小磊笑道："哪能，早几年这里各种设施并不完备，买菜要等村里 5 天赶一次集，干什么都不方便。去年小区刚建了超市，从家 10 来分钟就到了，各方面都方便多了。往后，我们过来，你就来呗。"

蓉蓉："我们不来你也可来，有朋友就带着一块儿来。这房子空着，什么时候想来就来。"

"哦，太好了，谢谢了。"她对小磊说："我看你这些年没少写东西，常在网上见到你的博文。"

"那都是即兴而发，随手写的，前两年的老年科研课题还没结项。"

蓉蓉："他呀，啥时候都闲不住。"

小磊："脑子不能闲着。生来劳碌命，难得闲适情。岳父老人家辛苦几十年遗留下的毛泽东评传也不能撂下不管呀。"

"现有篇幅多大呀。"

"写成文有待整理的差不多六七十万字，还有一大堆原始资料不计其数。"

"哦，工作量真不小。"

蓉蓉说道："他呀，每天时间比上班还抓得紧，你不在这里时，游泳也难得出来，晚上广场见不到他的影子。不是趴在电脑前面写就是拉琴。有时还对着手机唱全民 K 歌。"

小磊："现在自娱自乐真是方便。"

林瑗："嗯，生活内容倒是丰富。你网上发的东西，绝大部分我都看了。"

小磊："是啊，不看什么都不知道，有了微信，看了，有些五毛、毛粉一派胡言，不说几句也憋不住。"

"反左又要反右，还是那么锋芒毕露，攻势凌厉"她禁不住笑了"东一榔头西一棒子……跟那些五毛斗，白费口嘴，像唐.吉诃德是在与风车干仗。他们很多是政府花钱买的网络水军，所谓'网络评论员'是拿补贴的，听说还有监狱里的犯人写'正能量'文章，达到一定数量能减刑……"

小磊："不完全是这样，这几年有好几位'老粉红'在微信群聊天，看了我的东西，被我染'黑'了。他们洗脑致人脑残，我们尽自己所能做点康复工作。"

瑗又笑道："你可真'伟光正'！"

蓉蓉："他可没少挨骂，'汉奸''美狗'，什么脏话都骂，有的还骂他'怎么不死？'他还不删，说'放在上面展览'。有个据说是教授，在评论区留言用湖南方言骂'R 你妹'……"、小磊："什么狗屁教授，央视《百家讲坛》的名嘴，文化明星……"

蓉蓉："我劝他少招惹他们，少生些气，他说'哈哈，我活着就是要让他们不痛快，要是同他们生气，我早就死翘翘了'……"

"其实，有些老粉红，人挺好的，总在一个严格封闭起来的环境里，长期接受单一源头的信息，整天听说'亡我之心不死'，不忘'阶级恨民族仇'，最好哪儿每天都要来次'911'或福岛大地震海啸……"

瑗："唉，当年巴金说'这个民族的思想配得上他们所受的苦难'。"

小磊："他们有思想吗？要说有，应该追究的是，他们的思想是从哪儿来的。"

"'他们没有自己的思想，他们只能用别人的思想进行思考'。这个话是谁说得来着？"

"萨伊德在他那本《东方学》原话是'他们不能代表自己……'，引用的是马克思的话。马克思还说过，'统治者的思想是占统治地位的思想'。"

瑗："专制主义下出不了思想家。"

"作为科学技术革命的新媒体确实带来了一次新的思想解放的可能。雨果在《巴黎圣母院》中说'印刷机将埋葬教堂！'。互联网是否会埋葬极权制度，是可以期望的。人们毕竟可以在网络上讲讲心里的话了。"

"不过，他们设置网信办，用封号来控制人们的思想。"

"于是，人们用谐音来遮蔽敏感词，'道高一尺，魔高一丈'嘛。"

蓉蓉对林瑗说："小区一位朋友看了他近年在微信聊天群所发的东西，叫我劝劝他'别那样，他收入也不算低，你俩衣食无忧，晚年家庭幸福，何必如此愤愤不平，过好自己的日子比什么都强。'"

瑗："忧国忧民，这就是他的命。他批了毛，左派恨死他了；他捍卫了原创马克思，右派也没人待见他。孤军奋战是他永远的处境。"

小磊叹道："知我者瑗瑗也！纵知生年不过百，怎奈总怀千载忧！"

林瑗笑着说："我看你是有些像唐吉诃德，举着马克思的长矛横冲直撞。碰得头破血流……"

"此言差矣！唐吉诃德同风车、酒坛子干仗。不过，我跟毛、邓、江们斗，实际上是同他们的总和干仗，这有点像是跟风车干。唉，在马克思的学说里查找毛泽东大跃进、文革的根源，有如让托尔斯泰、索尔仁尼琴为斯大林、普京顶罪，岂不荒唐！人们还在那里喋喋不休地争论，'恶'是从文化还是从制度来，莫不是人性中固有的……"

有天在海滩他们又谈起新近的世事，得知刘晓波在狱中去世的消息，聊了起来。六.四后他一度入狱，出狱后到美国，再度回国起草了一份宪法修正案发动知识界签名，2009 年被再度以'煽动颠覆国家政权'罪入狱，判处 10 年徒刑，肝癌死于狱中。为民主宪政坚守非暴力主义理念与专制暴政进行不懈的斗争，获得了 2010 年诺贝尔和平奖。

小磊道："他按照民主社会的国家理念起草宪法修正案征集同道者签名，这个修正案是否有效需要经过人大表决，认为要不得可以否决嘛，全国人民代表大会是干什么的？这怎么就是'煽动颠覆国家政权'了呢？太荒唐了。"

林瑗："因为此事入罪重判只能说明无论谁在台上，这个政权的性质确确实实属于践踏人权的暴政，赵紫阳一直被囚禁在家中几十年了。他们每年六.四都如临大敌，暴露了其在不可阻挡的世界民主潮流面前的虚弱。"

小磊："说什么'四个自信'，屁！"

"不过，所说在民主运动内部对刘晓波的'和平主义'也有所异议，也有所批判，"

"这都属于正常。至于他人品，口碑并不很好。他说自己'做事从来不考虑什么社会后果，他只对他自己负责'。民运人士有人认为这是'自由至上主义、自由放纵主义或者说极端个人主义，'郝大志提起他都不屑一顾……"

林瑗："据说他还是个'红二代'，他父亲是好像沈阳军区的副司令吧？"

小磊："有那么大吗？总之是个不小的官。他有高干子弟的毛病，太自我，任性，独往独来，我行我素。这种性格决定他对一种信念会很执着，立场对了很了不起，有时也很讨厌，过去我对他印象也不怎么好。他曾因在美学理论挑战声名显赫的李泽厚在学术界被称为'黑马'。我与他有过一次遭遇，在电影资料馆放映内部影片《给咖啡加点糖》。之后，进行讨论时，他侃侃而谈，还口吃，记得他并不针对影片发表评说，而针对现场对电影发表一些观感的，不无嘲讽意味地说：'现在你看中国人十个中有九个都在作沉思状……'"

林瑗："他的和平主义备受诟病，口口声声称自己'没有敌人'不是很荒谬吗？暴政、暴君不是民主的敌人吗？善与恶不是敌对的吗？"

小磊："是啊，口口声声称自己'没有敌人'却和暴政斗了一辈子……不过，无论他有多少毛病。他毕竟对自己的民主自由理念始终没有动摇过。他本可以在美国过上安逸的日子，为什么还要回到暴政的铁拳下？'明知山有虎，偏向虎山行'。他终究是位把自己一生奉献给了中国人民解放事业的民主斗士，把共产党的牢底算是坐穿了。"

蓉蓉："这不是谁都能做到的。"

小磊："盖棺论定，诺贝尔和平奖他受之无愧。"

林瑷："不是有格言说，鹰有时飞得比鸡低，但鸡永远达到鹰的高度。"

"是的，我承认比起他来我是只鸡。"他们都乐了。林瑷："各有各的打法。他是赤膊上阵，你是打壕堑战。"

"我想我像是只'密涅瓦的猫头鹰'，我好像总是等着天黑起飞……"

　　一天下午他们照常又去了海滩，下水游了一阵上来，在沙滩上沐浴着黄昏的日光聊天。蓉蓉与林瑷玩着沙子，蓉蓉双手捧着沙往下漏；林瑷把整个小腿和脚埋进了沙子里面……小磊双手抱着脑袋躺在沙子上若有所思，吟哦着：

　　"廿年居上海，每日见中华。有病不求药，无聊才读书。

　　一阔脸就变，所砍头渐多。忽而又下野，南无阿弥陀。"

　　说道："鲁迅将近一个世纪前的这首小诗对照当今的时局，句句切实。始自毛泽东，'有病不求药，一阔脸就变'是这个党的痼疾。除了'砍头'更是泯灭国人的善良本性，对做人的权利的剥夺。换谁都好不了，不是某个人下野的问题。"

　　林瑷："现在中国的老百姓巴不得击鼓传花的定时炸弹立马就爆炸。'灭六国者六国也，非秦也；族秦者秦也，非天下也'，这个话出自杜牧的《阿房宫赋》吧？我们可以说'炸死自己的是击鼓传花者，非境外敌对势力也！'"

"炸弹已定时，指针到时自会炸，这也与这几十年吹大的经济泡沫即将破裂有关。我所关心的问题是能炸出个蒋经国来吗？在专制体制下领袖对改革还是起决定性的作用，我倒是盼望着再出个'用专制来消灭专制'的有道明君。"

林瑗："毛泽东不是说过'党内有党，党外有派'。"

"这是他在 1966 年会上引述《国民党四字经》中的'党外无党，帝王思想；党内无派，千奇百怪'的意思。直到蒋经国才真正悟出'没有一个政党能执政到底'的道理，在中国首举废除了一党制的历史。"

"毛既明白一党制行不通，干吗还要'百代都效秦政法？'。"

"历史就是这样，独裁者没有自动放弃权力的。据说，1970 年军队里流传唐人章碣的一首诗：'竹帛烟销帝业虚，关河空锁祖龙居。坑灰未冷山东乱，刘项原来不读书。'彰显军内反毛的情绪，源头在黄永胜。公安部部长谢富治查知后向毛告密。当时毛与林彪的矛盾已经激化，林立果正在策划'571 工程（武装起义）'，结果失败，直到 1976 年毛驾崩……"

……

接着小磊问起林瑗退休前后这几年的情况，她说，2022 年武汉爆发新型冠状病毒肺炎疫情期间她也去了当地，小磊惊叹她胆子真大。她说："当时官方竭力封锁消息，掩盖疫情真相，发布'不会人传人，可防可控'虚假信息，迫使吹哨人李文亮医生写悔过书，抓捕了媒体人张展、方斌、陈秋实等，同时大搞春节万人聚餐、联欢，发放出境签证使病情向全球扩散……"

"这些情况我从网上都看到了，你呢？到那里遭遇了什么？"

"我到那里时全市已经笼罩在一片恐怖之中，像一座鬼城，我走访了几家医院就被他们盯上了，把我抓到看守所，抢走了我的手机、电脑，关了我 5 天，把我赶出了武汉。"

"你还算是走运的，上海的记者张展后来被判了 4 年，方斌死活下落不明。"

"我回去就办了退休，去年一年徐州丰县铁链女紧接着江西上饶胡鑫宇的事你总知道吧？"

"哎哟，这两件事，网上闹得沸沸扬扬，哪能不知道.你有什么新消息吧？"

"虽然已经退了，职业习惯难改，这两处我都去了……"

"哎呀，你可真行，那些地方他们不是也封锁了吗？你进得去吗？"

"嗯，我到丰县铁链女所在的那个村，路口处处有警察把守不让进。不是官方说铁链女是云南的小花梅，民间有人查出来是四川李莹吗，这两处我都去了。"

"啊，跑那么远，佩服佩服。有什么收获？"

"第一手材料一大堆，等我回去把整理出来给你发。不止这两处，这两年唐山打人案，郑州隧道淹水案等等，现场我都去过。有些具体情况网上也都有曝光，这些年我总在想这一生记者生涯中提出的一个问题：各地只要出了恶性事件总是封锁消息，不允许调查访问，更别说实况报道，一手遮天，对我们媒体人就像防范盗贼一样，甚至还对曝光者打击迫害，不择手段。我们中央集权的体制下，为什么地方恶势力那么嚣张，"

"现在网上总是把集权当作专制，不分集权与极权的区别。英语就是两个字嘛，从政治体制来讲，集权就是权力集中 concentration of power。比如美国作为宪政民主制度，也有权力集中问题，国会与州议会，总统与州长的关系，有些重大决策比如国家财政预算、调动军队对外宣战等，必须由国会与总统决定，所以集权并不就是与民主对立的集权主义（centralism）专制体制，用毛泽东的话来说就是'大权独揽，小权分散'。"

"嗯，这个我懂，就是集权与极权是什么关系，还是理不清。"

小磊："极权这个字 totarian 是从 totality 总体这个字来的，在哲学上与黑格尔到马克思的辩证法有关，即把所有矛盾的方面都包含在一个统一体中。极权在政治学上，意味着专制国家的集权是不容民主的。"

"那集权与极权之区别究竟何在呢？"

小磊："民主国家的权力集中是首府相对地方而言，集权不会改变两党相互监督与竞争的关系。专制国家的权力虽然也有中央与地方的关系，但其一党专制权力的绝对性在于不接受任何限制与监督，不允许反对党派的存在。"

"不仅，一党专制，还有党的领袖的个人独裁。这就是阿克顿勋爵说导致绝对腐败的绝对权力吧？"

小磊："对。"

"那就还是'一个国家，一个领袖，一个主义'呗。"

小磊："嗯，这是蒋介石当年学习德国法西斯主义针对共产党提出来的。"

"共产党取得政权前激烈反对这种东西，有了权力以后接过这种东西。"

"马克思认为，每个人的自由发展是一切人自由发展的条件，communism 这个字最先是 1921 年由胡适译为'共产主义'的，更准确的意思应该是社群主义或共同体主义，马克思指出，community 就是'自由人的联合体'。极权政治强调的'集体主义'实际上领袖的绝对个人主义之伪装。元首一个人的意志是决定国家与所有个体命运的东西。不允许个人的自由意志，自由思想与言论与之相悖。"

林瑷："嗯，《共产党宣言》明明说 communism 并不否定私有财产，只是反对把个人的私有财产去剥夺别人的私有财产，这个字被译成共产主义确实造成很大误区。"

小磊："是的，再回到极权与集权的关系上来看，民主制度下的集权，从中央到地方都要服从宪法，执政党都要在野党与民众的限制与监督，还有竞争。而极权则没有任何限制、监督与竞争，从中央到地方都是这样。那就是你刚才说的地方为什么权力那么大，不要说

‘山高皇帝远’，文革前毛泽东眼皮底下的北京市委就是‘水泼不进，针插不进’的独立王国，姚文元的《评＜新编历史剧，海瑞罢官＞》在北京发不了，要到上海去发。胡温时代是中央政令出不了中南海，国务指令不许强拆民居，地方上根本不理……现在也是一样嘛。宪政民主的集权，无论是中央还是地方都是老百姓把权力关在笼子里，而极权专制是老百姓被关在笼子里，当权者可以为所欲为，从中央到地方都是一样，以至一个小小的村官在他权力范围内就可为所欲为。”

“地方官员对上面是一套，在下面又是一套，欺上瞒下。所以现在有‘两面人’‘高级黑，低级红’问题。”

小磊：“颂神文化，马屁文化、蒙昧文化，就是极权政治必然附带的副产品嘛，什么‘不绝对忠诚就是绝对不忠诚’把领袖的思想‘融化到血液里’……。文革当年杨成武提出‘大树特树毛主席的绝对权威’，毛泽东就说‘名曰树我，不知树谁’。拍马屁，搞个人迷信取宠圣上都是为了强化自己的权力嘛。喊‘万岁’最响的日后没准是捅刀子最凶的……”

林瑷：“嗯，这样一讲，问题就比较清楚了。”

“还有一种汉译为威权主义（authoritarianism）与集权主义（centralism）意思差不多，后者更接近于极权主义，差别在于只是权力绝对化程度不同，此外不是着重中央与地方的关系。有人将之作为极权与民主的中间、过渡状态，如新加坡，这就不说了。现在的世界潮流，无论怎样汹涌澎湃，民主是不可阻挡的历史必然趋势嘛。二战后的民主国家比战前增加了多少倍有统计数字可查嘛。”

林瑷：“现在民主与极权两大营垒之间的阵线越来越分明了，伊朗、俄罗斯、朝鲜与天朝及伊斯兰恐怖主义暗通款曲，已经形成了邪恶的轴心。有人说当前的国际紧张局势与二战前极为接近。”

“嗯，‘大野多钩棘，长天列战云。 几家春袅袅，万籁静喑喑。下土惟秦醉，中流辍越吟。风波一浩荡， 花树已萧森。’细读鲁迅93年前的这首诗，哪一句不切合时下世界与中国的状况。不过具体

分析还略有不同，二战时苏联与欧美还是同盟嘛， 并且当下我们同
'亡我之心不死'的敌对势力还是要做生意，不是不愿意同欧美脱
钩吗？ "

蓉蓉不耐烦了："行了， 行了，可以下课了吧， 太阳都下山了，
回去做饭吃吧 '。"

回到家中，各自冲完澡，小磊拉会儿小提琴，林瑗与蓉蓉在厨房
一面做饭，一面唠嗑，林瑗："他背后说你'一根筋'，我看他比你更
倔，更能斗嘴。"

"是啊，大事我不跟他顶，鸡毛蒜皮的家务事我们俩没少拌嘴。
做饭，吃饭，不是这个咸就是那个淡，可矫情了。你说我做得不好吃，
那你来做呀，他又不做；有时他心血来潮动手做的菜，我批评两句他
又不高兴。我弹琵琶他嫌吵；他拉小提琴我也嫌烦……"

"这就要互谅互让。"

"还互谅互让呢，有时上厕所还打架。"

瑗瑗扑哧一笑： "是吗？太好玩了。就这么两个人上厕所还抢，
至于吗？"

"咳，你不知道。他不是一直前列腺肥大嘛，撒泡尿可费劲啦，
在里面一呆几分钟，有时出来没多大会又进去了。人家大便憋急了，
他在里面半天出不来，说他，他还跟你嚷嚷，说什么'上厕所也有先
来后到'，你说烦不烦人？"

把林瑗笑得直不起腰："也真有你的，人家有病，你跟人抢啥！"
蓉蓉也跟着笑起来，两人笑成了一团，小磊在厅里莫名其妙："什么
让你俩这么乐？真是两个女的也一台戏……"

她俩笑得更凶了……林瑗以自己婚姻失败的教训说道："夫妻在
一起吵吵闹闹不是什么坏事，有时不吵不闹反而隐藏着深深的危
机。"

"是的，我们在大的问题上完全一致……"

"政治立场，价值观、审美情趣，这些是爱情婚姻和家庭最牢靠

的基础。你们俩应该比年轻人的热恋更多理性因素，是吧？"

"嗯，说得太对了。"

小磊此时插上来说："其实这些不是一拍即合，而是渐渐磨合。特别是审美情趣，前两年我一放交响曲，她就受不了，现在好多了。"

吃完饭小磊打开电脑给瑷瑷看照片。他俩出去至少旅游每年两次，开一次学术会议通常也一块儿去，除了西藏怕蓉蓉身体受不了没去，全国大部分地方都去过。境外欧美一些国家，南非、土耳其也都玩过。小磊说起印象最深的是土耳其之旅，改变了他停留在过去对奥斯帝国极端伊斯兰宗教主义的印象。现代民主改革后的土耳其已经废除了政教合一的教权专制，基督教文化与本土文化得到同样的保护，美丽奇特的自然景观上保留着欧洲希腊罗马时代拜占庭文化与中亚伊斯兰人文景观的遗迹，不失为境外游的佳选。他说值得一提的是，飞往伊斯坦布尔的航程中途必须在伊朗机场中转，在候机室停留了一个多小时。这是国际公认支持恐怖主义的极权主义政权，妇女在公开场合罩袍不严实就会受到严厉惩罚……在机场的服务的姑娘们得以幸免，她们着装时尚得体对待顾客礼貌亲切，大大方方地与旅客合影留念……最使小磊忘不了的是，他曾在候机厅的躺椅上休息片刻，起身离开后到处逛，隔了半个多小时，一位穿着穆斯林白色长袍头戴小白帽约十四五岁的男青年找上他。原来他打盹时不慎把手机掉在了躺椅上，离开后方被邻座的这位青年发现。他到处寻找，找到小磊后把手机归还他，令人感动。当时手机还没有严格的安全保密设施，这样的事在国内也为罕见。小磊把此事与前几年伊朗爆发的大规模民主运动联系起来，感到彼民素质大大高于自己的同胞……他说："人活着还是要有点信仰的东西来支撑心灵。无论是何种教派，无论是有神论还是无神论，只要摆脱对权力与金钱的依附，心存对人类的爱，只要对真理、正义、民主和自由的追求尚未泯灭，在善与恶之间作出正确的选择是可能的。"

有了数码相机后，存在电脑里的照片不计其数。林瑷在手机上收到过不少他们在微信中发的佳作，电脑屏幕上看比在手机上看痛快。林瑗来海边这几天也没有少拍。有些地方的片子百看不厌，像长城、九寨沟、新疆、内蒙一些地方、宏村、西谛等一些古镇……林瑗一面看着，一面赞："景美，人更美。"

小磊同林瑗说起，在外面。在火车上，大巴上有些"驴友"问蓉蓉是不是他女儿，他俩就说"是"。社科院每年都组织离退休人员旅游，有年他俩参加了丝绸之路之行，从敦煌到酒泉、张掖、武威……一路上玩得非常开心。玉门关附近有个雅丹地貌的魔鬼城，下车后大家分散各玩各的，小磊给蓉蓉拍了些照，也分开各自玩。一会儿小磊先上车后，一位外所的家属对他说："你女儿还在那边哩……"知道底细的文学所同事哈哈大笑……林瑗也乐了，说："要是杨振宁和翁帆一块儿到外面，不知情的那不把他俩当祖孙哪。"

她在海边度过的这些日子真是很舒心。临别时，蓉蓉同瑗瑗谈起她的私生活，林瑗把话题岔开了……她走后蓉蓉对小磊说："我就不信这些年她总一个人？"

"这些问题人家不愿谈，就别问啦。男女缘分，有的是长远的，有的是一段时间的。"

看着她的车远去，消失，他心中慨叹，此生未必有机会再见……

次年，入夏小磊打算约兰莺姐俩带着孩子一块儿来海边，拨多少电话也不找不到她人，终于联系上了兰燕，告诉她这个意思，请她们来，客户也是两室一厅，设备齐全，4 个人住也没问题。她说等她与领导商量休假，定了日子就过来。等了些日子，兰燕来电话与小磊约定来到的时间，小磊说已经做好一切准备什么时候到都没问题。隔了不多日，她通知小磊说，已经开车上路了，按照预定到达的时间小磊到大门外迎接，多少年没见，小磊心情很激动。车到后，兰燕停车开门下来，小磊发现怎么只有她一人，便问："你姐呢？"她答道："她有事来不了"脸上表情有些异样："我们是不是进屋谈？"

　　于是他跟她上了车开进小区，蓉蓉在楼前等候，进屋落座上茶，燕燕详说了近年家中的剧变，前几年出了大事，一直没与他通消息。女儿秀秀与同班 1 名女同学一块儿跑到黄山投岩自尽了。小磊闻此大惊失色，她继续说道：她上高中后，性格渐渐变了，放学回家整天关在自己的屋里写作业，同大人一句话也不说……我以为是在学业压力下，患上了青春期抑郁症……后来才知道，她继续道："她最好的一个女同学被校长'潜规则'性侵，长期不敢反抗，连家里也不知道，只对秀秀一个说了……她俩最后竟决定一块儿去死。她给妈妈和姐姐的遗书说'对这个世界已经彻底绝望了，看不见前面有一点光明与希望，活下去只有无穷无尽的痛苦。她想到另一个世界会见到日夜思念的爸爸与奶奶，会无比幸福……恳请妈妈、姨姨，对她们多年养育的恩情只有来世报答了。告诉弟弟，他比自己坚强，应该努力使这个世界变好，迎接光明的未来……'"

　　小磊听后半晌说不出一句话，蓉蓉只是伤心落泪……过了一会儿小磊抹去的泪水说道："青少年抑郁症酿成的秀秀与她同学的这种悲剧，不是个别的，是教育制度和整个社会弊病的一种。"

　　燕热泪盈眶地说："这孩子特别好，平常给她的零花钱她都省下来，到开学缴学费。过年给她买新衣服她怎么说都不要，说'有衣服够穿了干吗要再买'……"

　　小磊急切地问道："你姐怎么样了，她为什么不来？"

　　"秀秀的事对她打击太大，本来这几年基金会的事也折磨得她够呛……"

　　慈善基金的事，这些年小磊没怎么过问，全是南京那边在操作，现在中国尘肺病患者将近 600 万了，基金会筹款也达数千万。她们曾经一度非常忙，兰燕差不多放下了医院的工作，全力以赴。近些年从中央到地方红十字会为了争募款跟他们来捣乱了，竟然诬蔑他们贪污。主要是采购呼吸机的事引起的，燕说："呼吸机品种、规格、功能差别很大，价格不一样，从几百元几千元到上万元。我们给患者捐助的机器是国外进口质量最好的，价钱当然就贵。他们诬蔑我们从中渔利……我们每年都进行审计，每一笔捐款、每一笔支出票据都齐全，全部有账可查，清清楚楚。他们抓不住把柄就在网上造谣，说什么圈钱、私吞，说什么的都有……叫他们上法庭，他们却当缩头乌龟了。"

"网上什么人渣都有。林瑗也说过，现在中国的慈善事业举步维艰，每年闹水灾下到灾区救助，很多地方上都想吃一口唐僧肉。"

燕："是的，我们到灾区指望直接把善款送到难民手中，当地官员不允许，他们把救济款截流了。实际上是把持垄断了款项，象征性地给灾民一点。最后绝大部分落了他们手中被瓜分了。据说来自中央的赈灾款也如此处理。更要命的是，基金向乃青公司投放的大部分款项都被拖欠了，提不出来，基金会差不多处于无法运作的瘫痪状态。"

小磊只得叹口气摇着头道："没办法，中央集权，地方极权，百姓无权，只能任他们宰割……你姐姐现在到底怎么样了？"

"不好，这接二连三的打击差不多让她崩溃了。去年，你约我们来，我告诉她，她竟想不起您，问'小磊是谁呀'，我跟她说半天，才想起一点说'哦，是小时候在一起的邻居呀'……不过还没有到老年痴呆的程度，出门还能认识家，就是对过去的许多事和人都失去了记忆。"

"那，现在苗苗就是身边唯一的寄托了？"

"苗苗刚上高中，平常住校。"

"啊呀，那，她一个人生活还能自理吗？"

"勉强吧，我和苗苗放心不下，轮着班每天去看看她。我想回去后立即送她到疗养院调理一段时间，是不是会好些。"

"嗯，唉，想想她这一生太多舛了。"说着不觉又黯然泣下。燕也跟着伤心落泪，小磊："秀秀和你姐姐的事不是你们一个家庭的悲剧……"

燕点头接着道："现在中国心理疾病严重的程度超出了人们的想

象，焦虑症、抑郁症、精神病发病率都居于世界首位，自杀率是世界平均数的 3.5 倍，包括从秀秀她们这样的青少年，到失业人群、职场白领以及许多农村孤独老人，几乎覆盖整个社会。"

……

燕也没有心思在海边玩，只停留了两天，小磊陪她沿海岸开车转了一圈，第三天就走了。

……

2019 年小磊过了八旬寿诞。那年夏季香港发生了 20 万人上街"反送中"的民主运动。同时，小区的大爷大妈们唱着"社会主义好""没有共产党就没有新中国"，准备迎接中共建政 70 大庆。入冬，武汉爆发新冠疫情，并迅速蔓延，把死亡的阴影投向各地，世界处处笼罩着恐惧……2020 年以来对新冠病毒搞"动态清零"。于是各地轮番进行严格封控、闭锁、隔离的措施，各地官员层层加码，多地进入防控过度，宁过勿欠，进行核酸普查，人人过关的恐怖状态……小磊认为病毒作为与人类共存的客观自然现象，唯有在与它共处中积极地加以科学防治，提高自身免疫力，那种凭主观意志以为可以消灭它的想法与做法是反科学的，与 1958 年的大跃进同样是"唯意志论"的唯心主义支配下的盲目愚昧行为。发现疫情不足半年就搞出疫苗，广泛接种，没有经过短时间的实践检验，其防疫的有效性是不可靠的，存在很大风险。小磊以过敏体质为由拒绝接种疫苗，并告诫蓉蓉她有心血管系统基础病也不可接种……

正是那年冬天，小磊又患上了膀胱结石连同前列腺与尿道狭窄一并在密云医院做了电切手术。躺在病床上，打开手机，满眼都是新冠肺炎的消息，他看着方方写的日记……来自武汉的讯息充满恐怖，一会儿他闭上了眼睛，耳边响起了乐音：

《死神之舞（又名：骷髅之舞）》为法国浪漫主义作曲家圣-桑完成于 1874 年的一部管弦乐交响诗。此曲有小提琴曲独奏版，小磊拉过。作品以中世纪关于末日审判的圣咏《愤怒的日子》的旋律为素材，主题是死亡，文字内容取材于法国诗人卡扎利的诗歌：

咕咕，咕咕，咕咕，这是死亡之舞/脚跟着节拍起舞，死神也敲着基石/在深夜里猛奏舞蹈的音符；咕咕，咕咕，骷髅拥抱着狂舞，带给人们恐惧和痛苦，嘘，舞蹈的声浪已经停止，骷髅们仓皇逃跑，因为已鸡鸣破晓。

曲调从极弱渐强至极强，其诡异的不协和效果给人以骸骨降临的图景。击弓强烈的极板贯穿全曲显示来到墓地的骷髅越来越多……

31 年后，1913 年，美裔俄罗斯作曲家斯特拉文斯基推出了他的芭蕾舞音乐《春之祭》。该剧表现一群原始部落的少女以死亡的舞蹈迎接春天的来临。在由其反传统的 12 音体系无调性作曲，在音乐界引起更大震动。法国香榭丽舍大街巴黎剧院首演时，曾引起了一场大骚动，遭到了口哨、嘘声、议论声与叫骂声……据说圣桑亲临现场观看此剧时，没有等演完便愤然甩手离场去。

这两首乐曲在病床上的小磊的耳际交替鸣响，他在手机上写下了《无碑的墓志铭》：

一只密涅瓦的猫头鹰，在黄昏起飞，在夜色笼罩的林子里来回扇动着翅膀……终于，它累了，歇息在这里……

在这地面之下，它歇息在这里，没有墓碑，那上面不允许镌刻谎言。它把无碑的墓志铭也带入了土里……

"人之将亡，其言也善。"是这样吗？不，那些把金钱和权力传给子孙的人，听听他们追悼会上的谀辞谝语，看看他们的光彩的丰碑，有一句真话吗？

一只密涅瓦的猫头鹰，它在黄昏起飞，因为躲进阴暗的角落可以说真话，把一生的真话带进了坟茔，没见到光明……

2022 年 12 月 7 日，对新冠病毒搞了 3 年的"动态清零"突然解除。蓉蓉染上第三代新冠病毒奥密克戎，被隔离在方舱医院，不允许小磊探视。几天后的一个下午，小磊也发起烧来，咳嗽、嗓子剧痛，核酸检测为阳性，也被送到同一个方舱医院。两人近在咫尺隔如天涯，只能在手机上进行视频通话……

他写下以下的诗句，发给了她：

别了，我的爱！
在最后的一程，回过头去看看
走过来的 1／4 世纪
那些迷人的风景，
青山绿水，风里雨里，
多少路我俩都走过；
江南暮春中的雨巷
古镇湿漉漉的石板路，
罗田带露珠的菜花地
村舍、田间的泥泞道，
迈过科罗拉多大峡谷上
令人心惊肉跳的架空玻璃桥，
吸过尼加拉瓜飞溅的水沫，
那年，从武夷山到三清山
在雨中，我俩打着雨伞
踩过新疆白桦林中的黄叶，
登过太行峭壁上的栈道，
钻过石灰岩的溶洞
搏击过东海的浪涛，
在长城的断垣残壁上呼喊过号子，
在蓝天白云下的草原上哼唱过牧歌
……
你，一个爱笑不爱哭的女人
在我病床边，也曾眼珠晶莹

一生有你相伴，是上苍的恩宠

时间证明了一切，爱情连接着永恒……

别了，我俩将在另一空间重逢。

写得有些杂乱，没有精力细细推敲，自己多年的心意表达出来了，对最后阶段的个人生活也算是一个总结……小磊几天热度退不下去，肺开始白化，鼻孔插着呼吸机。昏迷中，一个穿着隔离服的"大白"进入他的舱位，悄悄到他床前，在他耳边说："我是林瑗"。他惊醒道："啊！林瑗，你来送我上路来了。"

"不是的，希望你尽快康复……我来向你告别。我要出境了，同一帮朋友出去做自媒体，离开这片谎言的土地，可以讲点真话。"

"好，好，你来了，太好了，我正在想你，这是我们一生中的最后时刻，我有最后的话要对你说。"她抽泣着说不出一个字来……

他说："你们会看见——定时炸弹——爆炸……我看不见了——我对他有幻想，我错了……第二个蒋经国，你们会看见……'死去——原知万事——空，但悲不见——九州同……'"他断气了，她扑在了他身上……

方舱中的小磊，插着呼吸机，奄奄一息……

眼前出现半个世纪前在秦淮河相会的几位老友，王守镭、阮思源、邵正业，还有单身俱乐部的老友，龚榆、满贵堂、刘石方，海之缘小区的歌友，史碧英、王德泉，拉京胡的老赵的幻影……

卧床多日，思前顾后，小磊不知如何自我了断，《死神之舞》与《春之祭》的音响继续不断交替出现，时而混合在一起……在昏昏沉沉、迷迷糊糊中，听见"当当当……"一阵敲门声，死亡的音乐转换为《贝多芬第五（命运）交响曲》第一乐章的主题"命运在敲门……"门打开后一位着白纱长裙的美女悠然来到他床前，他惊问道："你是谁？你是索命的死神吗？"

她说："不，我是命运女神。"

"你来干什么？"

"你不想回到童年？"

"当然想。"

"那么，跟我走。"

她带他进入时间隧道，他恍恍惚惚、飘飘然然被她带到了一个地方，停下来问他："你记得这地方吗？"

他环顾四周，惊呼："啊，这不是我出生的地方吗？上海新闸路戈登路……"

他忽然想起当年出生地的路名，在租界区是以英国洋枪队首领戈登命名。一个叫甄庆里弄堂中的普通二层小楼上面是他度过童年的地方。当时沦陷的上海，汪精卫伪政权表面上维持"和平"景象（有人认为是他使上海避免一场南京式的大屠杀）……

有次妈妈带着大约3岁的小磊乘电车，上面坐着一个日军军官，挂着一把军刀，嘴上露着征服者傲慢的微笑，身旁蹲着一条吐着舌头的大军犬，瘆人……妈妈把小磊搂在怀里。入侵者铁蹄下的上海，外滩十里洋场上依旧灯红酒绿、歌舞升平。收音机里播放着"夜上海，你是个不夜城……"。那时上海很少轿车，市内交通工具有长着两条辫子叮当叮当响的有轨电车，满街奔跑着的是三轮车和人拉的黄包车。车夫大多是江北流落在上海的农民，讲着一口洋泾浜的上海话。妈妈带他乘黄包车或三轮车时总要讨价还价，车夫要价嫌贵便说："勿要搞切念瑟了！（别胡说八道）"

车夫不得不让价："隔墨，咯郭（那么，6角）。"

"恩郭，勿气啦朵（5角，不去拉倒）。"

"恩郭恩（5角5）。"

谈不拢扭头便走。"火咯，火咯（好了），隔墨（那么），尚勒，尚勒（上来）。"……

那时上海市内交通线上有带坡的拱桥，黄包车和三轮车过桥上坡时有专门帮着推一把的小孩，乘车的照例得扔给一点小钱……当时有首流行歌《三轮车上的小姐》唱道：

三轮车上的小姐真美丽，西装裤子短大衣

眼睛大来眉毛细，张开了小嘴笑嘻嘻，浅浅的酒窝叫人迷。在她身旁坐个怪东西，年纪倒有七十几，胖胖的身体大肚皮

满嘴的胡子不整齐，一身都是血腥气……

　　小磊家所在弄堂内住着个大胡子犹太难民，是当时德国法西斯反犹时期，国民党当局开放入境的。他孤身一人流落异乡，因痛苦而常酗酒，喝得醉醺醺地在弄堂里跌跌撞撞，孩子们把他当作"怪物"，远远见他来了就跑着躲起来……

　　从小身体羸弱的小磊，似乎什么病都得过。有次吃了藏冰制冷的旧式冰箱里过期牛肉，染上急性肠炎差点翘了辫子，怎么还得过黄疸型肝炎，不能沾油，妈妈用草纸把鸡汤上面的油吸了让他喝……三天两天扁桃体炎，有时化脓急性感染，高烧到 40 以上度，一生起病来常躺在床上好几天，总要奶娘黄妈到弄堂口租上一大摞小书（连环图画）来看。七姨父国民党空军军官周致远常常抱着他跟妈妈乘出租汽车看急症，打几针配尼西林（青霉素）就好了……跟着命运女神在时间隧道穿越的小磊呼唤着："啊，妈妈，操碎了心的妈妈，我将回到你身边……"

　　从幼年到暮年，命运女神带着小磊来到 2022 年 4 月，上海新冠疫情封控"动态清零"期间，逛了十里洋场外滩、购物天堂南京东路、西路、淮海路、四川中路……这些平时夜晚灯火辉煌，人头攒动，装修豪华的商铺、店家鳞次栉比，一个个陈列着世界名牌货的橱窗琳琅满目。这些地方所有店门紧闭，五彩缤纷的橱窗也都被上锁的铁皮卷帘挡得严严实实……街道两旁路灯像鬼火，一闪一闪照着，把鬼影似的电杆投射到路面上……

　　1949 年，上海失守前市面秩序很乱，传言夜里有"剥支鲁（猪猡）"，强人抢劫连衣服都扒光，小孩也扒，叫"剥底机（田鸡）"，晚上没人敢出去，恐怖大概就像此时的情景。街面上时不时一队队穿着白色密闭防护服的"大白"嚷嚷着"做核酸啰！"蹦蹦跳跳列队而过。小磊想起小时候在画书上看到的白无常，头戴白色高帽，伸着红红的舌头，一手执脚镣手铐，一手举着令牌，为阎王爷当差捉拿鬼魂……整个上海几乎所有居民小区门洞被封控……忽然一座高楼里，传出一声凄厉的尖叫，一个披头散发的女性身影出现在露台上，她唱起：

"我爱你中国，我爱你，中国，我要把最美的歌儿献给你，我的母亲，我的祖国……"

突然伊大叫一声，跨越围栏纵身一跃……咕咚一声落在小磊前面。他吓了一跳，猛然后退一个箭步……又上前扶起跳楼的年轻女人，她还剩一口气说道："他们封了我家的门，十多天冰箱里全空了，家里没有一点可吃的，我胃里全空了……"

又有气无力地哼："我要把最美的歌儿献给你，我的母亲，我的祖国……"唱着，唱着断了气。说时慢，那时快，顿时马路四面八方涌出大堆人影把小磊与跳楼者团团围住……小磊急忙问道："你们是谁？从哪儿来？要干什么？"

A："嘻嘻，我昨天从 9 楼跳下。"

B："9 楼算啥，我从 14 楼跳的"

C："妈呀！我可不敢跳，没有勇气，佩服你们了。"

D："我怀了孩子，临产到医院，他们说我没有测核酸，不让进门，我大出血死在医院大门外台阶上……"

伴着一阵《我爱你中国》钢琴声，"我也是产后死的……"小磊看见李蔷走来……他向她伸手呼唤道："蔷蔷，我爱！"

她消失了……此时一声高亢的美声穿透云天把所有歌唱都压倒了，来的是中央音乐学院的叶佩英教授。《我爱你中国》是 1979 年陈冲主演的电影《海外赤子》的主题歌，叶佩英是原唱……2020 年 4 月 13 日，她为躲避新冠一人在北京家中猝死，多日之后她在国外的女儿打来电话无人接听，警方破门而入方为人知……

此时又过来一对牵着手的男女，小磊定睛一看，男的是甘粹。他向小磊介绍："这是林昭，你们没有见过吧。"

突然间所有人家住户们出现在窗户、露台上敲起了锅碗瓢盆，高喊："强盗们，放我出去！让我自由！"

"我就要饿死了！"

"憋死我了！"

林昭："他们在提篮桥监狱枪毙了我，还向我妈收五角钱子弹费。"

两位美丽的女性过来，她们都用手比画着自己的鲜血淋漓的喉咙，发出："唔，唔"声，小磊："啊，这是张志新与李蔷团里的舞蹈教练！"

这里不知从哪里飘来一股刺鼻的烧焦味，大约十多个冒着烟的黑糊糊身体，其中还有孩子，相互搀扶着蹒蹒跚跚跌跌撞撞地过来了……他们是乌鲁木齐市天山区吉祥小苑一幢高楼里的居民。楼内突然不慎失火，楼道被封，他们逃不出来，活活被憋死……

这时传来一声尖锐的声响，李文亮大夫口含警笛手中拿着悔过书走过来……

这时一女子唱着："树上的鸟儿成双对，绿水青山带笑颜……"，走近一看，她的肚子被开膛了，往外流着鲜血。她是著名黄梅戏演员严凤英。文革中被怀疑是美蒋特务，她受不了严刑逼供自杀，死后军代表说她腹中藏有发报机，下令开胸剖肚……她身后跟着一大堆文革中的死难者……

兰莺插队的江苏泗洪县红星公社吃了孩子上吊的一家人也来了……

"你不给我一个说法，我就给你一个说法！"手握一柄鲜血淋漓尖刀的杨佳来了。

小磊的爹妈相互搀扶着过来了。伍妈妈呼唤着："阳阳，阳阳！"伍爸爸高呼："天灭中共，天佑中华！"

更吓人的是，一团一团血淋淋的肉块滚到了马路中央，上面有着坦克履带的印痕，发出凄厉的哭声："1989 年 6 月 4 日早晨，我们从天安门广场撤离，直到府右街附近，一辆坦克冲了上来把我们碾成了肉酱……"

脖子上拴着鞋带的胡鑫宇来了……

鼻孔里插着呼吸机的孙大田在女儿秀秀的搀扶下也来了，他们身后是无尽头的尘肺病患者……

顿时所有店家橱窗铁皮卷帘都打开了，里面陈列着一具具骷髅；楼上的窗户也都开了，探出一个个髑髅。

幽灵像海潮从马路四方奔涌而来，塞满了所有街道，呼喊着：

"共产党，还我自由！还我命来！"……

《死神之舞》与《春之祭》的乐声交替响起，小磊牵着李蔷的手翩翩起舞，接着幽灵们拉起手在混合的乐声中狂热地蹦跶起来……

鼻孔戴着呼吸机小磊想要拔掉臂上插着的管子……命运女神说道："你不能自我了断，我掌握着你的命运：向生而死，向死而生。"

此时，从天际四周涌起祥云，忽然云堆开裂，一缕金光射向人间大地，命运女神拉着小磊跟着升腾起来，他呼唤着："爸，妈，蔷：我来了……"众幽灵随着一起上升……天际响起贝多芬《第九（合唱）交响曲》第四乐章最后的《欢乐颂》

男高音领唱（圣咏）：

啊，朋友们，不要这种声音！
让我们吐出愉快的歌声，欢乐地歌唱！
男女声四重唱（赞美诗）：
欢乐，欢乐，欢乐，欢乐！
欢乐女神圣洁美丽，灿烂光芒照大地
我们心中充满热情来到你的圣殿里
你的力量能使人们消除一切分歧
在你光辉照耀下面人们团结成兄弟！

结尾：大合唱（赞美诗反复）

在欢乐颂中，密涅瓦的猫头鹰在黄昏起飞，飞越漫漫黑夜，穿过夜空……在冉冉升起的旭日的光焱中化为凤凰涅槃浴火重生……

后　记

　　小说中有些实名为已故者，出于对逝者的怀念与敬重，他们生前事岂容胡编滥造；另外一些所写真人真事用了化名，因为其人健在，避免引起不快。

　　本书写作过程中征用了甘粹 2009 年 12 月 21 日的网文《自述：我与林昭的爱情》，参考了周舵的讲稿《不能忘记的 1989》、张伯笠 1998 年的回忆录《逃亡者》及北明的《告别阳光——八九六.四因禁纪实》（2012 年纽约柯捷出版社）。虚拟人物郭剑的部分事迹采用了吴建民 2022 年出版于美国博登书屋的《岁月有痕》中的真实内容，也参考了不知名作者的网文滇缅公路手记《碎梦》，于此一并致谢！

　　最后特加说明：小说中有些实事出自故者，为对逝者的怀念与敬重用了实名；另外有些所写真人真事，避免引起健在者不快用了化名。某些虚构的人物与情节若与现实相似或雷同，当属偶合，切勿误会。